ENTRE ACUARELAS Y LÁGRIMAS

José Orlando Castañeda

Entre acuarelas y lágrimas

Segunda edición: 2021

ISBN: 9788418238390
ISBN eBook: 9788418238888

© del texto:
José Orlando Castañeda

ilustración de portada:
Olga Lucía García
olgarcia@uniandes.edu.co

© del diseño de esta edición:
Penguin Random House Grupo Editorial
(Caligrama, 2020
www.caligramaeditorial.com
info@caligramaeditorial.com)

Impreso en España – Printed in Spain

A Olguita, mi madre, quien con su inmensa ternura logró construir un refugio de amor para asomarse a la felicidad.

PRIMERA PARTE

I

Hay momentos en que el pasado parece desprenderse del presente, partiendo la vida en dos. Para Manuel Tenesela lo fue su salida del Aeropuerto Internacional de Ciudad de Guatemala. Un paso atrás, y aún portaba la gracia de la legalidad; un paso adelante, y estaría expuesto a los vejámenes de su nueva condición de emigrante clandestino.

Manuel no hubiera querido dejar a su familia ni a su patria, el Ecuador, pero cuando la pobreza ya llegaba a su morada, cuando su madre le insistía en que así no podían seguir, comprendió que había llegado el momento de emigrar. Había planeado viajar en barco con su esposa, pero, ante la opción de hacerlo en avión como miembro de un equipo de fútbol, partió antes que ella. Entrar a Estados Unidos era la única meta definida de su viaje, y Guatemala era tan solo un lugar de paso entre sus planes. Ante la exigua información con que contaba, iba con más resignación que certeza de su recorrido.

Los supuestos deportistas abordaron un autobús estacionado a la salida. El conductor los observó tras unos lentes de sol que estorbaban en ese día nublado. En cuanto los vio acomodados en sus asientos, lanzó una serie de órdenes tajantes: que guarden silencio, que cierren las ventanillas, que no se muevan de sus puestos... Al final, encendió el motor y emprendió viaje.

De la carretera principal tomaron por una vía solitaria bordeada de árboles frondosos. Desde su asiento en primera fila Manuel veía los pájaros, avispas y mariposas que el autobús espantaba en su roce con las ramas. Los huecos en la vía zarandeaban el vehículo sin cesar, y Manuel tuvo que aferrarse al respaldo del asiento delantero para evitar ser lanzado del suyo. De pronto se atravesó un animal montuno que el conductor arrolló sin inmutarse. Manuel clavó las uñas en su asiento y tragó saliva; algunos pasajeros se miraron en silencio. Dos horas más tarde, el autobús bordeó una explanada, aplastó la maleza y frenó de golpe. «¡A esconderse detrás del matorral!», ordenó de nuevo el hombre.

Uno a uno los viajeros se ocultaron tras la vegetación polvorienta mientras esperaban el nuevo transporte que los llevaría a su próximo destino. Manuel imaginó que entre su grupo de viajeros haría nuevos amigos, y ese pensamiento le apaciguó los nervios. Aun así, no dejaba de luchar contra la avalancha de recuerdos de su ciudad, de su casa, de su familia.

El día se disipó tras una orla de nubes azuladas, y los sonidos de la noche comenzaron a imponerse. Atento al mecer de cada hoja y cada rama, Manuel permaneció inmóvil bajo las estrellas que titilaban en el cielo. Al final, entrelazó las manos detrás de la cabeza, fijó la vista en el firmamento y se tendió en el suelo. Un rato después, cuando ya la luna se alzaba en el cielo y una brisa ligera refrescaba los rostros, escucharon el sonido de un vehículo pesado. Manuel apretó el morral con sus manos sudorosas y, al igual que sus compañeros, concentró su mirada en los dos focos de luz que aparecieron en la distancia. Pronto confirmaron que se trataba de una volqueta, la cual se detuvo frente a ellos. El nuevo conductor, un hombre bigotudo y de voz campechana, los instó a subirse rápido.

Esta vez tomaron por una carretera sin asfaltar, dejando a su paso una nube densa de polvo. Los emigrantes viajaron acurrucados, sujetándose unos a otros para no caer sobre la vía. Aquel trayecto de brincos y empellones terminó a medianoche frente a una finca de grandes pastizales, con su casona de paredes encorvadas que parecía cumplir la promesa de resistir a los años. Llegaron polvorientos, entumecidos, desorientados por completo. Los recibió el vigilante, que los condujo a un salón repleto de colchonetas impregnadas de humores rancios. Manuel tomó una en sus manos, buscó un rincón para acostarse y, a pesar del ajetreo de voces y pisadas, se quedó profundo.

Se levantó con el primer canto de los gallos y, aprovechando una luna clara, se dedicó a explorar su entorno. A un lado de la propiedad, separada por un pasadizo donde almacenaban leña, estaba la cocina. Tenía dos ventanas de ala grande, un piso de barro tostado por el humo y una chimenea de piedra. Detrás de la cocina se escuchaba un chorro de agua que, según confirmó después, era traída de la montaña en canales de guadua. Al extremo del pórtico colgaba un bombillo desnudo cuya luz resaltaba el verde alborozado del zócalo. Desde las barandas del corredor observó también las frondas de un limonar que brindaba aromas reconfortantes. «Huele a mi tierra», le dijo a un compañero que acababa de levantarse. Pronto el sol iluminó los campos, las abejas iniciaron su galanteo con las flores, y las mariposas se acercaron revoloteando.

Los viajeros confirmaron que aquel era un albergue temporal para emigrantes en tránsito. Había gente del centro y sur del continente, así como algunos orientales en completa confusión por no hablar el español. Manuel notó que no existía una organización formal ni personas responsables de tanta gente afligida. Tampoco había atención alguna con los recién llegados: cada cual debía tratarse las mataduras por su cuenta o consolarse a solas las angustias del corazón.

La consigna era esperar. Esperar sin exigir nada ni quejarse. Así lo hizo Manuel hasta la hora de acercarse a la cocina por una tortilla de frijoles refritos con hilachas tímidas de carne. No eran aún las nueve de la noche cuando, anhelando el momento de retomar el viaje, se acostó de nuevo sobre su colchoneta maloliente.

Pasada la medianoche su sueño fue truncado por el arribo de un nuevo grupo de emigrantes. Manuel se terció su mochila al hombro, tomó la cobija bajo el brazo y, movido por la curiosidad, se detuvo a esperarlos bajo el bombillo de la entrada cuya luz servía de faro a los recién llegados. Una nube de insectos se estrellaba contra el foco, y con frecuencia debió esquivar la estela de polvo gris que dejaban al morir. De la cocina salían voces de mujeres, interrumpidas apenas por crujidos de leña ardiente. Los nuevos viajeros llegaron fatigados y ojerosos; traían la ropa húmeda y el pelo enmarañado. Manuel le indicaba a uno de ellos la ubicación del sanitario cuando escuchó una voz que lo dejó perplejo: una mujer lo llamaba por su nombre.

Le tomó varios segundos ubicar la procedencia de la voz, y otros tantos reconocer a la persona que llamaba. Era Amanda, una antigua compañera de colegio que se había mudado de Paute, su pueblo natal, tan pronto terminaron secundaria. Se había casado con un camionero que la llevó a vivir a Cuenca, y Manuel no había vuelto a verla desde entonces. En cuanto estuvo cerca, Amanda se lanzó en sus brazos y estalló en llanto.

—Ay, Manuelito, ¡qué error tan grande ha sido viajar por barco! —exclamó, apenas moviendo sus labios resquebrajados—. ¡¿Por qué hemos venido?!

Mientras Amanda batallaba con su amargura, Manuel arrancó algunas hojas de llantén que había visto a su llegada y pidió una taza de agua caliente en la cocina. Machacó las hojas con una piedra que amoldó a su mano, y con el zumo preparó una bebida. Era amarga como las penas, pero con esencias prodigiosas que apaciguaban. Ante lo avanzado de la hora, los dos se retiraron a sus sitios de dormir. Se prometieron, eso sí, que se contarían todo al día siguiente.

En la confusión generada por el arribo de los nuevos viajeros, Manuel perdió su puesto de dormir y tuvo que acomodarse en el corredor. Allí tenía una ventaja: recibía la brisa tibia de los azahares del patio. La luna afianzó su dominio en el firmamento, y un concierto de grillos enardecidos por el calor se impuso a los demás sonidos de la noche. A pesar del bullicio, advirtió voces femeninas que escapaban de un cuarto cercano. Algunas mujeres hablaban con la pronunciación distintiva de Guatemala, otras con el acento de la sierra ecuatoriana. Pronto reconoció entre ellas la voz de Amanda.

—¡No puedo más! —la escuchó decir en voz alta.

—Se va a sentir mejor si lo cuenta todo —insistió una mujer con acento local.

Amanda aclaró la garganta y continuó. Las pocas palabras que se escapaban por los resquicios de las paredes no le permitieron a Manuel atrapar el hilo completo de la conversación, pero le resultaron mortíferas para el sueño. Poco después alguien entreabrió la puerta, y el resto de las frases se escaparon en tropel. Entonces se enteró, y el pavor se apoderó de él.

Supo, porque Amanda lo contó entre sollozos, que en los barcos clandestinos las porciones de comida eran de hambre, el agua de beber era insalubre; el trato a los viajeros, denigrante. Manuel temió que su esposa fuera a sufrir las desdichas que acababa de escuchar. Elvira Pintado, la inquieta y soñadora, la compañera que el destino le había dado sin exigirle la tarea de buscarla.

Decidido a escuchar la historia, se acercó sin perturbar las voces que flotaban en el aire.

—A todas las mujeres nos obligaron a viajar amontonadas sobre tablas que hedían a pescado —le escuchó decir a Amanda—. Cuando ya estábamos muertitas del hambre, bajó un tripulante de la cabina del capitán a decirnos que las que quisiéramos subir con ellos, íbamos a ser bien atendidas. Éramos más de veinte mujeres, y la mayoría nos sentíamos tan tristes que no queríamos ni hablar. Aun así, hubo varias que subieron por su cuenta. «Pues las demás que se jodan por pendejas», dijo el malvado. Al rato vimos por unas rendijas cómo los hombres abusaban de ellas entre risas y borracheras.

—Y las palabrotas que decían —añadió una compañera de viaje.

—Sí, fue terrible. El sanitario era otra cosa. Estaba embadurnado hasta las paredes y no podíamos usarlo. Nos tocaba hacer de todo al borde de las barandas, sosteniéndonos unas a otras para no caer al mar. Los hombres no dejaban de mirarnos y de reírse. Yo recién había tenido a mi bebé y, en medio de tanta angustia, me volvió la hemorragia que creí ya había parado. Uno de esos hombres gritó desde arriba que por qué tenían que embarcar a esas puercas recién paridas. Lo dijo así porque conmigo venían varias muchachas que también habían dado a luz hacía poco.

»Algunas sentíamos que se nos estallaban los pechos —continuó Amanda luego de una leve pausa para atrapar sus lágrimas—. Entonces decidimos recolectar la leche en un vaso de cartón y repartirla entre nosotras. Entregar así el alimento de mi niño me partía el corazón. Luego el hombre ordenó que me llevaran a una bañera para que no fuera a alborotar a los tiburones. Era un rincón cubierto de lama verde donde me echaron baldes de agua salada que me hacía arder las quemaduras del sol. "Es para que aprendan", decían riéndose.

Agobiada por el llanto, Amanda guardó un momento de silencio antes de retomar la historia.

—Yo creo que enfermé porque, como acababa de dar a luz, no me hice poner las inyecciones para prevenir durante el viaje —continuó diciendo.

—¿Inyecciones para prevenir? —preguntó alarmada una de las cocineras.

—Sí. Las muchachas jóvenes se vienen preparadas con eso porque siempre hay rumores de que abusan de ellas. Si no es en los barcos, es en las fronteras. Son inyecciones hasta para tres meses, cosa que alcancen su destino. Qué horrible, qué castigo es todo esto —añadió, agravando sin saberlo la zozobra de Manuel. Su voz se desvaneció, y un silencio tenso se apoderó del lugar.

Manuel soltó un gemido de pesar que por poco lo delata. Cuando se atrevió a mirar hacia el interior del cuarto, vio a su amiga sentada en una cama en medio de un grupo de mujeres, el rostro hundido entre sus manos.

—Varias veces bajaron a buscar a una jovencita de apenas dieciséis años que venía con nosotras —continuó Amanda—. Ella se prendía de una barra de hierro para no dejarse llevar y me pidió que me hiciera pasar por su madre para que la hiciera respetar. Yo le dije que quién iba a creerlo, si solo era diez años mayor que ella. Entonces, pálida del susto y con los labios temblorosos, nos dijo que ella nunca había estado con un hombre. Una señora del grupo comenzó a rezar y a persignarse. Las otras nos abrazábamos y llorábamos angustiadas. Cuando los hombres volvieron a bajar, ya no le dieron tiempo de sostenerse y se la llevaron por la fuerza. Nosotras nos moríamos de la angustia al oírla gritar y forcejear. ¡Qué horrible fue lo que nos tocó vivir!

Manuel retorcía un extremo de la cobija con sus manos en tanto que el relato le estrujaba el alma. Su mente se llenó de presagios inquietantes; un sabor amargo le invadió la garganta.

—¿Y qué pasó después? —preguntó alguien en la habitación.

—Cuando la joven regresó a su puesto, apenas sollozaba sin aliento. Le frotamos la frente, le humedecimos los labios, tratamos de consolarla, pero ella no respondía. Desde entonces no he hecho sino pensar en que debí protegerla. Ya le he pedido a Dios su misericordia, pero creo que eso no tiene perdón. A veces, pienso que mejor me hubiera muerto —concluyó Amanda, ahogada en llanto.

—Toma esto calientito para que te calmes —le dijo una señora poco después.

En cuanto Amanda consumió la bebida, su llanto dio paso a un silencio prolongado. Manuel miró de nuevo hacia el interior de la habitación. Bajo el reflejo de la luna, alcanzó a ver a varias mujeres ofreciéndole sus brazos.

Confiado en que aún estaba a tiempo de disuadir a su esposa de aquel viaje, Manuel salió a buscar la manera de llamarla. Sin embargo, no encontró a quien preguntar. Caminó hasta el espesor del monte y, con las gotas de rocío prendiéndose de su ropa, con los luceros más cerca que de costumbre, con el relato de Amanda dando vueltas en su cabeza, pasó el resto del desvelo tendido sobre la hierba. Cuando aparecieron las primeras luces del amanecer, se encontró con un hombre de pelo blanco y andar desgonzado, a quien le pidió la manera de hacer una llamada urgente. «¡Aquí está prohibido llamar!» le respondió el hombre con voz ronca de fumador. Manuel entendió entonces que solo le quedaba esperar.

Para él, aquel viaje estaba envuelto en un misterio del que apenas escapaban fragmentos divulgados por rumores. Por rumores se enteró de que el camino era tortuoso, las jornadas eran largas, y que solo debía concentrarse en el futuro si quería sobrevivir. Lo escuchó con los labios apretados: a fin de cuentas, por pensar en el futuro era que estaba allí.

II

Elvira Pintado recibió el aviso de trasladarse a Quito, primera etapa de su viaje, dos semanas después de la partida de Manuel. Había llegado el momento de dejar a sus hijos por tiempo indefinido. En cuanto abordó el autobús que la llevaría a la capital, sintió las primeras punzadas de aquel dolor de separación que sería su tormento de ahí en adelante. Al caer la noche llegó a la plaza Mayor, donde abordó otro vehículo que la llevaría con su grupo de emigrantes a la costa norte del país.

Se sentó al lado de una joven cuyo semblante evidenciaba por igual el asedio de la tristeza. La mujer le contó que había decidido emigrar por una traición de su marido. Al comienzo deseaba encontrárselo para cobrárselas todas, dijo, pero ya se le había pasado la rabia y ahora solo quería irse lejos y empezar de nuevo. Elvira no quiso contar su historia para no alborotar pesares. Aunque le dolía partir, sabía que de no hacerlo habría derrotado la parte de su ser que pedía algo mejor.

El nuevo autobús se desplazó prudente por las calles empedradas del sector colonial, dejando atrás las palomas adormiladas de la catedral, las bancas vacías del parque y los locales comerciales con sus letreros apenas legibles en la distancia. Elvira buscó refugio en el pesebre de luces de la ciudad y quiso distraerse con las vitrinas de tiendas y almacenes que veía desde su puesto. La fachada de una heladería con frutas pintadas en los cristales la llevó a recordar el carro de los helados de paila, un cajón de madera sobre ruedas que irradiaba frescor. Lo vio en su primera visita a Paute, cuando el legendario don Moisés ofrecía sus helados bajo los sauces florecidos del parque. Recordó su sombrero de ala corta, su sonrisa generosa y los flecos de cabello blanco sobre sus sienes. Con su acostumbrada sencillez, don Moisés le explicó la elaboración de los helados: una paila de metal descansa en el centro del cajón rústico, con amplio espacio para rodearla de hielo; el batido de fruta golpea el metal frígido, y la danza del manjar toma su auge: el producto va espesando, el dueño va batiendo, el helado va naciendo, los niños van soñando. Memorias imborrables para Elvira.

Ya fuera de la ciudad, se desató una contienda entre conductor y carretera que mortificaba a los pasajeros. El rugido del motor inundaba la cabina en abierta competencia con la música del radio, y Elvira apenas distinguía desde su asiento los precipicios que el vehículo esquivaba de milagro. No paraba de pensar en sus hijos. Sus caritas se le aparecían en la oscuridad con más frecuencia a medida que se alejaba de ellos. Era imposible dejarlos sin sentir el corazón hecho pedazos.

Poco después, descansó la mochila en su regazo y cerró los ojos. De pronto escuchó a su compañera sollozar.

—¿Dejaste hijos? —le preguntó.

—Sí, tres.

—Yo dejé dos. Fue tan duro...

Y en frases desgajadas le habló de sus angustias al acercarse la partida. Dejaba atrás a Andrea, de seis años, y a Néstor, que bordeaba ya los cinco. Se iba. Las instrucciones a la abuela, la ropa organizada, su recomendación a las maestras. Se iba. Les dejaba el último abrazo, el último beso, las palabras cariñosas, los gestos de ternura. Había llegado el momento de partir, y era ahora o nunca si quería un buen futuro. El dolor se agudizaba.

Las dos mujeres se quedaron en silencio un tiempo sin medida. Mientras el autobús desviaba a saltos el rumbo de sus tristezas, Elvira recordó las fotos arrancadas del álbum familiar a la hora de partir. Una descarga de emoción la llevó a buscar en su mochila hasta encontrarlas. Recorrió a tientas sus bordes, a tientas comparó tamaños y, cuando estuvo segura de haberlas distinguido, apuntó su corazón, aún a tientas, a la foto de sus hijos. Fue tomada el día en que Néstor celebraba sus cuatro años. Lucía serio y bien peinado. A su lado, su hermanita cargaba sonriente una muñeca.

En un gesto espontáneo de afinidad, Elvira tomó la mano de su vecina, la guio hacia el interior de la mochila y la llevó a repasar los rostros de sus niños con la punta de los dedos.

—Este es Néstor, el menorcito —le dijo mientras guiaba el índice de su compañera sobre la imagen.

Hizo un leve movimiento y, con talento, pasó a la figura de enseguida.

—Y esta es Andrea, la mayor —añadió.

—¡Qué lindos! —exclamó la mujer.

Y en medio de la oscuridad, fingiendo que los veían, se soltaron a reír. Y a medida que se reían, los recuerdos se impusieron. Y entre risas y sollozos confrontaron su dolor. Hasta que el dolor venció la risa, y se quedaron entre lágrimas.

Pronto regresaron al silencio. Remontada en las alas del recuerdo, Elvira deslizó su mano sobre la foto que quedaba, la de su primera comunión. Hábito de monja carmelita, zapatillas de charol y guantes blancos, un cirio encendido en una mano y un devocionario de cubierta nacarada en la otra. A la derecha estaba su padre: solemne, severo, distanciado. Corte de pelo a ras, zapatos de reciente lustre. A la izquierda se encontraba su madre:

seria e imponente. Al lado de su madre, su abuelo: mirada fatigada, camisa blanca abotonada al cuello, sombrero de paño para las ocasiones importantes. En el centro resaltaba un pastel blanco de tres pisos salpicado de piedrecillas de confite. Y detrás de ella, de sus padres, del pastel, detrás de todo, colgaba una piñata en forma de avestruz. Sus hermanos, primos, amigos y vecinos aguardaban el momento de romperla. Como si de un milagro se tratara, el roce de la piel sobre la imagen de los suyos remplazó la tristeza del momento por los recuerdos felices de su infancia. Y, acariciándolos a todos con la yema de los dedos, Elvira se durmió.

* * *

Elvira y Manuel habían llevado hasta ese momento una vida sin sobresaltos, y les parecía imposible haber desembocado en la situación en que se encontraban: viajeros clandestinos que aventuraban sus vidas con tan solo una mochila de esperanzas. Nada en su formación los había preparado para esa aventura. Nada en sus sueños contemplaba tan absurdo riesgo.

Elvira Isabel Pintado Alonso pertenecía a una familia próspera de Gualaceo, ciudad fundada a orillas del río Santa Bárbara, provincia del Azuay. Su padre, Galo Pintado, había heredado un negocio de papelería y útiles escolares, y una finca pequeña que administraba con la ayuda de un trabajador y los tres hermanos mayores de Elvira. Su madre, María Paz Alonso de Pintado, era nieta de refugiados asturianos que siete decenios atrás habían abierto en Guayaquil una tienda mayorista del mismo ramo.

María Paz vivió en Guayaquil hasta el día de su boda con Galo Pintado, un joven que en aquel tiempo llegaba con su padre de Gualaceo a comprar surtido para su negocio. Se casó con él en total contravención a la voluntad de su madre, quien nunca pudo aceptar que su hija desaprovechara un futuro de buenas oportunidades en el puerto para enredarse con el hijo de uno de sus clientes de la sierra. Ese cliente era el abuelo Santos, a quien Elvira quería tanto.

La familia vivía en el mismo sitio donde operaba la tienda, en una casa esquinera de dos plantas a solo tres cuadras de la plaza del mercado. María Paz terminó a cargo del negocio y del hogar, a toda hora y todos los días de su vida. Sus jornadas transcurrían detrás de un mostrador, separada del resto de la familia por una cortina de hilo y otra cortina de amargura y malhumor que la aislaba mucho más que la de hilo.

Como lo había hecho su padre, Galo Pintado tomó la rutina de llevar a Guayaquil productos de la finca y regresar con surtido para la tienda. En cada viaje se ausentaba varios días, y a María Paz la asaltaba la duda de que su esposo tuviera alguna relación secreta en el puerto. Además de esa espina molesta, vivía agobiada por las obligaciones del hogar y del negocio. La consumía un arrepentimiento continuo por no haberse casado en Guayaquil con algún otro pretendiente que, en lugar de traerla al encierro de una tienda, la hubiera llevado a conocer el mundo.

Elvira heredó de su padre la piel cobriza que acentuaba su belleza exótica, y de su madre su porte altivo, sus rasgos delicados y unos ojos de española que exigían recordarlos. Tenía, además, una hermosa cabellera que también se la debía a su madre, no por herencia, sino por sus cuidados. En la época en que Elvira empezó la escuela, María Paz tomó la costumbre de enjuagarle el pelo con agua de manzanilla. Al verlo crecer lustroso y abundante, continuó con el enjuague, y la niña se quedó con el adorno. Un adorno codiciado: el anhelo de las chicas, la admiración de los muchachos, el tema de las maestras. Frondoso, vigoroso, torrencial; de caída por la espalda, de brillo natural con alegría. Bien si lo recogía por detrás, fastuoso si se lo dejaba suelto.

De toda la familia, incluyendo a los hijos de su tía Eloísa y otros primos, fue Elvira quien tuvo mayor cercanía con el abuelo Santos. De él aprendió rimas y poemas que recitaba ante las visitas, y más adelante en la escuela: «Un pajarito en la torre se mantiene con mosquitos, así me mantengo yo con abrazos y besitos». Fue lo primero que recitó cuando empezó a hablar, y la llenaron de besos.

Desde pequeña solía acompañar al abuelo a la plaza del mercado de Gualaceo. Allí vio utilizar por primera vez una báscula romana para pesar los bultos, maniobra que quedó grabada en su memoria: dos campesinos la colgaban en el centro de una vara apoyada sobre los hombros, un garfio intimidante sostenía la carga, y un brazo graduado apuntaba al horizonte al recibir el contrapeso del pilón. En esas salidas escuchaba con interés las conversaciones del abuelo sobre los productos del campo, incluyendo la variedad de flores ofrecidas a la venta. Le encantaba verlo seleccionar los claveles, crisantemos y petunias para llevar a casa, ya que era ella la encargada de relucirlos en un florero.

En una ocasión hablaron de la finca de la tía Eloísa, donde solían hornear panes y galletas los fines de semana. En vista del interés de la niña, el abuelo la llevó un domingo por la mañana. La tía la vistió con un delantal de adulta doblado por la cintura, le recogió el cabello con una pinza, le lavó las manos en el fregadero, alistó harina, manteca y huevos, y la puso a amasar junto con su primo. Amasaron sin descanso hasta formar una bola grande que pusieron a rodar sobre un mesón cubierto de más harina. Siguiendo las instrucciones de la tía, estiraron la masa hasta hacerla reventar. Tras una descarga de risas, continuaron amasando y estirando. Se volvía a reventar y volvían a reír.

Y con las manos embadurnadas de masa, el delantal arrastrando por el suelo, el pelo y la nariz blancos de harina, Elvira no paraba de amasar, de estirar y de reír, hasta que la tía avisó que era hora de dejar todo en reposo. Un rato después, descargaron el bloque de masa sobre el mesón blanqueado, y con la mano de la tía sobre la mano de la niña, y la mano de la niña sobre un cuchillo largo, la cortaron en secciones para meterlas en el horno. Al final los ejemplares salieron esponjados, y los animales que formaron con los sobrantes de masa no se parecían a los previstos, sino a otros cuyos nombres había que adivinar. Los panes que se llevaron a casa al caer la tarde desprendían una fragancia inconfundible, grabada desde entonces en los recuerdos más felices de su infancia.

III

Manuel dejó la casa del limonar frondoso sin despedirse de Amanda. Al acercarse al autobús que lo llevaría a México entendió que su grupo viajaría como valijas de contrabando en un compartimiento secreto bajo el piso de los asientos. Solo cuando estuvo a punto de subirse, se enteró de que el único acceso al escondite era a través de una trampilla a manera de portezuela adaptada en la parte posterior del maletero. Manuel y sus compañeros entraron atizados con una vara por el conductor y su ayudante. Debían viajar acostados sobre el metal, sin modo de desplazarse.

Cuando entró el último del grupo, cerraron la portezuela y los dejaron en tinieblas. Con Elvira en su pensamiento, Manuel preguntó si alguien sabía detalles sobre los viajes por barco, pero enseguida le impidieron informarse: estaba prohibido hablar, salvo que el conductor les dirigiera la palabra. Más tarde escucharon a los pasajeros habituales subir al autobús y acomodarse en sus asientos. El chofer emprendió camino, y el ambiente se llenó de vapores de combustible que se colaban por una rejilla. En medio de murmullos y reclamos, algunos pedían que la taparan; otros, que más bien se cubrieran la nariz y dejaran entrar el aire.

Un compañero cercano a Manuel sollozaba sin cesar, otros no dejaban de lamentarse entre susurros apagados. A la incomodidad y el encierro pronto se sumaron las premuras del cuerpo. A Manuel le ardía la garganta, las tripas le chillaban, las axilas le picaban, la vejiga le apretaba. «¿Por qué no nos cuentan lo que vamos a sufrir?», se preguntó mientras imaginaba a su esposa alistando su partida.

A lo largo del recorrido el conductor iba anunciando los lugares destacados, su voz apenas perceptible tras la barrera de metal: El Platanar, San Vicente, la población fronteriza de Ayutla, el puente sobre el río Seco y, por fin, Ciudad Hidalgo, ya en el estado mexicano de Chiapas, donde recogieron a más pasajeros. Continuaron las paradas de revisión y suministro, y los viajeros clandestinos parecían relegados al olvido. A medida que bordeaban curvas o cruzaban hondonadas, sus cuerpos doloridos sentían el estado lamentable de la vía. Ya en la estación de Tapachula se acercaron vendedores anunciando sus bebidas y meriendas: refresco de flor de Jamaica, horchata de arroz con canela, jugos de pitaya y marañón, jocotes, ticucos y chuchitos. El hambre los acosó aún más en cuanto escucharon otra voz que ofrecía delicias populares: «¡Burritos calientes, chiles rellenos, chicharrón tostado, copos de nieve, paletas de coco, tamarindo helado!», eran palabras que el estómago entendía.

Durante una parada extensa en Oaxaca, seis horas al sur de Ciudad de México, se infiltró en su escondite una humarada de borrego guisado que los hizo salivar. Manuel se imaginó tomando un trozo directo de las llamas mientras soplaba con fuerza para evitar las abrasiones. La ilusión de las esencias culinarias fue remplazada por el zumbido de una avispa que se coló en el refugio. Buscaron atraparla con trapos y sombreros, trataron de aplastarla a mano limpia, hasta que el insecto cayó extenuado sobre algún cuerpo sudoroso. Poco después el conductor encendió el radio, y el escondite se inundó de música norteña.

Manuel no lograba apaciguar su preocupación por Elvira. Se la imaginó en carretera rumbo al mar, la pensó ya en un barco, y se frunció de la angustia al visualizar su lucha por evadir los agravios de la tripulación. Calculó, sin embargo, que aún faltaba tiempo para que su esposa partiera. La llamaría en la primera oportunidad que tuviera y le pediría que cancelara el viaje. Luego lo invadía el temor de que ella estaría ya en camino, y su ciclo de angustia comenzaba de nuevo.

* * *

Manuel Ignacio Tenesela nació en Paute, en el corazón de la sierra ecuatoriana. Creció en una casa espaciosa y fresca construida en un terreno de poco más de dos hectáreas. Cerca de la propiedad dispensaba su brisa el río Cutilcay. A lo largo de sus orillas el sol parecía confabularse con el viento para colarse por entre los árboles, proyectando un juego de luz y sombra adormecedor. A la izquierda de la casa se alzaban dos árboles de guayaba que su finado padre había cubierto con una malla delgada, convirtiéndolos en una jaula espaciosa y natural. Dentro de ese espacio saturado de frutas vivían alegres y sin pelear mirlos, azulejos, cardenales, y un loro que esponjaba la cabeza cada vez que un extraño se acercaba.

A lo largo del terreno había varios surcos de hortalizas y maíz. Su padre había sembrado frijol al lado del maíz. El frijol surgió bajo su sombra, creció con su soporte, aceptó su protección, y las dos plantas terminaron abrazadas como huérfanas del campo. Al otro extremo del solar, separadas por surcos de rosas y gladiolos, estaban las dos hileras de hierbas medicinales que la abuela Encarnación cuidaba como a sus propios hijos. En las tardes apacibles, luego de rociarlas, desyerbarlas y hablarles en voz baja, Encarnación se sentaba a tejer mantas de lana con dos agujas largas que continuaba moviendo por instinto hasta mucho después de quedarse dormida.

Manuel tenía nueve años cuando nació Pachito, su único hermano. Siendo muy niño lo tumbó el burro de la casa, accidente que le dejó una dificultad de aprendizaje y lo hizo dependiente de todos. Con su aire ingenuo y feliz, se convirtió en la adoración de la familia y el protegido inseparable de su hermano. En aquel solar había árboles de naranja, duraznos capulí, ciruelas reina Claudia y molles para la buena suerte. Allí Pachito adquirió destreza de trapecista para subirse a los árboles y pasar de unos a otros sin necesidad de tocar tierra. Nunca lograron impedirle la dicha de ocupar su puesto en las alturas.

La propiedad estaba protegida por una cerca de lantanas florecidas. El verde andino de sus hojas resguardaba la casa de las miradas de la calle, y sus flores multicolores parecían competir por exhibirse. Solo de cerca se confirmaba que cada ramo era en efecto un conjunto apretujado de flores diminutas, pistas de aterrizaje para sus insectos favoritos. El terreno quedaba tan bien resguardado por ese cerco natural que se debían apartar las hojas y las flores con la mano para contemplar el Edén en miniatura que escondían.

Al año del nacimiento de Pachito su padre sufrió un infarto fulminante mientras les daba de comer a las gallinas. La mañana después del entierro, cuando las hojas del solar apenas comenzaban a soltar sus aromas de bosque húmedo, Rosalía convidó a Manuel a repasar el inventario de cultivos y animales que, según ella, debían conservar de ahí en adelante.

Habían quedado las gallinas ponedoras, el gallo que despertaba al vecindario, una cría de cuyes, una parvada de patos y el burro viejo que tumbó a Pachito. En medio del solar estaba la enramada de los patos y su charco para nadar. Fueron la única excepción a la promesa de no salir del patrimonio. En una ocasión

Pachito se propuso lanzarle migajas de pan a una camada de patitos algodonados que nadaban en el charco. Rosalía los encontró después con la cola apuntando al firmamento y el buche sumergido bajo el peso del pan mojado. Superados los pesares, la familia sopesó los costos y beneficios de criar patos, y concluyó que comían mucho, producían poco y cagaban demasiado. Un pariente lejano los compró con la condición de que se los llevaran a su casa. Al día siguiente Manuel atravesó la ciudad arreando los patos, uno detrás del otro, deteniendo el tráfico y haciendo reír a la gente con su caminar de Chaplin.

Manuel ayudó desde pequeño en el cultivo de flores y hierbas medicinales que su abuela Encarnación llevaba a vender en la plaza los días del mercado. A la par con esa formación solariega, recibió estudios en la escuela elemental Isidro Ayora y luego en el Colegio Agronómico Salesiano de Paute, donde cursó bachillerato agrícola. En el Colegio Salesiano debía asistir a misa los domingos y, por tratarse de un plantel orientado a la agricultura, realizar prácticas de campo por las tardes, incluyendo recoger boñigas para abonar la tierra. En esa época de colegio tomó lecciones de pintura en acuarelas, arte en el que desarrolló un especial talento y vocación. Solía concentrarse durante horas en su actividad creativa, lo que lo llevó a soltar la imaginación y ampliar su repertorio de escenas naturistas.

IV

El bamboleo del autobús en su descenso de la montaña no le permitió a Elvira descansar por mucho tiempo. Al abrir los ojos distinguió bajo el reflejo de la luna la figura del conductor en su lucha con el volante. La fuerza de sus brazos sudorosos terminó por imponerse, y el vehículo llegó sumiso a la planicie. Allí el encanto del aire cálido ahuyentaba el frío de la cordillera. A lo lejos se distinguían las primeras luces de La Concordia, ciudad limítrofe entre las provincias de Pichincha y Esmeraldas.

La Concordia estaba de fiesta. Ya en el centro de la ciudad, en razón a la muchedumbre volcada sobre la vía y una invasión de humo y vapores de frituras, el chofer se vio obligado a detener la marcha. En cuanto abrió la puerta, un jolgorio de música y parranda invadió el interior. Habían quedado frente a una terraza, en cuyos predios operaba una cantina. Elvira lo observaba todo desde su asiento.

Alrededor de las mesas atestadas de botellas había un enjambre de hombres jóvenes y mayores, y uno que otro adolescente que jugaba a ser mayor. Hablaban, reían, discutían y bebían. Por encima de sus voces y el choque de cristales, se escuchaba una radiola que entregaba baladas de despecho. El cantinero, un hombre flacuchento con aires de guardián, parecía estar atento a repetir las canciones que incitaban al consumo. Algunos clientes seguían el compás de la música golpeando las mesas con los dedos.

Elvira abrió la ventanilla y fijó la vista en un hombre que lloraba mientras otro lo escuchaba, y en un tercero que escuchaba lo que estos dos hablaban. Varias meseras recogían vasos y botellas al tiempo que esquivaban una que otra mano desmandada. Vio a un joven esculcar afanoso sus bolsillos hasta sacar un puñado de billetes para pagar la cuenta. «Ahí queda la comida de sus hijos », se dijo Elvira con rabia al ver el derroche insensato de los hombres. Pensó en Manuel y sintió alivio al recordarlo diferente a los demás. Una mujer entró a ofrecer tortillas de choclo y pollo encebollado que cargaba en una canasta de colores vivos. Elvira se encontraba sumida en esa escena cuando se le acercó un jovencito con una caja de madera apoyada a la cintura.

—¡Caramelos, mentas, chicles, chocolates, tostaditas, cocaditas, fósforos, cigarrillos! —repetía el joven a velocidad inalcanzable.

—Una menta —dijo Elvira y estiró la mano para pasarle la moneda.

—¿Para dónde viaja, señorita? —interpuso el joven mientras le entregaba la orden.

Elvira sintió de nuevo la punzada de su partida, y sus ojos se anegaron de lágrimas. Era una pregunta que alborotaba pesares.

—Para muy lejos —respondió por fin, tras un momento de silencio.

—Pues ojalá que los que se van no nos olviden, y los que se quedan no se cansen de esperar. ¡Buen viaje, señorita!

Elvira se encontraba tan sensible que se aferró a esas palabras para combatir la amargura de su viaje. Poco después regresó su compañera con una bolsa de panes y refrescos. Elvira no pudo probarlos por las náuseas que le producían la fetidez del orinal público, una batea de cemento resguardada por cortinas harapientas.

Por fin el autobús partió de nuevo. Y, con las luces de la ciudad perdiéndose en la distancia, con las fotos de sus hijos anidadas en su mano, con la imagen de su esposo alojada en su pensamiento, Elvira regresó al remanso de sus recuerdos.

* * *

Recordó que en su época de colegio solía levantarse a repasar sus lecciones en voz alta, un canto repetitivo que exasperaba a la familia. Su madre se quejaba de que con semejante parloteo le dolía la cabeza. Una mañana se encendió de tal modo el mal genio de María Paz que Galo Pintado se vio obligado a intervenir con una frase aclaratoria:

—El problema en esta casa es que Elvira habla demasiado, y María Paz no la deja hablar.

El día en que tuvo en sus manos una edición trajinada pero legible de *Madame Bovary* se quedó embelesada en la historia. La obra de Flaubert, que leyó a escondidas, exaltó su interés por entrar en los resquicios de la literatura y así enterarse de los dramas, aventuras y demás enredos de la imaginación. Pronto reconoció la posibilidad de enriquecer el alma por medio de la lectura. En esa búsqueda llegaron a sus manos ejemplares de las colecciones Antares, Ariel Juvenil Ilustrada y algunos volúmenes de la Biblioteca de Bolsillo Junior con sus clásicos españoles. Los libros la trasladaban a otros tiempos, a otras vidas que chapaleaban en ilusiones muchas veces parecidas a las suyas.

En esa época la relación con sus padres fue menos edificante. Su madre, María Paz, había saltado de su adolescencia para culminar en un matrimonio infeliz en Gualaceo. Un día cualquiera empezó a vestirse a lo joven y arreglarse a lo joven, retrocediendo en sensatez para imitar a su hija. Su actitud pasó pronto de lo simpático a lo patético, dejando en el vecindario un reguero de censuras. Elvira era María Paz antes de caer en un matrimonio que la opacó, y María Paz fue Elvira en su juventud. Un mismo molde, dos destinos diferentes.

Desde niña Elvira pensaba que su madre la ignoraba la mayor parte del tiempo, pero el día en que celebró sus quince años concluyó que solo la tenía en cuenta para fastidiarla. «Cuidado, no te estés enredando con alguien sin nada que ofrecerte. Ya sabes que tu futuro está en Guayaquil y ni pienses contradecirme», le advirtió en plena fiesta.

Si a la relación con su madre le faltaba armonía, el vínculo con su padre carecía de proximidad. Las ausencias prolongadas de Galo Pintado lo habían convertido en un huésped de paso en su propia casa, sin autoridad en el hogar y sin los lazos que se forjan con la convivencia. Ante la aparente indiferencia de su padre, y la tensión continua entre él y su madre, Elvira llegó a desear que no regresara. Años después, cuando Galo Pintado había fallecido, se arrepintió de no haber tenido una mayor cercanía con él. En realidad, nunca llegó a conocerlo.

V

Manuel intentaba conciliar el sueño en el interior de su escondite cuando el autobús se detuvo en medio de la vía.

—¿Qué pasa? —preguntó el hombre de al lado.

—Un retén de policía —contestó Manuel, adivinando.

Los viajeros clandestinos escucharon a los pasajeros abandonar sus puestos y descender del vehículo. Momentos después, oyeron pisadas sueltas y algunos golpes contra los espaldares de los asientos: cloc, cloc, cloc.

—¿Están bien, muchachos? ¿Quieren agua? —preguntó una voz en tono marcial.

Manuel sostuvo la respiración y apretó fuerte los puños.

—¡Sabemos que están ahí! —continuó el hombre—. ¡Si no contestan, les va peor!

Pronto la voz dejó de ser neutral.

—¡Salgan ya, cabrones, o les vamos a quemar esto! —añadió poco después.

Los pasos se detuvieron frente al asiento del conductor.

—¡Traigan la gas...! —gritó de nuevo el hombre, ahora con un timbre de soberbia.

—¡La gasolina! —repitió alguien afuera.

Una pausa, nuevos pasos, nuevos golpes, cloc, cloc, cloc, más gritos, y el terror se apoderó de todos.

—¡Cerillos! —ordenó el primer hombre a viva voz.

—¡Ceriiiillos! —repitió el segundo.

Un gordo que viajaba cerca de Manuel con el estómago revuelto soltó un ventoso feroz que los dejó fulminados por la hediondez y la ira.

—¡Desgraciado asqueroso! —alcanzó a decir una de las mujeres, corriendo el riesgo de ser escuchada desde afuera.

—¡Chito! —amonestó entre dientes otro compañero.

A los latidos de corazones asustados se sumó el sonido de nuevos golpes, y enseguida la voz del conductor.

—Esto lo podemos arreglar, teniente. No hay que llegar a extremos.

—Pues no más diga usted —contestó el representante de la ley, ya moderando el tono.

Desde la caverna oyeron al chofer hablar con los agentes, y luego a estos descender del vehículo. Sus voces se fueron alejando, los golpes dejaron de sonar, los pasajeros regresaron a sus sitios, y el compañero flatulento no volvió a expresar su mal. Poco después, el autobús emprendió la marcha. Mientras los emigrantes calmaban el susto con comentarios en voz baja, Manuel sufría el suplicio de una urgencia corporal. Como último recurso se bebió el resto del agua de la botella, la deslizó a lo largo de su cuerpo y procedió a descargar en paz el contenido de su vejiga.

La única luz en los confines de la guarida residía en sus pensamientos. Buscando conjurar temores, evocó sus recuerdos del mundo que había dejado atrás.

* * *

El mundo de Paute. Los domingos acompañaba a la abuela a misa en la iglesia de San José, y de ahí salían hacia su puesto de hierbas en la plaza del mercado. Era un lugar donde se trabajaba con las esencias de la tierra y la espiritualidad de la gente, donde se hablaba de recetas curativas y se impartían consejos para el buen vivir. En ese ambiente Manuel pasó de la infancia a la adolescencia, y su mente ávida conoció las bondades de las plantas.

Aprendió de bebidas e inhalaciones, de ungüentos caseros y de sobijos, de emplastos y de infusiones. Conoció de tallos medicinales, de hojas y de raíces. De remedios contra la sarna, las manchas y la ictericia. Del diente de león para la tensión y el llantén hervido para el riñón. Que para vientre revolcado paico picado, y el agua de malva para la calma. Pulpa de sábila con miel y ron en todo caso de inflamación. De la lechuguilla y la preñadilla, el saucillo y el cilantrillo, la moradilla y el limoncillo. Baños calientes a bordo de cama, con tallos de eneldo y eucalipto en rama. Apio revuelto si hay hinchazón, borraja en horchata para el pulmón. Con miel o azúcar o con limón, agua de cebada, agua de hinojo o de perejil; agua de poleo, agua de sauco o de toronjil. Y para males no corporales aprendió de amuletos y talismanes. La pena-pena para las penas, la hierba de oso para el mal de ojo. Y escancel en miel si melancolía o tallo de pitayo si brujería.

Un día lluvioso de abril encontró en el corral de su casa una gallina afligida que apenas abría el pico para soltar eructos moribundos. La receta tradicional en casos de buche empachado era engullirle cristales frescos de sábila, pero en vista de que el animal no mejoró Manuel acudió a otro recurso. Hirvió una aguja enhebrada con hilo de pegar botones, arrimó a la llama una cuchilla de afeitar, sujetó la gallina patas arriba sobre una mesa y se dispuso a operarla. Le cortó las plumas del buche de raíz, hizo un tajo horizontal en la epidermis, apartó la primera capa de piel y lavó la herida con agua tibia a media sal. Siguiendo una costura natural que quedó expuesta cortó la segunda capa y abrió el buche para vaciar su contenido: un empaste color lodo. Enjuagó el área y cosió capa por capa hasta llegar de nuevo al cuero del plumaje. En cuanto terminó la operación, la acomodó al calor de la cocina. Al día siguiente no la encontró en su sitio: se había ido a comer con las demás gallinas.

Los domingos por la tarde acostumbraba a salir al patio a pintar sus acuarelas. Así pintó los cardenales en las ramas, los mirlos en la pileta, al loro en su torre de control, y más adelante pintó todas las aves volando por el cielo sin que hubieran salido de la jaula. En cuanto adquirió mayor destreza, las pintó de memoria en árboles y parques donde nunca habían estado o en los techos de mansiones que solo existían en su imaginación.

Esa era la vida de Manuel la tarde en que apareció en el portón de su casa un abuelo con su nieta. Venían de Gualaceo en busca de una planta recomendada para el mal estomacal que padecía el anciano. La planta solo se conseguía por encargo, y Encarnación les advirtió que debían regresar en una semana. Los abuelos se alejaron a conversar sobre las flores y hierbas del solar, y Elvira se quedó cerca de Manuel. Lo vio empapar de agua su pincel, diluir los pigmentos, aplicar humedad sobre humedad, difuminar los colores y sugerir luces perdidas en la lejanía.

Cuando sus miradas se encontraron, hubo un alto en el silencio. En un lenguaje sencillo cambiaron impresiones y en un descuido del alma se empezaron a gustar.

VI

El autobús tomó velocidad en cuanto salió de La Concordia, alejando a Elvira cada vez más de los suyos. Un pasajero pidió bolsa para el mareo al final de un tramo de curvas cerradas.

—¡Aguante, que ya vamos a llegar! —gritó el ayudante.

En efecto se aproximaban al puente de San Mateo, y en la distancia se distinguían las luces de Esmeraldas, el antiguo puerto de galeones españoles. El vehículo bordeó el mar hasta dejar la ciudad atrás. Finalmente, a las cinco y veinte minutos de la mañana el chofer anunció el arribo a Camarón, un paraje de casas pintorescas y playas espaciosas donde emprenderían una nueva etapa del viaje.

El cielo de Camarón se había descompuesto en una borrasca de truenos asustadizos que anulaban la premura de abandonar el autobús. El ayudante tuvo que lanzar una orden contundente para obligar a los pasajeros a salir. Elvira alzó su mochila por encima de la cabeza buscando protegerse de la lluvia, pero en segundos comprobó lo inútil de su esfuerzo: el aguacero caía en ráfagas cruzadas que le ensoparon el cuerpo. Cuando llegó a las lanchas de trasbordo, ya tenía agua chorreándole del pelo, agua escurriendo por la espalda, agua empapándole la ropa y, al encoger los dedos de los pies, sintió un charco de agua atrapado en sus zapatos.

En el camino hacia las lanchas que los llevarían al barco atravesaron a zancadas una barrera de algas y peces muertos depositados por la marea. Elvira percibió de lleno el olor a brisa marina que habría de quedarse en su memoria. Estaba por fin frente a la potestad del mar, una masa gris amenazante que en nada se parecía a las fotos seductoras de las agencias de turismo. Su temor aumentó al ver en la distancia la silueta del barco que la llevaría sobre el océano. Había llegado el momento de tomar el rumbo que ella misma había trazado en su carta de navegación. Sin sus hijos. Sin su esposo. ¿Qué estarían haciendo en ese instante?

Durante el recorrido en lancha las nubes se fueron disipando, el aguacero se marchó a otra parte y el sol se encendió de nuevo. Al llegar al barco, el cielo se había despejado. Los pasajeros subieron uno a uno por una escalera de cuerda, resbaladiza y peligrosa para quienes no tenían destreza de trepar. Tan pronto Elvira puso pies sobre la cubierta, vio a un tripulante de piel curtida por soles de mar que se ocupaba de verificar los nombres. Sostenía un cuaderno arrugado en una mano, y en la otra un lápiz cuya punta afilaba cada tanto con los dientes. El hombre la miró de arriba abajo, le preguntó su nombre, trazó una raya en el cuaderno y le ordenó quedarse en la cubierta.

En cuanto miró a su alrededor, Elvira confirmó sus temores: además de maltrecho y deteriorado, el barco parecía demasiado pequeño para el número de viajeros que lo abordaban.

—Oiga, señor, ¿cuánta gente cabe aquí? —le preguntó a un tripulante que pasó por su lado.

—Más de la que crees.

—Es que aquí no cabemos tantos.

—¡Claro que sí, y pare de preguntar! —replicó el hombre en tono agrio. Enseguida se dirigió a sus compañeros mientras señalaba a Elvira—: ¡Esta se cree que viaja en un crucero! —dijo en voz alta, soltando una risotada.

Las burlas de los tripulantes llegaron a sus oídos como el rugido de una fiera, pero se contuvo de confrontarlos al recordar el consejo de su abuelo: nunca hostigar a un animal desconocido.

—Es un barco para dos toneladas de pescado —le advirtió poco después un tripulante de pelo canoso y complexión de barril que los había escuchado—, pero, en cuanto a la cantidad de gente, ahí sí que no sabemos.

—¿Es usted el capitán?

—No, el capitán está arriba en su puesto de mando. Ya lo vas a conocer. Él se porta muy bien con las muchachas bonitas, y ni te atrevas a contrariarlo porque es muy rabioso.

En ese momento Elvira vio a un tripulante atravesar la cubierta con un cesto de naranjas sobre sus hombros. Su alegría fue de corta duración: el hombre pasó de largo y las subió a la cabina del capitán.

—Pues yo a ese señor no quiero ni conocerlo —respondió, arrepentida de no haber insistido en que Manuel viajara con ella.

Esparcidos por la cubierta había rollos de cuerda, arpones rudimentarios y un cabrestante motorizado para recoger los cabos del sistema de aparejo. Al lado del cuarto de máquinas se veía una banca carcomida que no invitaba a sentarse y, al costado opuesto, una red amontonada que servía de sentadero a varios tripulantes en espera de instrucciones. El resto del espacio estaba invadido de cabos, ganchos, redes, botas, guantes, palos y herramientas. En la proa resaltaban los dos brazos de arrastre que apuntaban al firmamento como las antenas de un insecto. Y a su lado, asegurados con una malla, estaban los recipientes plásticos que almacenaban combustible.

En el centro de la embarcación quedaban la cocina, el cuarto de máquinas y el único baño disponible, que ya apestaba. Sobre esa estructura se alzaba el puente de mando, al que se llegaba por una escalera empinada. Al lado del cuarto de máquinas había un fregadero con residuos de vísceras y agallas, y debajo estaban los garrotes destinados a apalear aquellos peces que tardaban en morir. En conclusión, era un barco dedicado a extraer seres vivientes de su medio natural para asfixiarlos, apalearlos, rajarlos, eviscerarlos y empacarlos. Una estructura de columnas frías y paredes pegajosas donde los susurros de un navío de madera eran remplazados por chirridos de metal. Un sitio pestilente, desordenado y, sin duda alguna, no apto para transportar seres humanos.

Elvira espantó una gaviota que trató de arrancarle las pinzas de su cabello y, procurando no tocar nada para no ensuciarse las manos, se dirigió hacia las mujeres que se habían acomodado al lado del cuarto de máquinas. En ese momento distinguió a una joven que caminaba hacia la bodega en medio de un grupo de hombres. Imitándola, Elvira se recogió el cabello, se colgó un suéter al cuello para disimular el busto y descendió junto a ellos. Una vez abajo encontró a la mayoría de los viajeros en condiciones de mayor hacinamiento y menos aire. Quiso devolverse, pero le bloquearon el paso.

La bodega era una caverna de paredes cóncavas y soportes arqueados que la hicieron pensar en el costillar de una ballena. Carecía de cualquier comodidad, y la sola concesión aparente ante la nueva carga humana fue haber deshabilitado el congelador para llenarlo de más viajeros. Las tablas de fondo se doblaban con el peso de la gente, dejando asomar un líquido verdoso que se mecía con el vaivén de la nave. El único detalle alentador lo ofrecía en lo alto un portillo traslúcido que se encendía cada vez que los rayos del sol lo visitaban.

El tripulante asignado a la bodega solía golpear uno de los mazos de apalear pescados contra la estructura de metal cada vez que impartía órdenes. La gente permanecía atemorizada. Algunos emigrantes se cubrían la boca para disimular la voz, como si les estuviera prohibido hablar. Elvira sintió de momento el acoso de las lágrimas, y buscó afanosa un sitio para desahogarse. Encontró por fin espacio en una manila enroscada como una boa gigante. Tan pronto logró acomodarse, se cubrió el rostro con las manos y estalló en llanto.

* * *

Para la época en que Elvira cursaba secundaria en el Colegio Nacional de Gualaceo conoció a sor Felisa de la Asunción, una hermana Carmelita encargada de fomentar las vocaciones juveniles. Dado su instinto acertado en atraer aspirantes, sor Felisa conseguía derrotar con frecuencia las fuerzas del destino que, como solía decir, arrastraban a las jóvenes en dirección opuesta. A sus ochenta y un años sufría las dolencias propias de la edad, pero seguía siendo ágil, conversadora y sabia.

Sor Felisa visitó el colegio la segunda semana de abril con motivo de la celebración del Día del Educador. Esta vez vio de nuevo a Elvira, ya una señorita próxima a graduarse. Se había enterado de su gusto por la lectura, además de su recato y buen comportamiento, y no le cabía duda de que sería una candidata ideal para el convento. Al final de la presentación, sor Felisa se le acercó al oído y le repitió los primeros versos del poema que la joven acababa de declamar: *El Maestro.*

> Es la chispa en la fragua de la idea
> y fanal refulgente en el camino
> del párvulo en la noche peregrino
> que hallar la luz y la verdad desea.

—Ay, hermanita, ¿se lo sabe? —preguntó Elvira, sorprendida.

—Sí, hija, desde que tenía tu edad. Siempre me ha gustado la poesía. Al igual que los libros. Hay tanta sabiduría en ellos.

La monja la tomó del brazo y caminó con ella en medio de las muchachas alborotadas por la terminación del evento. Al llegar a la puerta principal, giró el cuerpo y le hizo una invitación.

—Si vienes al convento, te mostraré un tesoro que hay allí escondido.

—¿Y qué tesoro es? —preguntó Elvira.

—Ay, niña, es algo que no tiene el brillo del oro, pero sí el de la sabiduría. Ya lo verás.

Elvira lo consultó esa tarde con su abuelo, quien le disipó cualquier duda con una sola frase: «Para ver brillar sabiduría, yo iría hasta el fin del mundo».

Tomó el autobús a Cuenca el sábado siguiente. Al llegar a la ciudad distinguió en la distancia la edificación centenaria del convento que se anunciaba al visitante con paredes escuetas y lo recibía luego bajo un portal que impartía solemnidad.

En cuanto entró a la recepción se acercó al torno de madera, punto de comunicación con el mundo de las monjas. Una voz juvenil se coló por entre la caja sonora.

—Ave María Purísima.

—Sin pecado concebida, María Santísima.

Siguiendo las indicaciones de la voz, se sentó a esperar al lado de la escalara que conducía al locutorio. Mientras recibía las fragancias de jardín húmedo proveniente del patio, observó con ojos vigilantes la cerradura antigua del portal, la cuerda de llamar desflecada por el uso y el piso desgastado por siglos de pisadas. Momentos después escuchó un sonido de bisagras y enseguida vio salir la figura venerable de la hermana Felisa.

—Qué dicha que viniste, hija —dijo la monja, tomándola del brazo.

Caminaron bajo un arco de cornisas aladas hasta un jardín frondoso que inspiraba contemplación. Había rosas de Castilla en los costados, orquídeas en los aleros y buganvillas trepadas en las paredes, en cuyo tope una mirla anidaba sus polluelos. En el centro, rodeada de canteros de flores, una fuente de piedra refrescaba el ambiente; y en el fondo, un coro angelical evocaba a la plegaria. Era un lugar donde reinaba lo divino.

Continuaron por corredores silenciosos mientras sor Felisa explicaba los quehaceres de algunas monjas que encontraron a su paso: la catequista, la jardinera, la sacristana, la ecónoma...

—Como ves, aquí nos repartimos el trabajo. Están también las voluntarias externas que andan vendiendo en la tienda lo que hacemos de repostería y obras manuales: galletitas, jaleas, escapularios, bordados, responsos. Ah, y el agua de pítimas.

—¿Y qué es el agua de pítimas, hermanita?

—Es agua de hierbas y flores para mejorar las dolencias y refrescar el alma; y, por ser tan deliciosa, el que la prueba siempre pide un «pite más». Pero sor Inés es la que tiene el mejor trabajo de todas —añadió la monja cuando pasaron frente a un salón de lectura—, es la bibliotecaria, mi oficio durante muchos años.

Al final del recorrido la religiosa encendió un candelero y la convidó a descender por las escaleras que conducían al sótano. Llegaron a un laberinto de paredes frías y corredores cruzados escasamente visibles bajo la luz de la llama. Era un lugar de soledad monacal, donde el mundo exterior había dejado de existir. Sus pisadas cortas y el correteo de ratones que cambiaban de escondite apenas alteraban el silencio subterráneo. «No temas, son animalitos de Dios», dijo la monja al sentir los dedos de la visitante clavados en su brazo.

Se detuvieron frente a una puerta que soltó un chirrido de reja carcelaria al abrir. Un aire frío les golpeó el rostro, un olor añejo invadió sus sentidos. La ansiedad por descubrir el secreto aumentaba el nerviosismo de Elvira. Sor Felisa tiró de una cuerda que encendió un bombillo y, ante la mirada atónita de la visitante, relumbró como un destello el tesoro prometido.

Eran cientos de libros antiguos atiborrados en estantes de madera. Algunos tomos apilados en el suelo formaban una torre inclinada de Pisa que amenazaba con derrumbarse ante el más leve movimiento. Otros volúmenes descansaban sobre una banca de madera. Resultaba evidente que aquella era solo una residencia temporal para tan importantes huéspedes. Sin embargo, se notaba que recibían el cuidado de una mano diligente, ya que estaban limpios y ordenados. Las fragancias atrapadas en el recinto acentuaban la edad provecta de los libros y, tal que el buqué de un vino añejo, avivaban el interés por degustar su contenido.

La monja apagó la vela, abrió espacio en la banca y la invitó a sentarse junto a ella. Enseguida extrajo un pañuelo de la manga de su hábito, se frotó las manos con el rigor de un cirujano y se lo pasó a la joven, instándola a hacer lo mismo.

—Debemos estar tan pulcras como si fuéramos a alzar a una criatura —le dijo.

Sin esperar instrucciones, Elvira tomó un libro del estante y empezó a hojearlo. Encajaba perfecto en la palma de su mano, lo que la llevó a recordar el devocionario de su primera comunión.

—¡Qué lindo! —dijo—, y tan pequeñito.

—Sí, es tamaño dieciseisavo.

—¿Dieciseisavo?

—Se refiere a los dobleces de un folio de papel. Un solo doblez da tamaño medio; dos dobleces, tamaño cuarto; y así en adelante.

La monja abrió el volumen en el frontispicio, donde encontró el grabado de un monje de rodillas con los brazos cruzados. Desde un resquicio del cielo, un haz de luz le iluminaba el rostro. En la parte superior del grabado estaba escrito el nombre de la obra, que sor Felisa leyó en voz alta:

—*Avgustini Hippon Epifcopi Confessionvm*. Confesiones de san Agustín, obispo de Hipona —tradujo enseguida. Luego leyó la fecha de impresión—: Año de 1549. Es uno de los más antiguos de la colección. La encuadernación es en piel de carnero; realmente hermosa.

Sor Felisa le mostró las venas diminutas que resaltaban del lomo cual puntadas de oro en la casulla de un cardenal.

—Hay otra manera de confirmar su antigüedad —dijo la monja al ver a Elvira aspirar sus esencias centenarias. Enseguida tensionó un grupo de hojas con el anular, acercó el ejemplar al oído de la visitante, y las soltó en rápida secuencia—. Escucha —dijo la monja—, es el sonido de la antigüedad.

Elvira regresó el libro a su lugar y trató de atraer otro por el lomo. Enseguida sor Felisa se puso de pie y la detuvo.

—No, hija, así no. Los libros no se arrastran, se alzan como a un bebé.

Se trataba de un volumen tamaño folio, difícilmente abarcable con las manos. Lo descargó sobre sus rodillas y empezó a observarlo. Era un ejemplar en piel de carnero repujada, lomo con nervios gruesos en relieve y heraldo estampado a presión. Dos cordones desgastados sostenían broches de cierre que custodiaban su contenido.

—Mira qué hermoso —afirmó la monja, a pesar de que la encuadernación se veía fatigada, el cuero aparentaba sequedad y el lomo mostraba desgastes de uso.

La monja leyó en voz alta:

—*Symbola Christiano Politica*. Dedicado al príncipe de España, nuestro Señor, por don Diego Saavedra Fajardo, del Consejo de su majestad en el Supremo de las Indias. Edición de 1649, Imprenta Real de Madrid.

El texto contenía numerosos grabados en madera, diseñados con fines didácticos. La visitante continuó feliz su viaje por los siglos, encantada de tener en sus manos aquellas reliquias del conocimiento y, a su lado, aquella fuente de sabiduría. Aprendió a distinguir los empastados, la firmeza de los lomos, la textura de las hojas, el grosor de las venas. Había tomos en letra gótica y romana, tomos con cortes desteñidos, y unos cuantos con filetes dorados y ornamentos. Libros y más libros, que invitaban a navegar por los mares del saber.

De pronto escucharon el chirrido de una puerta y, enseguida, un ruido de pisadas. La monja apagó la luz, sujetó a Elvira del brazo y se quedó inmóvil. El sonido de sus respiraciones se amplió en la oscuridad. Elvira sintió un sudor helado bajarle por el cuello. Los pasos se acercaron, el resuello se apuró, el sudor se acumuló.

—¡Hermana Felisa! —anunció frente a la puerta una voz que hizo eco en los corredores.

—¡Ah! Es la hermana Celeste —dijo sor Felisa al tiempo que encendía de nuevo la luz—. ¡Aquí estoy!

—Acaba de sonar tu campana. ¿Vienes a las vísperas?

En tanto la joven recobraba el aliento, sor Celeste apagó la vela de un soplo.

—Síííí, pero acércate, hermana —continuó sor Felisa—, esta jovencita es Elvira. Muy aplicada, por cierto.

—¿Viene a hacer el noviciado?

—Si es esa la voluntad del Señor.

Las dos monjas hablaron de las virtudes de la vida religiosa, hasta que sor Celeste encendió la vela y emprendió el regreso.

—¿La hermanita Celeste siempre baja a llamarla? —preguntó Elvira al quedar de nuevo solas.

Sin caer en la cuenta de que nadie más podría escucharla, sor Felisa le murmuró al oído:

—Sí, cuando me tardo. La hermana Celeste es la única en el convento que está enterada de los libros.

Al ver que Elvira la miraba con aire de querer saberlo todo, la monja amplió su respuesta.

—Un tiempo atrás, cuando ya nadie los consultaba, la madre superiora los retiró de la biblioteca para enviarlos a Quito. «Es en el Seminario Mayor donde deben estar», decía. Sin embargo, los preparativos para el envío no fueron una prioridad en el convento, y los libros terminaron arrumados en el sótano. Siempre busqué protegerlos del mal tiempo y de las malas decisiones.

»Poco después falleció la madre superiora, y en el interregno de madres temporales que siguió nadie más se ocupó de ellos. Excepto yo. Para esa época había llegado una novicia con el mismo interés tuyo por la lectura, así que decidí compartir con ella mi secreto y, de paso, enseñarle latín. Con frecuencia sacábamos ejemplares y los leíamos juntas en las horas de descanso. En las noches de tormenta nos levantábamos para protegerlos de las goteras.

Sin perder el hilo de la historia, Elvira se puso de pie y regresó al estante varios tomos que había terminado de mirar. Sor Felisa retiró el pañuelo de su manga, se secó la frente con toques consentidos y continuó:

—La novicia de quien te hablo es la hermana Celeste, la que acabas de conocer. Pero ella se queja de que el frío del sótano le hace crujir los huesos.

La monja se puso de pie y explicó que debía estar presente en la capilla. A pesar de que deseaba seguir mirando libros, Elvira se alistó para salir.

—¿Te gustaría volver el próximo sábado? —preguntó sor Felisa.

—Claro que sí, hermanita —respondió mientras regresaba al estante el último ejemplar en sus manos. En ese momento vio un baúl arcaico asegurado con un cerrojo de hierro.

—¿Qué hay en este baúl, hermana?

—Más libros.

—¿Los puedo ver?

—No por ahora. Primero tendré que explicarte algunas cosas. Vámonos.

Mientras Elvira la seguía de cerca, la hermana Felisa encendió la vela, apagó el bombillo, llaveó la puerta, subió las gradas y, al llegar al portal, la despidió con abrazo y bendición.

—¡Hasta el sábado! —se dijeron a la vez.

La puerta se cerró, la monja se fue a orar, y Elvira regresó a su casa, ansiosa por hablar con el abuelo.

—¡Ay, abuelito, si supieras todo lo lindo que vi!

Y, con la exaltación de una chiquilla que acaba de ir al circo, ojos chispeantes y voz pizpireta, le contó y le volvió a contar de los tesoros del convento.

VII

Eran las cinco de la tarde cuando Manuel y sus compañeros oyeron abrir la portezuela y enseguida la orden de salir. El conductor y su ayudante arrastraron de los pies a quienes tuvieron a su alcance, y se valieron de un gancho sujetado a una vara para sacar el resto. Pronto confirmaron el estado lamentable del grupo. La mayoría salieron entumecidos, mareados, desorientados por completo y, a pesar de que el sol había bajado, tampoco toleraban la intensidad de la luz. Se sentían tan maltratados que algunos no podían ni moverse. Quienes lograron ponerse de pie apenas se sostenían apoyados unos en otros. Algunos se tendieron bocabajo para calmar las mataduras en la espalda.

Nada más salir, Manuel se enteró de que quedaba un hombre adentro, mudo y rígido, y fuera del alcance de la vara. En vista de que nadie acudía a socorrerlo, se ofreció de voluntario. Sin embargo, al asomarse de nuevo a la caverna de metal lo detuvieron los mismos humores fétidos que respiró durante tantas horas. Trató de retroceder, pero en esas lo empujaron, y lo siguieron empujando hasta alcanzar el objetivo. Cuando confirmaron que el viajero tenía vida, le echaron agua fría y lo recostaron contra un tronco como muñeco de Año Viejo.

Momentos después el conductor salió al encuentro de dos hombres que llegaron en un vehículo. Luego de hablar y bromear con ellos, regresó con el anuncio de que cada uno debía entregar una cuota de veinte dólares. Se trataba, según dijo, del dinero que había pagado al oficial por permitirles continuar el viaje. Maltrechos como estaban, y sin ánimo de pleito, los viajeros extrajeron de sus escondites corporales los billetes estrujados para pagar la cuota.

Apeñuscados como gallinas en guacales, continuaron en un camión hacia Cananea, estado de Sonora, hasta entonces el sitio más cercano a la tierra prometida. Al llegar al paraje convenido se detuvieron frente a una enramada, donde luego de una merienda ligera se acostaron a dormir.

La mañana siguiente Manuel se acercó a una alberca para quitarse el sudor apelmazado. Algunos compañeros empezaron a hacer lo mismo, hasta que alguien notó el hervidero de gusanillos que subían a la superficie doblándose por la mitad.

—Son gusanitos maromeros —avisó una muchacha que los conocía.

—¡Gusarapos! —concluyó otra mientras se echaba agua—, ¡no hacen nada!

Poco después escucharon la orden de marchar; había llegado el momento de conquistar terreno a pie. Bordearon cercas, avanzaron por caminos engañosos y atravesaron laderas rodeadas de árboles cuyas ramas parecían saltarles al camino. Al principio creyeron estar en una región desolada, pero pronto notaron las huellas de caminantes anteriores.

La meta inicial era Los Toldos, un sitio recóndito que de un pequeño conjunto de puestos de comida había pasado a ser un nutrido bazar de toldos desteñidos, letreros mal escritos y vendedores en continua algarabía. Los viajeros recién llegados se distinguían de los demás por las huellas frescas del sufrimiento, y porque siempre se veían asustados. Su abatimiento reflejaba no solo el grado de pericia de los *coyotes* —los hombres encargados de cruzarlos la frontera—, sino la ruta escogida para llegar allí.

En ese ambiente los inmigrantes eran una especie de carnada para los timadores y oportunistas que se mantenían al acecho. Estaban divididos en dos grupos: los novatos, por lo general más atrevidos y pendencieros; y los duchos, gente de piel curtida por el sol que operaba sin la zozobra de los primeros. Se consideraban perros viejos acostumbrados a ladrar sin moverse de sus puestos. Preferían el apelativo de «polleros», que sugería el cuidado de sus pollos, al de «coyotes», que implicaba devorárselos.

La vida en Los Toldos giraba alrededor del cruce clandestino de la frontera. Todo lo que allí se comerciaba servía ese objetivo: zapatos deportivos, gorros de tela y sombreros de ala grande; ungüentos, esparadrapo y curas; aceites protectores y cremas para las peladuras; colchones sudados para descansar algunas horas; pollo al carbón con una capa de polvo por encima; ristras de chorizos colgadas de las barandas; panes de colores llamativos; bebidas, galletas y enlatados; amuletos contra las mafias, contra la migra, contra los hechizos.

—Lleve el remedio *pa* la cursera —le ofreció un vendedor mientras enseñaba varias tabletas diminutas envueltas en un trozo de periódico.

—¿Para qué? —preguntó Manuel, sorprendido.

—¿Qué? ¿No sabes? Con lo mal que te alimentas y el miedo que llevas por dentro, se te van a aflojar las tripas. Mejor échate un par. Lo peor que te puede pasar es que te coja la migra con el culo pelado detrás de un chaparral.

—Pues yo tengo fe en que nada me va a pasar —replicó Manuel mientras se alejaba.

Por dondequiera que caminaba encontraba corrillos de gente conversando sobre sucesos migratorios cuyo final, trágico o feliz, era imposible predecir. De todos los temas se arrancaban enseñanzas: que no se aparten de los coyotes ni crean sus amenazas; que lleven zapatos resistentes y agua en abundancia; que no se hagan los valientes si no quieren morir primero. Y recordar que cerca de Puebla hay un rancho donde la gente habla con acento extranjero. Pueden decir que son de allá si los detiene la migra.

En Los Toldos, los rumores se transformaban en historias verdaderas de tanto repetirse, y las historias verdaderas se convertían en rumores tras el mismo camino regresivo. Era un mundo en el que nadie revelaba su origen, nadie hablaba de cuándo partía ni con quién andaba. Abundaban, eso sí, los espías y soplones. La información necesaria para el funcionamiento de aquel servicio se obtenía mediante ellos. Los policías federales mexicanos tenían espías para conocer los negocios de los coyotes; los asaltantes tenían espías, los coyotes tenían espías, los espías tenían espías.

—Aquí, el que busca pasar pasa, si es que de veras quiere. Si no es con un pollero, entonces es con otro —dijo un hombre de risa burlona.

Entre todos, si no ganaba dinero uno, lo ganaba el otro, pero eran siempre ganadores. ¿Y los viajeros? Los viajeros eran siempre perdedores.

Manuel no dejaba de asomar la cabeza en puestos y corrillos en su afán por comunicarse con su esposa. En esa búsqueda llegó a un grupo en el que se hablaba de los peligros que acechaban en el camino.

—Es un milagro si no te asaltan —advirtió un veterano de piel ajada, que había sido coyote cuando todo era más fácil—. Lo mejor es llevar lana suelta y lanzarla sin chistar.

Un hombre que vendía refrescos desde dos termos gigantes terciados a la espalda se metió en la conversación.

—Y las mujeres que vienen solas más vale que se busquen un marido durante el viaje o si no se las van a echar —dijo, soltando una carcajada que terminó en ataque de tos.

—También se aprovechan los choferes —aseguró el coyote veterano.

—Con que esas tenemos —dijo alguien en el grupo.

—Pues sí —añadió el hombre de los refrescos, sin reparar quién lo escuchaba—. Los choferes les dan un pitazo a los federales cuando llevan pollos escondidos. Los federales salen al camino, les meten un pinche susto y luego mandan unos cuates a recibir la mordida. Me lo contó mi primo, que maneja un autobús por estos lares.

—Eso no es nada —añadió un comerciante que lo había escuchado todo—, espera a que estés al otro lado y verás que muchos te odian sin siquiera conocerte.

Manuel sintió un torrente de rabia que lo llevó a apretar los puños. Sacudió la cabeza en señal de repudio, y continuó buscando la forma de hablar con su esposa. La dueña de un puesto de comida le ofreció, mientras blandía un cuchillo carnicero, comunicarlo donde fuera por un precio exagerado. Manuel aceptó sin regatear, justificando el gasto por la urgencia del momento. Estuvo marcando una serie de números que según ella eran correctos, pero que en ningún momento lograron conectarlo.

Se disponía a alejarse del lugar cuando la vendedora lo increpó:

—¡Órale, güey, si son diez dólares!

—¿Y cómo voy a pagar sin haber hablado nada? —replicó Manuel.

—¿Que no vas a pagar? ¡A ver la lana! —gritó la mujer al tiempo que estrellaba el cuchillo contra la mesa.

Alertada por el bullicio, la gente empezó a agruparse a su alrededor. En medio del nerviosismo, Manuel oyó a dos hombres que hablaban a su espalda.

—¿Si no la suelta?

—Se la quitamos.

—¿Si se defiende?

—Lo madreamos.

—¿Y si sale bravo?

—Lo pelamos.

De repente un gordo corpulento de pelo erizado y mirada maliciosa salió de un cuchitril contiguo esgrimiendo el enorme poder de su armazón. Era el hijo de la dueña. Un mechón puntiagudo en la barbilla le había ganado el remoquete de Chivo. Su rostro esbozaba una sonrisa burlona con la que parecía recoger la aprobación de los suyos. Le bastaron dos zancadas para quedar frente a Manuel.

Para el Chivo, una pelea no era más que un cambio de rutina. Para la población estacionaria de Los Toldos, era el único momento de diversión. Enseguida comenzaron las apuestas. Conociendo la reputación del Chivo, no había duda del desenlace; la única variable residía en la duración de la contienda. Sin embargo, pronto confirmaron que el Chivo nunca había peleado contra alguien como Manuel, y que Manuel nunca había peleado contra alguien como el Chivo, porque Manuel nunca había peleado.

Era una pelea primitiva. Antes de que el visitante tomara una pose defensiva su adversario le asestó un golpe de rodilla que le bajó el color del rostro y lo dejó mordiendo tierra. Manuel buscó ponerse de pie, pero el Chivo lo arremetió a puñetazos que solo cesaron tras la intervención de la gente. No lo hicieron por compasión: les preocupaba que terminara demasiado pronto la contienda. Luego de una pausa cargada de gritos y rechiflas, el hombre reanudó el ataque. Esta vez Manuel se alistó a recibirlo igual que a los chivos agresivos de su tierra: valiéndose de su impulso para hacerle perder el equilibrio. En medio de la algarabía, con el fuego del sol encendiéndole las mejillas, agarró al atacante por los brazos y lo lanzó contra una mesa de comida. Trastes, moscas y escupitajos saltaron por el aire. Las apuestas empezaron a cambiar a favor del forastero.

El Chivo se frotó el cabello con las manos, escupió en el suelo varias veces y, agitando los brazos, se dirigió a su contrincante:

—¡Ahora sí que te vas a la chingada! —le gritó.

Había cambiado su risa burlona por una mueca de furor. En cuanto estuvo cerca de Manuel, le asestó un golpe en el rostro que lo lanzó de lleno al suelo, dejándole un rodete encendido en el pómulo. Dos hombres lo ayudaron a pararse en tanto que la gente gritaba enardecida.

Tan pronto los apostadores notaron sus escupitajos rojos, corrieron a animarlo. Lo sentaron sobre una artesa volcada, le echaron agua sucia, le pasaron un trapo grasiento por el rostro y, entre risas y palmoteos, se lo soltaron de nuevo al Chivo. Bastó un solo golpe en un costado para que Manuel cayera contra un recipiente de basura. Ya seguro de su triunfo, el atacante pasó a extasiarse con el clamor de sus amigos. Manuel tenía la vista apagada, la boca pegajosa, y las risas y los gritos de la gente le llegaban en burbujas como si estuviese bajo el agua. Un hilo de sangre le manchaba la camisa. Sin embargo, un instinto de fiera desafiante se apoderó de él. Tras una breve pausa logró incorporarse y, con el valor temerario de quien rechaza un agravio, encaró a su rival. Quería confrontar, no esquivar, al enemigo. Los asistentes redoblaron los aplausos. Las apuestas siguieron aumentando a favor del forastero.

El Chivo arremetió enfurecido, y Manuel aprovechó su impulso de bestia lerda para lanzarlo de bruces contra un poste. Un crujido de huevo estrellado enmudeció a la audiencia. El agresor quedó tendido en el suelo, y solo después de una descarga de agua logró ponerse de pie. Agitó los brazos, succionó saliva y, haciendo una mueca de dolor, escupió un diente por entre sus labios espumosos. La pieza cayó en medio de un rodete de sangre. Era, en efecto, una pelea primitiva.

De repente los gritos de la gente se tornaron angustiosos: «¡Que así no, que no lo dejen, que lo mata!». Habían visto al perdedor enderezarse la nariz con la punta de los dedos, agarrar el cuchillo carnicero de su madre y lanzarse furibundo contra la humanidad del rival. Los ojos de Manuel, apagados por los golpes, no lograban enfocarlo. Aun así, distinguió en la distancia el reflejo del cuchillo. Viéndose sin tiempo de detener la muerte, alzó los brazos en un último esfuerzo defensivo.

—¡Nooo! —alcanzó a gritar.

La explosión repentina de un disparo de revólver paralizó la acción.

—¡Cálmate ya, pinche cabrón! —gritó entre la humareda de pólvora el hombre de los termos de refresco. Había disparado al aire para impedir un desenlace que, según explicó después, sería fatal para el negocio.

Y, entre palmoteos y ovaciones, entre risas y clamores, entre pérdidas y ganancias, se dio por terminada la función. Cuando Manuel se alejaba del lugar, un apostador complacido con su botín le embutió un puñado de billetes en el bolsillo de la camisa. Manuel trató de rechazarlo, pero sus brazos no le obedecieron. Apenas tuvo fuerzas para llegar a su sitio de descanso.

Ya por fin tendido en su colchoneta, aturdido, adolorido y triste, cuando parecía que nada podía sumarse a las incidencias del día, escuchó en la penumbra la voz inconfundible de un paisa colombiano: «Ay, ¡qué triste es amar sin ser correspondido! —exclamó el hombre, en son de trovador—, ¡pero más triste es acostarse sin haber comido!».

VIII

Poco antes del mediodía la tripulación elevó el ancla y el pesquero empezó a desplazarse. A la izquierda de Elvira, recostado a un cajón de madera, viajaba un hombre cuya mirada revelaba el susto de estar allí. A su derecha, un joven de cabello teñido de púrpura y cejas depiladas conversaba en voz baja con otro de corte de pelo a ras. Y, sentada frente a ella sobre un trozo de cartón, una señora abrazaba a un jovencito que lucía zapatos deportivos color rojo encendido. La señora avanzaba un rosario entre sus dedos mientras oraba con el fervor de quien busca conjurar una desgracia. Tan pronto se percató de Elvira, la mujer abrió un espacio a su lado y la convidó a sentarse.

—Ven, me llamo María. ¿Quieres rezar conmigo?

Animada de ver a alguien en comunicación con Dios, Elvira aceptó la invitación. Poco después se acercaron otros viajeros, y entre todos formaron un grupo de oración cuyas voces hacían eco en la cavidad de acero. En su fe labrada en un catolicismo antiguo, María terminó los misterios gozosos y continuó recitando letanías y responsos con ingente rapidez y a ojos cerrados. Sus seguidores respondían al unísono con «amén» y «*ora pro nobis* » mientras el resto de los viajeros en la bodega les otorgaba el respeto del silencio.

Elvira recordó entre sus lecturas de juventud los *Cuentos de Canterbury*, libro en el que los integrantes de un peregrinaje medieval al norte de Inglaterra buscaron aliviar el hastío de su viaje compartiendo sus historias. Quiso entonces distraer la tristeza colectiva con una idea similar que los tomó por sorpresa.

—¡A ver! —exclamó mientras estrellaba con fuerza las palmas de sus manos—. ¿Por qué no nos contamos un poco de lo que nos trajo aquí?

Elvira no pudo evitar que el timbre de su voz la delatara: detrás de su aparente entusiasmo acechaba el dolor de haber dejado a su familia. Se necesitaron varios segundos para que el grupo superara la sorpresa, y ella recuperara el aliento. Algunos viajeros movieron la cabeza en señal de aprobación. Otros confirmaron su interés acercándose a escuchar.

Habló primero el hombre que viajaba recostado sobre el cajón de madera. Al ponerse de pie resaltaron su figura maciza y sus manos fuertes y callosas. Les asombró la rapidez con que pasó de un silencio triste al interés por compartir su historia.

—Me llamo William —dijo— y busco mi lugar en otras tierras porque en mi país no lo he encontrado. Soy carpintero y constructor, pero voy dispuesto a trabajar en lo que sea.

Contó que al no conseguir trabajo decidió seguir los pasos de su padre, radicado en Chicago desde hacía varios años. Era su segundo intento de emigrar.

—En el primero —continuó diciendo mientras se apoyaba en una viga de acero—, el barco en que viajaba se quedó a la deriva y los tripulantes se fugaron. De milagro nos rescató un buque carguero que pasó cerca.

—¿Y aun así le quedaron ganas de volver? —preguntó uno de sus compañeros.

—Sería más triste quedarme estancado sin salir a buscar suerte. En el juego de la vida uno puede ganar o perder, y yo lo que quiero, al menos, es poder jugar.

Enseguida tomó la palabra una mujer que se había acomodado cerca de ellos.

—Mi nombre es Edilma, y a mí me sucedía lo mismo. Me sentía estancada en la vida que llevaba y llegó el momento en que tenía que hacer algo.

Dijo que era maestra en un pueblo del Cañar y que su salario no le alcanzaba para mantener a sus hijos. Además, no solo estaba el problema de subsistir; era que tampoco le quedaban fuerzas para compartir las penas de tantos alumnos que la migración había dejado sin sus padres. Tras una breve pausa, agregó:

—Son niños sin nadie a quien mostrar una calificación sobresaliente, niños que reciben la Navidad sin un abrazo de sus padres. Nosotros los maestros damos lo que podemos, pero al final resulta insuficiente. Lágrimas, es todo lo que hay. Lágrimas al comenzar las clases, en el momento del recreo, a la hora de la salida. Tantas lágrimas que a mí como maestra no me quedaba espacio para derramar las mías —agregó entre sollozos.

Si bien las pisadas en la cubierta superior habían disminuido, el rugido del motor y su humareda insalubre perturbaban el ambiente. De fondo se escuchaba también el sonido de gente carraspeando, gente acomodándose en sus puestos.

Habló después María, la devota. Contó que viajaba con su nieto, de quien se había hecho cargo desde hacía ocho años. Había retomado el papel de madre sin tener la juventud, y ahora batallaba con un niño que imploraba cada día el regreso de sus padres, ayudándolo a calmar un dolor que no sanaba.

—La historia de mi hija es la de tantas muchachas que sufren el vacío del esposo ausente —continuó—. Lo más triste es que tarde o temprano circulan los chismes sobre el mal comportamiento de la persona que quedó atrás. Entonces el que se fue ya no manda dinero, sino un poder.

—¡Es el diablo, que insiste, y la otra, que no resiste! —irrumpió entre risas uno de los viajeros.

María hizo caso omiso de la impertinencia del hombre y continuó:

—El problema es que aquí tomaron la costumbre de solucionarlo todo con un poder. Mandan un poder para comenzar el divorcio, para repartir los bienes, para imponer sus caprichos. Yo le dije a mi hija que se fuera a buscar a su marido antes de que le llegara el poder y se desbaratara todo. Me quedé a cargo de mi nieto, pero llegó el momento de entregárselo a sus padres en el propio Nueva York.

La joven que Elvira había visto bajar a la bodega propuso luego contar lo suyo. Por su evidente fogosidad, parecía ansiosa de revelar su historia.

—Me llamo Maritza —dijo con su voz aflautada de chiquilla—, y este viaje es el regalo de cumpleaños de mi abuela.

—¿Regalo de cumpleaños? —preguntó alguien en el grupo.

—Sí, el mejor de mi vida.

Maritza se despejó el cabello de la frente antes de proseguir.

—Verán, mi padre pensaba que yo había resultado de una infidelidad y nos abandonó cuando nací. Él decía que se había ido por honor, y mi madre que se había ido por terco. Me dieron en adopción, pero luego mi madre, arrepentida, pidió que me devolvieran. De todos modos, terminé con un apellido diferente al de mis hermanos, y ellos nunca me aceptaron. Con el tiempo me convertí en una arrimada en mi propia casa.

»Sufrí muchos desprecios, pero lo peor empezó una tarde que regresé del colegio y mi hermano mayor trató de subirme la falda. Yo ya estaba grandecita y me defendí como pude. Luego corrí a decírselo a mi madre, pero ella no me creyó, ni esa ni las demás veces que el hombre intentó lo mismo. Por último, se lo conté a mi abuelita, y ella sí me creyó. De ahí en adelante se las arreglaba para aparecerse de la nada cada vez que el infeliz venía a acosarme.

»Ella le daba un pellizco retorcido que lo hacía fruncir del dolor, y a mí atacarme de la risa. Una madrugada llegó tomado de una fiesta y subió a meterse a mi cuarto. Cuando se agachó a escarbar debajo de mis cobijas, entró mi abuelita y le descargó un zapatazo en la cabeza que lo hizo mugir como una vaca. Yo me levanté muy asustada, pero ella me tranquilizó. Desde entonces no me dejó sola ni un instante y hasta se inventó un pretexto para venirse a dormir conmigo.

Maritza se quedó pensativa, en tanto que sus ojos expresivos recogían las miradas de la audiencia. Sin perder el hilo de la historia, continuó:

—El día que cumplí dieciséis años mi abuela anunció que de sus ahorros me tenía un regalo para que yo buscara mi felicidad en otra parte. También me dijo que así ella no volviera a verme, igual moriría tranquila sabiendo que yo iba a progresar. Entonces nos abrazamos y lloramos juntas, como lo hicimos de ahí en adelante hasta la mañana de mi partida. Eso sí, le dejé a mi madre una carta de veinte páginas empapadas en lágrimas, en las que descargué todo el dolor acumulado. Y aquí estoy.

* * *

Elvira regresó al convento el sábado siguiente. Junto con la monja encendieron la vela, bajaron las gradas, esquivaron los ratones, hicieron chirriar la puerta y de un tirón a la cuerda iluminaron de nuevo el tesoro resguardado.

Esta vez Elvira se dirigió a la sección de libros en español. Teniendo en cuenta los cuidados aprendidos en la visita anterior, extrajo nuevos volúmenes, contempló grabados y leyó atenta títulos y autores.

Memorias para la historia de la virtud, sacadas del diario de una señorita, Alcalá, año de 1792; *Tratado de la vanidad del mundo y de meditaciones devotísimas del amor de Dios*, por el M. R. P. FR. Diego de Estella, de la Orden de San Francisco. Madrid, Imprenta de don Pedro Marín, 1775; *Discurso sobre la historia universal para explicar la continuación de la religión y las varias mutaciones de los imperios*, Madrid, Andrés Ortega, 1767.

De repente cerró el ejemplar que tenía en sus manos y señaló hacia el rincón.

—¿Ahora sí puedo ver lo que hay en el baúl?

—A su tiempo, hija. A su debido tiempo. Antes debes saber sobre otro tema.

Al decir esas palabras la monja se dirigió a la sección de textos en latín, sacó un ejemplar tamaño folio y leyó en voz alta:

—*Index Librorum Prohibitorum*. Lista de libros prohibidos —tradujo—. Como puedes ver, este es un ejemplar impreso en 1564.

Sor Felisa regresó el libro a su lugar y tomó una versión del mismo en castellano: *Índice último de los libros prohibidos y mandados a expurgar: para todos los reynos y señoríos del católico rey de las Españas, el señor don Juan Carlos IV*. Año de 1790.

Mientras Elvira hojeaba el pesado tomo, sor Felisa le habló de su contenido.

—Es una lista de libros elaborada por el Santo Oficio y que fue actualizada a través de los siglos. Incluso en la época en que hice mi noviciado todavía se publicaba.

Movida por la curiosidad, Elvira leyó algunos títulos de la lista prohibida: *Fabulas,* de La Fontaine; *Ensayos,* de Montaigne; *Pensamientos,* de Pascal. La monja extrajo luego una versión más reciente de la lista prohibida y se la pasó a la visitante: *Gran diccionario universal*, de Larousse, encontró Elvira al abrir sus páginas.

—¿El diccionario Larousse? ¿El que usamos en el colegio? —preguntó, sorprendida—. ¿Por qué eran prohibidos?

—Era un esfuerzo de la Iglesia por reprimir libros que atentaran contra la fe y la moral.

Elvira continuó repasando títulos de la lista hasta que preguntó alarmada:

—¿*Madame Bovary*? ¿Era pecado leerlo?

—¡Ay, hija! Por eso te digo que debes esperar hasta conocer toda la historia. Pero te adelanto que algunos autores como Miguel Servet y Giordano Bruno fueron condenados a la hoguera a causa de sus escritos. La Inquisición también intentó destruir sus obras, pero de milagro se salvaron algunos ejemplares que aún se conservan y, claro, hoy son una reliquia.

—¿Y esos libros están aquí?

—Ya lo sabrás, hija. A su debido tiempo.

Elvira cayó en la cuenta de que se acercaba la hora de partir. Sin embargo, sor Felisa le arrebató cualquier intención de irse mencionándole otra obra. Apoyada en los hombros de la joven alcanzó un ejemplar tamaño cuarto y le enseñó el título: *Fama y obras posthumas del Fénix de México, Dézima Musa, Poetisa Americana, Sor Juana Inés de la Cruz*, 1704.

—Sor Juana Inés era la persona más amante de los libros que se haya conocido —dijo sor Felisa, con aire de tristeza.

—¿Y aun así entró al convento?

—Justo por eso entró al convento.

—¿Para estudiar más?

—Estudiaba lo que podía.

Elvira se había puesto de pie anticipando su partida, pero ante el presagio de que la historia la iba a cautivar se sentó de nuevo. La monja tomó el ejemplar en sus manos, repasó algunas páginas, lo orientó hacia la luz y continuó su relato:

—Todo parecía ir bien hasta que la madre superiora le pidió que comentara sobre un sermón escrito años atrás por el obispo de Puebla, su superior en ese entonces. La religiosa aprovechó la oportunidad para expresar su entusiasmo por el estudio. El obispo le envió entonces una misiva que en realidad era una orden disfrazada de consejo: debía dejar los asuntos seculares y dedicarse exclusivamente a temas sagrados. Fue cuando sor Juana Inés escribió su famosa *Filotea*, un razonamiento epistolar que cambió su suerte. Pero, vamos, niña, mejor leamos un aparte.

Sor Felisa apartó la tira amarilla de papel con que señalaba el comienzo de la *Filotea*. Alzó el libro a la altura del pecho, avanzó algunas páginas y, con una agilidad que sorprendía a sus años, comenzó a leer en voz alta:

> Pero todo ha sido acercarme más al fuego de la persecución, al crisol del tormento; y ha sido con tal extremo que han llegado a solicitar que se me prohíba el estudio. Una vez lo consiguieron con una prelada muy santa y muy cándida que creyó que el estudio era cosa de Inquisición y me mandó que no estudiase. Yo la obedecí (unos tres meses que duró el poder de ella mandar) en cuanto a no tomar libro, que en cuanto a no estudiar absolutamente, como no cabe debajo de mi potestad, no lo pude hacer, porque, aunque no estudiaba en los libros, estudiaba en todas las cosas que Dios creó, sirviéndome ellas de letras, y de libro toda esta máquina universal.

Como si atrapara una mariposa, sor Felisa presionó una palabra con el índice y le pasó el libro a Elvira.

—Lee tú ahora, hija, que a mi edad ya me canso de la vista.

La joven se disponía a leer cuando la monja agregó:

—Lo consiguieron. Es lo triste de la historia.

—¿Consiguieron qué, hermanita?

—Alejarla del estudio. Pero lee, hija, lee.

Y Elvira leyó:

Pues ¿qué os pudiera contar, señora, de los secretos naturales que he descubierto estando guisando? Ver que un huevo se une y fríe en el aceite y, por el contrario, se despedaza en el almíbar; ver que para que el azúcar se conserve fluido basta echarle una muy mínima parte de agua en que haya estado membrillo u otra fruta agria... Por no cansaros con tales frialdades, que solo refiero por daros entera noticia de mi natural, y creo que os causará risa; pero, señora, ¿qué podemos saber las mujeres sino filosofías de cocina? Lo dijo Lupercio Leonardo, que bien se puede filosofar y aderezar la cena. Y yo suelo decir, viendo estas cosillas: si Aristóteles hubiera guisado, mucho más hubiera escrito.

—¡Qué ocurrencias! —exclamó la hermana, que volvió a colocar la tira amarilla en su lugar y regresó el libro al estante.

—Aquí estarán estos libros para que los atiendas si te vienes con nosotras. Serás una madre ejemplar para ellos —dijo. La monja atrapó las lágrimas que rodaban por sus mejillas y añadió—: Yo ya voy camino hacia el Señor y no quisiera dejarlos desamparados.

Elvira llegó a casa con las vivencias de la tarde dando vueltas en su cabeza. En razón al llamado vocacional que ya sentía, midió con cautela las implicaciones de tomar el paso de visitante del convento a oveja en su rebaño. En las semanas siguientes continuó su acercamiento con la hermana Felisa y se familiarizó con el resto de la comunidad religiosa que para ese entonces la recibía como a una de las suyas.

Sintiéndose ya segura de sus planes, decidió abordar el tema con su madre.

—¿Que quééé? —preguntó María Paz, soltando un grito que estremeció la casa—. ¿Te has vuelto loca?

—Madre, allí todo es tan lindo, y voy a aprender muchas cosas.

—Pues más aprenderás si te vas a estudiar a Guayaquil. Ya sabes que allá está tu futuro y punto.

—Pero es que yo siento la vocación por dentro.

—¿Sí? ¿Y dónde quedan los sacrificios que hemos hecho por ti?

Tras esas palabras, María Paz se cubrió el rostro con las manos y se fue a llorar a su habitación.

—¡Eres una malagradecida! —le gritó antes de entrar, dando un portazo.

Al final, no fue María Paz quien apartó a Elvira de la devoción enclaustrada. Fueron las fuerzas del destino que, tal como lo decía sor Felisa, arrastraban a las jóvenes en dirección opuesta.

IX

El sol mitigaba la tristeza en la bodega con sus destellos dorados a través del portillo. En medio de los resplandores, Elvira notó los nombres escritos en los zapatos deportivos del nieto de María.

—¿De quiénes son esas firmas? —le preguntó. Sus palabras trajeron una chispa en la mirada del joven.

—De mis amigos de la escuela.

—¿Y quién es tu mejor amigo?

—Jorge —contestó mientras elevaba el pie para enseñar su rúbrica.

—¿Y tú cómo te llamas?

—Mauricio.

—Pues debes cuidar bien tus zapatos, Mauricio, están muy bonitos. Y cuídate tú también.

Las miradas del grupo recaían ahora sobre Elvira, quien comprendió que había llegado el momento de contar lo suyo.

—Yo nunca pensé que la vida me iba a poner en un barco como este y tampoco imaginé lo duro que es partir del lado de los hijos —dijo. Guardó un momento de silencio, pero su intención no era dejar sus palabras a la deriva. Le pareció que debía anclarlas en alguna justificación razonable de su viaje. Tomó aire y continuó—. Estoy aquí porque no quería seguir sin hacer nada por mejorar mi situación.

»Mucha gente cuenta que los hogares se desbaratan con la migración, pero yo confío en que a mí no me va a suceder lo mismo porque voy a trabajar al lado de mi esposo. Además, mi viaje va a ser por corto tiempo, mis hijos me necesitan. Ha sido muy duro dejarlos. También me dio tristeza dejar a mis padres, aunque mi padre nunca supo escucharme, y mi madre siempre se desquitó conmigo de sus males. Eso sí, voy a extrañar mucho a mi abuelito, el único ser que me comprendió y me apoyó.

Elvira lanzó una mirada dispersa sobre sus oyentes y enseguida continuó:

—Voy dispuesta a trabajar para salir adelante, pero también quiero aprender y conocer —concluyó, dando un paso hacia atrás. El lugar quedó nuevamente sumido en el silencio.

Por las historias que se contaron esa tarde quedaba claro que todos eran parte de un mismo pueblo sufrido y que cada cual llevaba por dentro algo de los demás. Y así, con el alivio que trae compartir las penas, Elvira pasó su primera noche en el vientre del Aurora.

El segundo día de navegación trajo un amanecer brillante y despejado. Mientras el sol se deslizaba en el firmamento y la nave se desplazaba entre ronquidos de motor viejo, Elvira y Maritza acordaron contar el número de ocupantes en el barco. Comenzaron por la bodega, y luego simularon subir al baño para contar a las mujeres en la cubierta superior. Guiadas por las voces que escuchaban desde afuera, calcularon también el número de compañeras que habían subido a la cabina de mando. Por último, trataron de recordar los rostros de los tripulantes, excepto el del capitán, a quien habían oído refunfuñar sin haberlo visto en persona. Al final llegaron a la cifra, varias veces revisada, de setenta y ocho hombres, incluyendo dos adolescentes, veintisiete mujeres y nueve tripulantes.

Ya por la tarde empezaron a sentir de lleno las penurias del viaje. El calor se hizo insoportable, y la mayoría de los pasajeros se quejaban de mareos y dolores de cabeza. El aire viciado de la bodega entró en abierta competencia con los efluvios que llegaban del motor y la letrina. Ganaba la letrina. La falta de comodidades para el aseo contribuyó a enrarecer el aliento de los viajeros, y algunos optaron por cubrirse la boca para hablar. El agua, racionada desde un comienzo, cargaba un sabor repugnante a combustible. Ya para ese entonces Mauricio mostraba los primeros indicios de una fiebre que aumentaba con el paso de las horas. Su abuela se ocupó en abanicarle el mismo aire enrarecido que lo traía enfermo.

El sol había alcanzado su cenit cuando bajó el maquinista, un hombre fortachón, de mirada sigilosa y cabello recogido en forma de coleta. Elvira reconoció en su expresión un presagio amenazante y apenas tuvo tiempo de ocultarse. Maritza, en cambio, se encontraba distraída, y el hombre la ubicó con facilidad.

—¿Vienes preparada para eso? —le preguntó María a Elvira, al ver al hombre acechar a la muchacha.

La pregunta la tomó desprevenida, por lo que se demoró unos segundos en elaborar una respuesta.

—Vengo preparada para defenderme —contestó por fin, en tono contrariado.

El tripulante se abrió paso por entre los pasajeros y se acercó a Maritza.

—¡El capitán quiere verla! —le dijo.

Al no recibir respuesta repitió la frase, disfrazando de petición lo que en efecto era una orden. Ante la renuencia de la joven, se abalanzó sobre ella y la tomó del brazo. Elvira corrió enseguida a interponerse.

—¡Suéltela, ella viene conmigo! —exclamó.

—Entonces vengan las dos —respondió el hombre, sorprendido.

A la vista de todos, el maquinista empezó a forcejar y las dos mujeres a resistir.

—¡Déjenos! —gritaba Elvira.

Fue asunto de segundos. La insolencia de Elvira perturbó al agresor hasta el punto en que soltó a Maritza para sujetarla a ella. Varios pasajeros los habían rodeado y parecían dispuestos a intervenir.

De repente escucharon una voz en lo alto de la escotilla.

—Maquinista, ¡urgente!

El hombre regresó a la cubierta, los pasajeros se aplacaron, y las dos mujeres buscaron mitigar su angustia con un abrazo prolongado.

* * *

Un sábado soleado Elvira viajó a Paute con su abuelo Santos en busca de *chilpalpal*, planta recomendada para un mal de estómago que lo afligía desde hacía varios meses. Caminaron hasta el río Cutilcay, atravesaron un puente de madera y continuaron bajo los sauces florecidos de la explanada, donde los recibió un concierto de pájaros azuzados por la brisa. Allí cedieron a la urgencia de sentarse en una de sus bancas. Ya reconfortados por el descanso, la nieta le preguntó a un transeúnte por la casa de Encarnación, la señora de las hierbas.

—Detrás de la verja de flores —respondió el hombre, señalando una hilera de lantanas florecidas.

Antes de anunciarse, abuelo y nieta se detuvieron a observar el cerco de lantanas que resguardaban la propiedad. Sus arbustos eran densos; sus hojas, rugosas y abundantes; sus flores, un conjunto apretujado de corolas diminutas en enlaces circulares. Elvira apartó un manojo con la mano y fijó la mirada en el interior, hasta que la voz del abuelo la sacó del ensueño.

—¿Qué miras tanto, hijita?

—Ay, abuelito, algo lindo.

Había visto un grupo de árboles frutales, una pileta con aves refrescándose, varias eras de flores, hierbas y hortalizas, a una anciana tejiendo en el centro de un jardín, y, al fondo, a un joven que pintaba una acuarela en un caballete rústico. El paisaje había acaparado del todo sus sentidos, y apenas tuvo voz para anunciarse.

La visita fue más larga de lo que la diligencia exigía. Mientras la anciana le mostraba al abuelo sus cultivos, Elvira se acercó al pintor, que se presentó como Manuel, el nieto de Encarnación. Hablaron del Colegio Salesiano de Paute, del Colegio Nacional de Gualaceo, de los libros que ella leía, de la acuarela que él pintaba, de los residentes de la jaula. A medida que bordeaban sus vidas, Manuel entrelazaba en sus palabras una sonrisa generosa que despertó en ella el deseo de conocerlo.

Una voz proveniente de lo alto del naranjo irrumpió en la conversación. Elvira se sorprendió de ver a un jovencito que descendía deprisa.

—Es mi hermano Pachito —dijo Manuel mientras le componía el pelo con el peine de sus dedos.

Pachito se quedó un momento con ellos hasta que su madre lo llamó a otra parte. Ya de nuevo solos, conforme Manuel deslizaba su pincel sobre la cartulina blanca, la visitante puso en práctica su talento inquisitivo. Así descubrió en él la riqueza de los Andes, y así encontró una chispa de Dios en su sonrisa. Una conmoción se posó sobre su alma, alborotando de un soplo y para siempre su mente soñadora.

La semana siguiente regresó sola. Mientras Manuel formaba un hatillo con las ramas de *chilpalpal*, Elvira volvió a sentirse atraída por ese ser que, encerrado en su armonía, encontraba diferente a los demás. Confirmó que todo allí le atrapaba el corazón.

Hablaron de Pachito en el naranjo, de los molles en cosecha y de las fiestas de Paute, que ya se aproximaban. Pero no hablaron de continuar el diálogo, y ella se vio sin una excusa para regresar. En cuanto se acercó al portón, avistó a la abuela que tejía al lado de la jaula.

—Le está quedando lindo —exclamó, en tanto lanzaba un adiós con la mano extendida.

—¿Sabes tejer? —preguntó Encarnación.

—No, señora.

—Así es, la juventud de hoy está en otras cosas.

De pronto Elvira se detuvo, giró con gracia la cintura y se dirigió de nuevo a ella.

—Pero me gustaría aprender —acertó a decir entre el revoltijo de pensamientos forjados por la visita.

—Si lo dices en serio, regresa el sábado con lana y agujas, y te enseño —contestó la abuela.

Al escuchar la invitación, la madre de Manuel descargó los trastes que llevaba en sus manos y afirmó en tono molesto:

—¡El sábado estamos ocupados!

—Entonces que venga el domingo por la tarde —replicó Encarnación.

Elvira estuvo pensando en las clases de tejido durante toda la semana. El sábado salió temprano a la plaza del mercado en busca de una canastilla de bejuco de monte que le sirviera de costurero. Entró luego a un almacén de lanas, donde la propietaria le mostró madejas de orlón, de cisne y de jazmín; y, mientras la visitante comparaba texturas y colores, siguió con lana rústica, suiza y holandesa. La presencia de aquella chica vivaracha y preguntona llevó a la vendedora a comentarle con orgullo que sus artículos promovían las tradiciones de su pueblo y que se alegraba ver que ella se interesaba en ese arte.

La tarde del domingo Elvira llegó a Paute portando en su costurero dos madejas de lana suiza, dos agujas de croché y una bolsa con alfajores y suspiros de la panadería Gualaceo. Manuel la saludó con un vaivén de mano desde el otro lado del jardín. Entretanto Pachito, atraído por la visita, bajó rápido del naranjo. En cuanto recibió un alfajor espolvoreado de azúcar, regresó feliz a su puesto de observación.

—¿Has visto a Manuel pintar sus acuarelas? —le preguntó la abuela al comienzo de la lección—. Pues esta aguja es para nosotras lo que el pincel es para él. Es donde llevamos el arte.

La abuela formó un aro pequeño con la lana y le mostró los primeros pasos que seguir, que Elvira anotó en un cuaderno: «Mete la aguja, engancha el hilo, retrae y estira».

—Esto se llama cadeneta —dijo la abuela—. Es la base de todos los tejidos.

Al igual que la gallina cubre los pollitos con sus alas, Encarnación descansó sus manos tibias sobre los dedos juveniles de Elvira y luego continuó—: Debes mantener este dedo extendido como una caña de pescar —dijo, refiriéndose al índice izquierdo—. Así evitas que la lana se te afloje.

En esa casa, donde los atardeceres eran arrullos, la alumna siguió atenta el progreso de las lecciones. Cuando completó una hilera de cadenetas, acudió de nuevo a su maestra.

—¿Y ahora qué hago, señora Encarnación?

—Eso depende de lo que quieras tejer. Unas medias, una manta, una bufanda...

—¡Una bufanda!

—Entonces te regresas por el mismo camino, como el gusanito recorriendo el borde de una hoja.

En ese ambiente florido, Elvira fue adquiriendo la destreza de aquellas mujeres que tejen mientras venden en la plaza, mientras les dan pecho a sus bebés, mientras esperan o descansan. Mujeres hogareñas que llevan en sus manos una obligación ancestral de estar siempre productivas. Aprendió también a alternar los entrelaces de lana con la cadena de pensamientos suscitados por el lugar. Esperaba ansiosa el momento en que Manuel se acercara a hablarle, y tuvo un asomo de decepción al ver que él continuaba en sus ocupaciones sin inquietarse por ella. Sin embargo, cuando lo sorprendió mirándola desde lejos, comprendió que lo de él era timidez.

Esa tarde, como lo hacía con frecuencia los domingos, Manuel sacó tintes y pinceles y se dedicó a pintar sus acuarelas bajo la sombra del naranjo, cerca de las tejedoras. Desde ese día sus visitas fueron momentos de conversaciones sueltas que la abuela escuchaba sin inmutarse. Y mientras los tres se envolvían en sus labores, Rosalía, la madre de Manuel, asediaba a Elvira con preguntas cada vez que pasaba por su lado. Sin embargo, por mucho que afinó su vigilancia, nunca llegó a encontrar un desatino en ella. Aun así, no dejaba de tender sus redes para atrapar algún detalle que confirmara sus conjeturas.

El domingo siguiente, mientras Elvira avanzaba en su labor, Pachito le contó que ya sabía leer.

—¡Qué bien! Pues lee aquí —le dijo Elvira, enseñándole un libro que traía en su bolso.

—En ese libro no —contestó el niño—, pero en mi cartilla sí. —Y sin decir más salió corriendo por ella para leerle en voz alta. Desde entonces Elvira solía escuchar atenta su lectura, a la vez que lo animaba a hablar de su mundo enternecedor.

Varias semanas después, Elvira le propuso a Manuel continuar sus obras manuales en la explanada del río. Allí, en el transcurso de las tardes, soltaban sin prevención palabras de enamorados. Allí, con el murmullo de la brisa enredado en sus conversaciones, surgió el primer beso robado bajo la sombra de los árboles. Y en aquel sitio, juntando sus sienes mientras el sol se ocultaba, Elvira siguió tejiendo sus amores con Manuel.

Había saltado de la inquietud de conocerlo a la ansiedad por estar cerca de él. En los días de semana retomaba los tejidos en el patio de su casa, al aire libre para sentirse igual que en Paute. Mientras su labor iba creciendo en su regazo, imaginaba la mano de la abuela sirviéndole de guía, segura de que una buena calificación de parte de ella la acercaba al momento de graduarse en la felicidad. Con frecuencia se quedaba extasiada entre las lanas, siempre con la imagen de Manuel en su ilusión.

Durante sus actividades compartidas de los domingos, Elvira lo observó, lo valoró y, finalmente, lo escogió como pareja. Desde su despertar de adolescente nunca tuvo una idea clara del joven que llenaría su corazón, pero siempre fue enfática en afirmar que ninguno le gustaba. Esta vez, sin embargo, la intuición le decía que detrás de la aparente simpleza de aquel hombre había un ser distinto.

En esas maniobras de encantamiento los sorprendió la semana del carnaval, combinación de festividades de la cuaresma con ritos folclóricos regionales. Los dos enamorados, junto con Pachito y otros jóvenes del vecindario, salieron a atrincherarse en las aceras con abundantes provisiones de agua para lanzar a transeúntes incautos y conductores distraídos. Eran días de tolerancia al exceso, de pérdida del decoro, de suspensión de las normas a sabiendas de que serían restablecidas. En las batallas campales de agua no había vencedores ni vencidos, ya que todos disfrutaban por igual. Elvira reía, gritaba, saltaba de alegría, dejando a un lado su molde recatado para revivir el espíritu de niña que aún la acompañaba.

Mientras los jóvenes empapaban a la gente con sus baldes, globos de inflar y arcabuces de guadua, en las calles pasaba el desfile de carrozas folclóricas con flores, frutas, comparsas y reinas de belleza. Sin faltar el Taita Carnaval, personaje legendario que baja de las montañas a bendecir a los pueblos andinos y augurarles abundancia en sus cosechas. También en las casas se recibían parientes alejados, se preparaban ricuras tradicionales y, para enardecer el espíritu, se ofrecía el canelazo tibio con aguardiente local. Y así, cimentando las raíces, viviendo las tradiciones, disfrutando la alegría, se afianzaron los amores de los dos.

En la madrugada del último día de carnaval, Elvira despertó trémula y sudorosa. Se había soñado con los libros antiguos y la compañía de la hermana Felisa. Cayó en la cuenta entonces de que el enredo del amor se había metido de por medio en su vocación religiosa. No había vuelto a visitarla y le parecía que habían pasado demasiadas cosas en su vida para regresar al tema del noviciado. Eso sí, conservaba el recuerdo indeleble de su ternura.

X

Al día siguiente de la pelea en Los Toldos, a una hora en que el sol había mermado, el grupo de Manuel tomó camino en dirección a la frontera. Eran doce hombres y seis mujeres enfrentados a los rigores del desierto, conscientes de que el menor descuido podría ocasionar una tragedia. Así lo advirtieron los tres guías nuevos que tendrían en sus manos la suerte de Manuel y sus compañeros.

—¡Aquí se hace lo que ordenamos o, si no, en el mero camino se desmadran! —les gritó uno de ellos.

Cada uno de los guías llevaba un sarape colgado al cuello, una mochila con provisiones y un gorro de trapo por el que asomaban mechones de pelo disparejos. El jefe, un hombre menudo, de cuerpo ágil y mirada penetrante, solía desplazarse con un derroche de energía prodigioso. Nunca se lo advertía quieto ni agotado y, cuando se detenía para hablar, parecía estar saltando. Mostraba un pecho cóncavo y un tatuaje borroso en el cuello que se extinguía tras la mugre de la piel. Presentaba también numerosas marcas en el cuerpo que insinuaban cicatrices de peleas y que en realidad eran rasguños mal cuidados de chamizos y cercas de púa que cruzaban en el camino. Por su comportamiento los viajeros llegaron a pensar que poseía algo de zorro y algo de serpiente, y que utilizaba ambas facultades para manejar cada situación a su ventaja.

El segundo era un individuo flacuchento, de mirada quieta y hablado socarrón, tan pausado en lo poco que decía que a menudo su jefe debía hablar por él. Cargaba un revólver detrás de la cintura, donde quedaba de más fácil acceso al enemigo. Solía mover un palillo de lado a lado de la boca cuando hablaba y, al quitarse el gorro para secarse el sudor, dejaba ver los vestigios de un garrotazo que bien pudo haberlo matado. Acostumbraba a hablar chupándose los dientes y escupiendo a los pies de sus escuchas. Los viajeros lo encontraban repugnante.

El último era un hombre de facciones indígenas y aspecto imperturbable. Solía detenerse a contemplar flores e insectos, y a menudo se lo veía olfatear, probar y hasta untarse de plantas o animales sin que nadie supiera su propósito. Manuel comprobó que era él quien conocía bien el terreno y dedujo que su vida útil con el grupo terminaría cuando los demás adquirieran su destreza.

Partieron al final de la tarde, con lo que evitaban el calor en sus peores horas. Cuando la tierra perdió el tinte del sol para adquirir el de la luna, tuvieron por compañía los sonidos de búhos y coyotes que recrudecían el susto. En preparación para el viaje, Manuel tuvo en cuenta una advertencia que escuchó en Los Toldos: cuanto más lleve, menos avanza; cuanto menos lleve, más rápido perece. En su mochila cargaba, además de algunas ropas y zapatos de repuesto, agua, latas de pescado, dulce de guayaba y un surtido de panes aplastados.

Al amanecer del día siguiente buscaron un refugio para dormir y, cuando el sol ya se ocultaba, retomaron el camino. Esa noche el guía del revólver se quedó rezagado detrás de una de las mujeres, hasta que la tumbó de un zarpazo detrás de un matorral. Se oyeron gritos, seguidos por el ruido de un disparo. Manuel había escuchado decir que, por más de que los guías amenazaran, no tenía sentido para el negocio matar a su clientela. La joven apareció poco después, pálida y llorosa. Detrás de ella venía el hombre con los pantalones en una mano, el revólver en la otra y maldiciendo sin cesar. Manuel condenó el atropello a su compañera y reafirmó una vez más la necesidad de cancelar el viaje de su esposa.

Entrada la nueva mañana, los viajeros se detuvieron al lado de un barranco, donde dieron fin a otra jornada de camino. Manuel sentía la piel pegajosa y la necesidad urgente de un baño de cuerpo entero. Luego de consumir una lata de pescado puso su mochila de cabecera y se tendió a dormir sobre el rastrojo. Fue cuando escuchó un siseo sospechoso entre la maleza.

—¡Es una culebra de cascabel! —gritó el jefe de los guías en cuanto supo del peligro.

Manuel temía que un solo movimiento fuera la muerte. El hombre hurgó en la vegetación con su machete hasta escuchar al animal que huía bajo las hojas. Decidieron buscar refugio en otro sitio.

Ya al final de la tarde reanudaron el avance. Con frecuencia encontraban evidencias de los peligros que acechaban: pieles desgarradas, huesos blanqueados, despojos de víctimas y predadores por igual. Al día siguiente Manuel aprovechó una pausa para acercarse al guía considerado repugnante.

—Oye, ¿falta mucho para llegar? —le preguntó.

—¡Falta un chingo! —contestó el hombre sin mirarlo.

Manuel comprendió que sus palabras le estorbaban. Sin embargo, insistió:

—¿Y sí alcanzamos a llegar casi sin agua y sin comida?

—¡Pues dejen de tragar y beber tanto!

Midiendo el riesgo de su intrusión, Manuel intercaló un momento de silencio antes de pasar a otra pregunta:

—¿Y usted no se cansa de este trabajo?

—¡Qué te traes, bato, pues mira que no! Ser pollero tiene sus ventajas —dijo el guía mientras lanzaba una mirada en dirección a las mujeres—. ¿No ves que nosotros cuidamos a las pollitas? —agregó, soltando una carcajada discordante.

Manuel sintió una descarga de ira al recordar la agresión contra su compañera.

—Pues ya ves que a la fuerza no se vale —se atrevió a decir.

El guía dio media vuelta y con voz áspera respondió:

—Órale, güey, ¿qué chingados vas a saber tú? Por estos lares son las únicas mujeres con que me topo. Pero eso sí, yo siempre trato de conquistarlas primero.

—¿Conquistarlas? —replicó Manuel, sin disimular su disgusto.

—Sí, conquistarlas. Como que me llamo Tabo. Les hablo bonito, les hago compañía, y como después no las vuelvo a ver, *pos* nomás hay una chanza *pa'l* acostón.

La voz del guía se tornó escabrosa. Descargó el peso de su cuerpo en el otro pie, aclaró la garganta y empezó a zarandear en la boca la palabra «enamorado»

—Ya te cuento, bato. Me he enamorado en cada viaje. Me he enamorado, aunque a veces me quedo sin saber cómo se llaman. Y así no me lo creas, todavía sigo enamorado de ellas.

El hombre se apartó sin levantar la mirada. De pronto giró el cuerpo y, con voz resquebrajada, añadió:

—Para mí todos los viajes son iguales. Lo único que cambia son las morritas. Pero algún día se va a quedar una conmigo, y ahí sí que dejaré de caminar bajo estos soles de madre.

Al flagelo del calor se sumaba el acoso de los insectos, que los obligaban a darse palmadas de cazador tardío sobre brazos y mejillas. Aparecieron los primeros chamizos errabundos, que en su afán por huir de la desidia terminaban atrapados en los cactus. También las huellas de viajeros anteriores se hicieron más notables: ropa, zapatos, botellas, envolturas. Varios caminantes preguntaron ansiosos cuánto faltaba para llegar.

—¡Ya dejen de chillar! —gritó el jefe en la distancia—. ¡*Pa* qué se las dan de picudos si a la mera hora valen madre!

Entraron a un paraje donde los árboles se habían ido desde hacía muchos siglos y solo quedaban los saguaros prendidos de la mano cual familias de paseo. El sol disparaba fogonazos de calor que reverberaban en el suelo mientras Manuel avanzaba taciturno y agobiado. A la par de los suplicios corporales lo azotaba la tristeza. Añoraba la vida que había dejado atrás, y su mente se inundó de dudas sobre su decisión de partir. La ropa le estorbaba, el sudor lo fastidiaba, la pesadez en los ojos le obstruía la visión. Cansado de tantos soles sin sombra, su cuerpo le pedía con urgencia un baño de río. Angustiado, se cuestionaba en silencio si sus fuerzas le alcanzarían para llegar a la meta.

* * *

Al final del carnaval Elvira y Manuel andaban chapaleando en el amor con tal furia que les fue fácil abordar el tema de juntar sus vidas. Concluyeron que solo necesitaban escoger la fecha y anunciarla. Fue entonces cuando Elvira se atrevió a contarle a su madre de sus planes. Lo hizo ensanchando la verdad a medias con que había justificado sus ausencias de los domingos: que estaba aprendiendo a tejer, que se había enamorado y que se iba a casar.

—¿Que quééé? —gritó María Paz en cuanto su hija pronunció la palabra de la discordia—. ¿Que te vas a casar?

—Es que nos queremos y hemos tomado esa decisión.

—Ya suponía que algo te pasaba, pero nunca imaginé semejante burrada.

—Madre, yo también tengo derecho.

—Pues más derecho tengo yo a protegerte de tus majaderías. Primero, fue el convento, y ahora te vienes a enredar con un cualquiera. ¿Dónde quedan los sueños que tenemos contigo?

Elvira guardó silencio mientras las palabras de su madre giraban en su cabeza. Poco después, valiéndose de las fuerzas inspiradas por el amor, le respondió con voz firme:

—Pero, madre, es que yo soy la que sueño mis propios sueños.

—¿Y qué te ofrece ese hombre luego?

—Ya ves que tiene mucho que ofrecer —replicó Elvira—. Lo de él son sentimientos, no cosas materiales. Son puros sentimientos.

—¡Déjate de tonterías, Elvira! ¿Y dónde queda tu futuro? Hemos conversado ya de esto y te lo vuelo a decir: te vas a estudiar a Guayaquil.

—No, madre, no me voy.

—¿Y qué buscas entonces? ¿Repetir mi suerte? Pues si te quieres arruinar, arruínate, pero olvídate de que tienes madre. ¡Haz cuenta de que no existo!

La frustración de Elvira había alcanzado un punto de ebullición que exigía escape. Con el rostro encendido, la mirada severa, lanzó un grito que estremeció las paredes.

—¡Pues me voy a largar de esta casa! —replicó enfurecida.

Era la primera vez que alzaba la voz de esa manera. Un silencio engorroso se apoderó del ambiente. Esperaron algún suceso imprevisto que superara el atasco, pero los segundos transcurrieron sin el cambio deseado. En sus desavenencias anteriores optaban por dirigirse a sus alcobas, permitiendo que la noche depurara el mal momento. Esta vez, sin embargo, temían dejar en llama viva un episodio tan tortuoso. Reconociendo su presencia sin llegar a mirarse, continuaron atrapadas en conjeturas que no sabían manejar. Elvira recorría con sus dedos los bordes de una revista; María Paz palpaba nerviosa la textura de su blusa. Y mientras las heridas del corazón comenzaban a aflorar, en su mutismo asediaban pensamientos en los que cada una se otorgaba la razón: la madre ponderando la insolencia de su hija; Elvira deseando salir pronto a estrenar vida. Había llegado el momento de dejar a su madre en sus frustraciones de siempre, de las cuales no tenía el poder de rescatarla. Al final de un largo silencio, Elvira le dirigió la palabra:

—Mamá, Manuel es alguien que lleva más de mí que cualquier otro ser en este mundo. Él soy yo de otra manera.

María Paz reconoció entonces que su hija había encontrado el amor como ella nunca lo vivió, y que daría cualquier cosa por una migaja del sentimiento que Elvira profesaba. Esa noche se encerró a llorar inconsolable, no tanto por Elvira ni por sus otros hijos, sino por su propia infelicidad. De todas maneras, se atascó en su rabia y no volvió a dirigirle la palabra en mucho tiempo.

Fue una boda alegre y bulliciosa, aunque Elvira lamentó que su madre no estuviera presente para ayudarla a vestirse o entregarle algún detalle de feminidad. Sin embargo, no bien tomó su puesto en el altar cuando escuchó en la distancia una voz que le acarició el alma. Había llegado su abuelo Santos con un ramo de flores. Era él quien había trazado el sendero por donde desfilaba su felicidad, y en medio de una descarga de aplausos corrió a darle un abrazo.

Esa tarde celebraron la fiesta en el patio de la casa de Manuel. Un círculo de sillas propias y prestadas invitaba a la charla, varias mesas con platos humeantes convidaban a la cena y un aparador atestado de licor incitaba a beber. Desde la tarde anterior, la abuela Encarnación se encargó de adobar los cuyes a la usanza tradicional. Uno a uno los sujetó de las patas y les presionó el hocico contra el borde de la mesa hasta triturar la osamenta. Recogió la sangre en una palangana para preparar la salsa de vísceras picadas y los dejó adobados durante la noche en una mezcla de ajo, cebolla y perejil. Al día siguiente los tenía ensartados en una vara, listos para ponerlos en las brasas.

Pachito correteaba de un sitio para otro, su ropa desmadejada y su pelo revuelto, estallando globos con una pinza mientras canturreaba un estribillo que salpicaba de humor: «¡Elvira y Manuel se besan!» Era también su fiesta. Manuel estrenó camisa blanca de ojales rojos, zapatos de charol, corbata de músico y una chaqueta de lana de borrego que acentuaba el azote del calor. La novia lucía un traje blanco ceñido a la cintura que la mantuvo sofocada la mayor parte del tiempo. Irradiaba una belleza del todo natural, pues aún para ese día prescindió de maquillaje.

El baile fue animado por el acordeón de Manuel Jesús Montero Cambisaca, el avezado curandero amigo de la familia. En medio de la música guapachosa surgían los brindis bulliciosos con aguardiente Zhumir: «¡Uno para que el novio tenga fuerza! ¡Otro para que la novia resista!» Pachito los observaba desde arriba de un árbol, donde gritaba y aplaudía cada vez que pillaba a los novios besuqueándose. A Manuel lo sorprendió el amanecer desparramado en una banca, con el perro de la casa lamiéndole los cachetes. Elvira terminó la noche ayudando a recoger trastos. Cuando las primeras franjas de la alborada asomaron por encima de los árboles, y los pájaros desbarataban el silencio en represalia por la fiesta, fue a echarle un vistazo a su marido. Se sentía feliz de que el destino le entregara a su ser amado.

XI

Al amanecer del tercer día de navegación ya el mar había cambiado. El espejo de aguas mansas que vieron al partir rebosaba de olas cortas que embestían contra el barco. En la distancia aparecieron crestas definidas que se estrellaban entre sí, dejando atrás un manto de espuma jabonosa. La suerte de los pasajeros también empeoraba. En la cubierta principal, las mujeres se aferraban unas a otras ante las embestidas del mar. Y en la bodega, una fuerte concentración de efluvios del motor y la letrina obstruían la respiración. Los peores estragos los sufría un grupo de hombres apeñuscados en el espacio del congelador. Algunos balbuceaban delirantes en medio de convulsiones. Sus compañeros se vieron obligados a sacarlos para evitar ser salpicados con sus vómitos. Unos cuantos pasajeros suplicaban que los subieran al aire libre, pero sus voces se extinguían entre los lamentos de los demás afectados.

Al caer la noche, Elvira preguntó por el estado de Mauricio.

—¿Sigue malito?

—Está que arde el pobrecito —contestó su abuela.

—¡Chuuuta! —exclamó Elvira al tocarle la frente—. Tenemos que sacarlo.

Unieron sus fuerzas y lo subieron por la escalera empinada hasta alcanzar la cubierta. Haciendo caso omiso de las ventoleras nauseabundas de la letrina, bordearon sus paredes hasta quedar fuera de la vista de la tripulación. Desde su sitio escuchaban los lamentos de las mujeres amontonadas en la cubierta. Contrastaban con el rumor de voces y risas que escapaban de la cabina del capitán.

El cielo terminó de descomponerse tras un preludio de truenos y relámpagos. El mar presentaba un aspecto blanquecino con hervideros de espuma que se esparcían en la distancia. Elvira y sus dos acompañantes buscaron protegerse de la lluvia bajo el alero del cuarto de máquinas. El ataque de las olas continuaba sin cesar. En su retirada, dejaban una capa turbulenta que pronto era borrada por nuevas embestidas. Elvira lanzó un grito que por poco la delata; el mar revuelto la tenía horrorizada.

De momento el motor tosió con fuerza, soltó una bocanada de humo y pateó. Desde el puente de mando el capitán formó una bocina con las manos y se dirigió a un subalterno.

—¿Qué pasa? —preguntó desde arriba.

—¡Recalentado! —respondió el hombre.

Poco después el motor volvió a toser, pateó de nuevo, lanzó un eructo seco y se apagó. La nave quedaba sin gobierno justo ante un mar enfurecido, cuando su operatividad era crucial. Las olas embestían con más furia. Al impactar la embarcación, explotaban en añicos cristalinos que salpicaban los rostros. La lluvia caía en ráfagas cruzadas, y el pesquero se mecía sin control.

Ya de madrugada, Elvira escuchó un grito de mujer que la dejó espantada. Trató de ponerse de pie, pero un remezón de la nave la lanzó de nuevo al suelo. Cuando logró incorporarse vio a un hombre conducir a Maritza a empellones hacia la cabina de mando. La luz de un bombillo solitario en el marco de la entrada le permitió confirmar que se trataba del maquinista. Se había enroscado la camisa en la cintura, dejando al descubierto un tatuaje de llamas que le subía por el cuello. Sus patillas espesas, su pelo desordenado y sus brazos velludos alrededor de la joven la llevaron a pensar en una araña espeluznante aferrada a su presa.

Elvira sintió una descarga de ira enceguecedora al escuchar los gritos de Mariza. A pesar de que el ajetreo de la nave entorpecía su avance, atravesó a tumbos la cubierta, trepó por la escalera e irrumpió en la cabina. Le bastó una mirada para ubicar a su amiga sobre la mesa de cartas de navegación. Tenía la blusa rasgada, y dos hombres la sujetaban de los brazos en tanto que el mecánico le quitaba el pantalón.

—¡Suéltenla, abusadores! —gritó Elvira, paralizando la acción con la fuerza de su voz.

La aparición de una mujer de rostro encendido y ojos furibundos llevó a los hombres a soltar a la víctima. Uno de ellos apagó la música. Sin tiempo de vestirse, Maritza buscó refugio detrás de Elvira. En ese instante el capitán salió de su camarote con una botella de licor en una mano y un tabaco encendido en la otra. Despedía un vaho repugnante de mezcla de los dos. Hizo un gesto chabacano y se dirigió a Elvira:

—¿Viniste a hacernos compañía? —le preguntó mientras levantaba la botella para engullirse un trago—. Pues aquí lo vas a pasar muy bien, aunque estés de bravucona.

Lo dijo en un tono afable y del todo inusual en él. Sin embargo, cuando les habló a sus subalternos, soltó una sarta de improperios tan repulsivos para Elvira como su aliento.

—No te pongas así de seria, mamita —le dijo en tanto que intentaba acariciarla.

Al sentir aquel aliento nauseabundo en su rostro, Elvira lo rechazó de un manotazo. El hombre respondió con balbuceos de bebé:

—Ututuiiii, conque enojadita, ¿eh? Así me gustan, porque después salen mansitas, cuchi, cuchi, cuchi.

Las burlas del capitán parecieron dar aviso de continuar la juerga. Regresaron las risas y la música, y el maquinista se abalanzó sobre Maritza. En medio del bullicio, el capitán intentó de nuevo acercarse a la intrusa.

—¡A mí no me toque! —gritó Elvira, lanzándole un zarpazo de gata rabiosa que le dejó tres canales de rojo pálido en el brazo. El capitán cambió al instante de semblante. Aparecieron dos parches rojos en sus pómulos, y un sarpullido le cubrió el cuello.

—¡¿Y tú qué te has creído, putita de mierda?! —protestó, dejando escapar una nube de humo turbio por un lado del cigarro que ahora apretujaba en sus dientes.

El impacto de una ola lo hizo tambalear. Buscó tomarla del brazo, pero ella lo esquivó, y lo siguió esquivando hasta que el hombre reviró.

—¡Mira, de aquí cae mucha gente al mar sin que vuelva a aparecer!

Elvira se despejó los rizos que resbalaron sobre su frente y, con mirada furibunda, le gritó a todo pulmón:

—¡Yo a usted no le tengo miedo!

Un nuevo remezón de la nave obligó al capitán a sujetarse de una barra. Al recobrar el balance, retiró el cigarro y se llevó la botella a la boca. Con el rostro crispado por el licor, se dirigió a un subalterno:

—¿Dónde venía esta mujer?

—En la bodega.

—Pues de ahora en adelante viaja conmigo —dijo mientras hacía otro intento de besarla.

Esta vez Elvira lo lanzó de un empellón contra las patas de la mesa. La recuperación del capitán fue lenta y torpe. En la confusión del momento no encontró un punto de apoyo, y nadie corrió a ayudarlo como era de esperarse. Había bajado de rango ante su gente. El hombre tambaleó y, tras un esfuerzo indecoroso, se levantó de nuevo. En cuanto estuvo de pie, sacó del cinto un revólver viejo que exhibía cada vez que su autoridad estaba en juego. Y, con el pulso agitado, la mirada biliosa, la rabia alborotada, lo apuntó directo a Elvira.

Una nueva cadena de relámpagos iluminó el firmamento, poniendo al descubierto una ola colosal que avanzaba sobre ellos. Con el motor inhabilitado era imposible maniobrar. Los ocupantes de la cabina quedaron petrificados. Era la muerte que se les venía encima.

* * *

En el transcurso de un año los nuevos esposos construyeron su «media agüita», vivienda con techo de una sola vertiente, en un antiguo depósito de granos en la casa de la abuela. En ese lugar apostaron a ser felices y, por un tiempo, creyeron que lo habían logrado. También se sintieron a salvo de las penurias económicas que azotaban al país, pero en eso se equivocaron.

Años atrás, la región sufrió el desastre del cerro La Josefina, el derrumbe que taponó el río Paute y varios de sus afluentes. La tragedia sepultó gente, afectó vías y destruyó casas, puentes y cosechas. Era la «historia de un derrumbe anunciado», afirmaron los periodistas. Dada la inestabilidad de los cerros, se habían presentado ante el Gobierno numerosos informes que pedían detener la explotación de pétreos en la zona. Aun así, se impusieron los intereses privados y al final fue la montaña la que hizo justicia con sus propias piedras.

El país afrontó semanas de angustia colectiva mientras seguía las noticias sobre la represa gigante que amenazaba con arrasarlo todo. La gente clamaba la intervención divina con misas, novenas y procesiones, en tanto que la abuela Encarnación quemaba ramo bendito y anunciaba entre oraciones que el fin del mundo estaba cerca. Hasta que dos cañonazos certeros contra la cresta del derrumbe produjeron un desagüe controlado que puso fin a la amenaza. Sin embargo, ante los perjuicios económicos, la emigración retomó auge. En corto tiempo se llevó del brazo a miles de hombres y mujeres afectados por el desastre. Eran los primeros exiliados de la pobreza.

En esa época el país sufrió también la caída de los precios del petróleo, el colapso de la banca privada y la dolarización de la economía. Cada evento contribuyó al éxodo de mano de obra. «Si hubiera una escala Richter para medir la conmoción social, estaríamos registrando un sismo de proporciones colosales », le dijo a Manuel uno de sus profesores.

Con las remesas de los primeros emigrantes llegaba también la posibilidad de un contacto en el exterior, y la emigración se popularizó entre los pobres con ganas de trabajar. El concepto flotaba en el ambiente. Los coyotes se multiplicaron como cuyes, y cada vez ofrecían nuevas posibilidades de financiación puerta a puerta. Por todas partes se hablaba de la mano de obra que partía. Fue tanto el éxodo que comenzó a verse menos juventud, menos amigos y familiares. «Vivimos por los que queremos y se quedaron, y morimos por los que queremos y se fueron », dijo un anciano que se había quedado solo.

Aun así, la pareja puso su empeño en sobrellevar las cargas. El nacimiento de Andrea, su primer bebé, cambió sus vidas, y la llegada de Néstor, el segundo, aumentó la alegría. A medida que sus hijos crecían los llevaban al corral a corretear a las gallinas, a la jaula de los pájaros donde intentaban atraparlos en el aire o al encierro de los cuyes para reírse cuando se les escapaban de las manos. Desde ese vínculo profundo ascendía una fuerza montaraz para luchar contra toda adversidad. Más adelante, las actividades pasaron a los helados de paila, a las vueltas en bicicleta por el parque y, los domingos apacibles, a los recorridos por la explanada del río Paute para deleitarse con la vista de la ciudad desde los miradores gemelos. Eran aún niños felices.

Manuel debió ocuparse en trabajos temporales que no ofrecían seguridad económica. El empleo escaseaba, y sus manos de labriego productivo se convirtieron en manos de labriego sin trabajo. Urgía hacer algo. Por su parte, Elvira trataba de aportar con lo que estaba a su alcance. Fue asistente en un consultorio médico, empleada en una exportadora de flores, oficinista en un almacén de muebles. Más adelante encontró empleo en una tienda de joyas y artesanías en la pictórica ciudad de Chordeleg, capital orfebre del Ecuador, cuarenta kilómetros al sur de Paute. La distancia no sería un impedimento para ella, y la atraía trabajar en un centro turístico de viernes a domingo. También tendría la oportunidad de reparar la relación con su madre, ya que debía hacer cambio de autobús en Gualaceo.

Recién habían iniciado su acercamiento cuando recibieron la noticia del fallecimiento de Galo Pintado en Guayaquil. El infortunio las llevó a trabajar juntas en los preparativos del funeral y, luego, a formar un frente común ante la visita de una mujer de piel bronceada y aire de mar que llegó a hablarles con el acento alegre de la costa.

—Vengo por lo que les toca a mis hijos —anunció sin rodeos.

Quedaba confirmado. Galo Pintado, esposo y padre de familia en Gualaceo, había tenido por tiempo inescrutable otra mujer en Guayaquil, que no esperó a que las flores de su tumba marchitaran para reclamar la herencia de los dos hijos que tuvo con él.

La reacción de María Paz fue inequívoca. Se despojó con rabia del luto que apenas comenzaba y se aferró a la idea de parecerse más a su hija para atrapar su juventud. En cambio, la reacción de Elvira fue de desconsuelo. Comprendió que Galo Pintado había gastado su vida cultivando la apariencia de padre responsable mientras llevaba a cuestas un secreto de proporciones colosales. «Pobre mi papi —se lamentó—. En vez de cargar una cruz, cargaba dos »

XII

Al despuntar la cuarta mañana de travesía, un viajero de edad madura que a menudo hablaba de sus nietos por conocer se desplomó en el desierto. Los guías dudaban de sus fuerzas para alcanzar la meta y ordenaron continuar el avance sin inquietarse por su suerte.

—¡Dejen ya a ese pinche cabrón *pa* que se lo traguen los zopilotes! —dijo el coyote repugnante—. ¡Miren cómo revolotean en el cielo!

A Manuel lo agobiaba un arrepentimiento constante por haber consentido que Elvira viajara sola. ¿Dónde estaría en ese instante? Se secó el sudor de la frente y, junto a un compañero, se echó el brazo del abuelo a la espalda. El hombre caminaba desgonzando las rodillas con lentitud exasperante, que ya caía, que ya no.

—Esto sí es echar pata —dijo más adelante un compañero.

—¡Ya dejen de cotorrear y caminen rápido! —gritó el jefe de los guías—. ¡Se tienen que afanar por más de que se les desmadren los pies! —Enseguida dio media vuelta y continuó el camino.

Unos pasos más adelante encontraron los cuerpos de dos mujeres que habían recibido la muerte en un abrazo conmovedor. Las ondas de calor parecían danzar sobre los cadáveres, dando al paraje un matiz espectral. Manuel y varios de sus compañeros observaban espantados mientras se persignaban. Otros intentaron salir corriendo, pero el agotamiento les impidió avanzar.

—Uno ya no tiene fuerzas ni para asustarse —dijo uno de ellos.

Aturdidos por tanto sol sin refugio, los viajeros se desplomaron en el suelo tan pronto les permitieron un descanso. Manuel imaginó de nuevo la dicha de un baño en el río de su tierra. Se encontraba sumergido en esa imagen de aguas frescas cuando apareció en la distancia un hombre armado. Detrás de él llegaron cuatro más.

—¡Cáiganle con la lana! —anunció el primero. Los guías los observaban desde lejos sin inmutarse.

Ante la aparente inercia de los viajeros, los asaltantes agarraron a una de las mujeres y la alejaron del grupo.

—¡Cuando acabemos con esta piruja queremos toda la lana! —advirtió uno de los hombres por encima de los gritos de la víctima.

Recordando un consejo que escuchó en Los Toldos, Manuel arrojó un puñado de billetes a los pies de los asaltantes y emprendió la fuga. Los hombres soltaron a la muchacha y se ocuparon de recoger el dinero.

—¡Ay, ay, ayyyyy...! —gritó uno de ellos con un alarido de mariachi—. ¡Con que ahora llueve lana en el desierto!

Los hombres despojaron de dinero al resto de los emigrantes y desaparecieron tras las dunas. Entretanto, Manuel terminó de subir una colina, descendió por la falda opuesta y empezó a escalar la que seguía. El aire parecía no llegarle, y con frecuencia debió detenerse para recuperar el aliento. El jefe de los guías ordenó continuar:

—Nosotros queremos esperarlo —replicó una de las mujeres.

—Ah, ¿sí? Pues no más quédense *pa* que se tuesten con su paisano —contestó el hombre—. Y no se agüiten por ese bato, que de seguro se lo van a merendar los zopilotes —añadió.

Con el aviso de que estaban cerca de la frontera, los inmigrantes siguieron tras los guías. El abuelo se desvaneció de nuevo, pero esta vez no hubo quien se ofreciera a sostenerlo. Un inmigrante más se quedaba en el desierto.

Sin saberlo, Manuel había caminado paralelo a sus compañeros. Cuando llegó a una nueva cadena de dunas, se detuvo a rastrear con la lengua los últimos surcos de humedad en su botella. Unos pasos más adelante, tropezó con el cadáver de un hombre que había recibido la muerte en una pose de descanso. En medio de su congoja, Manuel pensó que de ser hallado en esas condiciones cientos de años en el futuro, ese cuerpo daría un testimonio fiel de su condición actual. Su ropa andrajosa indicaba pobreza, la foto de familia en su poder demostraba amor filial, un escapulario de la Virgen confirmaba devoción, y su libreta con contactos en el norte insinuaba esperanza.

El entorno desolado penetraba en sus oídos como un chirrido estridente, y en su borrachera de sol Manuel tuvo la premonición de que su vida terminaría allí. Sin embargo, la esperanza de sobrevivir lo llevó a escalar la duna siguiente. En el camino encontró nuevos despojos de emigrantes, pero esta vez los observó sin inmutarse. Había perdido el miedo de mirar a los muertos.

Desde la cima del montículo distinguió en la distancia a sus compañeros en el momento en que cruzaban una malla de alambre. Quiso llamarlos, pero no tuvo voz para gritar; les hizo señas con los brazos, pero ellos no lo vieron. Había avanzado unos cuantos pasos cuando vio una camioneta detenerse al otro lado de la malla. Sus ocupantes emprendieron a garrote contra los viajeros. Algunos intentaron salir corriendo, pero pronto cayeron derribados por los golpes. Entre ellos distinguió al indio, que en cuanto se recuperó de un garrotazo cruzó de nuevo la cerca, pasó tambaleante por un lado de Manuel y siguió de largo.

Un hombre de consistencia gruesa y dobleces de piel enrojecida en el cuello salió a perseguirlo. Al pasar frente a Manuel se detuvo, lo midió como enemigo y le descargó un golpe en el costado que lo dejó revolcándose en el suelo. Ante el arribo de una segunda camioneta con agentes uniformados, el hombre regresó a su grupo. Los civiles entregaron a los agentes los inmigrantes capturados, y los dos vehículos partieron del lugar.

El silencio que reinaba en el ambiente borró toda noción de lo ocurrido. Tras un tiempo de agonía, rozando el límite de sus fuerzas, Manuel se dejó rodar por la duna, llegó al orificio de la malla y, con el sol en su máxima fiereza, cruzó sin gloria la frontera. Para ese entonces la cabeza le zumbaba, la sed lo doblegaba, los pies no le servían. Se alejó cuanto pudo hasta que las fuerzas le fallaron y, al final, se desplomó.

El desierto seguía indiferente a su desgracia. Los saguaros ofrecían sus brazos a codornices y tórtolas viajeras, las lagartijas corrían a esconderse en respeto por el sol, y las hormigas apenas sí salían de sus ciudades escondidas. De pronto escuchó gente acercarse. Ya delirante, abrió una rendija en sus pupilas buscando ver a Dios. Solo distinguió la silueta de varios hombres que blandían un objeto por arriba de su cabeza.

—¡Nooo! —alcanzó a exclamar, extendiendo la mano en un gesto defensivo.

Sintió separarse de su cuerpo y elevarse en las alturas. Desde allí vio a los hombres que llegaron a hostigarlo. También se vio a sí mismo ya exánime en el suelo. El tiempo se detuvo, la visión se disipó y, en un instante fugaz e inmemorable, Manuel Ignacio Tenesela dejó de pensar y de sentir.

* * *

Poco antes de su decisión de emigrar Manuel encontró empleo en un almacén de insumos agropecuarios. Años después, aún recordaba su primer día de trabajo, cuando lo recibió una ráfaga de olores repugnantes que lo hicieron retroceder. «Ya te irás acostumbrando», le dijo el patrón al verlo torcer la nariz.

El almacén ofrecía una gama de fungicidas, herbicidas y pesticidas, cuyos bultos expedían los olores penetrantes que afligían a Manuel. Desde un comienzo lo hostigaron dolores de cabeza que apuntaban sin llegar a dispararse. Por la noche regresaba a casa a tomar agua de albahaca y a acostarse sin hablar. Con el paso de los meses fue adquiriendo un aspecto taciturno y enfermizo. Había dejado de ser él. Su mundo se esfumaba, el futuro de sus hijos se alejaba y hasta había perdido la pujanza en el amor. Quería dejarlo todo de momento, pero lo frenaba el temor al desempleo, un espanto peor que el mal empleo.

Una mañana entró a la tienda un campesino de sombrero de ala corta y habla rápida. Le contó que desde que utilizaba sus productos el rendimiento había aumentado, que venía a llevarse varios bultos y que ya estaba convenciendo a su vecino de hacer lo mismo.

Había encontrado a Manuel en mal momento. El dolor de cabeza ya asomaba. La picazón en la nariz lo exasperaba. Quería guerrear, pero no encontraba al enemigo. Y, mientras el visitante hablaba sin parar, Manuel recordó los modos ancestrales de plantar sin dañar el equilibrio, el empobrecimiento de los suelos, la contaminación de las aguas, los males de la gente, los daños al ambiente, y en razón al dolor acumulado escaparon de sus ojos dos torrentes de lágrimas pesadas y, con la boca inundada de saliva, la voz resquebrajada, haciendo caso omiso de la presencia del patrón, replicó a todo pulmón:

—Oiga, señor, ¿usted no escucha el rugido de la tierra? ¡Es la Pachamama que no deja de llorar!

Se quitó el delantal, lo estrelló contra los bultos, partió de su trabajo y, en lugar de ir por su agua de albahaca de esa noche, abordó un autobús en dirección a Cuenca. A su regreso a Paute no tuvo que dar explicaciones. Su familia comprendía su tardanza. Sabían también que Manuel se hubiera aferrado a cualquier iniciativa con tal de no emigrar. Más que nadie, era Elvira quien escuchaba sus lamentos al apagar la luz, cuando la luna y las estrellas se colaban por la ventana para anunciar la hora de examinar su vida y confrontar el mundo. Solo ella comprendía la carga emocional que lo arrollaba.

El tema de emigrar se había ventilado varias veces en su casa, y la conclusión fue siempre igual. La falta de trabajo era agobiante. Su madre le repetía que así no podían seguir. Muchos de sus amigos que partieron habían comprado ya sus casas o planeaban llevarse a sus familias. Una presión silenciosa promulgaba que quienes no emigraban carecían de valor para afrontar los riesgos. Existían razones suficientes para salir a buscar futuro en otra parte.

Aquel viaje implicaba para él no haber logrado sus metas donde el destino lo había puesto y, en cambio, sí tener que ir a buscarlas donde no pertenecía. Sin hablarle a nadie de sus planes, sin despedirse de sus amigos, optó por refugiarse en su entorno hasta el último momento. Así salió una mañana a divagar por el solar de su casa. Se detuvo a contemplar las flores, a escuchar el canto de las mirlas, a observar la hormiga arriera que ayudaba con la carga a su hermanita, y allí, en el misticismo del lugar, entre fragancias y colores, asumió la tristeza de dejar ese templo de su infancia por un destino incierto y alejado.

Mientras Elvira hablaba ilusionada de sus planes: «Me voy a trabajar, a aprender y a conocer», les decía a sus amigas, Manuel fue a hacerse una limpia espiritual en preparación para su viaje. Un viernes, día propicio para las limpias, llegó a Baños en busca del sanador Manuel Jesús Montero Cambisaca. La Dirección

Nacional de Salud de los Pueblos Indígenas, una entidad del Ministerio de Salud Pública del Ecuador, le había otorgado licencia para ejercer su oficio. Un diploma que exhibía con orgullo en su casa aludía a la Ley de Medicina Tradicional Indígena, con la que quedaría saldada «de una vez y para siempre, una vieja e injusta persecución contra los conocimientos y prácticas de salud milenarias en nuestro país».

Descalzo y con el torso desnudo, Manuel se puso de pie frente a la mesada, un microcosmos de elementos naturales escogidos por su armonía con el ritual. Incluía tambor y sonajeras, caracoles y piedras de río, una olla de barro con tierra de cementerio, flores de monte, «sacha runas» o animales disecados, un collar de cuentas para espantar malos espíritus, plumas y garras de aves cazadoras y, en el centro, un platillo con semillas de colores amazónicos.

El curandero tomó una vela encendida y, en movimientos circulares que amenazaban con extinguir la llama, la pasó alrededor de Manuel. Encendió un tabaco impregnado de licor y apuntó el humo en dirección a su huésped. Frotó luego un huevo de gallina sobre su cuerpo para atrapar los males e hizo sonar los instrumentos para alejar los espíritus malignos. Acto seguido, remeció en sus cachetes un buche grande de licor, subió la llama a la altura del rostro y lanzó fogonazos atomizados contra los brazos, el pecho y la cabeza de su huésped, dejando en el ambiente un tufo de pelos chamuscados. Apagó la vela de un soplo y dio por terminada la sesión.

El sanador lo convidó al patio a tomar una copa de aguardiente con sangorache y otras hierbas del campo. En tanto Manuel se fortalecía con el licor, el hombre se terció su acordeón y se dedicó a adornar la tarde con ritmos de cumbias y sanjuanitos.

Al primer zumbido de las notas, Manuel se puso de pie. Un traguito de sangoroche, otro más, y enseguida se entregó a la melodía. Silbaba, palmoteaba, zapateaba; la música, animada y guapachosa, afloraba ante sus ojos como franjas de colores; el acordeón, transformado en su paleta de acuarelas; los dedos del maestro en sus pinceles; la bruma de los campos, en lienzos blanqueados; los colores coqueteaban con las notas; su rostro rebosante de alegría, hasta que un espíritu benévolo se posó sobre su pecho, dejándolo extasiado entre canciones de su tierra. El maestro sanador, abrazado al instrumento, lo miraba complacido.

—¿Otrito para la caminadita?

—Sí, otrito.

Dos copas se alzaron en el aire. Dos brindis se escucharon al unísono. Hasta que el maestro le avisó con la mirada que aún quedaba algo por hablar.

—Mejor no te vayas, muchacho —le dijo, en tanto descargaba el acordeón—. El humo del tabaco salió limpio, el huevo conservó su gravedad, los instrumentos sonaron como el canto de una mirla. Llevas riquezas ahí adentro y no debes malgastarlas yéndote a sufrir en otra parte. Quédate, mejor. Quédate conmigo y aprenderás a sanar y a consolar.

La propuesta del sanador exasperó en Manuel su lucha interna entre la necesidad de partir y el deseo de quedarse. También lo regresó a la idea, muchas veces trajinada en su mente, de que algún día podría convertirse en sanador. Solo que las dudas le cegaban el camino.

—Me falta aprender.

—Lo llevas por dentro, como lo llevamos todos.

Manuel le preguntó entonces cómo había adquirido los conocimientos con que hoy ayudaba a tanta gente. Era una pregunta abierta que el hombre respondió gustoso.

—La medicina ancestral milenaria es un regalo de Dios —le dijo, lanzando un suspiro. Le habló de su entusiasmo cuando joven por la teología de la liberación, de su trabajo con los huasipungueros y los arrimados, de su contienda a favor de los humildes. Y le contó de las lecciones aprendidas en sus correrías por la sierra—. Tú puedes hacerlo. La misma tierra te lo enseña. Solo tienes que escuchar y observar.

—He aprendido de mi abuela —afirmó Manuel.

—Lo sé, pero la escuela la hacemos nosotros mismos. Si nos fijamos, podemos aprovechar los beneficios de todas las plantas y animales que nos rodean. Ya te muestro.

El sanador se engulló otro trago y se dirigió al recodo del solar donde tenía las colmenas. Mientras esperaba, Manuel envolvió la copa en sus manos y la acercó al rostro para rastrear sus esencias. El hombre regresó poco después con una abeja aprisionada en la punta de los dedos. Se remangó la camisa y, sin mostrar el menor gesto de dolor, presionó el insecto contra su brazo hasta que el aguijón penetró en la piel.

«¿Ves? Si lo haces con frecuencia tendrás grandes beneficios».

Manuel fijó la mirada en las flores del campo, hasta que el sanador regresó al tema de su partida.

—Aquí nos ha afectado demasiado la emigración. Los hogares se desbaratan, las tradiciones se pierden, la distancia hace sufrir. Por eso vemos a tantos ancianos que lamentan la partida de sus hijos hacia ciudades cuyos nombres no logran pronunciar. Y vemos a tanto jovencito sin la guía de sus padres, y a tanta mujer sin un marido que las haga respetar. El país pierde su juventud, su fuerza de trabajo. No te vayas, hijo, no te vayas a sufrir y a hacer sufrir a tu familia.

Una opresión en el pecho enmudeció a Manuel. Consciente de su dolor, el sanador se acercó a consolarlo. Y allí, entre la brisa tibia y los aromas de las flores del campo, los dos hombres se abrazaron y lloraron juntos por las tristezas de su pueblo.

Años más tarde, alejado de su patria y su familia, Manuel recordaba con nostalgia a su amigo apicultor, músico y sanador, que desde su morada hecha altar en la hermosa colina de Baños, cantón de Cuenca, provincia del Azuay, República del Ecuador, recibe al forastero como amigo y al amigo como hermano, para hablarle de las bondades de las plantas, ofrecerle un trago de aguardiente y sangorache y, de paso, si el visitante anda sin prisa, obsequiarle unas canciones arrancadas de su acordeón.

XIII

El capitán le apuntaba a Elvira con el arma en tanto que la lluvia golpeaba sobre la nave cual descargas de gravilla. El barco parecía cabalgar sobre un potro cerrero. En la cubierta superior, las mujeres recibían las embestidas de las olas sujetándose unas a otras. Desde la cabina de mando se escuchaban sus gritos angustiados.

Una cadena de relámpagos permitió distinguir la magnitud del peligro. Se habían cruzado varios trenes de olas gruesas, y una mole gigantesca de agua embestía a estribor, su posición más vulnerable. A pesar de su borrachera, el capitán comprendió que la muerte estaba encima. Su mirada de soberbia se transformó al instante en mirada de terror.

La ola arremetió con la fuerza de un alud. Reventó ribetes, estalló cristales, volcó la nave como un tronco inerte. A los gritos de la gente se sumaban los chirridos de metal con que el barco expresaba su dolor. El capitán fue a dar de bruces contra una viga de hierro, donde quedó tendido con el cuello en posición inverosímil. Trató de decir algo, pero apenas balbució. Cuando Elvira lo vio de nuevo, sus ojos decían que ya no era de este mundo.

—¡Nos vamos a morir! —gritó Maritza, horrorizada.

—¡Nos tenemos que salvar! —contestó Elvira.

Con las primeras luces del amanecer pudieron apreciar el hervidero de olas que arremetía contra ellos: brazos gigantes que dejaban a su paso un nuevo cuadro de tristeza y desolación. La nave flotaba de lado cual ballena moribunda. Todo cuanto existía vertical había quedado horizontal, y todos los que gozaban de poder estaban subyugados por igual a la furia del océano. En cuanto Elvira y Maritza lograron salir de la cabina, se encontraron frente a las mujeres que antes venían en la cubierta, y que ahora luchaban por sostenerse de las bordas. Algunas no lograban resistir las embestidas de las olas y resbalaban hasta caer al agua. Elvira recordó a sus compañeros atrapados en la bodega, y en medio de la zozobra se dirigió a un tripulante aferrado a una viga.

—¡Hay que abrirles! —le gritó, señalando la escotilla. El hombre le hizo señas para que se alejara de él. Elvira se desplazó entonces hasta la escotilla y consiguió abrir el cierre. Los primeros ocupantes salieron con la mirada dirigida al cielo y la boca abierta para atrapar la lluvia. Los demás quedaron bloqueados por el tapón de cuerpos que se formó a la salida. Desde afuera se les oía gritar y forcejear.

En el cielo gris, las nubes transmutaban como medusas gigantes. En el mar rebelde, las olas acosaban sin cesar. De repente, un brazo del mar elevó la embarcación, la descendió sin urgencia, la sumergió por completo y la devolvió a la superficie con la quilla apuntando al cielo. Había quedado bocabajo. Los compartimentos estancos y el aire atrapado en la bodega la mantuvieron a flote. En su desespero por vivir, la gente se prendía de lo que encontraba a su alcance. Algunos lograron acaballarse en la quilla. Sus gritos se confundían con el rugir de los truenos y el fragor de la lluvia.

Elvira logró sostenerse de un cabo que colgaba de la hélice. Sumergida hasta los hombros, distinguió varios bultos sin definir que flotaban en el agua. Eran los cuerpos devueltos por el mar.

Escuchó también horrorizada los golpes de sus compañeros atrapados en la bodega: codazos, manotazos, zapatazos. Ruidos desesperados que resonaban en la cavidad metálica y que seguían retumbando en su conciencia. Ruidos que ya no servían para clamar auxilio, sino para espantar la muerte.

Elvira continuaba aferrada a la cuerda cuando un hombre cayó a su lado. Manoteaba, gargareaba, buscaba sujetar lo que podía en su afán por resistir. Intentó tomarla de los brazos, pero ella lo evadió; y lo siguió evadiendo hasta que el hombre la agarró por el cabello y tiró sin compasión. En su lucha por vivir comenzaron a hundirse. Elvira sintió un ruido de burbujas azotando sus oídos. Como pudo se soltó, alcanzó la superficie, llenó de aire los pulmones, otra ola se acercaba, sintió que la cubría, sintió que la elevaba, la arrancaba de su ancla, no lograba sostenerse, era ya asunto de Dios... hasta que el mar mermó su furia, y de milagro se salvó. Poco después apareció en la superficie el cuerpo del hombre que la acercó a la muerte. Era William, el viajero que quiso apostarle a la suerte una vez más. Había perdido.

En el transcurso de la mañana la lluvia se detuvo, y el mar recobró la calma. Elvira aprovechó la tregua para trepar por una escalera de hierro que la llevó al filo de la quilla. Al mirar al otro lado observó una escena similar a la que había dejado atrás: hombres y mujeres que flotaban con los brazos extendidos en el letargo de la muerte. Vio también numerosos compañeros aferrados a un conjunto de tanques de combustible a la deriva. Algunos náufragos se sostenían de sus cabos de amarre; otros nadaban afanosos hacia ellos. Elvira se alistaba a hacer lo mismo cuando recordó a Maritza. No había vuelto a verla, y el lugar donde la había dejado se encontraba sumergido bajo el agua. La llamó en vano varias veces. También llamó a María y a su nieto, pero la bruma disolvió su voz sin devolverle respuesta. Recorrió con la mirada el paraje desolador de cuerpos y escombros. Una nueva desilusión le vulneraba el ánimo.

El sol ocupó un nuevo cuadrante en el firmamento, y un lustre dorado iluminó el océano. De repente, Elvira distinguió a Maritza en la distancia, y entre gritos y señales acordaron lanzarse en dirección a los tanques. Al acercarse a los bordes, Elvira giró la cabeza y reconoció al maquinista que nadaba detrás de ella. Ya asida de las cuerdas, recordó la agresión contra su amiga y, en un momento de furia, le dio un empellón que lo hizo tambalear. El hombre perdió estabilidad y terminó hundiéndose, pero el mar lo escupió enseguida como un bocado insalubre. A pesar de su repudio, Elvira sintió alivio al verlo sobrevivir. También se alegró de ver a Mario, el joven del mechón púrpura y cejas depiladas que había conocido en la bodega.

—Tengo miedo —dijo Maritza, ya aferrada a la balsa de tanques de combustible.

—Yo también, pero no te sueltes —fue lo último que se dijeron de ahí en adelante.

Elvira distinguió a su alrededor numerosos cuerpos inertes que se estrellaban entre sí. También vio un reguero de objetos esparcidos en el agua: zapatos, envases, gorros; vestigios de vidas que hasta hacía poco viajaban llenas de esperanza.

De momento la carcasa del pesquero soltó un estruendo de metales y se fue hundiendo hasta desaparecer. Elvira pensó en las vidas que se llevaba hasta al fondo del mar, y la conclusión de que pronto correría la misma suerte le agudizó la angustia. Entre tanto, la balsa de canecas avanzaba hacia un espiral amenazante que quedó en el lugar del hundimiento. Los sobrevivientes se acercaban a la muerte.

—¡Dios mío, hagan algo! —gritó otra mujer en el grupo.

—¡Tenemos que remar! —exclamó el maquinista.

—¿Y con qué?

—¡Con las patas, aunque sea!

Era inútil. La plataforma avanzaba hacia el vórtice siniestro como semilla arrastrada por la lluvia. De pronto las paredes del remolino colapsaron, y la fuerza de succión se disipó. Los náufragos observaron las ondas sucesivas que salían del lugar hasta desaparecer en la distancia. Fue un regalo de vida que les devolvió la esperanza.

La noche llegó sin señales de rescate. Los minutos parecían horas, las horas eran eternas. En medio del desconcierto, Elvira pensó en Manuel y en sus hijos, y se arrepintió de nuevo por haber partido de su lado.

Al día siguiente el mar había asumido un aspecto de aguas mansas que negaba toda noción de la tragedia. El cielo despejado renovaba la esperanza de un rescate. En medio de su angustia, Elvira creyó ver el perfil de lanchas y barcos que venían a salvarlos. Por un momento, le pareció ver también una barcaza de casco rojo, pero cuando la tuvo cerca, confirmó la realidad: era un zapato de Mauricio que flotaba solitario.

En la tortura de la sed Elvira se imaginaba jarrones de refresco para calmarla, mientras que el hambre la llevó a sentir un ácido que le corroía las entrañas. En esa cadena de suplicios pasó otro día de tragedia en altamar. Asomaban las primeras luces del siguiente amanecer cuando de repente el maquinista arqueó la cintura, vomitó una espuma verde y se dejó hundir sin perturbar el agua. En su lugar quedó flotando el contenido de sus vísceras.

Una mujer que venía en el grupo empezó a gritar:

—No puedo más.

—No se suelte —le dijeron.

—No puedo más.

—¡No se suelte!

Y se soltó.

Poco después sintieron a Maritza en el chapaleo de la muerte que ya reconocían. Elvira y Mario la sujetaron de brazos y piernas, y con una mirada acordaron subirla a la plataforma. En su primer intento la balsa se inclinó, y la joven cayó de nuevo al agua. Ignorando las protestas de los demás náufragos continuaron en su empeño hasta lograr encaramarla. Y así terminó Maritza su viaje por el mar: en interiores blancos, brazos y piernas extendidos, sus pechos desnudos presionados a los tanques, y el sol formando prismas luminosos con una hilera de vellos diminutos que bajaban por su espalda.

XIV

Al día siguiente de su colapso en el desierto, Manuel despertó en el centro de una habitación. Un tinglado de sonidos le alegraron el alma: el cacareo de gallinas, crepitares de leña ardiendo, voces femeninas. El sol se colaba por las rendijas de las paredes, formando planchas doradas que danzaban en el aire. Al abrir las ranuras diminutas de sus párpados distinguió un baúl rústico y una mesa de madera con bancas desgastadas. De las paredes colgaban algunas ropas, manojos de hierbas y un machete en su vaina de cuero. Y en un rincón, sobre una repisa chorreada de cera, una veladora alumbraba la imagen de la Virgen de Guadalupe.

Dos mujeres entraron al lugar portando vasijas de barro. La más joven lucía una trenza que colgaba hasta la cintura, la otra llevaba el cabello suelto. Poco después, Manuel sintió deslizar un trapo tibio en su rostro.

—Es un enjuague de hojas de mezquite para aclararte la vista —dijo una de ellas.

En ese momento se acercó a él un anciano de cabello largo recogido con badana de cuero.

—No tengas miedo, soy tu hermano —le dijo.

Manuel no tuvo fuerzas para responder. Tenía los labios resquebrajados y el cuerpo tan resentido que cada movimiento era un suplicio, cada contacto con su piel una tortura. Las mujeres le ofrecieron una infusión de flores de ocotillo con *pechitas* de mezquite, que a duras penas logró ingerir. Enseguida salieron al patio por una olla hirviente que alegró la habitación con fragancias curativas. El anciano descorchó un frasco con los dientes y vació una porción de resina en la olla, dejando en la superficie un conjunto de anillos luminosos.

—Es aceite de cascabel —dijo—. Cuanto más bravo el animal, más sanador su espíritu. Hay otro más poderoso que viene del monstruo de Gila. ¿Lo conoces?

—No —logró responder Manuel, con voz apagada.

—Es el reptil más venenoso del mundo. Tiene cabeza de serpiente, patas de iguana y cuerpo de dragón. Cuando muere, queda en el sitio una mancha negra que no deja nada con vida.

De un zurrón de cuero que antes fuera el receptáculo anatómico de un chivo, su anfitrión extrajo un puñado de hojas de creosota y las echó en la olla. Un vapor nauseabundo se apoderó del ambiente.

—La creosota es la mismita hediondilla —explicó el hombre—, pero no te dejes espantar por el mal olor. Es una planta a la vez generosa y egoísta, como los seres humanos. Nosotros aprovechamos la parte generosa, que te alivia el dolor.

—¿Y por qué egoísta? —preguntó Manuel, su voz apenas perceptible.

—Porque sus raíces riegan un veneno que no permite crecer a su alrededor ni a sus mismas semillas.

El anciano sumergió un trapo en la olla, apartó las hojas que salieron enredadas y lo frotó sobre el cuerpo de Manuel, dejando a su paso una capa de resinas resplandecientes. El enfermo se fruncía en cada contacto con el brebaje caliente, pero a medida que sentía su efecto balsámico se tornó más tolerante. El hombre se detuvo ante las ampollas de los pies, destapó de nuevo el frasco y, haciendo caso omiso a los gemidos del paciente, aplicó el aceite sobre la piel escoriada. Terminada la unción, las mujeres le dieron una taza de caldo de gallina pinta que lo dejó empapado de sudor.

—No sé cómo pagarles lo que han hecho por mí, pero Dios los premiará —dijo Manuel poco después, su voz ya más clara—. ¿Y dónde estoy? —añadió.

—A un buen tramo de la frontera.

—¿En México?

—Nooo, en Arizona.

Fortificado por el caldo de gallina, Manuel continuó el diálogo:

—¿Y cómo llegué aquí?

—Te trajeron mis sobrinos.

—¿Sobrinos?

—Sí. Contaron que, cuando se te acercaron, tú rechazaste el agua que te ofrecieron.

—¿Entonces no eran los mismos hombres que llegaron a golpearnos?

—No pueden ser. Esos hombres no comprenden el dolor ajeno porque no lo han sufrido en carne propia. Nosotros salimos a buscar caminantes *pa* darles agua y ayudarlos. A veces encontramos gente muy mal y la traemos aquí.

—¿Y recogieron a alguien más?

—Sí. A un yaqui hermano nuestro, al otro lado de la frontera. Está en casa de mis sobrinos.

—Es el indio —dijo Manuel—. ¿Se salvó?

—Esos hijos de su pelona le dieron una tarascada en la mera mollera, tan fuerte que lo dejaron menso. Como que lo cogieron a jodazos porque sí, pero se va a recuperar. También encontraron el cuerpo de un hombre que murió empuñando la foto de unos niños. Por desgracia llegaron a él demasiado tarde y no les quedó otra que darle sepultura.

—Qué tristeza, Diosito —respondió Manuel—. Y pobre de la familia que se queda sin saber nada de él.

El anfitrión le habló luego de sus lesiones.

—Parece que te dieron un buen chingadazo en las costillas. Además, traes los pies que son puras brasas.

La llegada de la noche terminó la conversación. Las mujeres se retiraron a una habitación contigua, el anciano se acomodó en el corredor, y Manuel se quedó dormido entre aullidos distantes de coyotes.

Despertó a la mañana siguiente cuando el sol ya empezaba a hostigar, y las gallinas andaban con el pico abierto para botar el calor. Esta vez abrió los ojos sin necesidad del enjuague. Sin embargo, el golpe en el costado no dejaba de torturarlo. Sentía un cuchillo clavado en las costillas que, ante el más leve movimiento, lo laceraba por dentro. En medio de su tormento se acercaron las dos mujeres a ofrecerle una porción de atole con mieles de azahar. Enseguida ondearon por arriba de su cuerpo un carey encendido con tabaco y pasto dulce que dejó en el aire una estela de humo complaciente.

—Es para ahuyentar los males —explicó una de ellas.

Manuel aprovechó el momento para preguntarles sus nombres.

—Yo me llamo Tosali —contestó la mujer de la trenza—. Es 'nube blanca', en lengua yoreme.

—Y yo, Pascua —dijo la otra.

—¿Y el señor?

—Él es mi tío Pedro —respondió Tosali.

Las dos mujeres se acercaron a Manuel en cuanto terminó de beber.

—Tenemos que voltearlo —dijo Pascua.

—No, por favor, no resisto.

—Es para evitar las peladuras.

—Por lo que más quieran, ¡no!

Desoyendo sus súplicas, contaron hasta tres y empezaron a moverlo. Pascua se ubicó a la izquierda de la cama, Tosali ayudaba desde el lado opuesto. El busto exagerado de Pascua invadió por completo el rostro de Manuel. Trató de gritar, pero su voz se sofocó entre la piel invasora y solo logró soltar una explosión de aire sin sonido. Las dos mujeres insistieron en su empeño hasta que Manuel apretó con fuerza el pecho que lo ahogaba, obligando a Pascua a lanzar un grito de dolor que llegó hasta la nopaleda donde se ocupaba don Pedro. Solo entonces desistieron del intento.

—Hay una planta sagrada que te alivia el dolor y te lleva por otros mundos, pero tendrás que prepararte para recibirla —dijo el anciano en cuanto se enteró de lo sucedido.

—En mi país tenemos algo similar.

—¿Sí? ¿Y de qué país vienes?

—Del Ecuador.

—Ah, por aquí pasan muchos caminantes del Ecuador, de Colombia, de Guatemala, de El Salvador, de tantos países. Nosotros tratamos de ayudar a los que podemos, pero a veces llegamos demasiado tarde. Así que tenemos que abrir un hoyo donde mismito cayeron para enterrarlos.

Don Pedro se dirigió al baúl y empezó a sacar puñados de cédulas, libretas, pasaportes, escapularios y otros objetos personales. Manuel lo observaba atónito.

—Todo esto era de gente que murió en el desierto —continuó—. Lo guardamos por si algún día podemos decirles a sus familiares que encontramos a su pariente y que ahora descansa entre el murmullo de la tierra. Pobres. Muchos mueren al perder la sensatez. Alguien sale con una idea y los demás lo siguen, así sea una idea mala. Luego la pura quemazón del sol les chamusca los sesos. Y ni hablar de los que ni siquiera alcanzan a llegar al desierto. Pero así siguen viniendo, como la mariposa que se acerca una y otra vez a la lumbre que la quema.

Manuel se preguntaba cuántas angustias, súplicas y lágrimas había detrás de cada objeto que acababa de observar. Quiso ver de cerca las fotos de los caídos, seguro de que encontraría gente de su región, pero don Pedro las guardó apresurado.

—¿Y la planta sagrada? —preguntó Manuel, revelando una curiosidad que el curandero apreció al instante.

—Es el peyote. Pero no puedes tomarlo sin antes hacer una purificación, y todavía estas muy débil.

Esa noche recibió un segundo enjuague con una preparación de raíz de hierba mansa y flores de nopal. La mañana siguiente despertó sofocado por el calor que invadía la habitación.

—Ya puedes salir a reconciliarte con la bola de fuego que te dejó así —anunció don Pedro desde el otro lado de la ventana—. Te vas a sentir mejor.

El sol había tendido su capa dorada sobre las dunas, y muy cerca del ocaso se veía una luna pálida que rehusaba ocultarse. En cuanto Manuel salió al patio, le desnudaron el vientre y lo dejaron bajo los rayos ardientes. Al terminar el baño de sol lo recostaron bajo la sombra de una lona remendada. La mañana se fue esfumando hasta dar paso al calor intenso de la tarde. Cerca de él, don Pedro extraía fibras de cactus con el filo de un machete. Mientras Manuel contemplaba el paisaje, el anciano retomó las puntas de un tema que había quedado suelto.

—¿Y cuál es esa planta de tu país que mencionaste?

—Es la ayahuasca —contestó Manuel.

—*Pos* cuente nomás.

—Es algo que cura y a la vez abre el entendimiento.

El indio detuvo su trabajo y se quedó observándolo.

—¿Y tú cómo la conoces?

—Aprendí de mi abuela.

En ese momento apareció Pascua con una bebida caliente. Manuel envolvió la taza en sus manos y tomó varios sorbos ruidosos.

—¿Qué es esto? —preguntó poco después.

—Es agua de biznaga, de aquella que ves allí —dijo don Pedro mientras señalaba un cactus esférico con un armazón de espinas que lo hacían impenetrable—. Te ayudará a recuperar tus fuerzas. También sirve de brújula —añadió.

—¿De brújula?

—Sí. Fíjate que está inclinado hacia el sur. Es la forma de proteger sus entrañas.

—Parece que aquí le encuentran utilidad a todo.

—Es cierto. Mi padrino Juan lo decía: «Cada cosa tiene su propósito, y cada enfermedad, su planta que la cura».

Ante la intensidad del calor las gallinas se aquietaron, los insectos se escondieron y el perro se echó a dormir bajo la sombra del toldo. La tarde pareció enmudecer, hasta que Manuel retomó la palabra.

—Mire, señor, me preocupa el tiempo que voy a tomar en recuperarme.

—No te agüites por eso, muchacho. Todavía necesitas buen reposo.

Horas más tarde, cuando las primeras franjas rojizas del crepúsculo hicieron su aparición, escucharon el aullido de un coyote en la lejanía.

—No temas, son los mejores compañeros de la noche —dijo el curandero.

En realidad, Manuel no les temía a los coyotes. Lo que rondaba por su cabeza era si no hubiera sido mejor dedicarse a la sanación en lugar de emigrar. La oportunidad se le había presentado, y él la dejó pasar. Buscando aclarar sus dudas, lanzó una pregunta que, sin proponérselo, llevó al anciano a revivir sus penas:

—Señor, ¿cómo decidió usted ser curandero?

El hombre descargó el machete de golpe, con lo que asustó al perro y las gallinas. Manuel le notó los ojos empañados y el ceño fruncido. Un silencio hermético frenó la conversación. Sin entender cómo pudo haberle afectado su pregunta, Manuel cerró los ojos y esperó paciente. Un rato después volvió a oír los golpes sobre la penca. Esta vez eran soberbios y espaciados. El vacío entre los dos se había ensanchado.

De repente los golpes se detuvieron, y don Pedro retomó la palabra.

—*Pos pa* que no se me atore, te lo voy a contar —dijo en tono sobrio—. Se lo debo a mi padrino, Juan Matus. Desde que yo era niño me llevaba a andar por el desierto a visitar a los enfermos. Construíamos chozas para los temascales, y con el poder del peyote ayudábamos a la gente a recuperarse y vivir en armonía con la tierra. Él conocía los secretos de las plantas, de los búhos y los coyotes. Era un yaqui bien chingón. De los meros meros. Puro chuqui. Con decirte que lo tenían por milagroso.

—¿Y murió joven?

—No. Los seres como él no dejan la tierra así de fácil. Vivió muchos años. Dicen que hasta había dejado de contarlos. Para mí fue algo peor que la muerte..., fue el destierro.

Una luna clara acariciaba sus rostros. Un coyote solitario quebrantaba el silencio. Tosali llegó de la cocina con una batea rebosante de tunas y pitayos. La seguía Pascua con un guiso de borrego cimarrón, picante chiltepín y un fajo de tortillas humeantes. Las dos mujeres se alegraron de ver a don Pedro ventilar las heridas del corazón silenciadas por tanto tiempo. Colocaron los alimentos sobre la banca y se quedaron merodeando sigilosas los bordes de la conversación. Don Pedro no quiso probar nada por el momento. A pesar de la invasión del guiso en sus sentidos, Manuel decidió esperar en solidaridad con él.

—¿Por qué el desprecio? —preguntó poco después.

—Mi padrino Juan había prometido enseñarme los secretos del peyote —respondió el hombre, esta vez con voz ajada y triste—. Me dijo que para lograr el encuentro necesitaba mucha preparación, y que el espíritu de la planta maestra era el que decidía responder a quien lo llamaba.

—¿Y son difíciles los pasos?

—Tienes que ayunar y purificar el cuerpo. Al mismo tiempo necesitas una limpieza espiritual, despojarte de los vicios y las malas ondas.

—¿Y lo logró?

—Solo en parte. En medio de mi preparación llegó por estos lares un hombre de California, dizque interesado en las enseñanzas de don Juan. Era un tal Carlos. Yo estaba tranquilo porque nunca pensé que mi padrino iba a divulgar los secretos de nuestra gente. Luego nos dimos cuenta de que ese fuereño no era de fiar, que solo quería recibir sin dar nada de su parte. Pero mi padrino lo aceptó así. En poco tiempo le tomó confianza y lo llevó con él a todas partes.

»Una noche celebrábamos la Pascua con un Bacanora que trajeron de la sierra. Ese sí que era fuerte. Con decirte que al ratito de probarlo te ponía requeteburro. Yo dije que no iba a beber porque me estaba alistando *pa* recibir el espíritu de la planta. Ya más tarde, a mi padrino le dio por sacar un puñado de capullos secos de peyote para dárselos al hombre. Yo tragué gordo cuando lo vi. ¿Por qué permitía que un extraño entrara en el mundo sagrado de nuestras tradiciones? Fue una mala noche. El hombre se revolcaba por el suelo, temblaba y balbuceaba. El espíritu de la planta lo había rechazado.

»Decidí atragantarme de Bacanora y, ya apendejado por el licor, me sentí con derecho a reclamar. Grité muchas cosas que ya no recuerdo, y de las que sí, me siento avergonzado. Mi padrino me vio bien gacho, y con su mirada me dio a entender que yo no estaba preparado para recibir la planta maestra. Desde esa noche nunca más volví a verlo. Al día siguiente me fui de mi casa. Terminé de jornalero en California, donde sufrí muchas necesidades y desprecios. Todo lo que aprendí de mi padrino quedó atrás. Había cambiado su sabiduría por una vida de abandono.

—¡Chuuuta, qué historia! —exclamó Manuel—. ¿Y estuvo mucho tiempo por allá?

—¡Uh! Ni *pa* qué contar. Con decirte que, cuando me fui, don Juan tenía la edad que tengo ahora, y yo estaba chamaco como tú. Pasé muchos años entre gente que solo tiene amor por el dinero. Un día me asaltaron y terminé en un hospital, pero hasta ahí llegó mi sufrimiento. Estuve piénsela que piénsela, y al final un compa me ayudó a regresar donde los míos. Yo ya estaba viejo, pero aún llevaba por dentro las enseñanzas de don Juan, y volví a comenzar. Nunca es tarde para nada; óyeme bien, nunca es tarde.

Don Pedro sacó de su mochila una botella con fermento de saguaro y convidó a Manuel a compartir un trago. Ya renovado, añadió:

—A mí se me hace que tienes madera *pa* curandero. Ándale, quédate con nosotros. Por estos lares donde la tierra es seca necesitamos ayuda. Aquí los jóvenes se han ido, y niños ya no hay.

La propuesta llegó a un rincón sensible del corazón de Manuel. Aquel hombre sabio y generoso le ofrecía la oportunidad de profundizar en las bondades de la tierra, como lo hizo en su momento el curandero de Baños. «Podría quedarme con él —se dijo— y quizá algún día penetrar en la magia del peyote. Pero, ¿cómo permitir que mi familia pierda la casa por mi culpa? ¿Cómo regresar en las mismas condiciones en que me fui?»

Manuel se encontraba sumergido en esos pensamientos cuando don Pedro y sus dos acompañantes lo invitaron a compartir la mesa. Y allí, bajo la luz del firmamento, entre aullidos lejanos de coyotes, celebraron la vida con un banquete de amistad.

XV

En medio de su agotamiento, Elvira distinguió varios objetos que flotaban en el agua. A lo largo de la tragedia había aprendido a no creerse sus conjeturas, pero esta vez alertó a Mario.

—¿Ves aquello? —le preguntó, señalando con la mano.

—¡Son naranjas! —gritó Mario.

Asumiendo el riesgo de sucumbir en el intento, Mario nadó hasta atrapar las más cercanas. A su regreso, el mechón de pelo purpura resaltaba en su frente como un mascarón de proa. Se dispuso a compartirlas entre los seis compañeros, un mordisco en cada ronda. Elvira encajó un pedazo de fruta en los labios de Maritza y se engulló otro de golpe. Sin embargo, cuando se acercó a darle una segunda porción, descubrió que la anterior seguía intacta. Reconoció entonces que el mar la había vencido. Sumida en el dolor, le selló los labios con la yema de los dedos y rogó para sí misma la gracia de una muerte rápida.

El mundo seguía siendo cielo y mar, mar y cielo. El horizonte mostraba una estela roja que anunciaba el final de otra jornada sin el milagro de un rescate. Elvira tenía la piel descamada y los dedos transparentes y rugosos. Llevaba los párpados cubiertos de un verdín que le bloqueaba la vista, y el velo que aleteaba sobre su rostro resultó ser una capa de piel desprendida de la frente. Estaba extenuada, sin ánimo de seguir. La distancia entre la vida y la muerte se acortaba. En su larga espera nunca pensó que se pudiera estar consciente del paso de tanto tiempo sin medir ni fraccionar, sin asignar ni repartir. En cuanto alzó la vista al cielo, se sintió parte de una sola dimensión del tiempo que lo abarcaba todo desde el comienzo hasta el final.

De repente Mario señaló un barco en la distancia.

—¡Vamos! —gritó, desesperado.

Lo vio porque lo ansiaba y lo siguió viendo sin estar. Y salió a su encuentro sin saber. Y siguió nadando sin parar. Hasta que el mar abrió una grieta y se devoró sus sueños.

Bajo un cielo diáfano y tranquilo, la noche parecía interminable. Con las primeras luces de la alborada Elvira captó de nuevo su entorno irreal. Sentía que no era ella, o que siendo ella se encontraba en otro mundo. Los párpados se le cerraban. Sus pensamientos perdían coherencia. Comprendió que el final estaba cerca.

La silueta de una embarcación que vio en la distancia fue para ella un engaño más de la imaginación. Sin embargo, esta vez se equivocaba. A las nueve y quince minutos de la mañana, el tripulante de una lancha de reconocimiento perteneciente a un pesquero ecuatoriano avistó la plataforma flotante. En un comienzo el pescador no lograba descifrar la escena, pero luego al ver las marcas del sufrimiento en los rostros comprendió que se trataba de un desastre. Los náufragos eran incapaces de valerse por sí mismos, lo que hizo del rescate una tarea lenta y laboriosa.

La noticia del hallazgo se expandió veloz por todo el continente. Estaban a doscientas millas náuticas al norte del puerto de Manta, donde la Armada ecuatoriana transportó a los sobrevivientes. En los periódicos circularon imágenes del pesquero siniestrado y de la balsa que sirvió de salvación. Se publicaron fotos de los rescatados y entrevistas a familiares de los desaparecidos fustigados por el dolor. El pescador y su capitán fueron aclamados como héroes, aunque ellos mismos insistían en que solo cumplían con su deber.

El operador de la lancha rescatista fue entrevistado más tarde por la radio.

Me llamo Domingo Quito y soy pescador. Apenas me acababa de levantar cuando vi a lo lejos algo extraño. Yo me dije: «No, no puede ser », y me asusté. Cuando estuve cerca, vi a una mujer desparramada bajo el sol. Parecía veraneando en una playa nudista. Enseguida vi a los otros compañeros alrededor de ella. Hasta pensé que estaban filmando una película, pero luego me dije: «No, no puede ser » Entonces comprendí que se trataba de un naufragio. El corazón se me quería salir. Aceleré el motor lo que más pude, porque me dije: «No quiero llegar tarde a rescatarlos » Al ver sus rostros demacrados, y luego el cuerpo sin vida de la joven bajo el sol, se me desgajaron las lágrimas. Me preguntaba por qué no pude llegar antes para salvarla. Los demás venían muy mal y casi no logran subir. Luego me comuniqué con mi patrón y le conté. Después le dije a mi esposa que ese día el destino me había escogido para un milagro, aun cuando me angustiaba pensar en los que no alcancé a salvar. Mi esposa se llama Margarita y mi hijo Dominguito.

Nacía otra mañana en el desierto. Las flores despertaban con las caricias del sol, y el paraje recobraba su brillo matinal. El silencio de la casa le confirmó a Manuel que sus anfitriones lo habían dejado solo. Sintiéndose con fuerzas de caminar se dirigió al huerto, donde lo recibieron fragancias de plantas azuzadas por soles largos y vapores orgánicos que espoleaban las ganas de vivir. Merodeaban también los comensales: abejas, hormigas, escarabajos y uno que otro colibrí que visitaban las nopaledas florecidas.

Se inclinó a contemplar las campanelas de ocotillo, los cardos y las biznagas, y por instinto empezó a limpiar las siembras mientras retomaba la costumbre de conversar con plantas y animales. Repasó en su memoria los terrenos de su infancia, y de la mano de la nostalgia comenzó a recorrer su propio huerto, a recoger sus frutos.

En ese momento lo sorprendieron don Pedro y sus dos acompañantes. No esperaban encontrarlo bajo el sol, y menos escucharlo conversar con las gallinas. Aquella incursión les demostró que Manuel estaba en condiciones de recibir el temascal, baño de sudor que adelantaría su recuperación.

Esa noche, en cuanto la esfera de la luna inició su travesía, don Pedro lo condujo al sitio del ritual. Las llamas de una hoguera bullían en el aire como enjambres de abejas espantadas. Mientras sus reflejos acariciaban los rostros, un grupo de rocas cumplían con la tarea de retener energía candente. Era una noche de grillos y coyotes, astros y firmamento, fuego y meditación.

Un halcón solitario rompió el silencio con un chillido majestuoso que continuó resonando hasta mucho después de completar su travesía. Mientras entonaba un canto en su lengua nativa, don Pedro condujo a Manuel hasta la choza. Las dos mujeres, vestidas con sus atuendos ceremoniales, lo acompañaron con tambor y sonajera. Por último, lanzó fumarolas de tabaco sobre el cuerpo de su huésped y, en cuanto el humo se disipó, dio comienzo al baño de sudor.

Utilizando dos cuernos de borrego por tenazas retiró de las llamas las primeras rocas candentes y las entró en la choza. Una olla humeante con fragancias de plantas depuradoras de males saturaba el ambiente.

—¡Que los espíritus sanen tu cuerpo y lo llenen de energía! —exclamó don Pedro al tiempo que lanzaba sobre las rocas un puñado de cristales de resina de copal que añadieron al sitio una fragancia de solemnidad.

La mente de Manuel flotaba entre aromas de hierbas y resinas. En un recorrido por los senderos de su vida revivió los momentos de alegría y contempló el umbral de sus tristezas. Cuando pensó en Elvira y sintió quererla, una energía portentosa se posó sobre su alma.

La ceremonia rendía homenaje a los elementos sagrados, y su anfitrión lo exhortó a meditar sobre sus virtudes: el aire, que nutre los pensamientos; el agua, que purifica los sueños; la tierra, que nos alimenta; el fuego, que nos da pasión. Al llegar al fuego, Manuel estuvo a punto de sucumbir. La choza albergaba un total de doce rocas que elevaron el calor a niveles insufribles. El sudor de su frente convergía en gotas gruesas que se encharcaban en el suelo. Los oídos le pitaban, los pulmones le ardían, el aire le faltaba. Pensó en lanzarse al suelo, gritar para que abrieran, pero en ese instante su anfitrión agitó la sonajera y dio por terminada la sesión. En cuanto abrió la puerta, el aire aprisionado soltó una explosión ronca que perturbó el silencio del desierto. Manuel salió sonriente y liviano al caminar.

Un rato después, el sanador llegó a su habitación con un brebaje de capullos que completarían su recuperación.

—Esta es la planta sagrada de la que te hablé —añadió el anciano—. Ten fe en que también será tu aliada.

Al terminar la bebida, Manuel se tendió de nuevo sobre el colchón ya amoldado a sus costillas. La paz de su entorno, la experiencia del temascal y el efecto de los capullos de peyote lo sumieron en un estado de lucidez que lo llevó a captar dimensiones perdidas de su vida. En ese estado vivió un sueño que recogía a su vez el sueño de los pueblos marginados de todo el continente. El sueño del emigrante.

Se soñó en el Ecuador como miembro de un ejército de obreros que salía al extranjero en busca de trabajo. Soñó que viajaron en barcos espaciosos hasta llegar a Centroamérica para luego continuar al norte en autobuses confortables y con frecuentes paradas de descanso. Soñó que cruzaron la frontera sin ninguna interferencia por tratarse de fuerzas favorables al progreso nacional. Que una vez en sus trabajos las faenas fueron duras, la soledad difícil, pero el deseo de progreso los sostuvo hasta el final. Soñó que a su regreso su país los recibió en la plaza colonial con multitudes jubilosas y bandas y guirnaldas. Que en el centro de la plaza se alzaba majestuoso un arreglo de rosas del Ecuador, orquídeas de Colombia, dalias de México, monjas blancas de Guatemala y otras flores nacionales en honor a las masas de emigrantes de todo el continente. Y que allí, bajo el repique embriagante de campanas, rindieron homenaje a la Tumba del Emigrante Desconocido, monumento levantado en memoria de los miles de hombres y mujeres que perecieron en los mares, en los desiertos, en las fronteras, habiendo pagado con sus vidas el sueño de partir al extranjero en busca de trabajo. El sueño del emigrante.

A la mañana siguiente Manuel se despertó alerta y animado. La planta le había traído a la conciencia instantes olvidados de su vida, y se sentía en completa armonía con su pasado. Lo invadía también una sensación de pertenencia con el resto de la humanidad.

Don Pedro aprovechó para confortarlo con un presagio alentador: «El espíritu del peyote te ha aceptado. Sigue por la ruta de las plantas curativas, que también serán aliadas tuyas. Con ellas podrás ayudar a mucha gente donde quiera que vayas.»

SEGUNDA PARTE

I

En cuanto Manuel distinguió el perfil de la ciudad de Nueva York en la distancia, sintió un escozor de arrepentimiento por haber partido de su tierra. En la estación del autobús lo recibió Guillermo, un antiguo compañero de colegio radicado en el sector de Queens. A pesar de su largo viaje desde Arizona, Manuel le rogó que lo llevara de inmediato a un centro de llamadas.

Su familia en Paute debió caminar hasta una casa vecina donde había teléfono para recibir la llamada. Manuel saludó a su madre, intercambió unas palabras con la abuela Encarnación y luego habló con sus hijos. Querían saberlo todo de momento, y buscaron contarle todo de una vez. Luego fue Elvira quien dominó la conversación. Le habló entre sollozos de su tragedia en altamar y de lo cerca que estuvo de la muerte. Le contó también de la zozobra que vivieron al no tener noticias de él por tanto tiempo. «Con el paso de los días, nos imaginamos lo peor, fue muy duro», le dijo.

Manuel intercaló su voz entre las palabras angustiadas de su esposa para contarle de su colapso en el desierto y de su recuperación bajo los cuidados del indio bondadoso.

—Sentí que me había muerto para despertar de otra manera —le contó con voz resquebrajada.

—Regrésate ya, Manuel, te necesito —le pidió Elvira al final.

El dolor reflejado en su voz lo llevó a comprender que en ese momento se necesitaban más que nunca. En un principio Manuel aceptó el llamado de su esposa, pero la falta de dinero para el viaje de regreso lo hizo reconocer que debía quedarse a trabajar por algún tiempo. Aseguró volver en cuanto le fuera posible, y Elvira lo aceptó así. Con esa promesa, Manuel comenzó su nueva vida de inmigrante en Nueva York.

Nada en su formación lo había preparado para el ritmo agitado de la ciudad. De la calma adormecedora de Paute, llegaba a un mundo de edificios densos, trenes ruidosos, ambulancias en urgencia y gente siempre con prisa. Los primeros días fueron los más difíciles. Compartió con Guillermo una habitación en un apartamento donde se aprovechaba cada espacio para tender un colchón. El aire pesado, el bullicio constante y el apremio por utilizar el único baño disponible agravaban la fricción del hacinamiento. En ese ámbito su llegada empeoró las tensiones.

Buscó trabajo en tiendas y restaurantes, y con cuanta persona pudiera informarle. Al cabo de una semana, lo contrataron para desocupar una vivienda cuyo dueño había fallecido. Su trabajo consistía en sacar sus pertenencias y arrojarlas sin contemplación a un contenedor de basura. Por sus manos pasaban los despojos de una vida, y a Manuel lo frustraba no poder rescatarlos. Varios trabajos temporales con el mismo patrón le permitieron sostenerse y a la vez enviar algún dinero a su familia.

El mes siguiente encontró un empleo como vendedor de flores. Cada mañana llegaba al puesto de distribución a armar sus ramilletes, ponerlos en baldes con agua y transportarlos al sitio de venta. Desde un carro de supermercado, tomado en calidad de préstamo sin conocimiento del dueño, ofrecía sus flores a conductores y transeúntes apurados. Sus ventas mejoraban cuando salía a pregonarlas por el vecindario, pero no tardó en confirmar que su carro no se desplazaba en las calles con la misma facilidad que en una tienda de cadena. Comprendió también que el mundo del vendedor ambulante está lleno de adversidades: conductores abusivos, las inclemencias del tiempo, la falta de sanitario en un momento de apuro.

Pronto se enteró de que la avenida más cercana a la casa de Guillermo se transformaba al anochecer en un hervidero de gente que operaba al margen de la ley. Una noche, mientras caminaba alrededor de la cuadra, se encontró por azar con un grupo de adictos que compartían sus pipas alucinógenas. Con el tiempo se acostumbró a ver a más gente en la misma actividad y a distinguir los silbidos con que alertaban de su presencia en la zona.

Varias semanas después llevó sus flores a un sector más concurrido, donde sus ventas aumentaron. Allí descubrió que un grupo de prostitutas se apropiaban de la calle al caer la tarde. La mayoría esperaban a sus clientes recostadas en una pared, dispuestas a escaparse en caso de una redada. Con el paso de los días llegó a reconocerlas por sus nombres ocasionales y a compartir con ellas el café con empanadas que ofrecía otro vendedor desde un carro similar al suyo. A menudo se ayudaban mutuamente: él les guardaba sus pertenencias, ellas le cuidaban las flores mientras salía a aligerar el cuerpo.

Así conoció a Rosa, una joven caribeña que usaba para su oficio ropa ceñida, peluca alborotada y tacones descomunales. Rosa tomó la iniciativa de dirigirle la palabra desde que lo vio llegar al sector. En sus charlas esporádicas le contó de su desdicha, que resumió en una frase: «Un día pisé un charco creyendo que saldría fácil y resulté atrapada en un lodazal».

A medida en que la mujer le contaba de su vida, Manuel la traía al pensamiento con mayor frecuencia. Aquel afecto tomó un nuevo rumbo el día en que la vio por primera vez descender del tren elevado antes de cambiarse de ropa para su oficio. Su vestir sencillo y su carita redonda enmarcada por el cabello corto la hacían lucir jovial y tierna. Le pareció que era otra. Desde entonces estuvo pendiente de su descenso de la estación, y cada vez que ella se acercaba a hablarle se llenaba de alegría.

Una tarde Rosa le contó que su suerte había cambiado el día de su fiesta de quince años, cuando conoció a un hombre adelantado a ella en mundo y en edad que la condujo por el camino de las drogas. Presa de una adicción que hasta ahora empezaba a combatir, terminó enredada en el ambiente de calle en que vivía.

—Esta es mi tumba —le dijo entre sollozos.

Para Manuel, la Rosa que descendía cada tarde de la estación, con su aire sereno y su porte recatado, era diferente a la que veía más tarde en su trajinar nocturno. Aquella mujer sencilla que se acercaba a hablarle cuando recién salía del tren se convirtió en refugio de su inmensa soledad. Días después, cuando tuvo conciencia de su atracción por ella, decidió alejarse de su esquina favorita. Aun así, a la hora acostumbrada la observaba desde lejos y hasta llegó a descuidar sus ventas por seguirla con la mirada.

Ese distanciamiento pareció cambiar el día en que la Rosa del comienzo de la tarde le hizo una invitación: «Ven a mi casa este domingo, Manuel. Quiero prepararte un plato que aprendí de mi abuelita.» Manuel contestó que sí sin sopesar consecuencias y pasó el resto de la semana atormentado por el compromiso. En sus noches insomnes sus pensamientos se perdían en laberintos sin salida y terminaba en un estado de zozobra.

De todos modos, la tarde del domingo se puso una camisa nueva y su mejor pantalón, se dio un toque de loción y partió para la cita. Sin embargo, una cadena de dudas lo azotó en el trayecto. Cuando se bajó del tren, tenía las manos sudorosas y el pulso agitado. Advirtió que caminaba lento, que sus pies parecían enredársele, que de verdad no quería seguir.

Al llegar al edificio sus dudas se dispararon. «¿Y si aquí empieza el camino por donde pierdo mi hogar?» Lo acosaba el temor a una relación que podría resultar funesta. Se detuvo un instante ante la puerta principal, dudando si oprimir el timbre, pero luego aprovechó que alguien salía para entrar sin anunciarse. Tan pronto llegó al tercer nivel sintió de nuevo el impulso de regresarse. Estando frente a la puerta, escuchó a Rosa que cantaba una canción y, afinando los sentidos, detectó un soplo del perfume que ya reconocía. Entonces cerró los ojos, apretó los puños, dio media vuelta y se marchó. La voz melodiosa de su amiga lo siguió por la escalera, lo acompañó en el camino y continuó con él cada vez que aquella Rosa de Queens rondaba por sus recuerdos.

En esos días sus llamadas a Paute eran aún frecuentes, como lo eran los ruegos de Elvira para que regresara pronto. Sin embargo, con el paso de los meses la comunicación se enfocó en otros temas, y Manuel fue perdiendo la urgencia de volver. Entraba a regir la fuerza de la costumbre, reforzada por las ventajas económicas de un trabajo en Nueva York.

Llevaba un año en su rutina cuando una patrulla de policía lo detuvo por falta de un permiso de vendedor ambulante. Estuvo preso durante un fin de semana, rodeado de delincuentes que acaparaban desde el uso del baño hasta la mejor ubicación para atisbar por entre las rejas. El bullicio constante y los olores nauseabundos lo mantuvieron en vela. El lunes siguiente, con el pelo desordenado, la ropa estrujada y los ojos asustados, compareció ante un juez que le impuso el pago de una multa.

Su primer acto al recuperar la libertad fue llamar a Elvira. Bajo el trauma de la detención, le confirmó que no quería volver al mismo trabajo. Su esposa le recordó entonces a Edilberto, un primo de Manuel radicado en Port Chester desde hacía varios años. Con su ayuda, Manuel finalmente se mudó de Queens.

Situado a una hora al norte de Nueva York, en un cruce neurálgico de buses, trenes y autopistas, Port Chester fue una de las tantas comunidades que tuvieron un auge económico ante el arribo de inmigrantes. El comercio se vio revitalizado con la apertura de bodegas, pastelerías, agencias de envíos, cabinas telefónicas y servicios profesionales que impusieron un rumbo de progreso. En medio de esas actividades resurgió también la vida nocturna: bares, clubes y discotecas, algunas con chicas recién llegadas que ofrecían bailar con sus clientes a una tarifa de dos dólares por pieza musical. Para un inmigrante solitario era la oportunidad de tener en sus brazos a una joven perfumada, escuchar su respiración, sentir el bamboleo de sus pechos, el vaivén de sus caderas, y entre baladas y ritmos tropicales cruzar con ella unas palabras. En ese ámbito Port Chester alcanzó la distinción en la región de ser el mayor consumidor per cápita de cerveza mexicana. También tuvo el más alto número de arrestos por violencia familiar, manejo embriagado y riñas entre borrachos. Aun así, la comunidad continuó su ritmo de progreso.

Al día siguiente de la llegada de Manuel, su primo Edilberto lo llevó a la «parada », punto de encuentro entre inmigrantes desempleados y contratistas en busca de mano de obra. Allí se sumó a un grupo de jornaleros, entre ellos varios jóvenes que por su edad deberían estar estudiando, tan necesitados de un trabajo como él. Se acostumbró a estar atento a la llegada de vehículos comerciales, y luego a correr a su encuentro cuando disminuían la velocidad. Con el paso de los días aprendió a ignorar las insidias, a ser firme en su tarifa de jornalero y a asimilar en silencio el contraste entre sus tradiciones amables y la nueva cultura de rivalidad que lo rodeaba.

Mientras esperaba en la parada, Manuel trataba de entretenerse con los detalles de su entorno: los vehículos detenidos ante un semáforo, el paso de transeúntes, la fragancia tibia de una panadería cercana. Al recibir la aprobación de algún contratista debía acomodarse deprisa en una camioneta repleta de herramientas, y aceptar el trabajo que saliera: limpieza, construcción, carpintería, pintura, jardinería. A pesar de su inexperiencia debía también estar dispuesto a manejar herramientas motorizadas sin entender instrucciones, sin preguntar demasiado y haciendo lo mejor posible para no perder el empleo.

Muchas veces las horas pasaban de largo sin que recibiera una oferta de trabajo. Entonces sus ilusiones quedaban a la deriva, tal como los desechos dispersos en el área: periódicos pisoteados, envolturas de meriendas rápidas, bolsas de papel elevadas por el viento como cometas sin dueño. Eran vestigios de quienes a diario convergían en aquel sitio para competir por un jornal. La primera vez que se quedó sin trabajar esperó hasta llegada la noche para llamar a su familia y reconfortarse con sus voces. Sin embargo, cuando escuchó a su esposa y a sus niños, la amargura terminó por derrotarlo. Sus ojos se inundaron de lágrimas y su voz se resquebrajó. Por más de que trató de disimular, también ellos percibieron su dolor. Cuando insistieron nuevamente en que regresara, quiso dejarlo todo y viajar a Paute, pero luego recordó las necesidades apremiantes que lo obligaban a continuar la lucha. Entonces fijó los recuerdos en su entorno familiar, en los anocheceres de su tierra, en sus mascotas, sus flores y hierbas medicinales, y de ahí el pensamiento lo trasladó a sus acuarelas. Continuó sumido en llanto hasta el amanecer.

Días después, Manuel presenció el accidente de Segundo Loja, un compañero de trabajo que se fracturó la columna al caer de un andamio. Lo común en los patrones en esos casos era evadir sus obligaciones con promesas de sufragar los gastos si el empleado no demandaba, promesas que pocas veces se cumplían. En la situación de Segundo, un hombre joven se quedaba sin su fuerza de trabajo, una familia sin sustento, y el contratista sin un obrero que bien podía remplazar al día siguiente.

Manuel llevaba tan solo unos meses en Port Chester cuando Elvira le anunció su renovado deseo de emigrar. Se lamentó de que su vida había quedado en suspenso después del primer intento, y concluyó que la manera de resolver su situación sería yéndose de nuevo. En un comienzo Manuel se resistió a tomarla en serio, pero con el paso de los meses ella le confirmó que sus deseos se habían convertido en planes, y que los planes iban rumbo a ejecutarse. En su cabeza giraban argumentos similares a los de su partida inicial, y a menudo llegaba a la misma conclusión: deseaba luchar por el futuro de su familia, y también aprender y conocer. Sin embargo, esta vez no consideró la posibilidad de viajar hasta donde él. La memoria del naufragio seguía viva en sus recuerdos y no quería asumir un viaje rodeado de los mismos peligros.

—Ya voy a completar aquí dos años, y nos estamos quedando atrás. El dinero no nos alcanza y tampoco consigo trabajo. Me quiero ir a España, Manuel —le dijo un día.

Con esas ansias de mundo que llevaba por dentro, con ese deseo de expandirse que sentía desde niña, volvía a ser el río crecido que iba contra todo. Además, estaba también el agravante de que su suegra le desató una guerra soterrada que lindaba con el maltrato. Era una acumulación de pequeños detalles que fracturaban la armonía. Empezó con los reproches por el desorden de los niños y se agravó cuando le pidió cuentas del dinero que su hijo enviaba del exterior.

—Ya estoy harta de tanta sinvergüencería en esta casa, de que no reprendas a tus hijos, de que estés perdiendo el tiempo sin trabajar. ¡Pobre mi hijo, sacrificándolo todo por sostener a una holgazana! —explotó un día.

El tono acusador de Rosalía fue una humillación más de tantas que recibía Elvira y que la mantenían al borde del desespero. Sin embargo, ese día hubo un detalle adicional que la llevó a confirmar su decisión de partir. La abuela Encarnación la llamó aparte para aconsejarla: «No estés sufriendo más aquí, Elvira; acuérdate de que tus hijos van a estar bien cuidados con nosotras». Era el empujón final que necesitaba para marcharse.

Los preparativos resultaron menos dispendiosos que los de su intento anterior. En esta ocasión viajaría en avión, con pasaporte visado y sin exponerse a los peligros que acechan en la clandestinidad. Con la consigna de que pronto volvería, colmó de besos a sus hijos y por segunda vez partió de su tierra.

Años más tarde, con las lecciones de sufrimiento y soledad ya arraigadas en su memoria, Elvira reconoció el enorme vuelco que su viaje impuso en su familia. Pensaba que si hubiera decidido luchar desde su país, sus hijos no hubieran crecido solos ni Manuel se hubiera ausentado del hogar. En los años en que vivió por fuera estuvo consciente del dolor que su decisión había causado. Como si buscara retomar el camino, se regresaba en sus pensamientos hasta el momento mismo en que se acercó por primera vez a esa casa en Paute, apartó con su mano las lantanas florecidas y descubrió tras la verja a un joven pintando una acuarela. Entonces caía presa de ese dolor que le impedía ser feliz: el dolor de haber dejado a sus hijos sin la presencia de una madre y a su marido sin el calor de un hogar.

II

Elvira le dio un vistazo al reloj en el momento en que su avión aterrizaba en suelo español: eran las cinco de la mañana. Sin embargo, al salir del aeropuerto confirmó que sobre su cabeza caía ya el sol bravo de mediodía. Más que un cambio de hora, el hecho significaba para ella el cambio de vida que siempre había añorado. Repasó en silencio la justificación de su viaje: los niños estarían bien con las abuelas, la familia iba a prosperar, su separación sería corta. Aun así, lo que debía ser un momento de regocijo se vio opacado por aquel dolor de separación que la perseguiría de ahí en adelante.

En Madrid la esperaba Carmen, una amiga ecuatoriana arraigada en la ciudad desde hacía varios años y que solía albergar inmigrantes recién llegados. Por lo pronto, le ofreció una merienda ligera y un rincón para descansar. Al día siguiente, Elvira salió a buscar empleo en los locales comerciales de alrededor. Cuando dio el primer paso en la calle, fue consciente de que tenía que desenvolverse por su cuenta.

Cerca de la estación del metro se detuvo a curiosear una pared atiborrada de anuncios publicitarios. Era un conjunto de anuncios que invitaban a la diversión, difundían algún servicio o propagaban la fe. Aferrados como orquídeas a un árbol, los anuncios semejaban especies invasoras que llamaban la atención con sus formas y colores. Fue una distracción transitoria. A pesar de su interés por lo nuevo, el impacto de su primera salida fue implacable. Comprendió lo que significaba estar fuera de su medio y enfrentarse a un mundo diferente. Sintió un resquebraje de todos sus sentidos, una añoranza terrible por su patria y su familia. Era el dolor del desarraigo que sufren los inmigrantes. Entonces sucumbió al llanto, ahí donde estaba, a la vista de conductores y transeúntes que la observaban sin detenerse. Fue un sentimiento que la hostigó desde entonces, y que se agravaba cada noche a la hora de dormir. Supo entonces lo que es amanecer sumida en el desconsuelo por la ausencia de los suyos.

Al final de su segundo día de recorrido, Elvira se perdió. Pidió indicaciones para regresar a su casa en la calle Usera, pero la dirección que llevaba consigo resultó incompleta. Ignoraba que varios miembros de una familia habían sido homenajeados con una calle a su nombre y que aquel vecindario incluía no solo la calle Marcelo Usera, el legendario patriarca urbanista, sino también las de Gabriel, Amparo, Nicolás e Isabelita Usera, cruzadas en cuadrantes de negocios afines y edificios parecidos. Debió pedirle a su amiga que fuera a rescatarla.

Varios días después, Carmen le dio una noticia alentadora:

—Mañana te vienes conmigo a limpiar la casa de los padres de mi jefe. Nos van a pagar bien, pero hay que trabajar duro porque la señora es muy exigente.

Ya en el sitio de trabajo, su amiga la vio tan desorientada en cuanto al uso de los productos y la forma de ocuparse que optó por asignarle una tarea repetitiva.

—Con esta pasta y esta esponjilla limpias toda la plata. Entretanto vas viendo lo que yo hago para cuando te toque sola.

Le tocó sola una semana después en una mansión en la que el dueño exigía blanquear las uniones de las baldosas con un cepillo de dientes mientras él se paraba a un lado a criticar. Elvira terminó con las rodillas raspadas y el corazón estropeado porque nunca en su vida se había sentido tan humillada. Sin embargo, la necesidad y el compromiso con su familia la obligaron a quedarse hasta terminar.

El empleo siguiente fue más relevante para ella: camarera en una feria de alimentos en el coliseo principal de Madrid. El primer requisito era llegar elegante y bien maquillada, pues las cámaras de televisión estarían en el lugar. Se trataba de un evento en el que participarían cientos de personas entre expositores, hosteleros y, en ciertos horarios, el público en general. El objetivo principal de sus patrones era impresionar los paladares de los visitantes con sus creaciones gastronómicas. Elvira quedó maravillada desde un comienzo de las novedades culinarias y de la gente que venía a degustarlas. Pronto se familiarizó con la combinación de sabores y texturas que el propietario exponía con el orgullo de quien exhibe obras de arte. Su oficio, junto a una compañera que inició con ella, era servir los platillos en las pequeñas mesas circulares que se elevaban del suelo como hongos alargados. El trabajo exigía estar alerta y sonriente, y desplazarse con rapidez. Ya al mediodía tenía los pies ampollados, por lo que tuvo que cambiar sus tacones altos por los zapatos cómodos que traía en el bolso. Al comenzar la tarde su compañera estalló en llanto y partió enfadada, por lo que Elvira tuvo que asumir el trabajo de ambas. Terminó el evento agotada, pero contenta de haber aprendido y descubierto tantas cosas. Las ricuras que preparaba el cocinero le parecieron una maravilla, aunque solo pudo probarlas a las volandas.

El último día de la feria su jefe, que la había observado revolar sin descanso, le entregó su pago, más una propina generosa. Elvira le habló entonces de las familias de escasos recursos en su edificio y le preguntó si estaría bien llevarse la comida que había quedado. Ante la respuesta afirmativa renovó sus energías y empezó a ponerlo todo en un taxi, y luego en otro lo que no cupo en el primero. Al llegar a casa tuvo que descargar bajo un aguacero magistral que la dejó empapada por completo. Aun así, celebró con sus vecinos un festín de degustación de quesos, vinos y platillos de gastronomía.

La experiencia sirvió de tema en sus charlas interminables con sus hijos. Desde su locutorio habitual les mencionó las combinaciones de sabores, los nombres de los productos, la elegancia de las presentaciones, transmitiendo siempre el anhelo de que estuvieran con ella. Vivían todavía en un período de historias divertidas para todos.

Dos semanas después, Elvira respondió a un aviso de empleo en un restaurante.

—¿Tienes experiencia? —le preguntó el dueño.

—En atender a la gente, sí, pero, por lo demás, quiero aprender.

Era un sitio de comida variada y los tres distintivos de su clase: estrecho, bullicioso y acogedor. Elvira llegó con la timidez frente a lo nuevo. Sin embargo, tal como se lo había propuesto, se dedicó a aprender. Con su uniforme azul y gorra marinera se deslizaba por entre las mesas mientras su mente asignaba a los pedidos alguna rima juguetona que ayudaba a memorizarlos: alcachofas al vapor y merluzas emperador; milanesa de pollo y ensalada de repollo; un montado con tomillo, unas gambas al ajillo. Pasaba los días divertida, aunque terminaba muerta del cansancio.

El propietario era un gallego de sonrisa fácil, delantal emperifollado y una libreta de anotar que retiraba de su cinto con la rapidez de un vaquero del oeste. Tenía el don de preocuparse por el bienestar de sus empleados, tanto como del éxito de su negocio. Él mismo decía que los latinos trabajaban con más empeño y que no estaban pendientes del reloj para salir deprisa.

Varias semanas después de su llegada, Elvira pasó a ocupar una división que Carmen construyó en su apartamento al clavar unas láminas de madera del techo al suelo para poner otra cama. Elvira había iniciado su nueva vida con una visión densa de las cosas, como si llevara lentes de aumento que no fuesen para ella. Sin embargo, con el paso de los días empezó a ubicarse y a entender. Supo diferenciar entre la gente emprendedora y los atenidos y aprovechados. Y en cuanto a la ciudad, no dejaba de sorprenderla. Le llamaban la atención el tamaño gigante de los jamones en las vitrinas, la congestión en las calles y hasta la rapidez de las conversaciones.

—Aquí la gente parece que estuviera peleándose a toda hora —le dijo un día a Carmen.

—Es que los españoles son así. Ya te irás acostumbrando —le respondió su amiga.

Elvira confirmó que los inmigrantes como ella llevaban consigo un enorme peso de necesidades económicas y cargas emocionales que aumentaban con el tiempo: amores truncados, conflictos de familia, culpabilidades por actos u omisiones del pasado. Su mayor tristeza era la ausencia de sus hijos. Al escuchar el llanto de un niño, pensaba en ellos, en la imposibilidad de consolarlos, en las experiencias que no podían compartir. Se entristecía con solo ver a otras madres paseando a los suyos.

Su único alivio lo ofrecían los locutorios de llamadas internacionales, verdaderos oráculos de sanación emocional donde la gente buscaba descargar las penas de la distancia y poner orden en sus vidas. Para ella resultaba un ritual vivificante dirigirse al locutorio mientras pensaba en los temas que iba a hablar con su familia, los cuales eran casi siempre remplazados por nuevas ocurrencias del momento. Al comienzo le costaba dominar el llanto, pero con el tiempo se acostumbró a escuchar las historias de sus hijos y a hacerlos reír a ellos con las suyas. En una ocasión Carmen abordó el tema de la comunicación con la familia: «Te voy a dar un consejo —le dijo—, no los agobies con tanta llamadera. Yo hacía lo mismo hasta que me di cuenta de que tenía que superar mis angustias y no pasárselas a ellos».

También hablaba con Manuel en Port Chester, aun cuando eran conversaciones que la dejaban más preocupada que satisfecha: lo sentía cada vez más distante. En los primeros meses de separación parecían aún una pareja de enamorados que luchaban juntos contra toda adversidad, sujetando con sus manos los cabos que la distancia amenazaba con desatar. Procuraban concentrarse en las cosas que los unían, en orientar a sus hijos, en pagar la deuda, en ahorrar para comprar su casa. Sin embargo, con el paso del tiempo empezaron las discusiones sobre los niños, la casa, los gastos de dinero. Ella reclamaba que Manuel la dejaba sola en todo. «¿Sabes que Néstor está rebelde con las abuelas y que Andrea no quiere ayudar en la casa? ¿Has sacado algún tiempo para escucharlos realmente?»

En sus días libres, Elvira solía caminar por calles en las que escuchaba idiomas extranjeros, por parques de jubilados que se contaban historias mientras se ejercitaban con manivelas y pedales instalados por el Ayuntamiento o por almacenes atiborrados de productos novedosos. Se acostumbró a encontrarse en la entrada del metro con toda suerte de vendedores ambulantes: señoras de su país con humitas calientes, señoras de otros países con panecillos y bebidas naturales, hombres que vendían música folclórica y películas pirateadas.

Aprendió a reconocer otros modos de vivir, a esquivar a la policía para que no le hicieran preguntas y hasta a apretar los dientes cuando los españoles reprochaban el comportamiento de algún maleducado. Un día escuchó a una señora increpar a un grupo de inmigrantes: «¿No podéis venir sin tomar los parques como si fuesen cocheras? ¡Por eso la gente está tan quemada!»

Elvira comprendió la frustración de la señora y enrojeció de la ira al saber que por unos pocos pagaban todos. Entonces supo por qué algunos inmigrantes tenían que atrincherarse ante las voces de reproche de españoles intolerantes que, aunque en número reducido, eran parte de los roces culturales que se ventilaban a diario.

Para ese entonces, el dueño del restaurante le ofreció un contrato de trabajo fijo, la puso al corriente de sus obligaciones tributarias y la ayudó a cotizar en la Seguridad Social. Fueron pasos que le abrieron las puertas para regularizar su residencia a través del arraigo laboral. Al término de un año contaba con un permiso de trabajo y a los dos años adquirió la tarjeta de residencia permanente.

Un día acompañó a Carmen al mercado municipal de Las Ventas, frente a la plaza de toros, donde su amiga solía comprar de todo lo que se pareciera a los productos de su país. De esa manera, cargaba sus tradiciones hasta cuando se le llenaba el cesto. A Elvira le llamó la atención verla empuñar su dinero con tanta fuerza que los nudillos de sus dedos palidecían. Era otra forma de aferrarse a sus costumbres.

Cuando salía a hacer sus compras, hablaba con otros inmigrantes del vecindario, en la frutería, la pescadería, la heladería, la panadería, encendiendo en cada lugar pequeñas velitas de amistad que ayudaban a aclarar la penumbra de sus tristezas. Así vivió sus primeros dos años en Madrid, participando del diario vivir de su barrio, pero sin conocer la ciudad, sin conocer a los españoles y sin cambiar su modo de conjugar los verbos o de pronunciar la zeta.

En sus salidas los domingos veía a las parejas disfrutar en familia con sus niños y sentía frustración de no poder hacer lo mismo con los suyos. Cada manifestación de cariño que presenciaba le traía el recuerdo de cuando ayudaba a sus niños a alistarse para la escuela o los colmaba de besos al despedirlos. Desde esa época ya distinguía el carácter fuerte de su hija y se llenaba de temor al pensar en lo que se le vendría encima si no estaba a su lado para guiarla. Sus comentarios a Carmen reflejaban esa lucha interior. «De nada les sirve a mis hijos tenerlo todo si yo no estoy cerca para darles alegría. Es una pena que arrastro siempre conmigo», le dijo un día.

Cuando llegó el momento de que sus hijos hicieran la primera comunión se moría de las ganas de estar al frente de los preparativos para la fiesta. En esos días se sintió más nostálgica que de costumbre y solía fijar la mirada en las fotos de sus hijos hasta que se le desgajaban las lágrimas. El día del evento los llamó temprano para informarse de todo. Luego habló con su esposo y le pidió que empezaran a planear su regreso.

A comienzos de su tercer año en Madrid, una furgoneta que transportaba compatriotas suyos a sus labores de campo en Murcia sufrió un accidente aparatoso que dejó numerosos fallecidos. Las historias de las víctimas, y las imágenes de la repatriación de los cuerpos, la conmovieron en lo más profundo. En medio de la congoja, sucedió en su casa un episodio que apresuró su decisión de buscar otro sitio para vivir.

Estaba en pleno sueño cuando escuchó un grito de mujer que la dejó al borde de la cama. Era Lucía, una joven ecuatoriana que vivía en la segunda planta. No parecía tener un horario fijo de trabajo, pero sí era usual encontrarla en la cocina compartida en su misión de satisfacer los antojos de un marido abusivo. Elvira se enteró de que cargaba el cesto más grande de problemas que pudieran agobiar a una mujer de su edad. Por esa razón, y por un acné que no lograba controlar, se mantenía demacrada y triste: una criatura que flotaba en el desamparo.

Tan pronto Elvira se asomó al pasillo, Lucía cayó en sus brazos atacada en llanto. Justo en ese instante llegaba de sus correrías de penumbra Katia, una mujer robusta, de maquillaje exagerado, botas entubadas y faldas diminutas.

—¿Y a ti qué te pasa? —le preguntó a Lucía, en su tono de humor trasnochado.

—Que me quiere matar.

—¿Quién te quiere matar?

—Pues mi marido.

—¿Que el infeliz te quiere matar? ¡Ja! Eso lo veremos.

Katia se armó con un rodillo de amasar y, junto con Elvira y Lucía, subió deprisa por la escalera. Encontraron al hombre fumando un cigarro en el quicio de la puerta. A pesar de su sonrisa burlona, no lograba ocultar el asombro de verse rodeado de tres mujeres distintas con un solo fin verdadero: enfrentar su desfachatez.

—¿Con que la quieres matar? A ver si tienes cojones de pegarme a mí, pedazo de mierda. ¡Aquí no vienes con gilipolleces! —gritó Katia.

—¿Y a ti qué te importa lo que yo hago?

—Ah, ¿sí? ¿Y es que no importa que a las tres de la mañana despiertes a la gente porque le estás pegando a tu mujer?

—Yo estoy en lo mío y aquí hago lo que quiero.

—Pues mira, en España los hombres que hacen eso terminan en la cárcel, ¿vale? Y si estuvieses en mi país, vendría un hermano de tu mujer y te afeitaría el cuello con una navaja tan afilada, que sería la última afeitada de tu vida.

—Lo que pasa es que a las mujeres hay que darles de vez en cuando para mantenerlas en la raya.

—¿Quééé?

Las últimas palabras del hombre fueron un grito de guerra para Katia que, ciega de la ira, alzó el rodillo decidida a descargárselo en el cráneo. Solo la intervención rápida de Elvira impidió una desgracia. El hombre palideció y retrocedió sin chistar palabra.

—¿Pegarles de vez en cuando? —exclamó Katia de nuevo—. Mejor agarra tus maletas y vas a pegarle a tu puta madre, que si llegas a tocar a esta mujer, te rajo la cabeza.

Acordaron que Lucía pasaría el resto de la noche con Elvira. Cuando ya estaban acomodadas en la cama, Elvira le preguntó en medio de la oscuridad:

—Oye, Lucía, vas a decir que soy muy directa, y si quieres no me contestes, pero ¿qué haces tú con un hombre que te maltrata?

—Aguantar —dijo—. Aguantar porque él me paga los gastos y sostiene a mis hijos.

—Pues si es así, sigue aguantando, pero aquí no vuelvas con tus lloriqueos nunca más.

Ya para aquel entonces Elvira estaba harta de las noticias negativas en su vecindario, del temor de ser expulsada por vivir en espacio ajeno, de los chismes y los embrollos, los alegatos y las trifulcas, la algarabía y la gritería, la delincuencia y la dejación.

—Es que ustedes me hacen hervir la sangre —le dijo un día a un inmigrante que hacía escándalo en la vía—. ¿No crees que además de derechos, también tenemos obligaciones?

Elvira no hallaba la hora de buscar un cambio. Se comunicó entonces con una agencia de empleo que, según le recomendaron, solía dejar una chispa de esperanza en quienes acudían a sus servicios.

III

Dos días antes de su cita con la agencia, Elvira se paseó por las tiendas de Preciados, donde un maniquí la instó a llevarse la prenda de su encanto. El día de la entrevista resultó ser cálido y brillante, y, en cuanto Elvira salió a la calle, sintió que el traje que estrenaba la mimaba. Atendiendo la voz del maniquí, lucía un vestido camisero color verde manzana con fila de botones acaramelados, el último para llevar desabrochado. Dos bolsillos del color de las amapolas rimaban con los ribetes de las mangas, dando al conjunto un toque de alegría. Complementaba su estilo con zapatos de correas tobilleras, compromiso entre elegancia y comodidad. Un bolso bandolera atravesado al hombro coqueteaba con el resto de la ropa y añadía sensualidad a su caminar.

Ya cerca de la meta tomó por una calle estrecha que amplificaba los ecos de la vida cotidiana como caja musical. Se detuvo ante una tienda de juguetes en cuya vitrina exhibían una casa de muñecas con muebles en miniatura en todas las estancias. Había lámparas de cristal de roca, alfombras diminutas y, en la cocina, un juego de loza en justa proporción con los demás enseres. Elvira trajo a su hija Andrea en sus pensamientos y, por un instante, la puso a jugar allí con sus muñecas.

Al llegar a la agencia, una dama delgada y elegante la invitó a entrar. En la sala de espera se entretuvo con el libro que llevaba en su bolso y no tuvo tiempo de guardarlo cuando escuchó su nombre. La recibió Felipe Sutil, su director, un hombre de singular empatía con quienes llegaban a su despacho cargados de ilusiones. Luego de llenar una ficha con sus datos personales, le preguntó sobre su experiencia de trabajo.

—Aquí en España he sido camarera en un restaurante, y en mi país aprendí a llevar bien una casa.

Elvira tenía los ojos llenos de preguntas, y Felipe entrelazó en sus respuestas algunas revelaciones y consejos.

—Tienes que ser puntual con las citas —le dijo—. Te damos el teléfono de la señora para que avises si no puedes ir, porque ella te estará esperando. Si llega la hora acordada y la chica no aparece, qué fiasco, a ponernos verdes. Esa clienta se puede perder, y la empleada se elimina de la lista.

—No quiero que me suceda algo así —dijo Elvira.

—No te va a suceder. Además, las señoras por lo general quedan muy contentas con las latinas. Dicen que son muy dulces y cariñosas, que entran con mucho respeto, sin levantar la voz, como si pensaran: «Si voy a molestar, mejor no digo nada.» Las españolas no son así. Si quieren decir algo, te lo dicen con voz firme y punto. Ah, y siempre aconsejamos no ir muy arreglada; van a pensar que la señora eres tú. Otra cosa: algunas señoras se quejan de que las chicas tienen muchos problemas, que cuentan toda su vida. Si les complicas la tranquilidad con tanto rollo, te pueden decir: «Mira, para problemas, los que tengo yo en casa» y hasta luego.

Elvira se quedó mirando una litografía de la Puerta del Sol que colgaba en el despacho. Al verla, Felipe tomó una breve pausa para reflexionar.

—Es el punto de partida de las vías radiales de la ciudad. El kilómetro cero. También un buen trabajo puede ser el punto de partida en el futuro de una persona.

Felipe leyó las anotaciones en su fichero mientras Elvira observaba algunos platos ornamentales del continente americano que la conectaron con su tierra.

—Pues mira, si en lugar de emplearte en una casa vas a trabajar en una empresa, podrás tener un mejor futuro. Hay una oferta en un sitio de banquetes. Conozco a Paloma, la dueña. En el pasado le hemos enviado varias trabajadoras. ¿Te interesa?

—Por supuesto que sí —respondió Elvira, con una chispa de entusiasmo en sus ojos.

—Le diré a Paloma que os encontréis cerca de aquí para que te sea más fácil. De todos modos, te prevengo: Paloma es una persona seria y exigente.

Elvira se hacía conjeturas sobre su futuro mientras Felipe hablaba con Paloma.

—Ya está. Te espera a las seis. Aquí tienes el sitio y el teléfono. Y no olvides, si te vas a retrasar, llámala.

Elvira tomó un autobús que la llevó hasta la Puerta del Sol. Al apearse se encontró frente a un organillero que echaba a volar alegre sus notas dulcificantes. Lo escuchó unos minutos y luego se desplazó por la calle del Arenal en busca de un lugar para comer. Escogió un restaurante con menús en letras doradas y camareros de corbatín que la guiaron hasta la única mesa disponible en la terraza.

Justo terminaba su plato cuando un señor de aspecto gracioso se le acercó a la mesa. Vestía pantalón oscuro y un juego de gorra, chaleco y chaqueta a cuadros, en cuya solapa portaba un clavel rojo. Se descubrió la cabeza y se dirigió a ella.

—Por lo visto, no hay mesas libres, pero es normal en un día como hoy —le dijo en tono afectuoso—. ¿Me permites que me siente aquí? Me recuerdas tanto a mi nieta que sería un placer compartir contigo.

Elvira aceptó con una sonrisa y enseguida se dirigió al camarero:

—Señor, un cafecito, por favor.

Con un aire paternal que no incomodaba, el visitante hizo una observación:

—Veo que no eres de aquí, señorita. ¿Quizá trabajas en alguna embajada?

—No, señor, ya quisiera yo. Ahora mismo vengo de una entrevista de trabajo, pero no fue en una embajada.

—Una dama tan distinguida seguramente encontrará un buen empleo, pero déjame decirte algo, si no es molestia, hija, en Madrid hay que seguir las costumbres, y en esa forma tan suave no te van a hacer caso. Tienes que ordenar directa y con fuerza. Así: «¡Camarero, póngame un café! » Entonces el camarero viene, te descarga el café sobre la mesa sin derramarlo, se vuelve sin mirarte y desaparece. Con eso siente que ha cumplido con su deber.

—Es que uno no sabe cuándo va a encontrar gente que responde mal —dijo Elvira.

—¡Camarero, pónganos dos cafés! —ordenó el visitante. Enseguida añadió—: Sí, de vez en cuando encuentras gente que responde mal, pero no le hagas caso a la gente odiosa y sigue con quienes te tratan bien.

—Tiene razón.

—¿Y cuánto tiempo llevas en España?

—Un poco más de dos años.

—Pues mira, todos los españoles debemos alegrarnos de que personas como tú, en la flor de la vida, queráis darnos vuestros mejores años. Venís con ese empuje, con ese ánimo de trabajar. Sois fuerzas que llegáis al país a producir, y así deberíamos entenderlo.

Sus palabras tocaron lo más profundo de la sensibilidad de Elvira, y tuvo que hacer un esfuerzo para detener las lágrimas. Tomó varios sorbos seguidos de café mientras aclaraba sus pensamientos, hasta que el caballero le hizo otra pregunta:

—¿Vas a ver el desfile?

—¿Desfile?

—Sí, el de gigantes y cabezudos. Hoy empiezan las fiestas patronales de Madrid, san Isidro Labrador. Por eso hay tanta gente en las calles y por eso voy vestido de chulapo.

—Ay, perdón, ¿de qué?

—De chulapo. —Enseguida se puso de pie y, pronunciando cada palabra entre pequeñas pausas, agregó—: Soy un chulapo de Puente de Vallecas.

Varias personas que lo escucharon en las mesas vecinas irrumpieron en aplausos.

—Y esta es la indumentaria tradicional para bailar el chotis —continuó diciendo mientras regresaba a su silla—. ¿Conoces ese baile? Ya tendrás oportunidad de verlo. Esta noche estaré con mi esposa y mi nieta en el estanque del Retiro. Si quieres, nos podemos ver allá. A ellas les va a encantar conocerte. Ah, y mi nombre es Julián. Julián Campillo, a tu disposición.

Julián puso varias monedas sobre el mantel, se despidió amable y desapareció entre el gentío.

La segunda entrevista del día fue más breve de lo previsto. Felipe tenía razón: Paloma parecía estricta y exigente, pero al mismo tiempo mostraba una rectitud que transmitía confianza. Con su voz marcial de empresaria le hizo algunas preguntas y concluyó que la esperaba puntual el lunes siguiente. Al final se despidió con un detalle de consideración.

—En la plaza de Castilla te puedes encontrar con María, una de mis empleadas, para que te acompañe —le dijo al tiempo que le entregaba un papel con su número de teléfono. Luego dejó escapar una sonrisa y añadió—: Y debes comprarte la tarjeta de abono para moverte. Te va a resultar más práctico.

Elvira buscó una buena ubicación en la calle para ver el desfile. Desde allí escuchó la música de comparsas y vio el paso de gigantes que representaban a reyes, reinas y personajes históricos, de cabezudos bailando en el centro de la calle, de chulapos y chulapas con su magistral elegancia. Cundo notó que el sol ya se escondía recordó la invitación de Julián, y partió en dirección al parque del Retiro.

Una fragancia de barquillos acanelados la recibió a la entrada. Observó al barquillero vestido de chulapo y, a su lado, un cilindro rojo con una ruleta en el tope que invitaba a chicos y grandes a jugar para saborear el premio. En cuanto el hombre la vio, le descargó su pregón.

—*¡Prrrrrrr! ¡Adónde vais que no me lleváis! Aquí los barquillos pa los chiquillos. Hay de canela para la nena. Son de coco y valen muy poco. Y los de limón, qué ricos que son. A ver dinero pa los chiquillos, pa que lo gasten en los barquillos...*

El barquillero giró la rueda, aunque la gente ordenaba directo y sin jugar: de igual manera, iban a ganar. Así lo hizo Elvira, que se alejó saboreando un barquillo lisonjero al paladar. Detrás de ella, una voz la perseguía:

—*¡Prrrrrrr! ¡Adónde vais que no me lleváis!*

Mientras caminaba por el parque, imaginó la dicha de tener a su familia allí. Todo a su alrededor le encantaba, y hubiese querido atrapar esos momentos para compartirlos con ellos.

Ya al divisar la tarima, distinguió desde lejos a un bailarín parecido al señor Julián. Iba acompañado de una dama de mantón, traje de lunares rojos y un adorno de claveles en su cabeza. Se disponía a llamarlo cuando vio a otra pareja igual, y luego a otra, y concluyó que su búsqueda sería inútil.

De pronto escuchó por el altavoz el comienzo de un chotis: *Si te casas en Madrid.*

Las parejas empezaron a bailar, el público a cantar, y Elvira a llenarse de sentimiento.

«Yo no digo que ser de Madrid. ¡Puede que no, puede que sí! Sea un privilegio de Dios. ¡Puede que sí, puede que no! »

Una cadena de exaltaciones la asediaba desde el comienzo del día, y en la cumbre de su emoción estalló en llanto. Presionó la mano contra su boca y continuó viendo el espectáculo a través de las lágrimas, atenta a la música, atenta a la letra, atenta a los pasos, observando a las damas, el volar de mantones, el vaivén de los cuerpos , el arrullo del canto.

«Y por eso, no siendo de aquí. ¡Puede que no, puede que sí! Se figuran que sí que lo son. ¡Puede que sí, puede que no! »

En su afán por reconocer a Julián en la distancia, se fijó en un chulapo que marcaba el ritmo de la música sin moverse de su sitio, uno, dos, tres... uno, dos, tres; y en su pareja, que llevaba el compás con la punta de los pies; y en la gente, que cantaba emocionada. Elvira lo observaba todo con los ojos encharcados, al tiempo que seguía la canción:

«Y si alguno no comprende nuestro modo de sentir, yo te digo: "¡Forastero, que, aunque no eres tú de aquí, lo serán tus herederos, si te casas en Madrid!" »

Entre la furia de los aplausos y el esplendor de los fuegos artificiales, Elvira entendió por fin el motivo de sus lágrimas: ese día, con Felipe, con Julián, con Paloma, con los aromas de los barquillos, las canciones emotivas y la alegría de la gente, sintió que era el país el que le extendía los brazos.

IV

Elvira llamó a María la misma noche del sábado. Acordaron encontrarse al día siguiente cerca del intercambiador de la plaza de Castilla, donde habrían de abordar cada mañana el autobús final que las llevaría a su trabajo. María llegó a la cita luciendo blusa de tirantes a rayas azules, vaqueros desgastados y unas sandalias que daban libertad a su caminar airoso. Su mirada sincera parecía rimar con las palabras que fluían de sus labios, y se advertía en ella una disposición generosa hacia la gente. Desde el primer momento se convirtió en un apoyo para Elvira en la inmensidad de la metrópoli.

A María le encantaba contar sus impresiones, y lo hacía en un castellano tan cristalino que el simple escucharla era un deleite.

—En ese sitio vas a ver muchas cosas nuevas —añadió mientras endulzaba un café—, pero también vas a trabajar fuerte. Tendrás que ser rápida y aprender sobre la marcha. —Tomó varios sorbos seguidos y continuó—: Es un buen trabajo si le tomas el ritmo. Lo malo es que de allí sales oliendo toda a frituras y condimentos, y el cuarto de baño es un cuchitril en el que ni siquiera podemos cambiarnos. Una de mis vecinas dice que por el olor que dejo en el pasillo ya se entera de mi llegada.

Las dos soltaron la risa. María continuó:

—Lo primero que hago cuando llego a casa es meterme en la ducha para quitarme todo eso. Al día siguiente, otra vez a tomar el autobús de las seis para llegar a Alcobendas a tiempo. ¿Y tú dónde vives?

—En Usera —respondió Elvira, que aprovechó para contarle algunos detalles de su convivencia en el barrio.

—Jamás imaginé que los inmigrantes tuvieran tantos problemas —comentó María—. Pero, bueno, te preguntaba para ayudarte a calcular cuánto tardarás en tu recorrido. En este trabajo, si no llegas a tiempo te montan un pollo enorme. Ahora te enseñaré dónde tomas el autobús. Hoy el sitio está muy tranquilo, pero durante la semana parece un enjambre. Aquí nos solemos encontrar varias compañeras, entre ellas Gabriela, una chica argentina estupenda. Ya la vas a conocer. También anda con el olor a condimentos por todas partes.

—Me gustaría saber cómo van a ser mis primeros días —dijo Elvira sin ocultar su nerviosismo.

—Bueno, ese es un sitio donde antes de partir hay que dejar con brillo hasta al último cuchillo, y a la que llega nueva la ponen a fregar. Eso lo hacen para que despabiles, ¿vale? Cuando se dan cuenta de que no eres una pavisosa, te ponen a hacer otras cosas. A mí nunca se me olvidará la primera vez que me pusieron a cortar verduras en juliana, ¿sabes lo que es eso? Pues ya te lo enseñaré. Ese día se me fue el cuchillo más de la cuenta y ¡zas!, menudo espectáculo, ahí toda la sangre. Yo pensé que me iban a despedir, pero las compañeras me curaron y todo se quedó en el susto.

En ese momento María sacó el teléfono móvil de su bolso.

—Espera —dijo—, llamaré a Paloma para decirle que ya nos hemos conocido.

Poco después retomó la conversación:

—Otro día me pusieron a sacarle las tripas a un montón de faisanes, y después a buscarles los perdigones. Luego me pasaron a hacer miniaturas, porque te van a pedir que hagas mil cosas. Recuerdo que tuve que hacer un mundo de canutillos. ¿Los conoces? Se hacen con unos palos muy adaptados. Vas a salir hasta la corona de canutillos. También tenemos que hacer las cremas para los postres, las tartaletas de turrón, los piononos rellenos, las piruletas de chocolate. Ahí vas a probar de todo, como la reina Isabel. Eso sí, sin que te pillen.

Caminaron hasta la parada del autobús, donde Elvira anotó la información de las rutas mientras escuchaba las últimas recomendaciones de María. Quedaron de encontrarse en el mismo sitio al día siguiente.

Lo que más le impresionó a Elvira en un comienzo fue la variedad de los productos de la despensa y sus olores peculiares. La llevaron a recordar las palabras de sor Juana Inés de la Cruz, que si Aristóteles hubiera guisado, mucho más hubiera escrito. Se fijó en las pinzas para extraer las espinas de los pescados, en los cabellos de las alcachofas, el olor de los quesos, el uso de los utensilios, el orden de las cazuelas, el brillo de las berenjenas. Lo hacía por curiosidad, y porque no le quedaba otra cosa si quería salir adelante. Pronto se vio sumida en el rodaje de un negocio competente donde, igual que un boxeador entrenando, siempre se estaba en movimiento. En el transcurso de los días comprendió que allí se vivía en un agotamiento perpetuo, y lo único que la consolaba era pensar en un asiento en el autobús para llegar a casa.

Al final de la primera semana recibió una llamada de Felipe para preguntarle sus impresiones sobre el trabajo. Con su acostumbrada prudencia, Elvira lo resumió todo en una frase: «He aprendido muchísimo, y seguiré aprendiendo si no caigo desplomada un día de estos»

Pronto Elvira se dio cuenta de que no le pagaban justamente las horas extras y en cambio tenía que negarle al cuerpo la posibilidad de un descanso. Se sentía parte de una máquina gigante en la que ella y sus compañeras eran los ejes, piñones y rodamientos que operaban en movimientos sincronizados, y donde una sola pieza detenida paralizaba a las demás. Si esto ocurría, la producción se estancaba, y todo terminaba con los gritos de Paloma.

Las bodas eran otro drama. Fue en una de ellas en que por un descuido al preparar la tarta Elvira recibió el grito más ensordecedor de su vida. Entonces lloró delante de todas, sin ocultar el rostro. Lloró por la humillación y la rabia de estar allí. Lloró como lloran los inmigrantes ante la frustración de sentirse ignorantes, atrasados, desplazados. Sin embargo, reconoció que no tenía otra opción que continuar dentro de la máquina gigante hasta terminar sus labores. Al final de cada jornada llegaba a su habitación untada de grasa, olorosa a comida, muerta de cansancio, sabiendo que al día siguiente entraría de nuevo en el enorme engranaje de su trabajo. Y nada tenía de envidiable ocuparse en las bodas: ni tiempo le quedaba para ver a la novia con su vestido.

A medida en que transcurrían los meses, Elvira añoraba más la presencia de sus hijos. Al comienzo la tranquilizaba saber que ellos continuaban disfrutando entre árboles frutales y animales domésticos, en un hogar donde llegaba dinero del exterior para las necesidades básicas. Pero luego supo del resentimiento de Rosalía, la madre de Manuel, que empezó cuando Elvira le pidió cuentas y explicaciones sobre los gastos. A Rosalía la irritó de tal modo esa exigencia que pareció descargar su frustración con sus nietos. Se tornó alterada e impaciente con ellos. Elvira no solo no estaba allí para protegerlos, sino que al principio ni siquiera se enteraba de los hechos. En sus conversaciones con los niños, notaba que estaban siempre vigilados y que no podían hablar abiertamente.

Cuando Elvira llevaba un año en Madrid, y Manuel más de tres en Nueva York, terminaron de pagar la deuda del viaje y empezaron a enviar dinero para construir su casa al pie de uno de los cerros pintorescos de Paute. Se trataba de una estructura de dos plantas con vientos cruzados y un jardín interior que la mantuviera perfumada. En un comienzo Elvira tomó parte activa en las decisiones, desde el diseño de la cocina y el color de las paredes hasta las flores que sembrarían en el jardín. Sin embargo, a pesar de que el proyecto los obligaba a mantenerse en comunicación, el paso del tiempo y la realidad de la distancia acabaron por tergiversar los planes. De modo que la obra quedó supeditada a los dictados del maestro constructor. Terminó siendo una casa diferente al ideal de Elvira, al pragmatismo de Manuel y a los deseos de Encarnación y Rosalía: una estructura que no correspondía al gusto de nadie. Como sucedía con frecuencia en el país, la nueva casa permanecería vacía hasta que regresaran sus dueños.

V

En esos días Elvira recibió la noticia del fallecimiento de su abuelo Santos. Sintió que algo se desgarraba de su ser, quedando tan solo los surcos de su recuerdo. No había vuelto a escuchar sus historias y consejos, y no se había despedido de él. Lo lloró a solas, con un sentimiento de dolor por la pérdida y de gratitud por haber tenido su cariño en el mejor momento de su vida.

A raíz de su creciente amistad con Elvira, María le propuso que se mudara a vivir con ella en su apartamento de la calle Conde de Peñalver, cerca de la esquina con Goya. Contaba con dos habitaciones pequeñas, una sala comedor, cocina práctica y un cuarto de baño diminuto adornado con cortinas bordadas. Elvira se sintió reconfortada por el orden del lugar y la acogida de María, que la recibió con la chimenea encendida y la invitación a que hiciera de esa su casa. Ya instalada Elvira en su vivienda, las dos compartían gastos, cocinaban juntas y salían de vez en cuando a recorrer las calles del viejo Madrid, de donde a menudo regresaban con algún libro en sus manos. Con la llegada del invierno tomaron la costumbre de sentarse frente a la chimenea a contarse historias y pequeños secretos que afianzaban su amistad.

Un lunes por la mañana, antes de comenzar labores, Paloma llamó a Elvira a su despacho.

—Ya llevas aquí un año y te has adaptado bien —le dijo—. De ahora en adelante, serás asistente de la chef. Tendrás muchas cosas nuevas por delante, así que ánimo.

Elvira apenas se recuperaba de la sorpresa cuando María la interceptó a la salida.

—Estás pálida, Elvira. ¿Qué te dijo la bruja?

—Nada, que ahora tendré que trabajar más.

Un tiempo después pasó al grupo de recepciones. El elenco de empleadas y su voluminoso equipo de ollas, utensilios e ingredientes se trasladaba a la zona de oficinas de la Castellana, donde debían ejecutar sus presentaciones bordeando la perfección.

A Elvira le encantaba llegar a los edificios altos con sus cocinas de acero luminoso, al aire libre de las azoteas. Sin embargo, las condiciones laborales siguieron empeorando. El ritmo de trabajo daba cada vez menos tregua, el trato de Paloma se había vuelto insoportable, y hasta era evidente que estaban adelgazando.

—Esto nos beneficia —comentó una compañera—, así no tenemos que ponernos a régimen.

—Lo que pasa es que aquí no nos podrán despedir por falta de rendimiento, pero sí nos van a hacer ir por instinto de supervivencia —replicó Elvira.

En la época de Navidad salían del brazo a mirar escaparates recién engalanados. Se detenían en los puestos de castañas asadas para ahuyentar el frío o entraban en alguna pastelería a aspirar sus aromas mientras decidían qué llevar. El Día de Reyes María le obsequió un abanico bordado para los meses de calor.

—Lo manejas como si jugaras al escondite —le dijo mientras hacía un despliegue de sus barajas adornadas. A Elvira le pareció haber escuchado una descarga de piedrecillas sobre una mesa de cristal, pero no logró repetir la maniobra con la misma agilidad—.

Tienes que abrirlo de golpe —explicó María al tiempo que hacía una nueva demostración—. Y ten cuidado, no lo extiendas sobre el corazón porque le estarías diciendo a alguien que lo amas —añadió en tono de broma.

En el diario subir y bajar por las escaleras de su edificio, las dos hicieron amistad con Natalia, una rusa de sonrisa dulce y conversación fácil que trabajaba en un albergue infantil. En sus primeras charlas alrededor de una taza grande de café, que era como lo servía María, Natalia les contó de su ciudad natal, Nizhni Nóvgorod, de su cultura, de sus amigas de infancia, de su trabajo de maestra y de los sueldos exiguos que la llevaron a emigrar. Elvira admiraba su manejo suelto del castellano que, según Natalia, le había resultado más fácil aprender que su propio idioma. Con frecuencia Natalia las invitaba a disfrutar de las tertulias que celebraba con un grupo de sus compatriotas. Fue en una de esas reuniones que Elvira vivió la experiencia poética más espléndida de su vida.

Sonaba la medianoche cuando pidieron a los invitados sentarse en círculo sobre el tapete, y enseguida apagaron la luz. En medio de la oscuridad se escucharon las primeras notas del *Concierto para piano n.º 2*, de Rajmáninov, y enseguida vieron a Natalia salir de una habitación contigua. Estaba descalza y vestía una túnica de seda transparente con una gargantilla de terciopelo negro. En sus manos portaba un manojo de velas encendidas que iluminaban los bordes de su cabello dorado. Los surcos de seda ondulaban caprichosos sobre su cuerpo semidesnudo, proyectando entre sombras y reflejos la perfección de una escultura griega.

Cuando bajaron el volumen de la música, Natalia se soltó el cabello, obsequió una sonrisa a sus invitados y empezó a recitar un poema en su idioma natal, el más largo y enigmático que Elvira jamás había escuchado. Natalia navegaba entre la rima de los versos y el arrullo del lenguaje. Avanzaba, retrocedía, recorría el círculo con los brazos extendidos, entrelazando su cuerpo y las estrofas en movimientos seductores. Las notas del concierto, apenas perceptibles entre versos y silencios, cortejaban los sentidos como pétalos de flores esparcidos en el aire. De repente, Natalia apagó una vela, la descargó en el suelo y se quedó inmóvil. Segundos después retornó al poema. Parecía acariciar las llamas con su voz, sostener un diálogo con ellas. Bordeó a paso ligero el círculo de sus huéspedes, se detuvo en el centro, recitó varias estrofas y apagó la siguiente vela. Elvira la observaba embelesada. La cadencia de los versos armoniosos, de los cuales no entendía su tenor, la hicieron comprender que el solo arrullo de un poema entrega sentimientos. La bella y fiel intérprete continuaba su actuación, ya desplazándose con pasos de *ballet*, ya formando un arco con su cuerpo, ya ofreciendo su sonrisa como punto de fusión entre los versos. Apagó otra vela y se quedó explorando las miradas de sus amigos. Segundos después continuó su declamación. Unas estrofas la llevaban a girar la cintura, otras a esponjarse el cabello con el peine de sus dedos, otras más a desplazarse en semicírculos con los brazos arqueados. Sonreía ante las llamas, que bien amenazaban apagarse, bien se volvían a encender. Coqueteaba también con las palabras, unas pronunciadas en tropel, otras con dulzura y suavidad.

Natalia apagó la tercera vela, dejando encendida solo una. La llama parecía languidecer ante el ondular de sus manos, ante la fuerza de su expresión, pero volvía a renacer cuando los versos intimaban suavidad. Entre alegre y juguetona, dio un pequeño salto y se detuvo frente a Elvira. Le sonrió con la mirada mientras declamaba un verso final, y de un soplo intempestivo segó lo que quedaba de vida de la vela. El humo perfumado dejó un relente sacrosanto en la perfecta oscuridad. Las notas del concierto volvieron a expandirse, ahogando los jadeos de la fiel declamadora. Al ponerse de pie, Elvira tropezó con Natalia, que al amparo de la penumbra y bajo el embrujo del momento la acercó con mano delicada y le estampó un beso en los labios que la dejó perdida.

La sala se llenó de luz, de voces y de aplausos. Natalia atrapó el rocío de su frente y, atendiendo una petición de Elvira, le anotó el nombre del poema y de su autor: «*Perdona mis sueños celosos*, Alexander Sergievich Pushkin».

María dejó el empleo en Alcobendas para tomar otro de niñera cerca de su casa. Al enterarse de una oportunidad similar en el mismo barrio, logró con su recomendación una entrevista para su amiga. Elvira llevaba cerca de dos años en la empresa de banquetes cuando se presentó al edificio de la calle de Alcalá, donde residía la pareja que ofrecía el trabajo. La recibió Albertina, la empleada, una señora de voz recia y caminar pesado que la miró curiosa antes de invitarla a entrar.

La familia ocupaba un apartamento amplio y luminoso en los altos del edificio. Contaba con sala, cocina y comedor en un solo espacio abierto, y tres alcobas a lo largo de un pasillo. Una partición angosta entre el comedor y la cocina, pintada de blanco marfil, le daba a cada una de estas áreas un toque individual. La sala contaba con un diván y dos butacas que llamaban al descanso, un espejo de cuerpo entero, un televisor y, a lo largo de una de las paredes, tres bibliotecas de ébano atestadas de libros.

—En esta casa no duran mucho las nanas —advirtió la mujer—. Pero, dime, ¿has trabajado antes?

—Sí, en restaurantes —respondió.

Al ver la mirada incrédula de la empleada, Elvira hizo una aclaración:

—Pero tengo experiencia con mis niños.

—¿Y de qué país vienes? —le preguntó enseguida. Sus ojos desconfiados continuaban estudiándola.

—Del Ecuador.

—¡Ah! Ya imaginaba que eras de por allá —dijo, soltando una sonrisa a medias—. En fin, los señores sabrán en quién confiar a sus hijos. Yo fui nana de la madre desde que nació y ya estoy muy mayor para lidiar con sus hijos. Pero, bueno, no te quedes ahí, pasa y te explico. Esta es la habitación de los padres. Aquí no tienes por qué entrar, ¿vale? Y estas son las habitaciones de los niños. ¿Ves el desorden que han dejado? Si vienes a trabajar con ellos, no pueden quedar así.

»La ropa de la niña va en este armario y la del niño en el suyo, y no te vayas a confundir porque eso sí que enfada a la señora. Y cuando ella se enfada, aquí arde Troya. Los niños se bañan antes de cenar. En el cuarto de baño cada cual tiene lo suyo. Aquí está el gel de la niña, que no debes confundir con el del niño, y ninguno de los dos con el de los señores. Detrás de la puerta tienen sus batitas y, en este rincón, sus zapatillas.

»Los cepillos de dientes van en su ranura, no como los han dejado hoy. Aquí cada uno tiene su toalla. La de él va aquí, la otra allá. No te vayas a confundir tampoco. Y de ninguna manera vayas a poner las toallas de los niños donde van las de los mayores, como lo han hecho hoy. Eso también la enfada. Cuando terminen de bañarse, asegúrate de que pongan la ropa sucia en estos cestos, pero por separado. La señora te va a sermonear si la mezclan.

»Ven, te voy a enseñar la cocina. Es muy moderna. ¿Sabes utilizar el microondas? Te pregunto por si acaso. Yo llego temprano y trabajo hasta las dos, mientras que tú entras a la una. La señora lo quiere así por si necesitamos acordar algo sobre los niños. Más tarde los vas a recoger en la parada del autobús. Cuando volváis a casa, les das la merienda: bocata de sobrasada o de jamón. No les dejes comer caramelos, porque la señora se enfada. Luego los llevas al parque del Retiro. Vais a estar allí de cuatro a cinco.

»Y no lleguéis tarde, eso a la señora la pone que estalla. De regreso a casa se lavan las manos y a hacer sus deberes. Cuando los padres lleguen, tú continúas lo que estés haciendo. A la señora no le gusta que le pongas conversación sobre las cosas del día; si ella quiere saber algo, te lo pregunta, y punto. Y por más tarde a las ocho deben de estar en sus camas. Los padres llegan a eso de las nueve de la noche, hora en que tú terminas. ¿Tienes alguna pregunta?

—No —respondió Elvira en tono cortante.

La verdad es que estaba que se mordía la lengua por decirle que no le interesaba ese trabajo, que le fastidiaba la rigidez de la señora y que se sentía mal por los niños, aun sin conocerlos, porque le parecía que vivían bajo una tiranía insoportable. Pero no habló más que para despedirse.

Ya de salida, Elvira pasó frente a los estantes de libros. De repente se detuvo, se llevó la mano a la boca, arqueó las cejas y se quedó en suspenso. Los estantes albergaban un conjunto de libros antiguos que le trajeron el recuerdo de sor Felisa y su colección en el convento de Cuenca. Al mirar con más detalle reconoció ejemplares de lomos fatigados, de cortes desteñidos, de bordes henchidos por el tiempo. Las cubiertas de cuero parecían abrazar las páginas para retener su contenido. El matiz arcaico del conjunto atrapó del todo sus sentidos, y el recuerdo de sor Felisa borró el mal humor de la conversación.

Sin ocultar su extrañeza, Albertina advirtió:

—Esos libros son del señor. A su mujer le molestan. Dice que su marido se emboba con ellos en lugar de dedicarse a su profesión.

Elvira no se atrevió a tocarlos, pero la curiosidad la llevó a confirmar que el tema central era literatura. Su afán por salir de aquel sitio se había transformado de repente en un fuerte deseo de quedarse. Solo se le ocurrió hacer una pregunta que orientaría su decisión:

—¿Hay algún momento de receso durante el trabajo?

—Claro que sí —respondió la mujer—. Cuando los niños estén ocupados en sus cosas y no haya nada pendiente, puedes sentarte a leer revistas o a mirar la tele. Eso a la señora no la enfada.

Elvira regresó esa misma noche. La recibieron Antonio, abogado de profesión, y su esposa Clara, odontóloga, junto con sus hijos Paula, de diez años, y Javier, de ocho. Fue una charla breve, con algunas preguntas de los padres y otras preguntas graciosas de los niños. Antes de que la visitante partiera, la madre les advirtió delante de ella:

—Mañana Elvira se va a encargar de recogeros en la parada del autobús, de traeros a casa y de daros la merienda. Y si sois buenos y os portáis bien, os llevará al parque.

Elvira cayó en la cuenta entonces de que en esa casa tendría que afinar su castellano. La tarde siguiente Clara la llevó a la parada del autobús escolar y partió hacia su consultorio. Un rato después Elvira recogió a los niños. A su regreso a casa empezó a enfrentar la rutina diaria.

¿Nos vas a contar historias? ¿Vamos al parque con las bicis? Hoy no quiero sobrasada, quiero caramelos. Y yo leche con Cola Cao. ¿Puedo tomar el baño primero? Yo quiero usar la crema de afeitar de papá, él me deja. Y yo el gel de mamá, ella también me deja. No me quiero ir a la cama todavía. Bueno, ahora rezamos las oraciones que la abuelita Pilar nos ha enseñado: cuatro esqui- nitas tiene mi cama, cuatro angelitos guardan mi alma... Yo voy a pedir que te quedes mucho tiempo con nosotros. Yo también pido que te quedes mucho tiempo con nosotros. ¡Javier, no seas copión! Hasta mañana.

Elvira se ubicó en un mundo en el que descubría cosas nuevas, y los niños descubrieron a alguien que les cambió el mundo. Estaban encantados con ella. Con el paso de los días mejoraron sus calificaciones, afinaron sus modales y disfrutaron como niños, olvidando que antes vivían regañados. Elvira encontró la fórmula de combinar los deberes diarios con momentos de alegría, convirtiéndose en su amiga, y hasta en su cómplice prudente en algunas picardías. También a Elvira los niños le daban vida y, sin darse cuenta, fue entregándoles el amor que no podía dar a sus hijos. María la puso en guardia un sábado que la encontró llorando porque el día anterior el niño había estado indispuesto y ella quería ir a cuidarlo sin que la hubiesen llamado.

—Si no quieres sufrir, no tomes atributos que no te corresponden —le dijo.

Algo similar le había hecho saber la madre de uno de los niños que jugaban en el parque: «Si yo tuviera una nana como tú, estaría preocupada de que mis hijos te quisieran más que a mí.»

También los padres estaban encantados con la nueva niñera. Clara podía mantener su ritmo de trabajo, y Antonio se alegraba por la chispa que veía en sus hijos. «Cómo me gustaría que mi madre escuchara esas historias» dijo Antonio una tarde que la encontró hablándoles a los niños acerca de su país.

Esos cimientos de armonía se vieron sacudidos por la actitud de la abuela Pilar, la madre de Antonio, a quien Elvira no había conocido aún. La abuela deseaba ver a sus nietos más de lo que sus vistas esporádicas le permitían. Al enterarse de que Clara necesitaba una niñera, no tardó en insinuar que ella podría ir a cuidarlos y, si fuera necesario, se mudaría a vivir cerca. La noticia de que habían contratado a otra persona para ese fin la llevó a hacer una visita imprevista un viernes por la tarde. Encontró a los niños en completa conexión con Elvira, pero aun así esperó el regreso de su hijo para reprocharle.

—Hijo, habéis contratado a esta chica muy deprisa. Pude haber venido a ayudaros un tiempo. ¿Quién te la ha recomendado? No sabemos qué costumbres tiene.

—Mamá, no digas esas cosas. Elvira es un encanto de persona, y mis hijos están felices con ella —respondió Antonio.

Una tarde Albertina olvidó apagar el fogón antes de marcharse y, cuando Elvira se dio cuenta, ya la cena estaba arruinada. Abrió las ventanas para sacar el humo y se propuso preparar en su remplazo la ensalada de berros que había aprendido en su trabajo anterior. Caramelizó nueces en una sartén, las mezcló con los berros, añadió un aderezo de miel y balsámico, y la complementó con rollos de jamón ahumado rodeado de alcaparras. Por último, plantó como banderas varias hojas de hierbabuena. Al día siguiente Clara elogió a Albertina por su gustosa creación. Cuando se percató de su error, Albertina cambió del todo su actitud hacia su compañera de trabajo.

—Ay, hija mía —le dijo poco después—, gracias por salvarme del apuro.

El intervalo de tiempo en que trabajaban juntas, de una a dos de la tarde, les permitió forjar un nexo profundo de amistad. Elvira nunca buscó averiguar sobre la vida de sus jefes, pero con frecuencia Albertina le soltaba detalles reveladores y le confirmaba su pesar por la desunión en que vivían. Según ella, Antonio había sido un muchacho fogoso, con una estampa de enamorado que cautivaba. Clara se apuntó a Antonio desde el día en que lo vio, y a él se le descompuso el mundo en el momento en que respondió.

—Clara escogió a Antonio por un capricho y, después de que lo hizo cambiar de carrera, comprobó que no era el hombre para ella. Yo quisiera que se arreglaran o que se dejaran —le confesó un día en que Clara sermoneaba a su marido sin reparar en que ellas dos estaban en casa. Según Albertina, Clara consideraba una trastada de mal gusto mantener sus libros viejos en la sala en lugar de una decoración moderna.

El solo hecho de enterarse de la situación en que vivía la pareja entristecía a Elvira, ya que para ella los matrimonios que fracasaban eran una especie de desastre colectivo que afectaba a todos.

—Cuánto quisiera que fueran felices —le llegó a decir a Albertina.

—Hija, son dos mundos diferentes. Ella está demasiado entregada a su trabajo, y él es un hombre de letras que no va a cambiar. A mí me da pena verlos así, porque con el tiempo les tomé cariño a ambos. Y ahora estos pobres niños están de por medio. Los padres ni siquiera en vacaciones son capaces de mantener la armonía. Por cierto, te adelanto algo. Te van a pedir que vayas con ellos a una isla donde pasan sus vacaciones de verano. A mí me encantaría que fueras, sobre todo por los niños. Ellos no tienen la culpa de nada y, además, te quieren mucho.

—Pues yo por allá no quiero ir —respondió Elvira.

Una madrugada María la sorprendió deambulando por la sala con una expresión de angustia en su rostro. Elvira le contó entonces que Clara y Antonio le habían pedido que fuera con ellos a la isla de Menorca, y que la sola idea de acercarse al mar la paralizaba.

—Sería volver a vivir la pesadilla del naufragio —le dijo.

—Vete, que ha llegado el momento de enfrentar tus miedos —le aconsejó María—. Además, allí lo vas a pasar genial.

Elvira consultó un mapamundi para ubicar la isla y confirmó que había mucho mar de por medio. Sin embargo, terminó por aceptar el reto. María la ayudó a equiparse para su viaje: gafas de turista principiante, lápiz labial nacarado para acentuar la frescura, ropa ligera y sandalias descansadas, aceites protectores, cremas bronceadoras, sombrero de sol color Sahara y, para llevarlo todo con comodidad, un cenacho de esparto.

—Ahora vamos a comprarte un bañador —sugirió por último su amiga.

—Oh, no, eso sí que no. Ni que me vayan a pedir meterme al agua.

—Llévatelo, que lo vas a necesitar, aunque sea para explayarte en la arena.

La noche anterior al viaje Elvira tuvo una nueva crisis de nervios. Espoleada por el insomnio, se quedó hablando con su compañera hasta la madrugada. Esa mañana, adormilada y ojerosa, tomó junto con la familia el avión que los llevó a la isla.

Se alojaron en un pueblecito de fachadas blancas y calles empedradas, donde se funden con gracia la tierra del campo con la arena de la playa. En los primeros días Elvira logró evitar las excursiones al agua. Caminaba con los niños por el paseo marítimo en dirección a la playa, pero tan pronto la invadía el pánico inventaba un recorrido nuevo y cambiaba de rumbo. Los niños se dejaban distraer con la premura de comprar un helado, de montar en bicicleta o de andar por el pueblo. Exploraban todos los rincones, Elvira con su sombrero, su cenacho y sus gafas de turista, y los niños detrás de ella sin un punto fijo donde extender una toalla.

—¿Que no habéis ido a la playa todavía? —preguntó Clara unos días después—. Pues de mañana no pasa, ¿vale?

La tarde siguiente, mientras los padres se reunían con sus amigos, Elvira y los niños partieron hacia la orilla del mar. Tomaron por un camino largo rodeado de vegetación luminosa, de cantos de petirrojos trepados en los olivos, del olor dulzón de los hinojos al sol. Era una ruta entretenida que le permitía distanciar el momento de enfrentar sus miedos.

Paula y Javier caminaban adelante, alegres y juguetones, mientras que Elvira se rezagaba sin perderlos de vista. En la distancia se distinguía el mar y la línea del horizonte. Un par de tortugas se atravesaron indiferentes en el camino, pero ni la majestad de su andar ni las huellas dejadas en la arena lograron despistar su recuerdo de la tormenta en el océano, del naufragio, del acecho de la muerte. Un vahído se apoderó de ella en cuanto se acercó a la meta. Los niños se quitaron sus sandalias cangrejeras, entraron al agua, y la instaron a hacer lo mismo. Elvira los animaba desde su puesto, sin olvidar por un momento el elemento amenazante.

—Ven, te estamos esperando —dijo Paula.

—No.

—Ven, el agua está calientita —dijo Javier.

—¡Que no!

Mientras Paula y Javier chapoteaban el agua con los pies, Elvira se acomodó sobre la arena y se propuso leer el libro que cargaba en su cenacho. Poco después cerró los ojos para descansar, pero el sonido de las olas le traía el recuerdo del mar enfurecido, de los compañeros que se fueron para siempre. El terror se acrecentaba.

En medio de sus risas inocentes, los niños se acercaron a salpicarla. Elvira guardó el libro deprisa y, entre retozona y malgeniada, optó por desquitarse siguiéndoles el juego. Ellos corrieron hacia el mar, ella salió detrás, a pasos timoratos. Al poner los pies dentro del agua, sintió los pececillos de colores cosquilleándole la piel. Paula y Javier continuaron salpicándola mientras ella los perseguía, alejándose cada vez más de la orilla. En el momento de agacharse para esquivar sus juegos, una ola fuerte la empujó, le dio una voltereta, la hizo tragar agua, y de un tajo y sin piedad le abrió la herida del naufragio.

Los fantasmas regresaron a hostigarla. Se vio de nuevo en el torbellino de la muerte. Se quedó inmóvil dentro del agua, en aparente trance. Mientras los niños le hablaban al oído, algunas personas se acercaron a indagar.

—Es que le tiene miedo al mar —les dijo Javier.

—No pasa nada —corrigió Paula—, solo que vino una ola y la empujó.

Preocupados, los niños continuaron a su lado. En un gesto de ternura, Paula le retiró el cabello de la frente. Javier la tomaba de la mano y la convidaba hacia la orilla. Pronto sus voces cariñosas la animaron a salir. A medida en que la brisa refrescaba su rostro, le pareció que también las olas murmuraban frases afectuosas hacia ella. Ese día, Elvira se reconcilió con el mar.

VI

La vida de Manuel tuvo un vuelco positivo con su traslado a Port Chester. Poco después de su llegada, alquiló una habitación en el apartamento de Neti Cabrera, una colombiana querendona y servicial que ocupaba el tercer piso de la casa heredada de su marido. Neti administraba una lavandería autoservicio cerca de su vivienda, y se ufanaba de que tanto en el trabajo como en su casa sabía rodearse de gente buena. Según le contó a Manuel, lo aprendió desde niña cuando su abuela ponía un puñado de lentejas sobre la mesa y le pedía seleccionarlas. Desde entonces quedó grabado en sus recuerdos el sonido de las lentejas sanas al caer al plato, mientras que las demás quedaban rezagadas.

—Así debes hacer con tus amistades —le dijo—, tú te juntas con los buenos, y la gente mala que se junte entre ella.

La habitación de Manuel tenía baño propio y dos ventanas redondas, que en días lluviosos daban la sensación de estar en un barco. Cada mañana lo despertaba el aroma de un exquisito café colombiano y, al regreso del trabajo, lo recibían las esencias de los guisos que preparaba la dueña. La buena iluminación y el ambiente apacible de la vivienda le permitieron retomar sus pinturas en acuarela, que más tarde empezó a fijar en un álbum. A Neti le picaba la curiosidad por conocer a fondo su proyecto, pero en vista de su hermetismo no se atrevió a indagar.

En sus charlas frecuentes con Manuel, Neti le contó que había llegado a Port Chester con los primeros inmigrantes colombianos a comienzos de los años setenta. Algunos de sus compatriotas abrieron restaurantes y discotecas con pantallas gigantes para trasmitir los partidos de fútbol, y fue en uno de esos sitios donde vio el legendario 5-0 de Colombia contra Argentina, festejado ese día en la calle principal con música y aguardiente. Le dijo también que en ese entonces los cubanos formaban la mayor concentración hispana de la ciudad. A su legado se debía el busto de José Martí, levantado en una plazoleta en la que en cada aniversario de su nacimiento se reunía la comunidad en el exilio a leer sus poemas y depositar una rosa blanca. Le mencionó también las nuevas oleadas de inmigrantes del centro y sur del continente, lo que contribuyó al progreso de la economía local y transformó a Port Chester en un centro gastronómico de la región.

El esposo de Neti había construido detrás de la casa un pórtico de madera para cada planta, conectándolos con una escalera ancha que se convirtió en el acceso favorito de sus ocupantes. En su diario subir y bajar se encontraban con frecuencia dueña e inquilinos, y en ese ambiente de comunidad impartía consejos, dispensaba favores, y hasta concedía prorrogas en el alquiler a quienes pasaban por un mal momento.

Neti era la encargada de administrar la «junta», un sistema informal de guardar dinero entre vecinos y amigos. Consistía en el compromiso de entregar una cuota semanal que iba a parar a un fondo común: un ahorro forzoso. Al final de cada ciclo de colecta, cuya duración dependía del número de ahorradores, cada participante iba recibiendo, según su turno, la totalidad del dinero acumulado. En su función de recoger las cuotas, Neti salía a tocar puertas los sábados temprano.

Era también la depositaria de un caudal de secretos propios y ajenos que cuidaba con el mismo esmero con que manejaba las cuentas. Se la veía, además, llevar enfermos al hospital, pagar fianzas en el tribunal para sacar borrachos y responder a citaciones por infringir el código de vivienda.

Fue su único punto vulnerable. Había convertido su casa en un inquilinato desaforado con parejas instaladas desde el sótano hasta el zarzo, y hombres acomodados en cualquier rincón donde pudieran tender un catre. No lo hacía por codicia, sino por una fuerte convicción de que Dios le había dado casa grande para dar posada al peregrino. De todos modos, aprovechaba que la edad le daba derecho a regañar para asegurarse de mantenerla en estado de orden y limpieza.

Por su parte, los inquilinos la ayudaban a evitar las sanciones. Antes de salir a sus trabajos cada mañana recogían sus colchones y tendidos, y los arrumaban en un cuarto de trastos que quedaba bajo llave durante el día. Por la noche cada cual retomaba lo suyo y se retiraba a dormir. El inspector de vivienda, que solo aparecía durante su horario oficial, husmeaba por todos los rincones y al final partía sin encontrar evidencia de hacinamiento. Excepto que por tratarse de una construcción vieja siempre hallaba motivos para imponer una sanción.

Medio año después de la llegada de Manuel se sumó a la familia Neti el doctor Nelson Duque, un odontólogo egresado de la Universidad de Cuenca, Ecuador, que había tenido en su país una práctica próspera en cuanto a pacientes pero exigua en remuneración. Aprovechando la presencia de un familiar suyo en Port Chester, el doctor Duque hizo proyecciones sobre gastos y entradas, y en un salto de entusiasmo decidió emigrar. Sin embargo, al llegar a su destino descubrió la realidad: si quería ejercer su profesión, le sería necesario estudiar de nuevo. No dejándose achicar por los obstáculos, el doctor Duque consiguió un trabajo de limpieza y empezó a ahorrar. Tan pronto como pudo compró una silla dental de generación arcaica, una lámpara de cosmetología para la iluminación, un juego usado de instrumentación con esterilizador propio, una colección de fresas y piezas de mano con enfriamiento de riego y un compresor en vía de extinción para pulir acrílico. Ordenó materiales a través de un conocido suyo, colgó en la sala su título de odontólogo cirujano y empezó a recibir pacientes. Sin avisos, sin permisos, sin licencia y sin urgencia, hasta que logró establecer su práctica por recomendación boca a boca, literalmente. Contaba, eso sí, con la anuencia de la dueña, que le permitió instalar el agua para las fresas, un sifón para los escupitajos y un sofá grande para descansar entre las citas. Manuel fue uno de sus primeros pacientes, y el odontólogo a su vez uno de sus primeros amigos en el área.

Para esa época Neti había establecido la rutina de preparar la sopa colectiva de los domingos. En una olla corpulenta picaba verduras frescas y carnes según los precios del mercado, las adobaba con la sazón de un rico sancocho colombiano, y las dejaba a fuego lento hasta que las fragancias se colaban por los resquicios de la casa. Manuel se encargaba de asar las arepas con queso montañero que acompañaban la sopa. En los días cálidos, los muchachos bajaban la olla por la escalera de los pórticos hasta depositarla en el centro del patio, con todos los cuidados de un coche de bebé y su ocupante adentro. Reunidos allí dueña e inquilinos bajo la sombra del sauce llorón, entre trago y trago, entre relato y quimera, las tristezas se iban colando por entre las pocas alegrías. Hablaban de los más necesitados, de los que perdían sus trabajos, de los que fueron deportados. Al final de la tarde, sin advertir que la inmigración es más llevadera para quienes no recuerdan tanto, la charla convergía en el mundo de sus familiares ausentes. Entonces era el pasado y no el presente lo que evocaba sus tristezas. Historia tras historia, lamento tras lamento, terminaban sofocados en las brumas de la nostalgia, hasta que la misma Neti se ponía a llorar con ellos.

Los cuidados del indio yaqui habían avivado en Manuel su conexión con las plantas curativas, pero concluyó que esperaría hasta regresar a su país para retomar el tema. No obstante, la visita de Asunción, una amiga de Neti que había inmigrado de Guatemala, lo llevó a reconsiderar.

—Eso se alivia con enjuagues de cocimiento de orégano —le dijo Manuel al verle un moretón en su brazo.

Era la primera vez que Neti lo escuchaba hablar de remedios caseros. Animada por la revelación, sacó el orégano de adobar las carnes y lo convidó a aplicar el preparativo. En cuanto Asunción sintió el paño tibio sobre su brazo, empezó a soltar las puntas de una lazada opresiva que la consumía: el recuerdo de su hijo ausente.

—En mis tiempos de niña yo hubiera querido una muñeca, un vestido de salir, unos zapatos bonitos, en lugar de la misma ropa y las mismas sandalias de siempre. Bueno, en Guate lo que hay es pobreza, pero dentro de la misma pobreza uno quiere sus cosas bonitas. Yo no quería que mi hijo pasara por lo mismo, y por eso me vine a trabajar aquí. Mi niño tenía siete años cuando salí de mi país. Las veces que yo llamaba me decían que no me preocupara, que todo estaba bien. Pero no era así. Después me enteré de que una angustia terrible lo atormentaba.

Manuel continuaba atento a la historia mientras aplicaba los paños calientes. Neti tampoco le despegaba la vista.

—Solo pude regresar ocho años después, cuando ya él era un hombrecito. Lo encontré tan triste que ni siquiera quiso abrir los regalos que le llevaba. Apenas me miraba de reojo. «Habla lo que sientes, mijo, que así te desahogas», le dije, pero él no se atrevía a hablar. Hasta que una noche sacó valor de donde pudo, y en medio del llanto me contó de su dolor: «Todas las noches me acostaba rogándole a Dios que te trajera de vuelta. Al otro día despertaba creyendo que ya habías llegado, pero no, no estabas. ¿Por qué te fuiste, mamá, por qué? Mejor nunca nos hubieras dejado, así nos hubiera tocado pasar hambre ».

—¡Ay, Señor! —exclamó Asunción, con un grito de dolor—. ¿Cómo sabe una madre si lo que hace por sus hijos está bien? —Enseguida se inclinó a atrapar las lágrimas en la manga de su blusa.

El rostro de Manuel había cambiado. En su semblante afloraban los recuerdos de sus hijos y su pesar por haberse alejado de ellos. Neti, que estuvo asimilando la historia sin pronunciar palabra, dio media vuelta y se llevó el delantal al rostro. Los dos comprendieron entonces que se encontraban ante un ser agobiado por aquel dolor de separación que ambos conocían.

Ante el interés de Neti por saber más de su vida, Manuel le contó de su trabajo en el puesto de hierbas de su abuela y de su aprendizaje con ella en su niñez. Pronto el vecindario se enteró de los conocimientos de Manuel en el uso de plantas medicinales, y su casa empezó a llegar gente en busca de algún alivio para sus males. Manuel visitó tiendas y supermercados en compañía de Neti en preparación para retomar esa actividad. Así confirmó que la mayoría de las plantas que le serían útiles se ofrecían con fines culinarios: albahaca y hierbabuena como ingredientes de ensaladas, jengibre para avivar sabores, poleo para aliñar chorizos, hojas de nopal para los huevos estrellados, azúcar de agave para endulzar los postres, romero para adobar carnes y sofritos. Solo en las tiendas llamadas «botánicas »encontraron plantas o sus derivados ofrecidas a la venta por sus efectos terapéuticos: flores de alhucema en casos de náuseas, anís estrellado para los retortijones, hojas de aquilea por sus propiedades astringentes, uña de gato en casos de artritis, cola de caballo en la eliminación de toxinas, pitahayas para la circulación, flor de caléndula para las inflamaciones.

Neti ordenó instalar en la habitación de Manuel una estantería sencilla destinada a almacenar sus hierbas, le dio toallas para las compresas y le consiguió jarra y platón para los enjuagues calientes. Y entre los dos se dedicaron a fregar la tina de peltre, una reliquia del pasado con varias décadas de desuso. Rescatada su blancura, la convirtieron en un recurso más de recuperación. En los baños de inmersión con algunos pacientes, Manuel encendía en el borde una vela perfumada y añadía al agua vaporosa ramas de eucalipto, pétalos de rosa y sal de magnesio para armonizar el cuerpo.

En sus sesiones de sanación Manuel escuchaba compasivo los lamentos de sus amigos y vecinos, en quienes encontraba siempre una conexión con su pasado. Casi todos estaban tan afectados por la ausencia de sus seres queridos que solo bastaba un gesto de comprensión, un deseo sincero de escucharlos, para destapar sus angustias. Confirmó que cada cual llevaba por dentro el mismo dolor de lejanía que él sufría, y que quienes llegaban a su casa en busca de algún alivio corporal terminaban por descargar en él las penas del corazón.

Sin embargo, escuchar las angustias de su gente lo afectaba. Llegada la noche, ya en el santuario de su habitación, la soledad salía de las tinieblas para decirle que su esposa y sus hijos lo necesitaban, y que su decisión de partir había sido errónea. Cada vez lo entristecía más reconocer que sus hijos crecían sin su guía y su cariño. Un sentimiento de culpa se apoderó de él.

Nadie agudizó tanto su dolor como Manuel Agustín, un hombre afable y patriarcal que acudió a él en busca de alivio para una distensión de rodilla. Manuel machacó cebolla y perejil, añadió aceite de oliva, calentó la mezcla al baño María y se dedicó a frotar el mejunje sobre la parte afectada.

—Debe estar lo más caliente que resista —le advirtió al verlo retorcerse con cada aplicación—. ¿Me dijo que viene del Ecuador?

Manuel Agustín aprovechó la pregunta para descargar sus pesares.

—Sí, de Girón —respondió, al tiempo que carraspeaba—. Bueno, en realidad, vengo de un lugar cercano llamado Masta, que queda junto a un cerro grande. Toda la gente joven de esa región emigró. Unos están en Europa, otros vinieron a Estados Unidos. Ya por el año ochenta vine yo.

—¿Y no ha regresado desde ese tiempo?

—Pues para allá va mi historia. Habían pasado muchos años cuando conseguí los papeles y pude viajar. Al llegar a Masta me dio por subir la loma antes de ir al caserío. Allá me senté a mirar hacia abajo y, óigame, me agarró la tristeza. Antes se veían fogones encendidos, gente caminando, gente trabajando. Ahora todo era baldío y soledad. Ahí me quedé un buen rato, porque ni ganas tenía de bajar. Fue cuando di media vuelta y grité con todas mis fuerzas para ver si la montaña me devolvía las voces que se fueron.

El visitante interrumpió para pedir un vaso de agua. Se lo bebió apresurado y continuó:

—Caminé cuesta abajo hasta llegar a las casas. Fue peor. Yo crecí en ese vecindario, esa era mi gente. En mis tiempos de juventud se escuchaban niños correteando, perros ladrando, gallinas cacareando. Ahora el aire está dormido, y animales ya ni hay. Abajo en la explanada está la casa donde nací. Cuando llegué, no aguanté más, se me vinieron las lágrimas. Recordé el día en que mi madre me despidió con bendiciones mientras yo le decía: «No llores, madre, que pronto volveré». Es lo que decimos todos, pero ella falleció antes de que yo volviera. ¿Sabes lo duro que es eso, Manuelito? Mi madre murió esperándome.

Manuel Agustín trató de detener las lágrimas que rodaban de sus ojos como si él mismo no se permitiera ese sentimiento, pero sus manos toscas terminaron por restregarlas en sus mejillas. Al cabo de un silencio cargado de pesares, retomó la palabra:

—En esa casa esperábamos la Navidad, el Año Nuevo, el carnaval; todo lo bueno que había en la vida pasaba por allí. Recordé los nombres de mis vecinos. Y recordé sus rostros como si los tuviera frente a mí. Me quedé mirando las casas con una tristeza que me pasmaba. Me acerqué luego a saludar a una señora que conocí desde niño. Todos sus hijos se fueron al extranjero y la dejaron sola. Mientras hablábamos, alcancé a ver en su sala muchos artículos enviados de por aquí.

»Yo estaba seguro de que ella hubiera preferido no tener nada de eso y, en cambio, sí tener a su familia cerca. Lo más triste es ver a los jóvenes que se quedaron desde niños sin sus padres. Algunos se criaron tan solos que ya ni sentimientos tienen por ellos. Yo supe de una señora que dejó a su hija recién nacida con una tía, y a los diecisiete años se va a traerla.

»Cuando, qué pasa, que la chica le dice: "No, no me voy contigo, tú no eres mi madre, mi tía es mi madre, ella fue la que me crio". Esa historia salió en el periódico, con fotos y todo. Y así hay cantidad de casos. Mira, Manuel, piénsalo bien ahora que estás joven. Nada más hayas juntado unos ahorritos, te regresas con los tuyos. Es lo que debimos hacer todos cuando estábamos a tiempo.

Manuel se quedó mirando el cielo a través de la ventana. Una carga de pesares mutuos se apoderó del ambiente, y el silencio se extendió sin que nadie lo truncara. De repente, dio media vuelta y lanzó un lamento a viva voz que todos compartieron.

—¡Ay, Dios! ¡Qué triste es tener que dejar a nuestros hijos si queremos hacer algo por ellos!

VII

En una visita a sus nietos al final del verano, la abuela Pilar le reclamó de nuevo a Antonio por el aislamiento en que estaba relegada. Ante la aparente indiferencia de su hijo, se aferró a la esperanza de un milagro que lo hiciera recapacitar. Creyó haberlo encontrado durante una de sus reuniones de costura voluntaria en el salón parroquial de su iglesia, donde solía quedarse con un grupo de señoras después de la misa de los domingos.

En el entorno acogedor de aquel salón se ventilaban asuntos piadosos y mundanos, y casi siempre se llegaba a la conclusión de que el mundo había empeorado, la juventud estaba perdida y todo era mejor en otros tiempos. Entre las opiniones lanzadas por encima del ruido de las máquinas de coser salió a flote el tema de las empleadas extranjeras. Pilar escuchaba atenta a sus amigas mientras adelantaba la costura.

—Las extranjeras son muy listas —comentó una de ellas—. Cada cual cuenta su historia para que le tramiten los papeles: que si el marido se les fue, que si tienen obligaciones, que si todo es un sufrimiento.

—Con ellas el problema es que comen demasiado. Si te descuidas, arramplan con el zumo y el jamón —dijo su vecina.

—También es su forma de vestir —añadió alguien más en el grupo—. Andan con la ropa muy ceñida, enseñando los michelines. Y mucho escote.

—Yo lo que he escuchado es que fallan mucho —anunció otra voz—. Además, solo limpian lo que la abuela ve, y la abuela no ve nada.

Con cada comentario el salón se llenaba de risas. Tras una breve pausa, otra compañera tomó la palabra.

—Y hay que tener cuidado de que no se pierdan las cosas. Algunas dejan entrar a sus novios y, después, pasa lo que pasa. No se puede confiar en nadie.

Ante esas afirmaciones Pilar paró de coser, se reacomodó en su silla y, en un tono que frenó el ambiente divertido del lugar, compartió su opinión:

—A mí lo que me preocupa de la chica que cuida a mis nietos no es cómo se viste o si acaba con el zumo, sino el ejemplo que pueda darles. Vete a saber qué costumbres de su país les enseña a los niños. Es algo que ni su misma madre lo sabe. Y no quiso que los cuidara yo, que soy su abuela. ¿Os dais cuenta? Yo, que soy su abuela.

No pudiendo controlar las grietas en su voz, Pilar cedió la palabra a otra voluntaria que hasta entonces guardaba silencio.

—En la televisión han mostrado casos de empleadas que maltrataban a los niños. Los padres confiaban ciegamente en ellas y nunca se imaginaron lo que estaba sucediendo, pero las han grabado con cámaras, y así las han pillado.

La idea de las cámaras siguió rondando en la cabeza de Pilar y, en la primera oportunidad que tuvo, se la insinuó a Antonio.

—Mamá, Elvira lleva varios años con nosotros y no tenemos ninguna razón para desconfiar. Es una persona delicada, y los niños están encantados con ella.

—¿Y tú no ves las noticias, hijo?

—Te aseguro que eso no pasa aquí. Ya nos hubiéramos enterado. Además, yo no puedo prestarme para eso.

—Esa chica les podrá estar dando mal ejemplo a los niños, y nosotros no nos damos cuenta. Mira, si no hay nada perjudicial, pues lo sabrás y ya está, no pasa nada. Pero si descubres algo malo, tendrás tiempo de remediarlo y evitar mayores consecuencias.

Ante la insistencia de su madre, Antonio prometió consultarlo con su esposa. Clara le contó entonces que alguien de su familia había descubierto a la empleada haciendo reuniones de fritangas con sus amigas mientras los niños andaban campantes por toda la casa.

—Está bien, pero creo que con Elvira nos vamos a pegar un patinazo garrafal —dijo Antonio al final.

Días después, Pilar llegó a la casa de su hijo con una cámara que había adquirido con la asesoría de un amigo de la iglesia. Antonio se encargó de instalarla en un rincón discreto de la sala comedor, donde los niños pasaban la mayor parte del tiempo. Varias semanas después, aprovechando que los chicos estaban de visita con los abuelos maternos, Pilar llegó ansiosa por ver el resultado de las grabaciones. En medio de un silencio tenso, se sentaron en el comedor Clara, la abuela y, un tanto avergonzado de su artimaña, Antonio.

En la primera imagen apareció Javier, acostado a media luz en el sofá entre almohadas y cobijas. De repente, Elvira se acercó a él, lo ayudó a sentarse y le dio una cucharadita del líquido que vertió de un frasco. Le plantó un beso en la frente y lo acostó de nuevo. En los minutos siguientes la vieron llorando a su lado mientras atrapaba las lágrimas con un pañuelo.

Los tres se quedaron mudos. Poco después, Clara hizo una aclaración:

—Ya lo recuerdo. Fue el fin de semana en que nos fuimos de viaje. Elvira nos contó que el niño estuvo resfriado y que ella le había dado un jarabe para la tos.

Antonio se puso de pie y detuvo el equipo de grabación.

—Me parece suficiente con lo que hemos visto —dijo.

—¿Y tú cómo sabes qué vamos a encontrar más adelante? —replicó Pilar—. A ver, continúa.

Una escena posterior mostró a los niños en un desborde de alegría. Se reían, gritaban, correteaban, se enredaban con las sillas. Antonio mencionó entonces que, según su hija, Elvira les había enseñado un juego en el que ella pretendía ser la gallina que protegía a su pollito de las garras de un ave de rapiña.

Pilar siguió contrariada.

—Me voy —anunció de repente. Tomó el bastón y se apresuró a salir.

Clara se retiró a su habitación, y Antonio acompañó a su madre hasta el portal. El equipo se había quedado encendido, y a su regreso Antonio encontró una nueva imagen en la que Elvira aparecía sola. Segundos después la vio frotarse las manos con una servilleta, tomar un libro de los estantes, retirar de sus páginas un recorte amarillo y acomodarse a leer en el sofá.

Antonio se quedó perplejo. No podía creer lo que había visto. Poco después desmontó la cámara y llamó a Pepe, su amigo de infancia, para contarle.

—Mira, le hice caso a mi madre para no tener que oírla más, y porque Clara me puso a dudar, pero me siento muy mal por haberme prestado para eso.

—¿Y qué encontraste?

—Al ser más tierno de este mundo. Me di cuenta del cariño que Elvira les da a mis hijos y de la finura con que toma mis libros para leerlos. Y yo pisoteándolo todo con solo darle a un botón. ¿Cómo he podido ser tan imbécil?

—Bueno, tío, te dejaste llevar, pero tampoco es para tanto. Míralo de esta manera: tu madre te obligó a confirmar que los niños están bien cuidados.

Con el episodio de la cámara, Antonio había perdido el sueño. No llegó a imaginar en aquel momento que también perdería la paz.

Esa misma noche Antonio regresó a los estantes en busca del ejemplar que Elvira había tomado en sus manos: *Orgullo y prejuicio*, de Jane Austen. Editorial Calpe, Colección Universal. Madrid, 1924. Era un libro de tapas encartonadas color castaño, sin ornamentos ni tejuelos. Lomo marrón, nombre y título impresos en letras doradas. Guardas agrietadas, cordales de encuadernación ligeramente expuestos.

Lo había confirmado: las fragancias arcaicas de los libros le traían el recuerdo de su padre cuando le leía historias de su colección, y el solo hecho de acercarse a ellos le fortalecía el alma. Luego de divagar entre sus nostalgias se apoltronó en el diván, abrió la novela en la página señalada por Elvira y se sumió en sus frases.

Elvira regresó a la novela el día siguiente, pero, en cuanto notó que su señal había sido desplazada, la cerró de golpe. El aire expulsado le refrescó el rostro, pero no llegó a apaciguar su sobresalto. Se prometió entonces no volver a tomar aquellos libros sin permiso.

Fue en vano. Hojeó sin interés varias revistas, buscó refugio en otras distracciones, pero sus conjeturas la regresaban a los libros. Pensó que ella misma pudo haber movido su papel separador o que quizá el hallazgo no tenía relevancia. Además, igual que una abeja en un jardín frondoso, el néctar de la lectura la atraía. Esperó a que los niños se durmieran, retomó el libro en sus manos y continuó leyendo hasta la hora de partir.

El reloj de pared anunciaba la medianoche, y sobre las baldosas marmoladas avanzaba silencioso un ratón de biblioteca. Era Antonio, que al llegar a la sala tomó el libro de Austen y se sentó a leer en el diván. La magia de la literatura lo hipnotizaba de nuevo. Se imaginó a la protagonista, Elizabeth Bennet, sorteando el curso de su vida; se imaginó a Elvira imaginándose a Elizabeth, y se la imaginó imaginándose a sí misma en la situación de Elizabeth. Regresaba a los tiempos en que su padre le leía junto al calor de la chimenea, y a sus días en la facultad cuando se quedaba embelesado en la trama de las obras asignadas en sus clases.

¿Quién era aquella damita decorosa que trataba a sus hijos con la ternura de una madre, y a sus libros con el afecto de un poeta? Reconoció lo difícil que le sería adaptarse a una nueva vida, mientras que él, conocedor del territorio, avezado en las costumbres, jamás tuvo con ella más que un trato formal e indiferente. Le dolía admitir que nunca había tenido un gesto de afinidad con esa joven que, alejada de su patria y de los suyos, buscaba abrirse paso en la maraña compleja de Madrid. Quiso hablarle de la novela que leía, pero lo detuvo el temor de alarmarla o, lo que era peor, de delatar su transgresión con la cámara.

Se acostó pensando en ella, y se desveló pensando en ella. Ya en la madrugada, tomó de su escritorio una tira azul de papel adhesivo, se dirigió a los estantes y retiró de nuevo la obra de Austen. La hojeó atento, concentrado, sin saber lo que buscaba, pero sí lo que quería. Pasó por encima de la señal amarilla de Elvira, continuó leyendo varios párrafos y al final plantó el adhesivo entre sus páginas. Trazó una flecha en la tira de papel para indicar el comienzo de una frase, devolvió el libro a su lugar y regresó a su cuarto.

La noche siguiente, con los niños ya en su descanso, Elvira descubrió el separador azul dejado la noche anterior. Descargó el libro en sus rodillas y se sumió en nuevas conjeturas. Quizás alguien leía la novela al mismo tiempo que ella y había dejado la señal como un recordatorio. Por otra parte, nadie le había prohibido tomar los libros de los estantes ni habían cerrado sus puertas con llave como pudieron haberlo hecho. De todas maneras, concluyó una vez más, no era prudente continuar la lectura de libros ajenos sin permiso.

Buscó distraerse en otras actividades, pero el tiempo se le hacía eterno y, lo que le era más difícil, la novela la llamaba. Deseaba seguir la suerte de Elizabeth, leer sobre las impertinencias de Darcy. Continuó con esos pensamientos hasta que, arriesgando sinsabores, venciendo sus temores, regresó a la lectura. No había completado aún un párrafo cuando la curiosidad la llevó a leer el segmento señalado por Antonio. En él, Darcy trataba de retomar la conversación que habían iniciado en medio de una reunión social, mientras que Elizabeth mostraba su desinterés por continuar.

—La interrupción de sir William me hizo olvidar lo que estábamos hablando.

—Creo que ni siquiera estábamos hablando. Sir William no pudo haber interrumpido a dos personas en este sitio que tuvieran menos que decirse. Ya lo hemos intentado con dos o tres temas, y no logro imaginar de qué podríamos hablar ahora.

—¿Qué le parece si hablamos de libros? —propuso Darcy, con una sonrisa.

—¿De libros? ¡Ah!, no. Estoy segura de que no hemos leído los mismos libros, o por lo menos no con el mismo sentimiento.

—Lamento que usted lo crea así. Pero si ese fuera el caso, no estaríamos faltos de tema. Podríamos comparar opiniones.

—No..., no puedo hablar de libros en un salón de gala. Mi cabeza está ocupada en otras cosas.

Elvira reafirmó su sospecha de que Antonio había señalado esas frases para ella, lo que tomó como un atrevimiento. Cerró el libro con rabia y lo devolvió al estante, segura de que era el momento de abandonar la lectura usurpada. Tuvo el impulso de escribir en una nota lo que pensaba de él: que era un ser engreído igual que Darcy. Sin embargo, reconoció que contestar sería darle una importancia exagerada a su necedad. Regresó el separador a su lugar y prometió no ocuparse más del tema. Fue una promesa que solo duró hasta cuando llegó a su casa.

—¡Qué imprudencia! —le dijo a María, luego de contarle lo sucedido.

—¿La tuya por tomar la novela sin permiso?

—No. La de él por haber puesto esa señal.

—Pues no hagas caso y sigue leyendo.

Cuando Antonio retiró de nuevo el libro, supo que Elvira había movido el papel que él había dejado. Un asedio de conjeturas continuó desvelándolo. En esos días Elvira procuraba esquivar la comunicación con Antonio, en tanto que él hacía lo posible por iniciar un acercamiento. Al llegar a casa la buscaba con la mirada, y se consolaba tan solo con una brizna de su presencia. Hasta que una tarde llegó temprano del trabajo y le habló de un tema distinto al de los niños.

—Oye, Elvira, está lloviendo mucho. Llévate mi paraguas.

Elvira se quedó pensativa unos segundos hasta que, fingiendo indiferencia, respondió:

—Gracias, yo traje el mío.

Fue todo lo que se dijeron en esa ocasión, aunque Antonio se moría por oírla mencionar alguna frase tomada de sus libros.

Elvira no lograba aclarar en su mente una respuesta apropiada ante la nota de Antonio, y esa misma noche decidió consultarle a María.

—¿Qué crees que debo hacer entonces?

—Pues si el tío es tan majo como dices, respóndele. Pero no vas a escribir lo primero que se te ocurra. Hazlo con el mismo refinamiento que él.

La tarea de encontrar un pasaje apropiado para señalarle a Antonio era un reto portentoso para Elvira, y tuvo que dejar la novela con el fin de sumergirse en los libros antiguos a que tenía acceso. El contacto con los lomos, tapas y hojas oxidadas la llevó a sentir de nuevo la cercanía de sor Felisa y su colección en el sótano del convento. Se arrepintió de haber descuidado la comunicación con ese ser que la había premiado con su afecto. Así que decidió llamar el día siguiente.

La joven que respondió al teléfono no supo informarle de sor Felisa, pero luego de una larga espera le pasó a la hermana Celeste. La monja reconoció al instante la voz de Elvira.

—La hermana Felisa se quedó dormida una noche después de sus oraciones y no volvió a despertar. Dios la tiene en su regazo —le dijo.

Elvira se preguntó entonces cuántas vidas que rozaron con la suya se habían apagado a lo largo de los años, y cuántas más se extinguirían en el tramo que quedaba por recorrer. Hasta entrada en la adolescencia había asumido que sus seres queridos estaban allí para quedarse, que los ancianos habían llegado al mundo tal como los conoció y que la gente que la rodeaba seguiría siendo siempre parte de su entorno. Le había sucedido con sor Felisa. En un rincón de sus recuerdos conservaba intacta su imagen, sin que hubiera contemplado la posibilidad de que algún día ya no estuviera. Recordaba el eco de su voz en el sótano del convento, la lectura de los libros antiguos, sus palabras de aliento, y daba gracias al Creador por haberla conocido.

Sor Celeste rompió el silencio.

—¿Estás ahí?

—Sí, hermanita, aquí estoy, perdóneme.

La voz de Elvira había cambiado.

—¿Entonces, no sufrió? —preguntó entre sollozos.

—No. Murió como había vivido: en completa paz con el Señor. ¿Sabes? Te recordaba mucho, y siempre te encomendaba en sus oraciones.

—Alma bendita —contestó Elvira—. ¿Y los libros?

—Ah, los libros. Llegó el momento en que las rodillas ya no me servían para bajar al sótano a cuidarlos. Mucho tiempo después me enteré de que un albañil, empleado de la diócesis, se había adueñado de ellos y que los estuvo vendiendo de uno en uno como sandías en el mercado. ¡Me dio tanta tristeza!

Al despedirse de la monja, Elvira estaba consciente de que sus palabras sellaban un capítulo de su vida.

La colección de Antonio estaba alojada en los tres estantes de ébano con puertas de vidrio que Elvira vio en su primera visita. Los ejemplares de escritores españoles ocupaban la mayor parte del espacio. Había también obras de novelistas ingleses y franceses, la mayoría en traducciones contemporáneas a la primera edición en su idioma original.

Asumiendo los cuidados que aprendió de sor Felisa, Elvira empezó la búsqueda de algún pasaje para señalarle a Antonio. Retiró el primero de los dos tomos que comprendía *El Quijote*, en su edición de la Biblioteca Universal Ilustrada, Madrid, 1875. Contaba con láminas, un mapa a doble página, encuadernación en holandesa y lomo de piel con nervios. Se sintió intimidada por la riqueza del texto y prefirió seguir por otros senderos.

Continuó con el *Correo del otro mundo*, de Diego de Torres Villarroel, publicado en 1725. El ejemplar lucía una hermosa encuadernación en media piel, florones dorados en la lomera y cortes teñidos en rojo. Un breve repaso le confirmó que se trataba de una serie de cartas de varios filósofos de la Antigüedad supuestamente recibidas por el autor. Lo hojeó un momento y lo devolvió a su lugar.

Varias veces la detuvo la curiosidad por leer acerca de los autores, y a menudo se quedaba embelesada en las historias que encontraba. Le sucedió al resbalar la vista sobre una traducción editada en 1891 de *Madame Bovary*, que de un soplo la regresó a sus años del colegio y a su encuentro con ese mundo de romance y fantasía.

Tan pronto los niños se acomodaron en sus camas la noche siguiente, y con el espejo de la sala como única compañía, Elvira continuó la búsqueda. Temía que la sorprendieran con un montón de libros en la mesa de centro, o que Antonio se adelantara con una nueva señal. Poco después tomó en sus manos un ejemplar de título extenso, pero de fácil lectura: *Floresta española, de apotegmas, o sentencias sabia y graciosamente dichas, de algunos españoles, recogidas por Melchor de Santa Cruz, vecino de la ciudad de Toledo.* Año de 1790. Señaló una anécdota con otra tira amarilla y volvió el libro al estante.

Antonio descubrió el nuevo señalador en cuanto llegó de su trabajo. Quiso lanzarse a leer, pero sus hijos le salieron al paso y coparon su atención. Horas más tarde, con la casa ya sumida en el reposo, tomó el ejemplar en sus manos, se dejó caer en la esquina del diván que Elvira ocupaba en otras horas, y leyó el párrafo indicado.

> Quiso un rico hombre hacerse literato; y pareciéndole que el medio de esto era tener muchos libros, compraba cuantos veía, haciendo en poco tiempo una hermosísima librería; mas continuando en gastar, fue preciso vender las vacas, sin que todo esto pudiese servirle de algún provecho. Visto lo cual de alguien dijo: aqueste pobre hombre ha convertido muchas vacas en un solo buey.

Antonio pensó entonces que en la danza de la galantería toda comunicación, por efímera o insolente que pareciera, era un acto de conexión espiritual. Tomó el párrafo como un apunte gracioso que aludía a su condición de bibliómano.

El intercambio de frases continuó sin que ninguno de los dos diera el salto a la comunicación directa. Sin embargo, un detalle había cambiado: desde el momento en que Elvira reconoció en el primer separador azul un mensaje de Antonio para ella, sus miradas estuvieron salpicadas de complicidad. Lo llegó a sorprender observándola mientras ella les leía a los niños, y varias veces se sorprendió a sí misma mirándole los labios cuando hablaba.

Antonio señaló luego un fragmento del diálogo entre un filósofo razonador y un loco vividor en *El sobrino de Rameau*, obra de Diderot traducida al castellano en 1886.

> —¿Qué leyó Usted?
>
> —Leí, leo y releo sin cesar a Teofrasto, La Bruyère y Molière.
>
> —Esos son excelentes libros.
>
> —Son mejores de lo que se cree; pero ¿quién es el que sabe leerlos?
>
> —Todo el mundo, según la capacidad de su inteligencia.
>
> —Casi nadie. ¿Podría Usted decirme lo que se busca en ellos?
>
> —El esparcimiento y la instrucción.
>
> —¿Pero qué instrucción? Porque esto es lo que importa saber.
>
> —El conocimiento de sus deberes, el amor a la virtud y el odio al vicio.

A su regreso a casa, Elvira le leyó el aparte a su amiga.

—No pensaba que uno podía comunicarse así con las palabras de otros —dijo María.

—Pues ya verás que yo también puedo decir mucho —contestó Elvira.

Aquel día, sin embargo, una llamada urgente de su familia la obligó a suspender el intercambio de frases con Antonio.

Su hija Andrea había sido hospitalizada a causa de una infección hepática. Elvira se dirigió de inmediato al locutorio y, afianzando su papel de madre a distancia, tuvo con las abuelas la conversación más larga desde su partida. Luego llamó a Port Chester para hablar con Manuel, quien se mostró preocupado pero sin la premura de ella.

Durante el tiempo en que vivió en el barrio Usera, Elvira presenció la angustia de las madres inmigrantes cuando se enteraban de la enfermedad de un hijo ausente. Eran madres escaladoras de rocas que buscaban asegurar sus dedos en las pocas grietas que la vida les brindaba para trepar en aras del bienestar de sus hijos. Le había llegado a ella el momento de hacer lo mismo. María la vio tan agobiada que en su lenguaje directo le hizo ver su obligación consigo misma: «Si dejas de comer, vais a ser dos enfermas en la familia, una en cada continente».

Sacando fuerzas de su propia angustia, convirtió el locutorio en su sede de operaciones. Desde allí se comunicó con las abuelas, con médicos y enfermeras, con las madres de otras chicas afectadas, con Manuel y, cuando le fue posible, con su hija.

Se enteró entonces de que varias compañeras del colegio habían sido contagiadas al beber agua contaminada de los grifos. Las abuelas le contaron también que, una vez dada de alta en el hospital, su hija fue sometida a un aislamiento casi total con el mundo exterior. Era una experiencia difícil para una niña de su edad, y más aun sin tener a su madre cerca. Estuvo a punto de dejarlo todo y volverse a su país, y hasta llegó a pedirle a Manuel que se regresara con ella. Ignoraba, sin embargo, que para esa época su esposo enfocaba su atención en otro ser.

Manuel había conocido a Lidia, una mujer que batallaba sola con su hijo Martín de cuatro años, una criatura que parecía distante y vulnerable. Neti notó su hermetismo cuando su madre lo llevó por primera vez a la lavandería. Allí lo vio guiarla de la mano hasta el dispensador de dulces, donde se plantó a esperar sin pronunciar palabra. Comprendió que Martín esquivaba toda comunicación verbal con quienes lo rodeaban.

En una ocasión Lidia le habló a Neti acerca de su empleo nocturno en limpieza de oficinas. Antes de que deportaran a su marido, era él quien cuidaba a su hijo en las horas libres, pero ahora tenía que llevarlo con ella y dejarlo que durmiera en un rincón mientras hacía su trabajo. Cada noche atravesaba las calles de Port Chester con su cochecito forrado en mantas, muchas veces bajo la lluvia o la nieve. Era una vida de privaciones que debía afrontar sumida en la pobreza, sin su marido y con un niño que requería atención. Necesitaba que alguien lo cuidara durante dos horas cada tarde, tiempo en que llegaba de su trabajo la compañera con quien compartía vivienda. Fue cuando acudió a Neti, y ella a su vez se lo contó a Manuel. «Pues si necesita a alguien que le cuide el niño un ratito entre semana, yo lo hago », ofreció Manuel.

Su misión tuvo un comienzo difícil. El niño lo observaba desde un rincón de la sala con sus pequeños ojos apagados que apenas resaltaban de su carita redonda; su rostro parecía divulgar murmullos de desconsuelo. El primer reto consistió en controlar el volumen exagerado del televisor, privilegio que Martín defendió con la mejor arma en su arsenal: un llanto ensordecedor. Manuel buscó distraerlo con juegos y diversiones, quiso apaciguarlo con palabras zalameras, pero el niño no dejaba de llorar.

Hasta que una tarde llevó sus acuarelas, y con sus tintes y colores exploró una nueva forma de comunicación. Mientras el niño miraba curioso, echó unas gotas de agua sobre la pastilla roja, revolvió la mixtura con el pincel y trazó una línea sobre su dedo del corazón. Intentó pintarle una similar a Martín, pero este esquivó la mano. Pasaron los minutos, y el niño continuó en su hermetismo.

De pronto, con un brillo de exaltación en sus ojos, Martín le señaló el color verde. Manuel preparó la nueva mezcla y trazó una línea en otro de sus dedos. El niño le indicó un nuevo tinte, y luego otro, que Manuel continuó aplicando hasta hacer de su mano un abanico de colores. Cuando Manuel se salpicó por accidente, Martín soltó una risotada por la que dejó asomar su mundo enternecedor. De todos modos, volvió a quedarse mudo y alejado. Aparentando indiferencia, Manuel impuso una nueva espera. Transcurrieron segundos y minutos, el silencio se ensanchó, el progreso entre los dos parecía disolverse. Hasta que, para sorpresa de Manuel, su pupilo extendió la mano, y entre juego y risas le permitió que adornara sus dedos infantiles con líneas de colores.

Fue el comienzo de una conexión profunda. Con el paso de los días, mientras aprendía el uso mesurado del agua sobre las pastillas y dibujaba esferas de colores con el pincel, Martín entró en un mundo nuevo que le enseñaba y a la vez lo consentía. Manuel confirmó el eco de las acuarelas en su imaginación cuando lo escuchó decir, en su lenguaje confinado, que las esferas eran globos perdidos que volaban hacia el cielo.

—Pues vamos a ponerles una cintita para que no se escapen —le dijo Manuel.

Enseguida guio la mano del niño sobre el papel, y entre los dos dibujaron cintas ondulantes que partían del ombligo de los globos.

Los días, las semanas, los meses se alargaron. Mientras su mente se llenaba de colores, Martín pintaba más globos entre risas y pinceladas. Fue dejando atrás su retraimiento para entrar al mundo infantil que le faltaba. Al llegar el verano y, con la autorización de la madre, aprovecharon el regalo de luz de los días largos para salir al parque. Allí, del simple mirar a los otros niños,

Martín pasó a llamarlos por sus nombres, a convidarlos al columpio, a acercarse a jugar con ellos.

Manuel continuó acompañándolo en su infancia, haciéndose presente en sus Navidades, en sus cumpleaños, en su primer día de escuela, animándolo a pintar sus acuarelas mientras le leía historias sacadas de la biblioteca. También él se sentía transformado. Cuando Lidia le contó que su hijo lo esperaba cada tarde junto a la ventana, y cuando lo escuchó llamarlo «Nuel» por primera vez, Manuel supo que le había robado el corazón. Martín fue la ocasión de compartir la ternura que debía a sus hijos, y a la vez perdonarse su ausencia prolongada. Su proximidad con él lo ayudó a revivir la sensación de tomar a un niño de la mano para guiarlo.

Fue en los días en que Martín empezó su primer año de escuela cuando, a raíz de la enfermedad de Andrea, Elvira le pidió que se regresaran juntos a su país. La llamada lo llevó a reconocer lo difícil que le sería dejar de nuevo a una criatura que necesitaba su cariño. Cuando Manuel regresó a su casa, Neti lo vio triste y pensativo. Sabía lo apegado que estaba de Martín, y el niño a su vez de él. Lidia le había hablado de los progresos de su hijo y de las acuarelas que fijaba orgulloso en las paredes de su casa. «Manuel es un ángel que Dios me ha puesto en el camino para cuidar a mi hijo», le dijo un día a Neti.

Esa misma noche, Neti abordó el tema con Manuel:

—¿Qué vas a hacer con ese niño si te regresas del todo a tu país?

—Ese momento no ha llegado todavía —respondió Manuel en tono serio.

VIII

Antonio continuaba sin comprender la interrupción de Elvira en el intercambio de citas literarias, y estuvo a punto de romper el pacto de silencio entre los dos para preguntarle. Sin embargo, un comentario suelto de Paula le dio la respuesta: «Papá, hemos visto llorar a Elvira. Dice que su niña está enferma».

Habían pasado cuatro meses desde la última señal cuando Antonio encontró un nuevo indicador amarillo entre sus libros. Su colección incluía un ejemplar de la primera edición en castellano de *Papá Goriot*, de Honorato de Balzac, publicada en 1900, en rústica, ilustrada, láminas fuera de texto. La historia revela la vida de un padre que lo sacrifica todo para que sus hijas sean acogidas en la sociedad parisiense. Sin embargo, el personaje principal no es Goriot, sino Eugene de Rastignac, un joven que llega a París con grandes ambiciones, entre ellas la de estudiar leyes. Allí se encuentra con Vautrin, hombre insolente que suele cuestionar los valores de quienes lo rodean, incluyendo los del idealista Rastignac.

En el momento oportuno, Antonio se precipitó a leer el pasaje señalado.

Tengo el honor de hacerle ver además que no hay más de veinte procuradores generales en Francia, y que ustedes son veinte mil aspirantes a la posición, entre los cuales se encuentran farsantes que venderían a su familia por subir un escaño. Si el asunto le aborrece, vayamos a otra cosa. ¿El barón de Rastignac quisiera ser abogado? ¡Ah! Qué belleza. Toca ausentarse por diez años, gastar mil francos al mes, tener una biblioteca, montar un bufete, salir al mundo, besar la toga de un abogado para que le dé casos, limpiar el palacio de justicia con la lengua. Si esa carrera lo condujera a estar bien, yo no diría que no; pero muéstreme en París cinco abogados que a los cincuenta años ganen más de cincuenta mil francos por año. ¡Va! Antes de opacar mi alma de esa manera, preferiría volverme corsario.

Antonio comprendió entonces que Elvira conocía de su vida más de lo que él imaginaba, y estaba seguro de que presentía su frustración por haberse dedicado a las leyes en lugar de la literatura. Reconoció también que para ella no había secretos, ya que trabajaba cada día en su entorno familiar. Esa conclusión lo reconfortó y a la vez lo preocupó. ¿Sabría que se sentía atrapado en su relación de pareja?

En esos días decidió contarle a su amigo Pepe sobre el intercambio de pasajes literarios con Elvira.

—Te estás comportando igual que un chiquillo —le dijo Pepe.

—¿Acaso no me entiendes? —respondió—. Esto me hace feliz.

Dos semanas más tarde, Antonio encontró un fragmento para señalarle a Elvira en la novela *Niebla,* de Miguel de Unamuno. En ella Augusto, en su afán por escudriñar el carácter de las mujeres, visita a Antolín, un estudioso del tema. El narrador aclara, sin embargo, que los conocimientos de este último fueron adquiridos en los libros y no en la práctica.

Antonio fijó un nuevo recorte al comienzo de la cita, trazó su acostumbrada flecha, añadió una tira menor para señalar el final, y devolvió el libro a su lugar.

La noche siguiente, en cuanto tuvo la oportunidad, Elvira se acomodó en el diván y se volcó en la lectura.

—No, no siga usted, amigo, y dígame lo más concretamente que sepa y pueda, qué le parece de la psicología femenina.

—Habrá que empezar por plantear una primera cuestión, y es la de si la mujer tiene alma.

—¡Hombre!

—¡Ah!, no sirve desecharla así, tan en absoluto...

«¿La tendrá él?» pensó Augusto, y luego:

—Bueno, pues de lo que en las mujeres hace las veces de alma... ¿qué cree usted?

—¿Me promete usted, amigo Pérez, guardarme el secreto de lo que le voy a decir?... Aunque no, no, usted no es erudito.

—¿Qué quiere decir usted con eso?

—Que usted no es uno de esos que están a robarle a uno lo último que le hayan oído y darlo como suyo...

—Pero ¿esas tenemos...?

—¡Ay, amigo Pérez!, el erudito es por naturaleza un ladronzuelo; se lo digo a usted yo, que lo soy. Los eruditos andamos a quitarnos unos a otros las pequeñas cositas que averiguamos y a impedir que otro se nos adelante.

—Se comprende: el que tiene almacén guarda su género con más celo que el que tiene fábrica; hay que guardar el agua del pozo, no la del manantial.

—Pues bien: si usted, que no es erudito, me promete guardarme el secreto hasta que yo lo revele, le diré que he encontrado en un oscuro y casi desconocido escritor holandés del siglo XVII una interesantísima teoría respecto al alma de la mujer...

—Veámosla.

—Dice ese escritor, y lo dice en latín, que, así como cada hombre tiene su alma, las mujeres todas no tienen sino una sola y misma alma, un alma colectiva, algo así como el entendimiento agente de Averroes, repartida entre todas ellas. Y añade que las diferencias que se observan en el modo de sentir, pensar y querer de cada mujer provienen no más que de las diferencias del cuerpo, debidas a raza, clima, alimentación, etcétera, y que por eso son tan insignificantes. Las mujeres, dice el escritor, se parecen entre sí mucho más que los hombres, y es porque todas son una sola y misma mujer...

—Vea ahí por qué, amigo, así que me enamoré de una y me sentí enseguida enamorado de todas las demás.

Basada en algunas notas que había escrito en su libreta, Elvira recreó el pasaje lo mejor que pudo para contárselo a María.

—¡Qué genial! Ahora tendrás que lucirte —dijo su amiga.

—Pues te equivocas. Ahora tendré que desquitarme. Tuve la impresión de que me insultaba.

—No lo tomes así, Elvira. Eso solo demuestra que durante siglos los hombres han sido igual de burros en entendernos a nosotras.

Elvira le comentó entonces que el intercambio de pasajes de los libros la animaba a seguir las intrigas de cada historia y que la mayoría de las veces no quería detenerse en la lectura. Sin embargo, la magnitud de aquel reto la llevó a reconocer que, mientras atendía su trabajo, no podía adelantar la búsqueda.

—Es imposible encontrar algo en los pocos ratitos de que dispongo —se quejó ante María.

—Entonces vamos a consultar en la Biblioteca Nacional. Trae una lista de los libros de Antonio y los buscamos.

La mañana del sábado se pusieron sus guantes y bufandas, y tomaron por la calle Goya en dirección a la biblioteca. Era un día esplendido de otoño, y Elvira se sentía maravillada de cuanto encontraba a su paso: tiendas de perfumes que invitaban a indagar; artesanías traídas del nuevo continente, esta vez no en galeones, sino en contenedores; joyerías con gemas relucientes; quioscos con revistas y jolgorios; un bar de tapas revestido de baldosines sevillanos; una mercería que le recordó los tejidos de la abuela; una bacaladería que flotaba entre mares de olivas, salazones y ahumados.

Atravesaron un cruce y un semáforo, otro cruce y otro semáforo, hasta que vieron la plaza de Colón con sus fuentes y adoquines. En lo alto ondulaba la bandera de España. Al voltear la esquina salió a recibirlas el edificio de la biblioteca, con afiches que anunciaban una exposición de Leonardo da Vinci.

Un conjunto de estatuas colosales y tres enormes puertas en arco les dieron la bienvenida. Descendieron la escalinata del vestíbulo principal y pasaron por los anaqueles silenciosos de libros antiguos. Con la lista parcial de la colección de Antonio en la mano, María sugirió que trabajaran en la sala de libre acceso.

—Ahora a buscar hasta que el corazón te avise —dijo su amiga mientras se dirigía a otra sección.

Un rato después encontró los libros en el mismo desorden en que los había dejado, y a Elvira sumida en el primer ejemplar que tomó en sus manos. Regresaron al día siguiente. Una vez más, Elvira se vio colmada de pasajes y enseñanzas memorables, de fábulas e intrigas. Al final se decidió por un fragmento de *La Fontana de Oro*, novela histórica de Benito Pérez Galdós, ambientada en Madrid y que entreteje los acontecimientos políticos de su época con las incidencias de una pareja que lucha por escapar de las injusticias.

El lunes siguiente Elvira buscó en los estantes de Antonio el libro seleccionado y señaló la cita con su acostumbrada marca. El ejemplar pertenecía a la serie Colección de Autores Españoles, publicado en 1883 por Friedrich Brockhaus en su imprenta de Leipzig. Tejuelos, nervios y dorados en el lomo, tinte jaspeado en los cortes, cuero marroquí.

Llegada la noche, Antonio extrajo el libro del estante y, con la ansiedad de quien desdobla una carta de amor, lo abrió en la página indicada. Buscando darle un contexto al tema, leyó un párrafo anterior donde hablaba la devota Paulita con el desdichado Lázaro.

—Ud. merece amor y todo lo que el corazón puede dar. Ud. se dice desventurado, y su agitación, Lázaro, no tiene fundamento alguno. Hay males peores, males que nacen de repente en el corazón y crecen con tanta rapidez que no dan esperanza de remedio. Todo lo que a la persona rodea entonces, todo lo que está dentro y fuera de sí, se vuelve en su daño. La vida es un peso insoportable, le molesta lo presente, le da hastío lo pasado y terror lo porvenir. Vive: no recuerda nada, ni espera nada.

Luego de una breve pausa, Antonio alzó el libro y continuó en el renglón señalado por Elvira:

—¡Ay de aquellos que no se han conocido, que se han engañado a sí mismos y han dejado torcerse a la naturaleza y falsificar el carácter sin reparar en ello! Esos, cuando lo callado hable, cuando lo oculto salga, cuando lo disfrazado se descubra, serán víctimas de los más espantosos sufrimientos. Se sentirán nacer de nuevo en edad avanzada; notarán que han vivido muchos años sin sentido; notarán que el nuevo ser, originado por una tardía transformación, se desarrolla intolerante, orgulloso, pidiendo todo lo que le pertenece, lo que es suyo, lo que una vida ficticia y engañosa no le ha sabido dar; pidiendo sentimientos que el viejo ser, el ser inerte, indiferente y frío no ha conocido. ¡Qué luchas tan terribles resultan de este despertar tardío! ¡Oh, esto es espantoso!

Abrumado por la avalancha de verdades a que se sentía aludido, Antonio acomodó el libro en sus rodillas, se secó el sudor de la frente y se tendió en el diván. Poco después retomó el resto de la historia. Se imaginó de nuevo a Elvira entre los personajes y se dejó llevar por el mundo del autor. A la mañana siguiente Albertina lo encontró dormido y con la novela acaballada en su pecho. «Apuesto a que anoche se peleó otra vez con su mujer», se dijo mientras lo cubría con una manta.

Clara venía observando desde hacía algún tiempo la nueva rutina de lectura de su marido y no le quedaba duda de que había vuelto a enfrascarse en sus libros.

—¿Quieres decirme qué te pasa? —le preguntó por fin.

—No me pasa nada.

—¡¿Cómo que nada?! ¿Entonces por qué andas pegado a esos libros viejos como si hablaras con ellos?

—Te equivocas. Son ellos los que me hablan a mí.

No era un secreto. Clara detestaba encontrarlo abstraído en la lectura. «Te pasas la vida leyendo en vez de hacer algo productivo. ¿No leíste lo suficiente en la facultad?». Esas, y otras frases similares, se volvieron rutinarias en su casa y casi siempre terminaban con un anuncio amenazante: «¡Pronto tendrás que sacar esos vejestorios de aquí si no quieres que yo misma los tire a la basura!».

Una semana después, Antonio tomó del estante el ejemplar de *Cuentos*, obra del poeta y escritor francés Alfred de Musset. Seleccionó un párrafo del último de los cuentos, «Las dos amantes», y, esperanzado en que la tira azul llamara pronto la atención de Elvira, devolvió el libro a su lugar.

La tarde siguiente, ya acomodada en los cojines, Elvira leyó atenta:

> Toda confusa, se decidió por fin a explicarse. El femenino orgullo tenía que sufrir, en aquella circunstancia, una ruda prueba. Había de demostrar que era sensible, pero sin dejarlo ver; había de decir que lo comprendió todo, pero como si nada hubiera comprendido; y había, en fin, de confesar lo último que confiesa una mujer: ¡que le temía! ¡Y era tan pueril la causa de aquel temor! Desde sus primeras palabras, Mme. Delaunay comprendió que no tenía otro medio de no parecer débil ni gazmoña, coqueta ni ridícula, sino siendo sincera. Habló, pues, y todo lo que dijo podía reducirse a esto: «Alejaos; tengo miedo de amaros »

—¿Miedo yo? ¡Pues mire que no! —exclamó Elvira esa noche, luego de leerle la cita a María.

Elvira reconocía lo fascinante de ese viaje a través de la imaginación, pero se preguntó si no estaba yendo demasiado lejos con aquel juego de frases. Sin embargo, no podía negar que con ellas se sentía distinta, y que en todo lo que él le señalaba parecía decirle: «Déjame entrar en tu vida »

Regresaron a la biblioteca ese fin de semana. Elvira se fijó en la novela *Diario de una camarera*, del francés Octavio Mirbeau. En ella Celestina, la protagonista, describe sus experiencias en su trabajo como empleada de servicio en París y Normandía. Presenta una vida de privaciones y acoso por parte de los patrones, en una sociedad indiferente a sus desventuras.

Cuando se acercaba la hora de cerrar la biblioteca sin haber encontrado una cita relevante, María le hizo una sugerencia:

—¿Por qué no vamos a una librería y la compramos? Así la podremos leer sin prisa.

Así lo hicieron y, en cuanto llegaron a casa, se turnaron para leer en voz alta.

Antonio llegaba cada noche ansioso por encontrar una nueva señal amarilla, tan portentosa para él como una esquela de amor. Trataba de imaginar la reacción de Elvira ante sus citas, y comprobó que las leía con atención cuando encontró en su *Diccionario de la Real Academia* una lista hecha por ella con palabras tomadas de los pasajes señalados.

Elvira tenía sus dudas sobre continuar el intercambio, pero la idea seguía cautivándola. Pensaba en Antonio no solo como un ser que se había fijado en ella para guiarla por los laberintos de sus libros, sino como alguien que abría nuevos laberintos en sus sentimientos.

La novela que ahora seguía cada noche con su amiga, la una sosteniendo una taza de café mientras la otra leía en voz alta, le entregó un pasaje que quiso compartir con él. La colección de Antonio guardaba una edición cercana a la fecha de aparición del original en Francia. Había sido traducida al castellano bajo el nombre de *Memorias de una doncella* y publicada por la casa Maucci, Barcelona, 1901. En cuanto llegó de su trabajo, Antonio distinguió la señal amarilla con la alegría de quien descubre una nueva flor en su jardín. El párrafo relataba un episodio en el que Celestina trabajaba de camarera durante una cena formal. Ya acomodado a su gusto, Antonio se concentró en la narración.

Esto, para mí, era de una inefable comicidad. Por ejemplo, dividían el universo en dos grupos: a un lado ponían lo regular y al otro lo que no lo es. El primer grupo estaba integrado por las personas a quienes se puede recibir en casa y el segundo por aquella gente a la que hay que rechazar. Pero estas dos partes se fragmentaban a la vez en subgrupos y estos en pequeñas rodajas que proseguían subdividiéndose hasta el infinito. Uno de los fragmentos más curiosos era aquel que comprendía a las personas a cuyas casas puede irse para una comida, pero no con motivo de una fiesta... o viceversa. Estaban también aquellas a las que uno puede invitar a su mesa en unas ocasiones, pero no en otras; las que no son dignas de ser recibidas, ni invitadas a comer; las que uno puede recibir en su casa, pero no comer en la de ellas... En fin, un rompecabezas, y más si se tiene en cuenta que aquellas conversaciones iban profusamente ilustradas con nombres conocidos, apoyándose las respectivas posturas en ejemplos demostrativos. La verdad, creo que jamás había oído cosas tan tristemente insustanciales. Al escucharlas, no podía menos que sentir cierta compasión por aquel ejército de desdichados.

El escrito lo llevó a ver desde otro ángulo las pedanterías de abolengo que tanto detestaba. De todas maneras, decidió enfocar su próxima selección en un tema neutral y divertido. Cuando Elvira respondió con otro igual, pasaron de valerse de la literatura como mensajera de sentimientos, a su uso en calidad de distracción.

Habían completado un año de navegación entre frases escogidas, y las tiras de papel entre los libros resultaron tan numerosas que llamaban la atención. Algunas aparecían juntas en una misma hoja, como novios en un jardín, mientras que en otros tomos aparecían una al comienzo de la obra y otra al final, separadas por toda una historia de amor. Las señales representaban para él un viaje maravilloso de la mano de una cómplice discreta, en tanto que para ella eran testimonio de una incursión enriquecedora. El cruce de fragmentos literarios les permitió conocerse desde otros rincones de su ser, muchas veces imposibles de expresar con sus propias palabras.

Aquel intercambio terminó de improviso un sábado en que la familia, incluyendo a la abuela Pilar que había llegado de visita, se encontraba en el comedor. Mientras Albertina servía el desayuno y Elvira esperaba a los niños para llevarlos a un evento del colegio, Paula lanzó una pregunta inesperada.

—Papá, ¿por qué hay tantos papelitos de colores en tus libros?

Ante esas palabras, Antonio estalló en un ataque de tos, y Elvira bajó la cabeza para ocultar el incendio en sus mejillas. La abuela Pilar se quedó ponderando la ocurrencia de su nieta y, al igual que Clara, estuvo atenta a la respuesta. Albertina, entretanto, empezó a atar cabos con las palabras y miradas entre ellos que venía observando en silencio desde hacía mucho tiempo.

—Son para señalar frases que se aplican a la vida de todos —respondió Antonio al recuperar el aliento.

Cuando creyó que su respuesta nebulosa lo había puesto a salvo, su hijo añadió un comentario que por poco termina de fulminarlo:

—Pero Elvira también pone papelitos en los libros, ¿verdad, Elvira?

Antonio volvió a sufrir el ataque de tos. Elvira miró a su alrededor mientras inventaba una respuesta, pero al encontrarse con los ojos inquisitivos de Albertina bajó la cabeza. Pilar la observaba en silencio. Sin embargo, fue Clara quien salió a su rescate.

—Elvira no toca esos libros. Y terminad de desayunar para que no se os haga tarde.

Antonio y Elvira comprendieron entonces que las incursiones en las profundidades de los libros antiguos habían llegado a su final.

IX

Un esguince de tobillo obligó a la abuela Pilar a guardar reposo en su casa durante algún tiempo. Antonio aprovechó que los niños pasarían una semana de vacaciones con sus abuelos maternos para preguntarle a Elvira si quería ir a asistirla. Fue así como un lunes de primavera Elvira llegó a la estación de tren de Toledo y de allí caminó hasta una pequeña colonia de casas de jardines floridos y verjas a media altura. Le fue fácil localizar la de Pilar según las indicaciones de Antonio: macetas de geranios en el jardín, rosas de pitiminí recostadas en las paredes y un viejo lilo al que le costaba florecer. La visitante abrió la reja de la calle y atravesó una calzada de piedra bordeada de arbustos. Una figura del Sagrado Corazón en el marco de la puerta la animó a anunciarse. Al abrir, Pilar le plantó la mirada de mando con que solía enfrentarse al mundo.

—No era necesario que vinieras, pero pasa —le dijo. Apoyada en sus muletas, dio media vuelta y regresó a su sillón.

En la sala se escuchaba un radio a bajo volumen y el compás monótono de un reloj de pared. En el curso de los minutos los toques del péndulo resultaron cada vez más espaciados, y las voces en el radio se hicieron más lejanas. Dueña y visitante se hallaban próximas físicamente, pero distanciadas por el lugar que ocupaban en el mundo. Elvira buscó derrotar la frialdad del encuentro con una frase arrancada del corazón.

—Los niños nombran mucho a su abuelita.

Palabras que atenuaron al instante la aprensión de Pilar. Con un arqueo de cejas y una leve sonrisa, indicó su aprobación. Elvira continuó:

—Siempre la encomiendan en sus oraciones de la noche.

—¿Que los niños rezan por la noche? —preguntó Pilar, con un gesto de asombro y alegría.

—Sí, cada vez que los acuesto.

—Gracias, Dios mío. Y gracias, señorita —dijo, esbozando una sonrisa más definida. Por primera vez la invitó a sentarse.

En su interés por conocer mejor a la abuela, Elvira recorrió con la mirada los rincones de la sala. Se fijó en las cortinas de estampados clásicos, en la mesa camilla con su falda aterciopelada, en los cuadros de punto de cruz colgados en las paredes. Las losas verdes y amarillas del pasillo daban la sensación de estar en una casa de campo. Recordó que aquel era el lugar donde Antonio había pasado su infancia, y ese detalle iluminó su rostro.

Elvira preguntó si le apetecía una infusión con las rosquillas que le había traído de Madrid, si quería un escabel para descansar el pie lastimado, si podía abrir la cortina y dejar entrar el sol. La abuela le respondió que sí a todo, como siguió haciéndolo de ahí en adelante.

—Ven, quiero mostrarte la casa —le dijo un rato después—. Esta era la habitación de Antonio. Ahí está el caballito balancín con que él jugaba, y esos fueron sus primeros libros de cuentos —señaló Pilar—. Todo esto lo subí del trastero cuando él se fue a estudiar a Madrid.

Elvira hubiera querido entretenerse con los libros, tocar la cabecera de la cama y hasta darle un empujón al caballito para verlo mecerse. Tuvo que hacer un esfuerzo por mostrarse indiferente y seguir de largo.

Pasaron por la habitación principal, entraron a la cocina y salieron al patio trasero por la puerta del fondo. Dos higueras en cosecha obsequiaban sombra con sus hojas de gruesas nervaduras. Poco después regresaron a la cocina a tomar la infusión, tiempo en que Pilar le habló de lo mucho que extrañaba a sus nietos y de su pesar por no verlos el tiempo que ella deseaba.

—Es la distancia —aclaró, dejando entrever un aire de tristeza—, y no estoy hablando tan solo de kilómetros.

Pilar aprovechó el momento para preguntarle acerca de su familia.

—¿Tienes niños?

—Sí, señora, una niña de trece años y un niño de doce. Aquí están —añadió, al tiempo que sacaba una foto de su bolso.

—¡Qué guapos! ¿Y quién los cuida mientras estás aquí?

—Las abuelas.

—¿Las abuelas?

—Bueno, yo digo así, pero en realidad son la abuela y la bisabuela.

—Qué difícil debe ser separarse de los hijos.

—Sí, es muy difícil. Los extraño a toda hora. Pero, eso sí, hablamos por teléfono cada semana.

—¿Y tu marido?

—Está en Estados Unidos. No hablamos mucho. Es que él es de pocas palabras.

—¿Y cómo es que estáis en países diferentes?

—Es el destino —respondió la joven—. Pero ya tenemos nuestra casa.

—Entonces os falta poco para estar juntos, porque una casa propia es la unión de la familia.

Pilar pasó a hablarle de su ciudad y su vecindario, hasta que entre historia y charla se quedó dormida. Despertó un rato después bajo el calor de una manta que Elvira le había puesto en las rodillas. La brecha entre las dos seguía disminuyendo.

Aprovechando los últimos resplandores del sol, la visitante se quedó mirando de cerca las obras en punto de cruz que colgaban en la sala.

—Encima del armario encontrarás una cesta de colores. Tráela y te muestro otros bordados —dijo Pilar al verla.

Elvira logró bajarla sin perturbar el orden de la habitación. Al regresar a la sala encontró a Pilar esperándola en un extremo del sofá. Con una seña la invitó a sentarse junto a ella.

—Estas se llaman flores al minuto. Son para un cojín —explicó.

—¡Qué lindas! ¿Y este?

—Es un bordado de un árbol. De estos les hice a mis nietos con sus iniciales para su habitación, pero nunca llegué a verlos en ningún rincón de su casa. Y para qué preguntar. Es que esas cosas no se preguntan.

Los lienzos entregaban sus esencias escondidas a medida que la abuela señalaba los detalles. De repente, un tinglado de sonidos provenientes del fondo de la cesta agudizó la curiosidad de Elvira.

—¿Y esto? —preguntó.

—Es un encaje de bolillos. Yo aprendí de mi madre, que los hacía a la perfección. Cómo hubiera querido tener una hija para enseñarle. Pero ya ves, Dios me dio solo un hijo.

Pilar se quedó embrollada en el hilo de sus pensamientos, y tuvo que tomar una pausa para desenredarse. Elvira observaba curiosa la expresión de su rostro, sus movimientos delicados, la cadencia de sus palabras. En el corazón de ambas se afianzaba un nexo que hasta hacía poco parecía imposible: la joven entusiasmada con las obras de la abuela, la abuela encantada con el entusiasmo de la joven, y ambas complacidas con el tiempo compartido.

En el curso de la conversación no se percataron del paso de las horas, y la noche les llegó de golpe. Cuando Elvira se disponía a salir, la abuela la sorprendió con una pregunta:

—¿Vas a volver mañana?

—Con gusto —respondió Elvira, despidiéndose con la mano extendida mientras se alejaba.

La sorpresa de Antonio fue mayor cuando su madre le avisó que seguiría necesitando ayuda. «¿Qué estará haciendo Elvira que mi madre ha cambiado tanto?», se preguntó. Hubiese querido ir a Toledo a participar en sus conversaciones, pero entendió que debía dejarlas solas.

Elvira regresó temprano al día siguiente. Se instaló con la abuela en el jardín, donde un ligero olor a leña quemada endulzaba la conversación. Al terminar la mañana Pilar le dio una lista de encargos para traer del centro de la ciudad, tarea que le siguió confiando durante el tiempo en que estuvieron juntas. Le dijo que Toledo era una ciudad de historias y misterios, y que la mejor manera de descubrirlos era perdiéndose entre sus calles estrechas. Elvira atendió el consejo, y sus salidas se convirtieron en pequeñas aventuras mientras caminaba sin rumbo por cuestas y recovecos. Recorrió lugares transitados en otros tiempos por artistas y cortesanos, escuchó sus ecos medievales y caminó sobre piedras bruñidas por siglos de pisadas. Al mismo tiempo pensaba en sus hijos y en la dicha que sería tenerlos allí con ella.

La joven y la abuela pasaron el resto de los días entre paseos cortos por el vecindario y conversaciones largas en el jardín, de donde se recogían deprisa cada vez que llegaba un viento fresco. Pilar alteró de tal modo su rutina que de haberlo sabido Antonio se hubiera pasmado del asombro. Le permitió a Elvira preparar algunos platos de su tierra, la ayudó a hornear sus galletitas almendradas, probó las infusiones de hierbas de su país y dejó que pusiera a fuego lento hollejos de naranja para recibir su aroma relajante. Al caer la tarde metían las rodillas bajo la mesa camilla y compartían historias hasta que Pilar se entregaba al sueño.

Durante una de esas siestas Elvira quiso curiosear un volumen grueso que había visto en la sala. Se disponía a liberarlo del polvo cuando Pilar la sorprendió.

—Es el álbum de la familia. Tráelo y siéntate conmigo.

La expectativa de recorrer de nuevo el sendero de mundos viejos llenó sus ojos de alegría.

—Esta foto es la más antigua de todas. Son mis abuelos maternos —dijo Pilar, señalando con sus dedos sedosos—. Y este aquí es mi padre. ¿Ves el uniforme? Él era alférez en las milicias universitarias. En esta otra foto están mi abuela, mi madre y... Ah, esta soy yo, con el pelo corto. Allí tenía cinco años.

—Qué linda se ve.

—Eso dependía de cómo me peinara mi madre. Estos... no sé quiénes son. Es que también se me ha ido la memoria. Aquí estoy con una prima a la orilla del río, y esos eran los bañadores que se usaban en aquella época. Ay, niña, si sentíamos más calor que con la ropa normal. ¿Ves los gorros que nos poníamos para que no se nos mojara el pelo? Parece que los hubieran copiado de los primeros aviadores.

»En esta otra foto estamos los siete hermanos en la casa de mis padres. Todos mis hermanos eran guapos —añadió Pilar mientras se acomodaba los espejuelos—, y eso a nosotras nos convenía, porque sus amigos eran guapísimos. Y en esta estoy en el colegio de Murcia, donde mis padres me internaron. Allí conocí lo que es la disciplina. Mira esta otra foto de la época, estoy con el uniforme gris, el de ir a clase. También teníamos uniforme de gala: azul marino, con velo y guantes blancos.

—¿Y en esta foto va con su novio? —preguntó Elvira, dibujando una leve sonrisa.

—No, hija, él es mi marido. En aquellos tiempos las mujeres no salíamos solas con los novios. No estaba bien visto. En mi época de colegio las monjas y la Sección Femenina se encargaban de darnos una formación rígida y nos hacían leer folletos que aconsejaban cómo portarnos. Un día Antonio encontró uno en un cajón y lo echó a la basura diciendo que no podía creer que nos tuvieran tan atrasadas. Pero así nos educaron. Recatadas. No como ahora. Digan lo que digan, en ese tiempo había más respeto.

De pronto Elvira vio una imagen que la enterneció, y por instinto detuvo la mano de Pilar.

—¿Y este quién es? —preguntó, aunque ya presentía la respuesta.

—Es Antonio. ¿Ves lo guapo que era desde niño? Aquí estaba izando la bandera en el colegio. Es que era muy buen alumno. ¿Te has fijado en la colección de libros que tiene en su casa?

Elvira sintió una llamarada en el pecho ante la mención de aquellos libros y trató de disimular cualquier cambio en su voz con una respuesta corta.

—Sí.

—Pues eran de su padre. Él decía que era la mejor herencia que le podía dejar. Antonio se los llevó después a Madrid, pero me cuenta que su mujer los aborrece.

En ese momento Pilar tomó un grupo de fotos sueltas de la boda de su hijo y las volvió a guardar sin detenerse a mirarlas.

—Parece que mi hijo se casó para sufrir —dijo, soltando un suspiro—. No me sorprendería que un día de estos se separe.

Continuaron mirando fotos de los nietos: bautizos, cumpleaños, vacaciones, el primer día de colegio. Hasta que en las páginas siguientes solo quedaban espacios vacíos. La vida de Pilar pareció haberse detenido allí.

—Cuando murió mi marido, dejé de guardar recuerdos —concluyó.

Momentos después, extrajo del forro del álbum una foto tamaño carta que por alguna razón permanecía escondida. La abuela la puso ante la luz y se trasladó a aquel lugar de sus recuerdos.

—Este es un pueblecito cerca de Murcia, donde yo pasaba las vacaciones —dijo mientras le mostraba a Elvira, sus ojos llenos de nostalgia—. Los domingos después de la misa nos juntábamos un grupo de amigas en el parque, frente a la iglesia. Salíamos muy arregladas y perfumadas porque era un día de presumir. Fíjate en las faldas de tubo que usábamos, pues era la época del yeyé. Las más atrevidas las llevaban por arriba de las rodillas.

»Después de la misa comíamos altramuces y piruletas mientras dábamos vueltas por el parque agarradas del brazo, y sin que los padres nos quitaran los ojos de encima nos cruzábamos con los chicos que se amontonaban en una banca para vernos pasar; nosotras queriendo que nos vieran, pero que no nos vieran, y ellos mirando, pero fingiendo no vernos. Al final pasábamos de largo con el rostro agachado para que no se nos notara el rubor.

Pilar pareció perderse un instante entre la escena. Por último, agregó:

—Vamos, esta foto cuenta mucho. Y si te fijas en las miradas, casi que se ve lo que sentíamos.

La abuela se quedó absorta en sus pensamientos. Tratando de no interrumpirla, Elvira devolvió el álbum a su lugar y se fue a mirar por la ventana. Entonces cayó en la cuenta de que Pilar caminaba sin muletas desde hacía un par de días y que su misión en esa casa había terminado.

—Gracias por lo que has hecho por mi madre —le dijo Antonio por teléfono al día siguiente.

Elvira le contó algunos detalles de sus visitas y enseguida añadió:

—Tu madre es una persona muy sola, y me da la impresión de que necesita la compañía de sus nietos.

—Lo sé —respondió Antonio—. Eso tengo que remediarlo.

Para esa época, Natalia, su vecina rusa, buscaba reunirse con Elvira cada vez que su horario de trabajo lo permitía. Solía llegar a su puerta con pastelillos de su país, y estaba pendiente de salir a su encuentro cuando la veía llegar al edificio. En esos intercambios se enteró de la carga emocional que la agobiaba por la falta de sus hijos. Por esa razón, la invitó un día a conocer el albergue infantil donde trabajaba.

El cuadro que Elvira encontró era a la vez tierno y preocupante. Lo primero en cuanto a la inocencia de los niños, que abrían su corazón ante cualquier muestra de afecto. Preocupante porque se trataba de una situación desfavorable a largo plazo.

—Entre más tiempo estén esos niños aquí, más difícil será encontrarles una familia que los acoja y más severos los efectos de su aislamiento —explicó Natalia.

—¿Y tienen que esperar mucho para que los adopten? —preguntó Elvira.

—Por desgracia, la mayoría pasan en estos sitios buena parte de su infancia. Hay casos que parten el alma —añadió Natalia mientras acariciaba a un bebé de solo unos meses de edad—. Mira esta preciosura. Nació con síndrome de alcohólico fetal y hasta el momento no hay ninguna familia interesada en acogerlo.

Natalia notó los ojos empañados de Elvira y se apresuró a consolarla.

—Te he invitado no para hacerte sufrir, sino para que reconozcas que tu ausencia con tus hijos es algo pasajero. Ellos tienen la esperanza de tu regreso y, tarde o temprano, lo vas a hacer.

Además, cada vez que reciben tus palabras, tus consejos, tus regalos, así sea desde la distancia, también sienten tu cariño. Estos niños, en cambio, siguen en espera del afecto que solo una familia les puede dar. Esa es la diferencia.

—Tu trabajo con ellos es admirable —dijo Elvira—, sobre todo donde hay tantas necesidades.

—Sí, pero lo que ellos necesitan es una familia que los llene de abrazos, que celebre sus alegrías y, si llegan a rasparse una rodilla, que apañe sus lágrimas cuando duele.

X

Al igual que sus compañeros de la parada, Manuel conservaba la esperanza de que algún patrón le ofreciera trabajo fijo. Su deseo se cumplió con Serino, un contratista que llegaba a enganchar obreros hablando un castellano italianizado, mezcla de su idioma natal y sus años de trabajo con inmigrantes latinoamericanos. Manuel tuvo la oportunidad de demostrar su talento creativo la vez que Serino le asignó pintar una cabaña de verano en momentos en que tanto él como los dueños estarían ausentes. Antes de comenzar, Manuel llevó al almacén de pinturas un cesto con mangos, manzanas y aguacates, los tajó por la mitad delante del empleado y, utilizando las frutas en calidad de muestra, ordenó los colores. En vista de la satisfacción de sus clientes, Serino le dio trabajo permanente a su regreso y le ofreció recogerlo todos los días frente a su casa en lugar de la parada.

Una mañana Serino subió al apartamento de Manuel a esperar que escampara, y Neti lo recibió con su habitual simpatía y un café recién colado. El visitante siguió llegando sin el pretexto de la lluvia, por lo que terminó integrándose a la gran familia Neti. En sus charlas frecuentes no tardaron en confirmar que también él sufría de soledad. Había obtenido la residencia legal por medio de un matrimonio que combinó amor y conveniencia, pero que pronto se convirtió en desamor e inconveniencia. Por su parte, Manuel le hablaba de su esposa, de sus hijos, y de la tristeza que sentía por su ausencia. «Solo nos queda hablar por teléfono para continuar en familia », le dijo en una ocasión.

En efecto, la línea telefónica que habían instalado en Paute les permitía estar en contacto frecuente. En un comienzo los niños se afanaban por hablar con sus padres y reírse de sus historias, pero con el tiempo el teléfono se convirtió en un instrumento que ampliaba las desavenencias. Las abuelas se quejaban de que Néstor era demasiado rebelde y que Andrea andaba con los audífonos pegados a sus oídos para no escuchar a los adultos. El repertorio de temas entre padres e hijos se fue reduciendo hasta el punto de que solo quedaba la confirmación del dinero y los paquetes enviados desde Madrid o de Port Chester. Los hijos se limitaban a dar respuestas cortas y evasivas, y por último tomaron la costumbre de no pasar al teléfono cuando sus padres llamaban. Con el paso de los días los padres se fueron dando cuenta de que perdían la cercanía con sus hijos y, con ello, su potestad. Las abuelas pedían a gritos su presencia, y hasta hablaron de enviárselos a como diera lugar, salvo que no sabían a cuál de los dos países. Andrea se encargó de disuadirlas de la idea: «Yo por allá no me voy porque me quedo sin mis amigas », les dijo en una ocasión.

En sus conversaciones esporádicas con su esposa, Manuel notaba también lo mucho que se habían distanciado. A medida en que se agotaban los temas de conversación, se resignaron a aceptar que ya nada era lo mismo. Habían salido del Ecuador para cambiar sus vidas y al final la vida los había cambiado a ellos. Era un asunto que debían debatir, pero ninguno de los dos tenía claro qué decirle al otro. Por lo pronto, Manuel seguía dedicado a su trabajo, a sus sanaciones y la creatividad de sus acuarelas.

Manuel tuvo la oportunidad de ampliar su contacto con el mundo de las plantas cuando tomó un segundo empleo en un vivero local los fines de semana. Allí disfrutaba explicándoles a los clientes de habla hispana los cuidados de cada planta, y con frecuencia recogía gajos desprendidos para sembrarlos en su casa en algún tiesto improvisado. Así llegó a reunir un pequeño jardín de plantas rescatadas que él mostraba orgulloso a sus visitantes. También fue ampliando su inventario de hierbas medicinales, y a menudo aplicaba en los baños de inmersión en la tina nuevas variedades de ramas y flores. Pronto su nombre alcanzó reconocimiento en Port Chester, y el número de personas que acudían a sus sanaciones siguió en aumento.

Así transcurría la vida de Manuel la noche en que su tranquilidad se desbarató. En momentos en que se dirigía a una agencia de envíos alguien embriagado salió a su paso a pedirle dinero. Sintiéndose amenazado, Manuel terminó envuelto en una confrontación del todo desigual: mientras él estaba alerta para protegerse, su contrincante actuaba entorpecido por el licor. En un forcejeo de segundos, el individuo terminó golpeándose la cabeza contra el suelo, donde quedó tendido sin conocimiento. Manuel trató de auxiliarlo, pero al escuchar el ruido de sirenas que se acercaban entró en pánico y huyó a su casa. Pasó por el lado de Neti sin chistar palabra y se encerró en su habitación.

Al día siguiente faltó a su trabajo. Un compatriota suyo llegó esa tarde a contarle que la noche anterior habían asaltado a su hijo. Por la hora y el sitio del incidente, Manuel supo que se trataba de la persona que lo había confrontado. El padre de ese joven había sido una de sus primeras amistades en Port Chester y, desde que trajo a su hijo, se quejó de que el muchacho no solo no se ajustaba a la nueva cultura, sino que solía juntarse con un grupo de amigos para beber y propasarse.

—Estoy doblemente arrepentido en cuanto a mi hijo —le dijo a Manuel en una ocasión—. Primero por haberlo dejado en mi país, y ahora por haberlo traído.

El incidente llevó a Manuel a vivir los días más difíciles desde su llegada. Tan pronto terminaba de cuidar a Martín se sentaba pesaroso y recogido frente a la iglesia de San Pedro, sobre la avenida Westchester. Neti lo observaba desde la lavandería, solitario y sin la chispa de antes. También Serino se dio cuenta de su bajo estado de ánimo y su escaso rendimiento. Hasta que una tarde, sentados frente a su casa en el camión de herramientas, Serino lo confrontó sin rodeos.

—No puedes seguir así, Manuel, cuéntame qué te pasa.

Manuel sacó la respuesta desde el fondo de su tristeza.

—¿Recuerdas que unos días atrás encontraron a un joven golpeado porque alguien lo asaltó en la calle? Pues ese alguien era yo, aunque fue él quien me agredió primero. Yo no soy lo que tú crees, Serino.

—¿De qué hablas, Manuel? ¿Un hombre te asalta, y ahora sufres porque le diste una paliza merecida?

—No, no es eso. Es que ahora me doy cuenta del daño tan grande que les he hecho a mis hijos con mi ausencia —respondió Manuel, soltándose a llorar.

Más tarde, Serino le comentó a Neti:

—Manuel tiene el mismo dolor de lejanía que sufren todos mis empleados.

Entonces fue Neti quien puso una vela perfumada al borde de la bañera, quien esparció hierbas y pétalos de flores sobre el agua vaporosa, y quien, con afecto maternal, lo convidó a tomar un baño en la tina.

—Ven, Manuel, para que te saques todas esas penas que llevas por dentro —le dijo, tomándolo del brazo.

Se acercaba un fin de semana festivo, y Manuel aprovechó el cierre de su compañía por vacaciones para visitar a su amigo Guillermo en Queens. Estuvo con él desde el viernes por la tarde, recorriendo locales comerciales bajo el bullicio del tren elevado. Esa noche, sin embargo, Guillermo sugirió la idea de ir a buscar trabajo el día siguiente en la parada de jornaleros en un pueblo de Long Island. Podrían ganar bien y les quedaría el resto del tiempo para disfrutar, le dijo.

Lo que no le mencionó su amigo fue la intensa animosidad contra los jornaleros hispanos en esa área, fenómeno que se repetía en varias regiones del país donde llegaban inmigrantes con ganas de trabajar. Mientras estos esperaban en una calle la posibilidad de un empleo, un número de residentes locales resentían su presencia. En ese ambiente se veían a diario maltratos y hostigamientos, que en algunos extremos terminaron en jornaleros muertos y viviendas incendiadas. La intolerancia se reflejó hasta en algunas escuelas de secundaria, donde grupos de jóvenes salían a buscar inmigrantes para agredirlos.

La queja común era que su llegada aumentaba la delincuencia, devaluaba las propiedades y afectaba la calidad de vida en general. Olvidaban al parecer que muchos de sus abuelos o bisabuelos llegaron en condiciones similares y con las mismas esperanzas. Según su orden de llegada, fueron también víctimas del rechazo inmigrantes irlandeses, judíos, italianos, asiáticos, puertorriqueños y otros grupos que les siguieron.

Los dos jornaleros llegaron a la parada el sábado temprano. En pocos minutos se detuvo frente a ellos una camioneta que de entrada parecía demasiado limpia para ser un vehículo de trabajo. El hombre del volante traía la cabeza rapada, un tatuaje de calavera y rifles cruzados en el hombro y unas gafas de sol que ocultaban su mirada. Guillermo manejó la transacción con el escaso inglés que había aprendido, y dedujo que se trataba de un trabajo de clavar postes en un sitio cercano. Para un obrero itinerante entrar en contacto con contratistas abría la posibilidad de ganar un jornal, y los dos aceptaron confiados la oferta de trabajo.

Al entrar a la camioneta los recibió un fuerte olor a marihuana y una música estridente que impedía la conversación. Mientras se acomodaban en el asiento trasero, Guillermo le señaló a su amigo el cabo de madera que el pasajero de adelante llevaba a su derecha. Manuel empinó el cuello para advertir el tipo de herramienta: resultó ser un palo amenazante que el hombre sostenía en sus manos. Ante ese detalle perturbador, los dos anunciaron al instante su decisión de bajarse. Sin embargo, sus rostros asustados parecieron llenar de júbilo a los contratistas que, atacados de la risa, chocaron las palmas de sus manos y se alistaron a partir. El conductor clavó el pie en el acelerador, rastrilló las ruedas sobre la gravilla y emprendió viaje, dejando atrás una nube de polvo.

Los jornaleros estaban a la merced de dos desconocidos que los llevaron por una autopista a alta velocidad. Proyectando su voz por encima del bullicio, Guillermo gritó de nuevo que se detuvieran. El acompañante del conductor, un hombre flaco de nariz larga y afilada, pelo enmarañado y un riego de pecas en el rostro, bajó el volumen de la música y empezó a lanzar insultos que alternaba con aullidos. Lo que para ellos parecía burla y juego, para Manuel y su compañero fueron momentos de terror. Manuel tenía el corazón acelerado y la respiración pesada. Una sequedad en la boca lo hacía tragar saliva continuamente.

La camioneta dejó finalmente la autopista. En cuanto disminuyó la velocidad, los inmigrantes se lanzaron hacia las puertas con el fin de salir corriendo. Su plan fue frustrado por el seguro de las manijas que impedía abrirlas desde adentro. La tentativa originó una descarga de ira en el conductor y su compinche. Este último sacó de su bota una navaja de cabo dorado y giró la cintura para quedar frente a ellos. La proximidad con el hombre los llevó a confirmar que su pelo apestaba a cannabis y su aliento, a halitosis.

Sin levantar la mirada, con la navaja en la mano y una risilla burlona, el hombre continuó insultándolos mientras les lanzaba pinchazos en sus piernas. Eran punzadas que picaban sin sacar sangre, pero que agudizaron la zozobra de los jornaleros. A medida que el hombre los atacaba, intercalaba palabras sueltas en español destinadas a zaherir. Manuel no creyó que él comprendiera del todo lo que decía, pero lo sorprendió la nitidez con que pronunciaba: «¡Cornudo, chingón, patojo...! —continuó sus gritos enfurecidos y nuevos insultos propios de reyertas callejeras—: ¡Puto, cabrón cucaracha...! »

En esa lluvia de ultrajes, los ojos de Manuel se encontraron de momento con la mirada del hombre. Confirmó que no era una mirada de burla ni desdén; era una mirada de odio. Odio cruel, intenso, visceral, como nunca lo había visto. «El más injusto de los odios », pensó Manuel, puesto que ni siquiera se conocían, y el hombre no podía tener queja alguna contra él. Lo injusto de esa actitud contrastaba con la certeza en el corazón de Manuel de que, si él hubiera encontrado algún día a ese joven en una situación precaria, en un desierto, en una selva, en medio de un desastre, hubiera corrido a auxiliarlo con toda su humanidad.

El tiempo de recorrido se hizo eterno. Por la mente de Manuel pasaban con urgencia soluciones ilusorias, milagrosas, hasta reconocer en su angustia que en realidad no sabía qué hacer. Los agresores tomaron por una carretera solitaria hasta llegar a un edificio abandonado a un costado de la autopista. La vegetación densa bloqueaba la vista del tráfico, pero su ruido se escuchaba de lleno. El conductor apagó el motor, caminó alrededor del vehículo y se detuvo frente a la puerta de Manuel. Era un hombre corpulento y musculado, con un gesto permanente de desdén. El pecoso también se apeó, garrote en mano, y después de pasarle la navaja a su cómplice abrió la puerta y les ordenó salir. Manuel estuvo atento a sus movimientos y, en un momento intuitivo, agarró la manija y cerró de un tirón.

En tanto los hombres forcejaban desde afuera, Guillermo se unió a Manuel en su esfuerzo por impedir que abrieran. La puerta cedía por momentos, pero los jornaleros se aferraron a ella en su desespero por resguardarse. En medio del forcejeo, el hombre fortachón regresó a su asiento, activó el contacto con la llave y procedió a bajar los vidrios. Manuel y Guillermo quedaron desprotegidos, sus rostros expuestos a los puñetazos que los asaltantes les descargaban mientras intentaban agarrarlos de la ropa.

En esa guerra declarada, el hombre de las pecas se agachó a recoger piedras para lanzarles, y luego puñados de arena con lo que buscaba enceguecerlos. En medio de la reyerta escucharon el ruido de un camión que se acercaba al lugar. La agresión se detuvo. Mientras el ruido del motor se acrecentaba, las intenciones sobre la puerta se invirtieron: ahora Manuel y Guillermo trataban de abrirla para salir, mientras los atacantes empujaban para cerrarla. De pronto el camión dio un giro inesperado, tomó por una vía alterna y continuó de largo sin acercarse a ellos. Los jornaleros pedían auxilio a gritos desesperados que se perdían en la distancia.

En un breve descuido de los asaltantes, Manuel logró abrir de un empellón, aunque en el esfuerzo terminó de bruces contra el suelo. Mientras trataba de pararse, el hombre del garrote le descargó implacable varios golpes en las piernas y en la espalda. Sus ojos tenían un brillo de rabia, y las pecas se le acentuaban con el sol. Manuel se cubrió el rostro con las manos en tanto lanzaba alaridos de dolor que en la soledad del lugar parecían gritos de muerte. En medio de su angustia, la imagen del hombre que lo golpeó en el desierto apareció junto a la imagen del presente. Las dos miradas inhumanas le resultaban idénticas.

En un momento de arrojo Guillermo saltó sobre el atacante y le arrebató el garrote. Con él en sus manos logró mantener a raya a los asaltantes mientras ayudaba a Manuel a levantarse. El hombre corpulento, que sin quitarse las gafas ondeaba amenazante la navaja, arremetió conta él con tanta fuerza como furia traía en su rostro. En rápida secuencia le asestó varias puñaladas en los brazos y el costado, dejándolo tendido en el suelo. Consciente del peligro de muerte que acechaba, Manuel sacó bríos de su mismo espanto para lanzar un grito temerario que por un instante sorprendió a sus agresores. Tomó el garrote de la mano de Guillermo y, agitándolo sin parar, impidió a los hombres acercarse.

Manuel levantó a su amigo por la cintura y, sin dejar de ondear el garrote, lo ayudó a que se alejaran del lugar. Descendieron por una hondonada, penetraron en un rastrojo y, entre la agonía y el dolor, cruzaron una franja de vegetación espesa hasta salir a la autopista. Cuando miraron hacia atrás, confirmaron a lo lejos que los agresores huían en su vehículo. En medio de hondos gemidos, Guillermo colapsó. Manuel, cojeando y con la ropa manchada de sangre, continuó agitando los brazos hasta lograr que vinieran a auxiliarlos.

XI

Un sábado de lluvias, Elvira llegó a su trabajo antes del amanecer, en remplazo Antonio y Clara que viajaban a un evento. Abrió con su propia llave, sin encender la luz, y con el paso seguro de quien conoce la casa descargó su paraguas y se acomodó en un sillón. Una lámpara regaba su débil luz sobre el pasillo y la cocina, sin alcanzar el lugar de la sala donde Elvira esperaba a que la pareja saliera. De pronto, en medio de los truenos que fustigaban la ciudad, escuchó los goznes de la puerta del cuarto principal y enseguida los pasos de Clara en dirección al baño. Segundos después oyó nuevas pisadas en el pasillo, esta vez en dirección a ella. Al reconocer los pasos firmes de Antonio, apretujó su bolso contra el pecho y fijó la mirada en la figura varonil que emergía de las sombras. Desde la distancia distinguió la solidez de sus muslos, sus hombros elevados, su rostro sereno y juvenil. En sus manos portaba artículos de aseo personal, y de los hombros colgaba una toalla que contrastaba con los calzoncillos breves y ajustados, su única prenda de vestir. Sin notar su presencia, Antonio giró hacia la cocina y se acercó al fregadero. Tan pronto Elvira lo escuchó abrir el grifo, se refugió tras la división marfilada que apenas cubría el ancho de su cuerpo. Buscando un punto de apoyo mientras controlaba los nervios, extendió los brazos hacia atrás y se aferró a los bordes. Estaba de espaldas a Antonio, frente a los estantes de libros, y por un momento sintió que las tiras de colores se asomaban a confortarla.

Llevada por la curiosidad, con movimientos cautelosos, Elvira se asomó a verlo. La breve luz que resbalaba por la espalda desnuda de Antonio le permitió apreciar el ondular de sus músculos con cada movimiento. Un flequillo de rizos despeinados le cubría el rostro. En la cintura, bordeado por el elástico de su prenda interior, resaltaba un lunar del tamaño de una lentejuela. Elvira lo observó girar la cabeza en tanto que aplicaba la afeitadora a cada plano de su barba. «¡Qué guapo!», se dijo en sus adentros. Enseguida lo vio apartarse el cabello de la frente y enjuagarse el rostro. Antonio cerró el grifo, y Elvira se retrajo en su refugio como gacela espantada.

Ya camino a su habitación, Antonio sintió bajo sus pies los rastros de humedad dejados por el paraguas. Consciente de que Elvira había llegado, escudriñó entre las sombras hasta notar sus dedos aferrados a la pared divisoria. Se anudó la toalla en la cintura y se acercó cauteloso. La sorprendió con los ojos apretados, el aire retenido, trémula del susto. Un rocío sedoso le humedecía la frente. Al sentir su proximidad, Elvira soltó un gemido de angustia que Antonio atrapó en la mano.

—Shhhhhhh, soy yo, no temas —le susurró al oído.

En tanto la lluvia rebotaba en los cristales, Antonio la ayudó a apartar los dedos de los bordes, entrelazó sus manos con las de ella y la acercó a su pecho.

—No sabes cuánto te quiero —le confesó, invadiéndole el rostro con su aliento mentolado.

Un destello instintivo llevó a Elvira a plantarle un beso húmedo en el hombro, primer trecho de piel que encontró a su alcance. Llevada por la misma exaltación puso la mano sobre el pecho desnudo que la presionaba y la deslizó suavemente hasta llegar al lunar en su cintura. Antonio se arrimó a los labios encendidos que lo esperaban, y se quedó extasiado entre sus mieles. Atrapó por instinto un manojo de su cabello, sin entender que era ella quien le atrapaba el alma.

De repente escucharon el ruido de una puerta, unos pasos, una voz en la penumbra.

—¡Antonio! ¿Qué haces? ¡Nos queda poco tiempo!

Elvira buscó zafarse de los brazos arropadores.

—Vete, por favor —le dijo, acariciándole el rostro con su aliento.

—No, quiero quedarme contigo.

—Es imposible, vete.

—¡Antonio! ¿Ya llegó Elvira? —La voz de Clara proyectaba ya el timbre impaciente que ambos conocían.

—No, Antonio, por favor, vamos a sufrir.

—¡Antonio! ¿No me oyes? ¡Date prisa!

Con la mesura de quien no quiere marcharse, Antonio deslizó sus manos por los brazos delicados hasta llegar al último tramo de su piel. Al regresar a su asiento, Elvira apretujó un cojín que por poco chilla al pillarlo descuidado. Pensaba en los brazos que la habían estrechado, en el lunar que acababa de palpar, en el beso que la dejó almibarada. Ya no escuchaba el picoteo de la lluvia en la ventana, solo los latidos de su propio corazón.

Esa noche regresó a casa ansiosa por repasar a solas los detalles de aquel encuentro. Sin embargo, María notó el fulgor en su rostro desde el instante en que la vio.

—Algo te pasa, Elvira.

—¿Por qué dices eso?

—Porque te conozco de sobra.

—Ay, Mariíta, es que ya no sé qué hacer conmigo misma.

—Es Antonio, ¿verdad?

Elvira no hubiese querido contarle nada todavía, pero las llamas estaban demasiado vivas para controlarlas sola.

—Sí, Antonio.

—¿Y qué te ha pasado?

—Que llegué al trabajo muy temprano esta madrugada.

—¿Y?

—Y me pilló en el comedor.

—¿Y?

—Y me besó en la boca.

—¿En la boca?

—Sí. Casi me deja sin respiración.

Elvira hubiera querido detener la conversación, pero la ansiedad que llevaba por dentro la llevó a continuar:

—María, yo vine a este país fue a trabajar, pero Dios me ha puesto en el camino una prueba grande que no he sabido superar. Siento que me está cambiando la vida.

—¿Que te está cambiando la vida porque te dieron un beso? No te compliques así, Elvira. Deja que las cosas fluyan.

Las palabras de su amiga la llevaron a recordar la balanza romana que había visto de pequeña en la plaza de Gualaceo. Con ella en su mente sopesó no solo la magnitud de sus vivencias, sino sus cambios en actuar, vestir y hasta en hablar desde que llegó a España. Había leído nuevos libros, María la había aleccionado sobre la vida en Madrid, y Natalia, su vecina, había aparecido en su camino para destaparle todo un mundo de imaginación y poesía. Se sentía próspera, responsable, dueña de una libertad regida tan solo por su propio pundonor. Aun así, afrontaba una lucha por devolver a la balanza romana de su vida el equilibrio perturbado.

El beso de aquella mañana lluviosa la condujo a un universo de atracciones mutuas. Cada tarde, al terminar su trabajo, se cruzaba con Antonio en medio de un silencio que la hacía a la vez guardiana y cómplice de un secreto abrasador. Reconoció que no quería despojarse de él. A la hora de dormir revivía aquel momento maravilloso y, sumergida en los pocos retazos que fue coleccionando sobre su manera de ser, se atrevió a imaginar cómo sería un futuro a su lado. Para ella, Antonio era un resquicio de luz que la encandilaba con sus mensajes silenciosos. Al mismo tiempo la angustiaba pensar que detrás de cualquier ilusión acechara un torrente de amarguras. Nuevamente buscó en los libros las fuerzas que necesitaba para afrontar sus temores. Mientras leía, se sorprendía pensando en lo tierno de su mirada, en el timbre de su voz, en sus manos jugando con el llavero. Ya no se comunicaban igual que antes con las frases señaladas en los libros, pero quedaba el sabor de las galletitas almendradas que Elvira horneaba para los niños los fines de semana y que también eran para él.

Antonio se sentía igual. La noción de que algo nuevo había en su vida lo llenaba de alegría. Durante el día no podía alejar a Elvira de su mente, y se conformaba con pensar en que la encontraría en su casa cuando llegara del trabajo. Desde el día en que descubrió cómo mimaba a sus hijos y cómo tomaba sus libros para navegar entre sus páginas, empezó a sentir el calor de su voz en la distancia, a distinguir sus pasos, a adorar su sonrisa. Al igual que quien contempla un adorno de seda sin tocarlo, se conformaba con verla desde lejos. Por las noches ocupaba el mismo rincón del sofá en que ella se sentaba, tomaba un libro que ella había tenido en sus manos y se extasiaba con sentir su proximidad.

Había otro detalle edificante para Antonio. Por las conversaciones con su madre supo que, después de aquellos días de convalecencia, Elvira continuó visitándola por su cuenta. Su madre le contó que solían cocinar juntas o caminar por el centro de la ciudad. Antonio confirmó entonces que entre ellas había nacido una relación imposible de sospechar unos meses antes.

Una noche en que Antonio llegó temprano del trabajo, encontró a Elvira dormida en el sillón mientras los niños se entretenían en sus cuartos. Volando por encima de su respiración, cuidando de no despertarla, tomó uno de sus rizos con la yema de los dedos, lo acercó a sus labios, aspiró la fragancia que ya distinguía desde lejos y plantó un beso fugaz en los hilos de su cabello. Confirmó que quería tomar ese amor que llevaba reprimido por tanto tiempo para entregárselo a ella.

La oportunidad que Antonio esperaba para expresarle a Elvira sus sentimientos pareció llegarle a raíz de un cambio imprevisto en los planes de ir con su familia al circo. Clara había quedado en recoger a los niños y encontrarse con él en la entrada, pero una emergencia en su consultorio la obligó a cancelar. Elvira terminó encargada de llevarlos.

El lugar los recibió en un ambiente festivo de golosinas en almíbares, almendras garrapiñadas y música de organillo enlazada con las voces de payasos y arlequines que invitaban a entrar. Una línea de banderas multicolores adornaba la enorme carpa iluminada por el sol. Antonio hizo un primer intento de conversar con Elvira mientras compraba copos de algodón de azúcar para los niños, pero estos no dejaban de interrumpirlo. También trató de hacerlo en la fila de la entrada, y luego, mientras se dirigían a los asientos, pero sus frases terminaban en una charla entre todos. Tan pronto estuvieron adentro, los niños se apresuraron a acomodarse a cada lado de Elvira, y Antonio tuvo que proyectar su voz por encima de Javier para dirigirse a ella.

El maestro de ceremonias, un hombre de sombrero de copa, chaqueta de mariscal y un bastón de mando que arbolaba con energía, les dio la bienvenida. Antonio creyó haber encontrado una nueva oportunidad para dirigirse a Elvira, pero sus palabras se vieron interrumpidas de nuevo:

—Eso tan alto me da miedo —dijo Javier al ver un hombre encaramado en las cuerdas.

—No hay nada que temer. ¿Verdad, Elvira? —preguntó Antonio.

Sus palabras debieron hacer piruetas en el aire antes de llegar a ella. Antonio estaba pendiente de su respuesta cuando el animador interrumpió:

—Mientras preparamos el número siguiente, estarán con nosotros... ¡Desde Chile! Los sensacionales... Los mundialmente aclamados... ¡Los Caluga! Con ustedes ¡Tony y Gigio! ¡Un fuerte aplauso para ellos!

La banda tocaba un ritmo tropical que la audiencia acompañaba con las palmas de sus manos. Los humoristas entraron bailando a la pista. De momento la música dejó de sonar. Gigio se detuvo, y Tony continuó girando la cintura, lo que causó la risa desbordada del público.

—A mí la música me gusta con delirio —dijo Gigio.

—Y a mí con aguardiente —respondió Tony.

—¿Y por qué te gusta tanto la música?

—¿Te gusta la música? —le preguntó por fin Antonio a Elvira.

—Porque yo soy músico.

—Nooo.

—Síí.

—Sí —dijo Elvira.

—O sea, que tocas instrumentos.

—Yo toco muchos instrumentos.

—¿Como cuáles?

—Toco trompeta, trombón, saxofón, clarinete, bajo, contrabajo, sin trabajo, toco el timbre, toco la puerta, salgo corriendo.

—¿Tocas algún instrumento? —preguntó de nuevo Antonio.

—¡Maleducado!

—¿Por qué maleducado?

—Eso de estar tocando el timbre y salir corriendo no se hace. ¿Verdad, niños, que no hay que hacerlo?

—Nooo —respondieron en coro los niños.

—No —contestó Elvira.

—¡No!, porque las viejas salen y te echan agua caliente.

—Oye, ya que eres músico, ¿por qué esta tarde no formamos un dúo?

—Oye, ¿por qué una tarde de estas no vamos a tomar un café?

—¿Los dos?

—¿Los dos? —preguntó Elvira, mirándolo a los ojos.

—Sí, los dos.

—Sí, los dos.

—Yo voy a cantar y tú vas a tocar este instrumento.

—Ay. ¡Qué lindo!

—¿Sabes cómo se llama?

—Violín.

—Nooo.

—No —respondió Elvira.

—Los niños lo saben. ¿Cómo se llama este instrumento, niños?

—¡Trompeeeta!

—A la cuenta de tres, yo canto y tú tocas. Va. Un, dos, tres y...

—Puf. ¿Qué pasó?, no suena nada.

—Tienes que soplar con más fuerza.

—Pufffff.

—¡A ver, niños, ayuden!

—Pufffffffff.

—¡Así no! Hay que apretar los labios para que salga el sonido.

—¿Cómo?

—Tienes que poner la boca chiquitita, mira, así. ¡Así no! A ver, niños, todos, para que él aprenda.

—¡Elvira! —exclamó Javier entre risas—, pon la boca chiquitita.

Elvira estiró los labios para complacerlo.

242

—Qué gracioso te ves —dijo el payaso.

—Qué linda te pones —dijo Antonio.

Los dos payasos se fueron acercando con los ojos cerrados hasta que...

—¡Muuuua!

—Papá, ¡se dieron un beso! —dijo Javier, en medio de la risa desbordada del público.

—Sí, un beso —añadió Antonio, proyectando la voz por encima de su hijo.

Elvira apenas lo miró de reojo, dejando escapar una sonrisa de complicidad.

Esa misma noche Antonio se reunió con Pepe en La Fontana de Oro, un bar de fachada imponente y decoración antigua, donde siglo y medio atrás fue ambientada la novela homóloga de Benito Pérez Galdós. Era un sitio propicio para conversaciones fraternales avivadas con licor. En un arrebato de franqueza, entre el sonido de voces y música bulliciosa, Antonio le confesó su delirio por Elvira.

—¿Por qué no conocí a una mujer así antes? —le dijo.

—Estoy seguro de que es muy guapa —respondió Pepe—, y si la tía está tan bien como la pintas, no la dejes escapar.

—Pero ¡¿qué dices?! —replicó Antonio, indignado.

Con voz apagada, Antonio le recordó entonces que su relación con Clara se había deteriorado desde hacía mucho tiempo. No sabría decir en qué momento llegaron al extremo de su desunión, pero habían terminado en una rutina sencilla, aunque cómoda para ambos: él se amparaba en su costumbre de leer, ella en la de ver la televisión, y el primero que apagaba se hundía en la almohada para evitar al otro. Su ideal de felicidad era un hogar en armonía, y eso no lo lograría con Clara.

Antonio era consciente del estado de desamor en que había caído su matrimonio. Clara lo eligió en la universidad tan pronto lo conoció, sin darse tiempo de enterarse de sus gustos y aspiraciones. Solo le exigió que dejara a un lado la filología y se cambiara a una carrera como el derecho, con la cual vivirían bien en adelante. Su primera frustración vino con el reporte confidencial sobre la falta de rendimiento en el bufete de abogados de su padre.

—Mira, hija —le dijo un día—, si no fuera porque es tu marido, no hubiera durado más de una semana con nosotros.

—Es que sus intereses son literarios —respondió Clara, no a modo de justificación, sino de reproche.

Clara no encontró las virtudes que imaginó en él antes de casarse, y ahora le molestaba hasta su colección de libros antiguos. Hubiera preferido un hombre práctico, no un soñador idealista como él. Por su parte, Antonio vio en ella a la chica más estupenda del momento y se le nubló la mente. Más tarde, los dos se fueron decepcionando, y con el tiempo llegaron a alejarse hasta el punto de no querer seguir juntos.

Ahora Antonio entraba en una etapa de su vida con nuevas complicaciones. Por un lado, estaba la nueva ilusión que le despertaba Elvira. Por el otro, Clara era la madre de sus hijos, y para él era difícil una ruptura. Además, se arrepentía de no haber estado a la altura de lo que Clara esperaba de él. Había pisoteado sus ilusiones, la había decepcionado. Se sentía culpable de todo.

—No te sientas así —le dijo Pepe—. Lo que pasa es que tu mujer necesita otro tipo de hombre. Un espartano, si vivieras en esa época; un caballero de lanza y escudo, si fueran los tiempos del rey Arturo. Y en los tiempos modernos, un abogado que triunfe, que escale peldaños, que gane dinero. Para ella, el tipo ideal es el que manda, el que exige, el que reclama. Ella quiere un hombre así, no un idealista como tú.

Era una escena reveladora: Antonio clavado en su silla, su mirada triste, su silencio conmovedor, y Pepe de pie, marcando el compás de sus palabras con la palma de las manos.

—¿Que a tu mujer le joroba tu sensibilidad? Pues te mete en una fragua, y plas y plas y plas, te da y te da, una y otra vez, una y otra vez, golpe tras golpe, forjándote como a un hierro, haciéndote a su medida. Eso es lo que busca. Tomar al idealista, al romántico, al soñador, y convertirlo en un guerrero, que asuste con su armadura, que triunfe con su dureza. ¿No te das cuenta? Te está golpeando para que des el temple. Vamos, no puedes seguir así. Tienes que salir a recuperar tu estima, a rescatar lo que hay en ti.

Antonio se bebió de un sorbo el resto de cerveza, borró con la servilleta la línea de espuma que quedó en sus labios y se apresuró a marcharse. Pepe le hizo una última advertencia antes de salir.

—Y tienes que hacer algo pronto. Se está vaciando el reloj de arena.

Una convención profesional de Clara en la Florida parecía abrir nuevos panoramas para Antonio. Clara quiso ir con toda la familia e insistió en llevar a Elvira para que se ocupara de los niños. El viaje estaba planeado para las vacaciones de verano, por lo que aún quedaban varios meses de preparación. Al entregar su pasaporte para los trámites de la visa, Elvira contempló la posibilidad de ir a ver a su esposo. Un día Clara le confirmó que el viaje se haría realidad.

—Aquí tienes tu pasaporte sellado, guárdalo bien —le dijo.

Desde entonces, la expectativa del viaje se transformó en angustia para Elvira. Temía cualquier situación incómoda que se pudiera presentar durante esos días de convivencia. Era un dilema que tendría que definir muy pronto.

En esos días Elvira debió sortear otra situación romántica que la tomó por sorpresa. Natalia, la joven rusa que vivía en su edificio, se sintió atraída hacia ella desde que la vio por primera vez, y sus pensamientos volaron por encima de la realidad para crearse una fantasía. Se imaginó viviendo juntas, riendo juntas, compartiendo cada momento de sus vidas. Desde entonces Natalia se propuso ser buena escucha, colmarla de atenciones y hacer de cada encuentro una ocasión inolvidable.

A medida en que afianzaban su amistad, Elvira le contaba detalles de su vida, incluyendo su acercamiento con Antonio y su decepción por el aislamiento de Manuel. Natalia sabía que no debía entusiasmarse con las llamadas esporádicas de Elvira para desahogar sus angustias, pero tampoco podía borrarla del pensamiento. El tema se convirtió en su ilusión y su tormento. Se desquiciaba cuando no le respondía a tiempo o cuando la veía salir en compañía de María. Pronto concluyó que no se conformaría con las migajas de afecto que Elvira le daba ni con su papel de buena amiga o hermanita comprensiva. Fue así como finalmente decidió revelarle su pasión.

Le propuso encontrarse una tarde en la Fuente del Berro, un parque de caminos apacibles entre setos y árboles centenarios donde, le advirtió de antemano, le daría una sorpresa. Mientras la esperaba en el punto acordado, Natalia repasaba en su mente el tropel de sentimientos que la asediaban. De pronto vio llegar a Elvira en la distancia. Lucía un vestido azul marino de gasa india con purpurina dorada, cuyas mangas voladas, abiertas desde los hombros, parecían flotar a cada paso. Su cabellera ondeada por el viento y un collar de laminillas nacaradas que arrancaban reflejos al sol hacían suspirar. Una lazada en la cintura acentuaba su sensualidad.

Natalia salió a recibirla rebosante de alegría. Entre charlas y risas escalaron unas gradas de piedra tapizadas de musgos, cuya fragancia de vegetación húmeda enaltecía el espíritu. En medio del canto de las aves y las risas de los niños en las explanadas vecinas, bordearon una cascada y tomaron por un atajo. Desembocaron en un sendero florecido en el que se atravesaron campantes varios pavos reales que habitaban en el lugar. Poco después pasaron frente a la estatua de un personaje del siglo XIX apoyado en una columna. Elvira la miró indiferente, y se alistaba a seguir cuando Natalia la detuvo con una pregunta:

—¿Te fijaste en la placa del pedestal?

Ante el aviso de su amiga, se inclinó a leer la inscripción.

—¡Pero si es tu poeta! —exclamó Elvira, sorprendida.

En efecto, estaban frente al monumento a Alexander Pushkin, un regalo de la ciudad de Moscú al Ayuntamiento de Madrid. Natalia la invitó a sentarse a un lado de la escultura, bajo la sombra de un madroño de follaje blanqueado. El collar nacarado de Elvira tintineaba mientras se acomodaba sobre el césped. Natalia le lanzó una mirada penetrante, de las que dicen: «Estoy sintiendo tanto por dentro». Había alcanzado un punto cúspide en su atracción por ella, y llegaba el momento de expresarlo. Alistó en sus manos los regalos con que iba a iniciar la conversación: un poemario, un perfume, una colección de desnudos de Gauguin en Tahití. Sin embargo, las palabras no le salieron como lo había planeado, y solo se escuchó el aleteo de palomas compitiendo ante las migajas de pan que les lanzaba una pareja. Un impulso la llevó entonces a eludir los regalos y entrar en el tema del amor sin otra guía que sus propios sentimientos. Poemas, perfume y estampas fueron a parar de nuevo al bolso.

Enseguida anidó la mano de Elvira entre las suyas y, sin quitarle la mirada, se le acercó hasta detectar su fragancia. El mundo a su alrededor había dejado de existir, y no le importó que la gente pasara y la viera con cara de tonta. Era la primera vez que abría su corazón a alguien, y estaba consciente del riesgo de un rechazo. Ese temor aumentó su nerviosismo. Aun así, tratando de disimular un leve requiebro en su voz, llenó de aire los pulmones y dio salida a las palabras acumuladas en su pecho por tanto tiempo. Entre extrañada y curiosa, Elvira se alistó a escucharla.

—Quiero decirte que te amo, que te deseo, que me encantaría ser parte de tu vida. Es algo que llevo por dentro desde que te conocí.

Elvira se quedó en suspenso ante aquella revelación. Arqueó las cejas en un gesto de asombro y se centró en la mirada zalamera de Natalia. Unos segundos después respondió en tono sereno:

—Yo también te quiero, Natalia, pero no de esa manera. No tendré los mismos sentimientos que tú expresas, pero tengo otros que se reflejan en el tiempo que pasamos juntas y en la confianza que nos tenemos. Te pienso con cariño y siempre te deseo lo mejor. Además, me encanta que me ayudes en mi vida y yo ayudarte en la tuya.

—Eso me fascina —respondió Natalia, sonriente —, pero lo mío va más allá de una amistad.

Elvira dejó escapar una sonrisa y añadió:

—Yo no soy nadie para rechazarte, y menos por un sentimiento tan hermoso desde todo punto de vista. Ojalá el mundo estuviera lleno de gente que quisiera entregar tanto amor. Pero cada una tenemos nuestra forma de ser. Además, ¿no crees que ya tengo suficientes angustias con los hombres que se han cruzado en mi camino?

Las últimas palabras las llevaron a soltar la risa y, con ello, a disipar un poco la tensión. Sin embargo, para Natalia era una risa que sellaba el fracaso de su propuesta, y no quería darse por vencida así de fácil. De modo que aprovechó una pausa para retomar el tema.

—¿Tú me entiendes, Elvira? Eres la persona con quien siempre quiero estar. Solo te pido que aceptes mi corazón y que me des la oportunidad de probarte mis sentimientos.

Elvira soltó un suspiro y dio muestras de que se preparaba para salir. Su mirada se tornó esquiva. De un momento a otro, las palomas se desbandaron, distracción que le dio un tiempo adicional para ordenar sus pensamientos.

—No quiero herirte, ni menos perder tu amistad —agregó Elvira al tiempo que retiraba la mano—. Simplemente, si quieres que te acepte como eres, te pido que también aceptes mi posición.

Los ojos de Natalia se inundaron de lágrimas.

—No me mires así, Elvira —respondió—. Yo soy feliz de sentir lo que siento, así sea un imposible. Es lo único que nadie me podrá impedir.

Un resplandor anaranjado bañaba la ciudad, aviso de que el final de la tarde se acercaba. La luz del sol se apagaba sobre sus cuerpos, y la chispa con que habían iniciado la charla se extinguía. Una ligera brisa invadía el entorno. Entonces fue Elvira quien interrumpió el silencio para retomar la conversación:

—Mira, Natalia, tú mereces mucho amor, y estoy segura de que vas a encontrar un ser maravilloso que quiera formar parte de tu vida. Y si lo que sientes por mí es parecido a lo que he sentido por Antonio, entonces las dos sabemos lo que es estar entre el encanto y el abismo al mismo tiempo. Lo que es levantarse cada día con la imagen de alguien en la mente, pero a la vez sabes que estás en medio de un amor imposible. Ese es el abismo del que te hablo. En cuanto a nosotras, seguiremos siendo amigas tanto en las alegrías como en las penas. ¿Te parece?

Convencida de que había llegado al límite de su intento, Natalia abrió de nuevo el bolso y le entregó los regalos. Lo hizo con una mirada triste y sin darles relevancia. Al final se pusieron de pie y caminaron hacia la salida, fustigadas por una leve llovizna esparcida por la brisa. No bien habían llegado a la calle cuando la llovizna se transformó en chubasco. Esta vez fue Elvira quien tomó a Natalia de la mano para emprender carrera hasta la entrada del metro. Cuando llegaron a su casa esa noche, las dos se sentían gratificadas por haber dejado intacto el lustre de su amistad.

XII

Que Manuel prefería quedarse en casa pintando sus acuarelas en su tiempo libre en lugar de salir a divertirse era bien sabido entre sus amigos y allegados. Sin embargo, su primo Edilberto no dejaba de invitarlo al burdel local que solía frecuentar. Después de mucho insistir, logró que lo acompañara un domingo por la tarde, «Aunque sea para distraerse», como solía decirle.

La madama encargada del negocio los observó por un visillo estrecho antes de abrir. Un grupo de muchachas con ropas seductoras y labios pintados de rojo papagayo les dio la bienvenida. En contraste con la timidez de Manuel, Edilberto entró tocando a dos manos, como seleccionando melones en el mercado. Cruzó unas palabras con la que más le gustó, pagó la ficha correspondiente —una carta de naipe refrendada por la dueña— y, echándole el brazo encima, partió con ella hacia los cuartos.

Las demás chicas que salieron a recibirlos se fueron alejando con otros clientes, y Manuel se quedó esperando en una silla. De pronto oyó un llanto de mujer al otro extremo de la sala y enseguida la voz gruñona de la dueña.

—¡Deja ya ese lloriqueo! —gritó con voz irritada—. ¿Acaso no tirabas con tu novio? Pues aquí vienes a hacer lo mismo, pero ganando dinero.

La joven permaneció con el rostro hundido entre las manos, sin pronunciar palabra. Manuel se acercó a hablarle:

—¿Qué te pasa? —le preguntó, mostrando un interés sincero por su infortunio.

La mujer lo miró por las rendijas de sus dedos y encogió los hombros.

—Dicen que hablando se quitan las penas —insistió Manuel.

—¡Bah! Esas solo me las quita Dios cuando me muera —contestó por fin, al tiempo que alzaba el rostro.

—¿Por qué no me cuentas lo que te pasa?

La pregunta le arrancó un suspiro profundo.

—Es una historia triste —respondió, mirándolo a los ojos por primera vez.

Parecía resuelta a contarle, pero la dueña irrumpió de nuevo. Esta vez se dirigió a Manuel:

—Oye, amigo, aquí vienes a lo que vienes, no a hacer visita.

Manuel entendió su reclamo y, sin darse tiempo de reflexionar, sacó dinero para pagar la ficha.

Ya camino hacia los cuartos escuchó un runrún de gemidos falsos que escapaban por los quicios de las puertas. Una vez adentro confirmó que el lugar carecía del más mínimo detalle pasional, y que lo poco que había era tan solo de uso práctico: una cama desarreglada, una silla para la ropa, platón y jarra con agua sobre la mesa de noche y, al lado de la jarra, un reguero de preservativos.

A pesar del compromiso que la transacción implicaba, ninguno de los dos mostraba interés por consumarla. Prefirieron continuar el diálogo que un soplo providencial acababa de concederles. Cuando se sentaron al borde de la cama, la mujer le hizo una pregunta:

—¿Por qué tiemblas?

—Es mi primera vez en este sitio —contestó Manuel—. Además, un percance en el que casi pierdo la vida al entrar a este país me dejó mal.

—Pues yo estoy peor. Mi vida se perdió desde que me metieron en esto.

—¿Qué te hizo dejar tu país?

La pregunta destapaba tristezas en la mayoría de los inmigrantes, pero en ella destapaba heridas.

—Yo vengo de San Pedro de la Cueva, un pueblito lindo cerca de Hermosillo, México. Allí llegó un día una señora con un hombre que se hacía pasar por su hijo. Andaban ofreciendo chamba en los negocios que decían tener en Arizona. Parecían buenas gentes, y se ganaron mi confianza y la de mi *amá* y mi hermanita de quince años. Vivíamos solas desde que mataron a mi *apá*, y sufríamos tanta pobreza que a veces no teníamos ni *pa* comer.

»Al final me animé y me vine con ellos. En la frontera enseñaron residencia americana de los tres y pasamos así de fácil. Ya cuando llegamos a Sierra Vista, el hombre contó riéndose que no era nada de la señora, y desde ahí empezó a abusar de mí. Luego me llevó al verdadero sitio de trabajo: una cantina llena de borrachos y mujeres engañadas. Tenía que acostarme con los que llegaran, y si decía que no, amenazaban con caerle a mi familia.

La joven se quedó en silencio un momento en el que parecía recoger sus pensamientos, hasta que Manuel entretejió nuevas preguntas.

—¿Cómo te llamas?

—Duby. Es un nombre que me pusieron desde un comienzo.

—¿Y cómo llegaste aquí?

—Un día escuché decir que uno de los socios buscaba muchachas para traerlas a Nueva York. No era lo que yo quería, pero pensé que en comparación con lo que estaba viviendo cualquier cosa sería mejor.

—¿Y te tienen obligada?

—Pues no me dejan salir. Además, no es solo eso. Hay algo peor.

Duby se quitó los zapatos, subió los pies a la cama y deslizó el cuerpo hasta quedar recostada en la cabecera. Manuel estaba pendiente del resto de la historia cuando escuchó varios golpes a la puerta, seguidos de la voz recia que ya reconocía: «¡Hora de salir o, si no, a pagar otra ficha!». Manuel tomó un tiempo en alistar más dinero y luego se asomó al pasillo. «¡Otra ficha para la cinco!», anunció una chica que pasaba con su cliente hacia uno de los cuartos.

—¿Dijiste que había algo peor? —preguntó a su regreso.

—Sí. El hombre que me trajo se apareció en mi casa exigiendo el pago de lo que, según él, yo le debía. Pero eso no fue todo. También contó lo que yo hacía, aunque nunca les dijo que ellos me obligaban. De eso apenas me enteré anoche. Quería morirme cuando lo supe.

Un nuevo ataque de llanto la llevó a detener la conversación. Manuel buscó consolarla con sus palabras; poco después, la joven continuó:

—¿Sabes lo más triste? —preguntó, su voz resquebrajada de dolor—. Mi hermanita. Siempre decía que quería estudiar, y con lo que yo mandaba entró a un buen colegio. Pero anoche no quería ni hablar conmigo. Tuve que estar llame que llame, hasta que por fin contestó. Al principio solo me gritaba, pero después, así chillando, empezó a reclamarme: «Ya no quiero ni un peso más de ti, ¿me entendiste? No voy a seguir estudiando ». Ahí me di cuenta de la chinga que nos paró ese malnacido.

Duby aspiró una bocanada de aire antes de continuar.

—¿No ves que mi dinero ya no vale? —preguntó. Enseguida presionó la almohada contra su rostro y se volcó de nuevo en llanto—. ¡Dios mío, ahora ni siquiera mi dinero vale, qué desgracia! —exclamó.

—¿Sigues con la misma chingadera? —gritó la dueña, esta vez cerca de la puerta—. ¡Sal rápido, te digo!

—¡Ya voy! —respondió Duby entre sollozos.

Poco antes de salir de la habitación, Manuel le preguntó si había pensado en escaparse algún día.

—Claro que sí —contestó. Una chispa de esperanza iluminó su rostro—. En el segundo piso hay un baño con una ventana a la calle que dejan sin seguro. Cada vez que me asomo por ella, sueño con una escalera para largarme de aquí.

—Si lo dices en serio, yo traigo una.

—¡Ay, sí! Por favor, te lo voy a agradecer. Pero me da miedo. Sé que si me pillan, me matan.

—Y si te quedas aquí, vas a continuar muerta en vida. Mejor dime a qué horas puedo venir.

La joven se quedó pensativa unos segundos antes de responder.

—El domingo temprano. ¿Puedes a las seis? A esa hora todo el mundo está durmiendo.

—Pues aquí estaré a las seis.

Enseguida se despidieron con unas palabras de acercamiento:

—Yo me llamo Manuel. ¿Cuál es tu verdadero nombre?

—Azucena.

—Hasta mañana, Azucena.

—Hasta mañana. Dios te lo va a pagar.

Aprovechando que las ciudades amanecen desiertas los domingos, Manuel llegó a la hora acordada en compañía de Edilberto. La mañana apenas comenzaba a aclarar, y les fue fácil apoyar la escalera contra el quicio de la ventana sin que nadie los notara.

Azucena se persignó antes de aferrarse de los largueros y empezar el descenso. Vestía falda azul y una blusa de florecillas rosadas que había guardado con la esperanza de lucirla algún día en la libertad. Antes de llegar a los últimos peldaños dio media vuelta y continuó el descenso de frente. Tenía los ojos fatigados, pero ni el trasnoche ni el sufrimiento habían opacado su atractivo juvenil. Manuel se quedó un instante contemplando sus muslos torneados y sus interiores de lunares rojos que resaltaban bajo la falda. Una conmoción interna le aceleró el resuello. Era el primer estertor de pasión que iluminaba su espíritu desde la tragedia en el desierto. En sus adentros se lo agradeció a Azucena, que pronto cayó en sus brazos.

Manuel conocía solo un lugar donde Azucena iba a ser bien recibida: la casa de Neti Cabrera. En el trayecto la joven aparentaba dominio, una chispa de exaltación incluso, pero tan pronto entró a la casa la emoción la doblegó. Neti la notó tan vulnerable que su corazón se desgajó por ella. Entró a regir la parte protectora de su ser.

—¿Cómo es que te llamas? —le preguntó, tomándola del brazo.

—Duby. No, Azucena. Duby. ¡Azucena! ¡Dios mío, qué me pasa!

Neti se detuvo frente a ella y, sin quitarle la mirada, la sacudió por los hombros.

—Cálmate, hija. Ya lo peor pasó. Duby ha dejado de existir. Me lo dijo Manuel. Desde hoy volverás a ser aquella Azucena linda que un día dejó su casa para venir a sufrir.

Minutos después Edilberto se despidió, Neti se fue a preparar la bañera, y Manuel le ofreció una bebida de hierbabuena endulzada en miel. Cuando la joven terminó de beber, Neti la tomó de la mano y la condujo a su cuarto de baño.

—Ahora mismo te vas a quitar de una vez por todas esa costra de sufrimientos que llevas encima —le dijo.

El sol se había colado por las ventanas redondas, resaltando el verde limón de las paredes, la blancura de la bañera y el ambiente inconfundible de limpieza. Azucena agarró a Neti del brazo y le imploró que no la dejara sola. Entonces Neti la ayudó a desvestirse prenda por prenda y, entre frases consoladoras, le ofreció el riego tibio de la ducha. La joven se desgajó de nuevo en llanto.

—Llora para que descargues tus pesares —le dijo Neti, en tanto le entregaba una pastilla de jabón de sábila.

Azucena no podía contenerse. De su alma brotaban las desdichas de su vida; de su piel, los vestigios de una desgracia que el agua arrastraba hasta el sifón. Terminado el baño, Neti puso a llenar la tina. Cuando una capa de espuma cubría a Azucena hasta los hombros, entró Manuel con un hervido de manzanilla y pétalos de flores.

En un instante los vapores lenitivos invadieron los sentidos como música celeste. Mientras los pétalos se adherían a su pelo y a su piel, Azucena reveló una sonrisa con la que mostraba perdonarse. Más tarde, mientras tomaba el desayuno envuelta en una bata de algodón el doble de su talla, preguntó si podía quedarse allí hasta contactar a unos parientes en un estado vecino. Ante la respuesta afirmativa, Manuel ofreció compartir su cuarto con ella, pero Neti lo frenó al instante: «Azucena se queda conmigo», refutó, sin lugar a discusión.

El sábado siguiente acordaron salir a caminar por la playa de la ciudad vecina de Rye. Mientras miraba a los niños construir sus castillos de arena y disfrutaba del aire cálido, Azucena pareció recuperar su espíritu jovial. Ya de regreso a casa, Neti encendió una veladora al Señor de los Milagros y, asidos los tres de la mano, elevó una plegaría para que su huésped retomara la vida donde el destino la había desviado. El domingo llegaron por ella su tío y varias primas. Azucena salió a recibirlos radiante y natural.

En los meses siguientes, Manuel reanudó su proyecto creativo, dedicando largas horas a pintar sus acuarelas. Neti lo veía lavar sus pinceles al final de cada jornada y se moría de la curiosidad por enterarse de los detalles.

—Estoy retratando mi vida —fue todo lo que le dijo en una ocasión.

XIII

Una noche en que Elvira se dirigía a su casa bajo un fuerte aguacero, Antonio se apareció frente a ella con un paraguas gigante que ofrecía resguardarla. El sobresalto de verlo la dejo sin reacción y, en medio de la sorpresa, atribuyó el encuentro a una casualidad.

—¿Te acompaño? —le preguntó Antonio, rodeándola con el brazo sin esperar su respuesta.

Continuaron avanzando hasta el portal de Elvira, donde Antonio soltó una frase que reflejaba su frustración.

—Quiero que hablemos de los dos —le dijo mientras cerraba el paraguas.

—No debemos estar aquí, Antonio.

—Pues dime dónde.

—Es que esto no puede ser. Entiéndelo, por favor.

Elvira subió las escaleras, y Antonio siguió detrás. En el apartamento los recibió un rescoldo de leña que María había dejado en la chimenea. Elvira descargó su bolso en una silla, dio media vuelta y se encontró con esos ojos tantas veces contemplados en su pensamiento. Admitió en silencio que deseaba escucharlo, aunque temía entrar en un triángulo que solo prometía amargura. Antonio retomó la palabra:

—Te pido perdón por haberte puesto en una situación difícil, pero no puedo dejar de pensar en ti. Has llenado mi vida de esperanza.

Elvira se dirigió a la cocina, puso a hervir agua en la tetera, cubrió la bandeja con un lino y empezó a servir sus galletitas almendradas. Antonio la observaba en la distancia con la ilusión de que las fuerzas del amor fueran ganando. Ya de nuevo en la sala, Elvira se acomodó en el sofá y Antonio se sentó frente a ella. Una conversación suelta mientras degustaban la merienda sirvió de preludio al tema principal.

—¿Te das cuenta de que eres motivo de felicidad para mí y para los niños? —le preguntó Antonio.

Sus palabras le confirmaban lo que la intuición le decía: que él la amaba.

—Por favor, entiéndeme —respondió Elvira—. Todo esto está mal con tu familia, con la mía, con el mundo.

—No lo veas así, Elvira. Quiero hacerte parte de mi vida.

Después de esas palabras, Antonio permitió que el diálogo se extinguiera y no vio prudente extender su visita. Confiaba en que había plantado la semilla de sus sentimientos y partió con la esperanza de que hubiera caído en terreno fértil. Un beso fugaz de despedida rodó con él por la caracola de la escalera y lo siguió acompañando en el camino de regreso.

Ya de nuevo sola en su habitación, Elvira cerró los ojos y confirmó que aquel beso furtivo le había dejado un gustito ardiente, un apremio en su respiración.

—¿Que Antonio se atrevió a subir? —le preguntó María, en cuanto Elvira se lo contó.

—No pude decirle que no, María.

—Ay, Elvira, a mí tú no me engañas. Tenías el sí por dentro desde hace mucho tiempo, y él lo adivinó en tus ojos.

—¡Va!

—Pero cuéntame. ¿Hablasteis? ¿Aclarasteis las cosas?

—Ay, Mariíta, él dice que me quiere.

—¿Y tú?

—A mí él me encanta.

—¿Entonces? Vive el momento y aclara lo que sientes. Antonio es un hombre bueno que te ha tratado bien.

—Pero a Manuel no lo puedo ignorar. Con él todo es distinto, aunque de sentimientos nunca hablamos. Asumimos que nos queremos por el solo hecho de tener una familia.

—Pues eso se llama costumbre y, con el paso del tiempo, la falta de comunicación es una manera de alejarse.

—María, estoy confundida. ¿Por qué tenía que pasar todo esto?

—Porque llevas mucho tiempo sola. Además, Antonio es lo inesperado, lo diferente. Eso también atrae.

—Yo lo que quiero es estar tranquila. Me voy a alejar de todo esto.

A pesar de su promesa, Elvira llegó al trabajo el lunes siguiente con sus acostumbradas galletitas. Eran su forma de consentirlo. De todas maneras, cuando Antonio pasaba por su lado, el nerviosismo aumentaba y cada vez que veía a Clara se le cortaba la respiración.

—Los cruces de miradas son angustiosos —le dijo un día a María—. A toda hora estoy pensando en que Albertina o alguien de la familia los va a notar.

—Por mucho que quieras evitarlo, vas a seguir mirándolo diferente —contestó su amiga.

Elvira reconoció entonces que cualquier detalle de armonía entre Antonio y Clara le producía una descarga de celos. Lo mismo sucedía cuando los niños le contaban que estuvieron con papá y mamá en algún lugar acogedor. Por otra parte, todo desaire de Clara hacia su marido le confirmaba que Antonio le había dicho la verdad.

Luego de su declaración de amor, Antonio se sintió con derecho de llamarla a menudo a su teléfono móvil. Sus conversaciones empezaban con temas sueltos que luego pasaban a su insistencia en invitarla a salir a algún sitio y el acostumbrado rechazo de ella.

Un sábado se inventó una excusa para salir temprano de su casa y aparecerse donde Elvira en plan de visita informal. Había comprado cruasanes recién horneados con la esperanza de que lo invitasen a entrar. Su deseo se cumplió, y de ahí en adelante siguió llegando con el mismo propósito cada semana. Eran momentos de charlas ligeras y temas graciosos que le permitían asomarse al amor sin confrontarlo.

—Es un romance sin noviazgo —le dijo un día a Pepe.

—Es un noviazgo de tontos —le contestó su amigo.

Las visitas de Antonio resultaban mortificantes para Elvira por el solo temor de ser descubiertos. Muchas veces pensó en renunciar a su trabajo, pero en cuanto se calmaba seguía igual que antes. Hasta que en una nueva reunión de cruasanes tibios le pidió que no volviera.

—No lo tomes a mal —le dijo—. No puedo seguir así.

A partir de entonces Elvira buscaba ocuparse con los niños cuando él llegaba de su trabajo, y rehusaba sostenerle la mirada si le dirigía la palabra. De todos modos, sintió su ausencia los fines de semana. Sin llegar a admitirlo, se sorprendía esperando que llamara a la puerta y, en más de una ocasión, salió a la calle con la esperanza de encontrárselo por causalidad, como hubiera sido la mejor manera de encontrárselo. Reconocía que lo extrañaba, pero continuaba firme en su decisión. Así pasaron varias semanas: ella en su silencio hermético, él fraguando la manera de romperlo. Era un distanciamiento desesperante para Antonio. Tenía que hacer algo.

La ocasión se presentó a raíz de una reunión familiar en la casa de verano de los padres de Clara, uno de esos encuentros que lo sofocaban y de los cuales siempre buscaba escaparse. Desembocaron en una nueva discusión en la que Clara terminó yéndose con los niños durante el fin de semana.

Desde el momento en que se quedó solo, Antonio estuvo obsesionado con la idea de hacerle una invitación a Elvira. Pensó en «Las Edades del Hombre», una exposición de pinturas, orfebrería y obras religiosas que por esos días tenía lugar en Segovia. Sin embargo, quedaba la ingente tarea de lograr que Elvira aceptara. Atando pensamientos recordó el beso robado de aquella mañana lluviosa, y con ese mismo arrojo se fue a buscarla el domingo temprano.

—¡Despierta, dormilona! —le dijo María a Elvira, zarandeándola—. ¡Antonio está aquí!

—¿Cómo que Antonio? —respondió Elvira, medio dormida.

—Sí, tu Antonio. Dice que te invita a Segovia.

—¿A Segovia? No quiero ir por allá.

—Que sí.

—Que no.

—Mira, tú te me vistes y te me vas. No quiero verte luego suspirando por toda la casa, que Antonio por aquí, que Antonio por allá. Y si él ha hecho el esfuerzo de venir, es porque siente algo por ti.

—Pero eso no está bien.

—Ya déjate de tanta mojigatería y vete —añadió María mientras la sacudía de nuevo, esta vez no para despertarla, sino para aclararle la mente—. Vamos, date una ducha rápida.

—¿Y qué me pongo?

—Pues lo que más te guste, tontita, pero ha de ser algo cómodo. Estoy segura de que vas a patearte un montón de sitios.

Se decidió por el vestido camisero, aquel que consentía su cuerpo el día de la entrevista en la agencia de empleo. María la animó a ponerse un poco de rímel en las pestañas y un toque de brillo en los labios.

—Estás guapísima —dijo Antonio al verla, tomándola de la mano.

En la estación de Atocha tomaron café con ensaimadas en medio de un enjambre de turistas. Tan pronto ocuparon sus asientos en el tren, Antonio lanzó una expresión teatral que la tomó por sorpresa:

—«Yo, señor, soy de Segovia ».

—¿Cómo?

—Así empieza *La vida del Buscón*. ¿Viste el libro en los estantes?

—Sí, lo recuerdo. Al lado de *El Quijote*.

Era la primera vez que hablaban de sus libros.

—Dime, Elvira, ¿cómo nació tu interés por la lectura?

—Se lo debo a mi abuelito, y también a una monja que guardaba una colección parecida a la tuya.

—¿Y quién es Pachito? Los niños lo mencionan mucho.

Sería la primera vez que le hablaba de su entorno familiar.

—Pachito es un niño que nos hace reír con sus ocurrencias. Él es feliz viendo pasar el mundo desde las copas de los árboles, y en eso nos gana a todos. Mientras nosotros miramos la vida desde abajo y sufrimos con lo que sucede, él la mira desde arriba y se le pasa el tiempo sin que le toque sufrir.

Le contó entonces de los poemas que recitaba, de los libros que leía, del tesoro del convento, del naufragio, de sus hijos y de su vida tal como quería que él la supiera. Antonio le habló de su entusiasmo por la literatura y de la alegría de haber compartido algunas lecturas con ella. Mencionó también su infelicidad en el hogar, pero al notarla un tanto incómoda decidió dejar el tema. A cada instante quiso decirle de cerca lo que llevaba por dentro, tan cerca que le acariciaba el rostro con su aliento. Para Elvira, fueron momentos de conexión, de revelaciones, de confidencias, en los que ella volvió a apreciar el mensaje de su loción, el ondulado de su cabello, el brillo sereno de su piel. Se deleitaba con solo sentir su proximidad.

En cuanto descendieron del tren, Elvira comprendió que había dado un salto en su relación con él. Recorrieron el evento a paso rezagado, intercambiando miradas mientras comentaban sobre las obras exhibidas y la perfección del enfoque de luz en cada reliquia.

«Segovia es una ciudad con mucho que contar y debéis recorrerla a pie para escucharla mejor», advertía un folleto turístico que leyeron juntos. Recorrieron sin prisa los callejones estrechos de la ciudad antigua, degustaron un ponche segoviano y compraron unas sultanas de coco para llevarle a María. Con uno que otro beso robado en el camino, admiraron iglesias y monasterios, la Casa de la Moneda, la plaza de las Sirenas, las tiendas de cristalerías, pasearon por las juderías, por el barrio de los caballeros.

A mediodía visitaron el acueducto romano, donde admiraron los muros de piedra sostenidos por la gracia de la gravedad y el ingenio de sus constructores. Cuando llegó el momento de probar la gastronomía regional, Elvira se decidió por una sopa castellana y una tabla de quesos acompañada con vino de la tierra. Con los primeros sorbos de vino, sintió que sus fuerzas flaqueaban. Pensó que si hubiera estado en una poltrona de cojines mullidos, se hubiera abandonado a su suerte. «¿Cómo pude haber pedido vino sabiendo lo floja que soy?», se reprochó en silencio. Al mirar a Antonio le pareció que sus palabras salían en un tiempo diferente al movimiento de sus labios.

—Ay, Dios, estoy mareada —dijo por fin.

Su vestido, que parecía acariciarla sin tocarla, le causaba una conmoción sensual avivada por el licor. Cuando Antonio le llevó a la boca trocitos de pan empapados en aceite, recordó sus pies desnudos sobre el piso embaldosado, sus movimientos ondulados al afeitarse, el lunar en su cintura. Se sintió osada y vulnerable al mismo tiempo: «Señor, que se pase por encima de la mesa y me desenrede este nudo». Antonio no dejaba de observar la humedad del vino en los labios de Elvira, y en sus adentros rogó que conservaran ese brillo el resto del día. Ya rondando el atardecer, anunció una sorpresa que la dejó sin respiración: un paseo en globo.

En el sitio de despegue el piloto revive al gigante adormilado con bocanadas de fuego. Inspecciona equipos, imparte instrucciones, hurga las fauces del dragón furibundo. Suben dos parejas más. El cesto se va elevando, el suelo se va achicando, el cielo se va acercando. Un halcón solitario se repliega cauteloso ante la esfera anaranjada que se alimenta de fuego.

Desde su balcón abierto, Elvira contempla los hilos plateados de los ríos, el esplendor de los campos, la ciudad con sus encantos: torres, murallas, jardines, y cientos de edificaciones apiñadas como frondas buscando atrapar el sol. Antonio se le acerca por detrás, la envuelve en sus brazos y, tomándole la mano, apunta con ella a los sitios llamativos: la catedral, el acueducto, el alcázar, la Casa de los Picos, la sierra de Guadarrama como telón de fondo. Al siseo de las llamas se impone la voz arrulladora de Antonio que lo describe todo. Elvira cierra los ojos, junta su imaginación con la de él y transforma el momento en un ensueño. Antonio se abre paso por entre los rizos que cubren las mejillas sonrosadas de ella, alcanza la comisura de sus labios y se sumerge en un beso de pasión. Ahogándose en su aliento, deja escapar un «te amo» en las alturas, tan seductor y tierno como si lo dijera con flores. La ciudad se aleja, y la nave desciende sobre la hierba inerte.

En el tren de regreso, Elvira se amoldó al pecho de Antonio cual gatita consentida. Entre dormida y despierta, sintió que la tomaba de la cintura y la llevaba de nuevo por los mares de sus bocas. Él se sentía bajo el hechizo del amor, pero estaba consciente de lo mucho que quedaba por definir. En el portal de su casa, Elvira se despidió con un beso apresurado para esquivar una leve llovizna. Al alejarse, un torrente de miradas auguraba nuevos besos.

Al entrar a su habitación, Elvira se sintió reconfortada por la imagen de ese ser que le despertaba una sensación distinta. En su mente brillaban miles de conjeturas. María no había llegado aún, y pudo refugiarse en el silencio sin perturbar los cosquilleos en su piel. Sin dejar de pensar en él se deslizó desnuda por entre las sábanas. Traía el timbre de su voz en el recuerdo, la finura de sus caricias en su cuerpo, la dicha de sentir que se interesaba en ella. Con la fragancia de Antonio todavía en sus sentidos, creyó encontrarlo en el roce de sus manos, abrazándose a la almohada, soltando suspiros de amor por besos imaginados.

En medio de su delirio se preguntaba si él pensaría en ella con la misma intensidad, y si debería continuar por el camino que trazaban sus promesas. En esas llegó María. Se preparó un café de urgencia y, ansiosa por conocer los detalles del paseo, se dirigió a la habitación de Elvira. Se sentó en una esquina de la cama y, mientras sumergía en su taza los bordes de una sultana de coco, la invadió a preguntas:

—¿Y qué comiste?

—Una sopa castellana.

—Pues me tenías preocupada de que si pedías cochinillo te podías enredar.

—Lo probé del plato de él y me encantó. Lo malo fue que acepté una copa de vino y enseguida se me subió a la cabeza.

—¿Se te notaba?

—Ay, María, con ese vino me sentí a punto de cometer una locura.

—Qué tontita eres. ¿Y después? Me lo vas a contar todo, aunque tenga que pasar la noche dándote sorbos de café.

—Y después tuve que decirle que me sentía en las nubes.

—¿Y qué te dijo?

—«Pues para allá vamos». Me lo dijo con cara de pillo.

—¿Para las nubes?

—Sí, a montar en globo.

María dejó de un golpe la taza sobre la mesilla y se quedó explorando el brillo en la mirada de Elvira. Enseguida preguntó asombrada:

—¿Que paseaste en globo?

—Sí, fue hermoso.

—¿Y qué, y qué?

Elvira elevó el embozo de la sábana y se cubrió el rostro, dejando al descubierto tan solo sus ojos expresivos.

—Que me abrazó y me besó.

—¿En las nubes?

—¡En los labios!

María bajó la sábana con la punta de los dedos para ver su expresión. Siguió un breve juego de chiquillas que terminó en risas.

—Bueno, en las nubes, era donde me tenía —añadió Elvira, revelando una sonrisa de picardía—. Allí me sentí como una enredadera, queriéndome agarrar con todas mis fuerzas de ese hombre. Me di cuenta de que al estar junto a él todo en mí se desbarata.

Hubo una pausa, un silencio, una mirada inquisitiva de Elvira.

—Ay, Mariíta, ¿crees que él es sincero conmigo?

La conversación retomaba un matiz serio.

—¿Y por qué no? Tenéis muchas cosas que os unen, y no son solo los libros.

—Tú dices eso ahora, pero, cuando yo salgo del ascensor y entro a esa casa, mi vida se descompone. No dejo de pensar que es un hogar lo que hay allí.

—Esa es parte de la vida. Yo pasé por algo igual.

—¿Tú? Cuéntame, cuéntame.

—Se llamaba Paulo. Jamás olvidaré su mirada la tarde en que nos conocimos en una playa de Málaga. Supe que era un hombre triste a pesar de la relación que ya tenía, y me acerqué a él porque nos dábamos el cariño que necesitábamos. Fue algo hermoso. Al final, una enfermedad grave lo llevó a refugiarse en su familia. Yo viajé a su ciudad y, sin que nadie se enterara, lo visité en sus últimos momentos. Allí, mientras llorábamos juntos, se arrepintió en lo más profundo de no haberse definido a tiempo.

María tomó el último sorbo de café y se quedó enredada en sus recuerdos. Le dio un beso a Elvira y, con los ojos anegados de lágrimas, salió deprisa hacia su cuarto.

Al repasar las imágenes del día, Elvira cayó en la cuenta de que durante el paseo en globo Manuel había dejado de existir. Ahora, sin embargo, la invadía una ola de sentimientos encontrados: apareció de nuevo el hombre que un día le mostró sus acuarelas y la guio por las esencias de las flores y hierbas curativas. Cuando pensó en el tiempo en que llevaban alejados, entendió por qué Antonio había encontrado una ventana abierta para llegar a su alma. Se vio de nuevo envuelta en una lucha que la consumía. No del corazón contra la razón, sino del corazón contra el corazón.

Sin embargo, Elvira retomó su distanciamiento en cuanto regresó al trabajo el lunes siguiente. En medio de su frustración, Antonio lo consultó con Pepe.

—Estoy que no resisto —le confesó.

—Cuéntame qué te pasa.

—Que no entiendo a Elvira. Ha vuelto a alejarse.

—¿Y qué quieres? ¿El fin de semana la tratas como una princesa y al día siguiente ella vuelve a ser la escoba guardada en el armario?

—No puedo seguir así. Necesito saber qué pasa.

—Entonces no te queda otra opción que ir a su casa y hablar con ella hasta que lo aclares todo.

La mañana del sábado Antonio apareció de nuevo en el edificio de Elvira.

—Por favor, escúchame —le dijo sin disimular su ansiedad.

Movida por el sobresalto de verlo, Elvira aceptó tomarse un café con él a la vuelta de la esquina.

—Quiero que sepas que me voy a separar de Clara. Nunca nos hemos entendido. Ha llegado el momento de cambiar el rumbo de mi vida y hacerte parte de ella. Necesito tu respuesta.

La noche anterior Elvira había tenido un sueño en el que estaba con Manuel y sus hijos en Paute, y del que despertó llorosa y arrepentida de haber puesto en duda el futuro de su familia.

—Esta situación es muy difícil para mí —respondió—. Llevo muchos días dándole vueltas en mi cabeza, y la conclusión es siempre la misma: tú tienes tu hogar y yo el mío.

—Te entiendo —dijo Antonio, tomándole la mano.

—No, tú no me entiendes.

Antonio quiso atrapar las lágrimas que rodaban por sus mejillas, pero ella lo esquivó.

—Me voy a alejar de tu casa y de tu vida —añadió, apresurándose a salir.

Aparentó ser fuerte y decidida, pero en cuanto dobló la esquina, tuvo que apoyarse en la pared para continuar.

—¡No puedo más! —le dijo a María al entrar en casa.

María vio en sus ojos la ansiedad que la agobiaba. Elvira se había acomodado a una forma de vida sin tropiezos, pero le había llegado el momento de sufrir por amor.

—Tranquilízate —le dijo—, a tu edad, un amor que se pierde abre espacio para que otro aparezca.

—No me hables así, por favor. La culpa es mía por dejarme enredar en esto.

—A ver, no te pelees contigo misma porque te vas a enloquecer. Lo que quiero decirte es que la vida a veces te hace perder una relación para traerte otra. Más bien, dime, si tomaras ahora mismo una decisión hacia Antonio, ¿qué le dirías a Manuel?

—No sé, algo así como: «Mira, Manuel, nuestras vidas ya no van por el mismo camino». Ay, no, así no. Él no merece que le haga esto. Además, uno no puede decir ahora apago uno y prendo el otro.

—Primero, aclaras lo que te ha pasado con Antonio.

—Con Antonio he destapado sentimientos que ni sabía que existían.

—¿Y con Manuel?

—Es que Manuel es otro universo. Él es un hombre de Dios que no tiene definición.

—¿No me habías dicho que tenías tus dudas sobre él?

—Bueno, sí. Cuando regresé del naufragio, lo necesité tanto que le pedí que se regresara; pero él no me escuchó, o me escuchó y no actuó.

En su afán por encontrar respuestas, Elvira repetía en su mente la noticia de que Antonio planeaba separarse y la juntaba a los momentos felices en Segovia. Sintiéndose de nuevo entre las nubes y la tierra, entre el éxtasis y el pudor, sopesó sus sentimientos, creyó en él, y decidió aceptarlo. Le iba a decir que sí.

Antes de dejar su trabajo el lunes siguiente, Elvira abrió el ejemplar de *Orgullo y prejuicio*, y fijó una nueva tira amarilla entre sus páginas. Esta vez no fue para señalar una frase en la novela, sino para dejar un mensaje escrito a mano con el que abría un capítulo de su propia historia. «Sí, acepto», le decía.

XIV

Consciente de que el primer paso en sus planes de rehacer su vida era separarse de Clara, Antonio planeó reunirse con ella fuera de casa para confirmarle su decisión. Acordaron hacerlo un día que, sin advertirlo, estaba cercano al cumpleaños de ella. «Tenemos que hablar », fue todo lo que le dijo.

Su decisión de separarse y el mensaje de Elvira, que ahora cargaba como una reliquia en su billetera, justificaban para Antonio un nuevo esfuerzo de acercarse a ella. Esta vez quiso plasmar su sentimiento con un obsequio de una joyería artesanal de la calle Serrano. Era un rincón de maravillas presentadas con la sencillez de un jardín zen, donde los metales nobles parecían fraguados para entregar mensajes. Allí escogió una pulsera con los azules oxidados de turquesas y la magia del coral rojo. Intercalados entre eslabones bruñidos, un grupo de colgantes diminutos cumplían la feliz misión de danzar a toda hora. La acomodó en su funda de terciopelo, añadió una nota, y esa misma noche la alojó entre las páginas de la novela de Austen, primer sendero literario por el que caminaron juntos.

Elvira advierte a su llegada el promontorio en el libro. Abre sus páginas, descubre la joya, se inclina, la admira, la toca, suspira.

Lee la nota: «Quiero estar siempre a tu lado». En cuanto recobra la calma, la invaden las conjeturas. ¿La habría puesto Antonio allí para que ella la encontrara? ¿Pensaría entregársela en algún momento a solas? Da vueltas en el comedor mientras recurre a la lógica para esclarecer sus dudas: aquel hallazgo no estaría en ese estante, en ese libro, entre esas páginas, si no fuese un regalo de Antonio para ella. Devuelve la joya a su refugio, y su imaginación se queda deshojando la margarita. «Sí me quiere», concluyó al terminar la prueba. Da unos pasos sin rumbo, hasta que su corazón la lleva a aceptarla. Regresa al estante, la retira de nuevo y se la ajusta en la muñeca. En su enredo de alegrías y temores acude al espejo de la sala, su viejo compañero de lecturas. Alza la mano adornada para acomodarse el cabello, pero es la joya lo que sus ojos rastrean. No queriendo estropear el momento de la entrega, la devuelve a su lugar. Albertina la observa en silencio desde un rincón.

Esa noche llegó a casa ansiosa por descargar sus emociones con María.

—Estás perdiendo la razón, niña —le advirtió su amiga, luego de escuchar sus palabras exaltadas.

—Es que él es tan puro.

—Y tú tan ingenua.

—Es un hombre bueno.

—Un hombre bueno que necesita definirse.

—¿Y la pulsera qué quiere decir entonces?

—Que si la aceptas, será tu anillo de compromiso.

—¿Sí, ves? Por todo eso es que estoy confundida —respondió con voz entrecortada.

—Por supuesto que estás confundida. Siempre van a decir que la mala eres tú. Pero no, mala es la situación en que viven ellos.

—Entonces, ¿debo aceptar ese anillo de compromiso, como dices tú?

—Eso depende de si crees que él es sincero contigo.

—Pues sí, lo creo y voy a aceptarlo. Ya le escribí que sí.

Al oír esas palabras, María le dio un abrazo portador de augurios felices. De nuevo en su habitación, Elvira recorrió en el pensamiento su conexión con Manuel. Pensó que su matrimonio se debió en parte a un deseo de zafarse de la opresión de su madre, y en parte a que en él había encontrado a un hombre apacible que la ayudaría a salir de casa sin remordimientos. Y si la suerte no los hubiera separado, hubieran sido felices. Concluyó entonces que Manuel no le había fallado, ni ella le había fallado a él. Era que el destino los había llevado por caminos diferentes.

La mañana siguiente, como sucede con las parejas que viven entre la guerra y la paz, Antonio y Clara tuvieron una de esas discusiones matinales provocadas por alguna palabra mal dicha o mal interpretada. Una vez más, los libros salieron a colación.

—Los quiero fuera de aquí —anunció Clara.

—No te preocupes, que pronto dejarás de verlos —contestó Antonio antes de partir.

Resuelta a cumplir su amenaza, Clara le pidió a Albertina unas cajas vacías y empezó a amontonar los libros en el suelo. La empleada la encontró poco después regresándolos cuidadosa a los estantes. Sin darle tiempo de indagar, Clara le enseñó la pulsera que, según ella, Antonio le tenía de regalo.

—Antonio está diferente —le dijo con una sonrisa de aprobación.

En ese instante llega Elvira a su trabajo. Abre la puerta, se asoma a la sala. Está lejos de imaginar que ante ese espejo amigo se haría añicos su ilusión.

—¡Mira lo que me tiene mi marido de cumpleaños! —exclamó Clara delante de Albertina, mostrando el adorno en su muñeca.

Palabras que desatan en Elvira un incendio abrasador. Desde que respondió a las frases señaladas en los libros de Antonio, se había convertido en la sombra de Clara, de su hogar, de su esposo, de sus hijos. Era un mundo al que no pertenecía. En su profunda decepción, se llegó a preguntar si la tristeza que ahora veía en su reflejo era de ella o del espejo.

La tarde sigue su curso. El reloj marca las dos, Albertina termina jornada; marca las tres, Elvira recoge a los niños. «¿Te pasa algo, Elvira?» Debe disimular, reír, bromear con ellos. Hace un día precioso, pero su corazón sigue opacado. El reloj marca las cuatro, marca las cinco, llegan por fin las ocho. Clara está de regreso. Antonio llega poco después.

—He encontrado tu regalo —le dice Clara a su marido, esta vez luciendo la pulsera.

Antonio siente que ha matado una ilusión con su torpeza. Un solo pensamiento le devuelve la esperanza: quizás Elvira no se ha enterado de nada.

Elvira estaba deshecha. Debió ser fuerte al bajar del ascensor, al salir del edificio, en el camino de regreso. Ya en el portal de su casa se sintió desfallecer. Subió como pudo, abrió como pudo y, desbordada en lágrimas, cayó en brazos de María.

—¿Qué me hizo pensar que esa joya era un regalo para mí? —le preguntó, luego de que una infusión preparada de emergencia le devolviera la voz.

—Quizás lo era, pero ella la encontró en su casa.

—Y, aun así, ¿por qué pensar que era para ella?

—Porque en el fondo es como todas. Preferimos creer que una alhaja, una flor, una palabra lisonjera es para nosotras. Además, porque en este caso pronto iba a ser su cumpleaños. Ella misma te lo contó.

Convencida de que Antonio jugaba con sus sentimientos, Elvira quiso huir del dolor y del recuerdo.

—Quiero largarme de aquí —le confirmó a María.

María le sostuvo la mirada, y así se dio tiempo de responder.

—¿Sabes qué?, si te quieres ir, vete. Vuelve con Manuel y con tus hijos, y toma de lección lo que has vivido aquí —respondió por fin—. Cambia para bien o cambia para mal, pero cambia de una vez —agregó, al ver en su rostro el impacto de la decepción.

Después de ocho años de ausencia, Elvira tenía razones de sobra para regresar donde sus hijos. Esa misma noche decidió partir.

Ya firme en su decisión, Elvira bajó donde Natalia a pedirle su ayuda en seleccionar algunos versos para dejárselos a Antonio. Le parecía la forma más noble de sellar una partida que la agobiaba. Natalia se dedicó a repasar la obra de su poeta favorito, no solo para cumplir con el encargo de Elvira, sino para dejarle a ella su propio mensaje de desconsuelo. Entre lágrimas y tazas de café, consultó sus libros y notas hasta que encontró unos versos puntuales en una impecable traducción al español. Mientras los copiaba en un trozo de papel, la fuerza con que el poeta transmitía un sentimiento, que también ella profesaba por Elvira, le laceraba el corazón. Aquel poema sería su mensaje a la persona amada, entregado a sabiendas de que el objeto de su amor lo dedicaría a su vez a su ser amado: «¡Qué dolor!», exclamó. Lo repasó en silencio, lo repitió en voz alta y lo siguió recitando de memoria en medio del llanto hasta la madrugada. «Es para ti, Elvira», escribió finalmente en un sobre, y en el silencio de la noche subió a deslizarlo bajo la puerta. Al regresar a su habitación se dirigió al rincón en el que solía enfrentar sus tristezas, hundió el rostro en sus manos y se entregó de lleno al llanto. «No te vayas —murmuraba mientras caminaba de un extremo a otro—, no te vayas», repetía entre sollozos.

También Clara se sentía diferente. La mañana siguiente salió del cuarto en su camisón y pantuflas de cuadros escoceses y les habló a sus hijos en un tono más amoroso que de costumbre.

—Chicos, ¿os apetece que vayamos al parque de atracciones este domingo?

Más tarde, cuando Albertina volvió de llevar a los niños al autobús, Clara la llamó a un lado:

—Siento la necesidad de cambiar algo en mi vida —le dijo.

—Ay, hija, he esperado mucho tiempo esta conversación —replicó Albertina—. No le has prestado atención a lo más lindo que tienes en el mundo, que son tus hijos y tu marido. Además, a un hombre bueno hay que apreciarlo, y tu marido lo es.

—Tienes razón —respondió Clara—. Me voy a dar una oportunidad.

—Creo que todavía estás a tiempo, hija.

Elvira decidió hacer de ese viernes su último día de trabajo. Se despidió de Albertina, que para ese entonces había descifrado el misterio entre ella y Antonio: el timbre de sus voces cuando cruzaban palabras, los silencios perforados por miradas furtivas, el juego de papelitos de colores en los libros. Sus lágrimas revelaban no solo su pesar por la partida de Elvira, sino su remordimiento por haber ocultado el verdadero destino de la pulsera, una ficha reina que no quiso revelar en su momento. Si se decidía a divulgarla, podría redimir a Antonio, hacer feliz a Elvira, desengañar a Clara y, de paso, y ahí residía su angustia, hacer sufrir a otros seres enredados en sus vidas. No estaba preparada para hacer de hada madrina. Se dieron un abrazo y prometieron continuar en comunicación y hasta visitarse algún día.

Despedirse de los niños le parecía más difícil. La voz se le agrietaba, el dolor se interponía. Esperó a que terminaran la merienda para hablarles.

—Niños, os tengo que dar una noticia: me voy a ver a Pachito.

En lugar de escuchar lamentos, recibió una lluvia de preguntas que la ayudaron a superar la angustia: «¿Vais a subir a los árboles con él? ¿Vais a llevar los patos de nuevo a casa? ¿Te podemos visitar en las vacaciones?»

La conversación con Clara resultó más sencilla de lo que había temido:

—Mire, señora, en mi casa me necesitan, tengo que regresarme.

—Pero siéntate y tranquilízate. ¿Qué te pasa?

—Que ha llegado el momento de estar con mis hijos.

—No te preocupes, yo me voy a tomar un tiempo del trabajo, y entre Albertina y yo nos apañamos con los niños. Además, creo que ya no están para más nanas.

Elvira le contó entonces que pensaba viajar en los próximos días.

—¿Así de precipitado? ¿Tienes algún problema en tu familia? ¿Necesitas que te compre el billete de avión? Dime en qué te puedo ayudar.

A Elvira le quedaba una misión antes de partir. Mientras los niños se anidaban en sus camas y Clara se entretenía en su cuarto, se acercó a los estantes, resbaló los dedos sobre las obras que un día acompañaron su historia de amor, alzó la novela de Austen, alojó entre sus páginas un nuevo señalador con el poema elegido por Natalia y, con las mejillas bañadas en lágrimas, partió de esa casa para siempre.

Antonio se enteró de la decisión de Elvira tan pronto llegó de su trabajo. Mientras batallaba con su tristeza, se apresuró a buscar el refugio de sus libros, donde pronto descubrió la nueva señal. Entonces, con la ilusión de quien recibe una flor perfumada, la tomó en sus manos, se desplomó en el sofá y releyó el poema hasta que sus ojos anegados le impidieron continuar:

> Os he amado; mas, tal vez apaciguado,
> mi amor aún pervive en mi interior;
> no quiero que eso llegue a vuestro oído;
> no quiero ser motivo de dolor.

Os he amado, a solas, en silencio,
ahogándome de celos y temor,
y fue mi amor tan tierno y tan sincero
como ojalá encontréis un nuevo amor.

A. S. Pushkin

Esa misma noche, Elvira le pidió a su esposo que se regresaran juntos a su país: «Ya es hora de volver con nuestros hijos, Manuel, no más excusas». La llamada le llegó al amanecer, y Manuel debió orientarse entre su sueño antes de contestar. No había dejado la costumbre de decirle que sí a todo y le dio una respuesta afirmativa sin la intención consciente de cumplirla. Elvira lo conocía demasiado bien y sabía que él continuaría estancado en su rutina hasta que una fuerza mayor lo llevara a actuar. Esa fuerza tendría que ser ella.

—Me voy por él a Nueva York —le dijo a María, mencionándole la visa estampada en su pasaporte.

Elvira solía insistirle a Manuel que tuvieran un diálogo serio acerca de su futuro, pero se dio cuenta de que cada vez les era más difícil. Habían perdido la fluidez en su comunicación, y la separación les había cambiado hasta la forma de hablar. Se fueron convirtiendo en dos seres alejados, para quienes todo lo que un día los unió iba quedando relegado a los recuerdos.

Parte de la preocupación de Elvira era la brecha generacional que afectaba el diario vivir de sus hijos: se sentían maltratados por las abuelas, y ellas a su vez por sus nietos. Con frecuencia los niños le contaban que se peleaban con ellas, y estas se quejaban de que las trataban de viejas atrasadas. Esa situación desembocó en un batallar continuo, pero ahora las abuelas se sentían más débiles para lidiar con ellos. A diario se veían obligadas a confrontarlos para lograr que obedecieran, y lo que para los chicos eran solo burlas y risotadas, para ellas era un agotamiento constante que afectaba su salud.

En una ocasión Elvira le contó a María su intención de traerlos a España, pero su amiga la disuadió de la idea con la premisa de que le iba a ser muy difícil controlarlos. Le puso el ejemplo de Amariles, una madre centroamericana que después de mucho esfuerzo logró traer a sus dos hijas adolescentes. Pronto se enteró de que, mientras ella trabajaba, las hijas se escapaban con sus amistades, no le pasaban al teléfono y solo llegaban después de la medianoche sin que se supiera su paradero.

Otra de sus quejas era que Manuel no mostraba ningún empeño en recuperar el hogar. Nunca hablaba de reunir a la familia, y parecía no percatarse de los diez años que habían pasado sin verse. Se lo advirtió un día en medio de su frustración: «Quiero que me digas ahora mismo si vas a regresar a Paute o no. No trajimos hijos al mundo para que estén solos, porque eso de que estén con las abuelas es casi lo mismo». Esos sentimientos le dieron la fortaleza de decir que se iba por él a Nueva York. Sentía que había sido un error haber cambiado el rumbo de su vida al dejar su país, y quería subsanarlo a toda costa. Sus angustias se acrecentaban a diario, tal como le confió a María en una ocasión, refiriéndose a sus hijos: «Nunca fui a una función de la escuela ni estuve a su lado cuando estuvieron enfermos ni pude protegerlos de los maltratos. Realmente empecé una familia, y al venirme para acá la dejé colgada. Eso es horrible».

A la mañana siguiente Elvira apagó su teléfono móvil, salió a comprar su pasaje y se ocupó de enviar al Ecuador algunas cajas con sus pertenencias. A media tarde fue a despedirse de la abuela Pilar, quien al final de la visita le pidió que bajara el cesto de los bordados y le dio uno de recuerdo.

—Sé que allá está tu vida, hija. Solo me queda desearte toda la felicidad del mundo —le dijo mientras la despedía con un abrazo.

Tras numerosos intentos de comunicarse con Elvira, Antonio pasó la noche dando vueltas en el sofá. El domingo por la mañana llamó de nuevo a Elvira, a María y, por último, a Pepe, a quien le pidió que viniera urgente a recogerlo. Su amigo lo sintió tan consternado que llegó enseguida.

—¿Y dónde hostias quieres ir a estas horas?

—A hablar con mi madre.

—¿A Toledo?

—Sí, a Toledo.

—¿Y tu madre qué pinta en todo esto?

—Estoy seguro de que en un momento así Elvira confiaría en ella.

—Eso no me lo habías contado.

—Tío, hay mucho que no te he contado. Mejor démonos prisa.

Pepe esperó afuera mientras Antonio hablaba con su madre. Pilar se mostró sorprendida de que su hijo hubiera llegado de improviso tan temprano.

—¿Por qué estás aquí, hijo? Algo te pasa —afirmó con voz inquisitiva.

—Sí, que Elvira se ha ido.

—¿Y te preocupa tanto eso?

—Mamá, yo amo a esa mujer.

—¿Qué dices? —preguntó Pilar sin ocultar su asombro.

—Que estoy enamorado de ella.

—¿Y me lo vienes a decir ahora?

—Mira, mamá, es muy complicado. Solo quiero saber dónde está.

Hacía mucho tiempo que Pilar llevaba una carga de aprensiones sobre la vida de su hijo y, sin quitarle la mirada, aprovechó el momento para aliviarla.

—Dejaste de ser quien eras para irte a depender de una mujer. Por eso te pasa lo que te pasa. ¿Crees que yo no sufro cuando te quejas de que la profesión no te llena, de que tu mujer no te aprecia, de que te falta dinero? ¿Y mis nietos? Mírame a mí. Me he convertido en una extraña en tu casa. ¿Por qué? Porque tú no has hecho valer los derechos de tu madre.

Antonio escuchó en silencio hasta que encontró una grieta por donde avanzar su ruego.

—Mamá, ¿sabes dónde está Elvira?

Pilar reconoció en el timbre de esa voz el lamento de un hijo herido, y enseguida cambió de actitud.

—Mírame bien, hijo. Mejor haberte dejado de tantos papelitos en tus libros y le hubieras expresado tus sentimientos.

La revelación de su madre lo dejó pasmado, y Pilar tuvo que intervenir con otra pregunta para sacarlo del hermetismo.

—¿Por qué no hablaste conmigo antes?

—Mamá, ¿cómo iba a hacerlo si tú dices que el matrimonio es para siempre, que la Iglesia no permite el divorcio?

—Pues escúchame bien: los hijos deben ser felices al menos para hacer felices a sus padres, y si eso va a estropear tu felicidad, que se fastidie la Iglesia. Si tienes que empezar de nuevo, empieza.

—Es lo que quiero hacer.

—Entonces no pierdas tiempo. Ayer vino a despedirse y me contó que hoy tomaba un vuelo a mediodía. Vete a buscarla, que si tienes suerte la alcanzas.

Antonio salió con tanta prisa que Pepe se asustó al verlo.

—¿Qué te pasa, tío?

—Que Elvira está en el aeropuerto.

—Pues vamos.

Esa mañana Elvira y María tomaron el tren de cercanías, y enseguida un autobús que las dejó en su terminal. Luego de hacer fila en la aerolínea, tuvieron tiempo de sentarse a tomar un café.

Se habían contado tanto de sus vidas, habían escarbado tanto sus sentimientos, que en su silencio triste les decían adiós a muchas cosas. Luego caminaron hacia la zona de embarque, donde se despidieron con un abrazo eterno.

Nada más llegar al aeropuerto, Antonio y Pepe corrieron en busca de un panel de información de vuelos. De repente, Antonio vio a María caminar en dirección a la salida y corrió tras ella hasta alcanzarla. María hubiera preferido guardar silencio, pero lo vio tan consternado que solo por instinto de caridad le respondió. «Ya está en la fila de entrada», le dijo, indicándole con la mano.

Antonio se abrió paso por los corredores atestados hasta llegar al área de seguridad, donde distinguió a Elvira en la distancia. Le hizo señas primero, llamó su nombre después y, al final, le pidió a un pasajero que llamara su atención. Elvira se sintió desconcertada al verlo, y con una vuelta de ojos confirmó su desazón. Sin embargo, los recuerdos la invadieron, y solo pensar que vino a verla la rindió. Afloraba de nuevo la ilusión que quería apaciguar.

Elvira aprovechó un recodo en la fila de viajeros, dio media vuelta y se detuvo frente a él. En su semblante confirmó la tibieza de ese ser que entró a su vida por los resquicios de su larga soledad. El encuentro con sus ojos acentuó su indecisión. Bajó la vista, suspiró profundo, reunió valor. Alzó de nuevo el rostro y le sostuvo la mirada. Hasta que el dolor se le vino encima, no lo pudo contener.

El bullicio del lugar daba paso a un silencio interno que revolvía sus sentimientos. Recuerdos, deseos e ilusiones desfilaron por su mente en rápida secuencia. Sus ojos se obnubilaron, su rostro palideció. Con un caudal de lágrimas rodando por sus mejillas apretó los puños, dio media vuelta y, tras un momento de dudas y pesares, regresó a la fila. Antonio la llamó por encima de la gente, pero ella no cedió. Pepe lo vio abatido, desconsolado, a punto de sucumbir y corrió enseguida a su rescate. Tomándolo del brazo, lo llevó al sitio exacto donde Elvira y María habían compartido su café.

—Ahora sé que la amas —le murmuró al oído.

Antonio no respondió. Había perdido el habla.

TERCERA PARTE

I

Aquel fue un viaje de sentimientos encontrados. Ya en su asiento del avión, el solo abrir su bolso le confirmó a Elvira que todo lo que llevaba consigo la conectaba con Madrid y con Antonio. Dando paso a las lágrimas, se despidió de él en su pensamiento: «Perdóname por partir sin escucharte.» Continuó hablándole desde su imaginación, hasta que un remezón de la nave la devolvió a la realidad: iba camino hacia Manuel y alejándose de Antonio.

Un servicio de transporte interurbano la llevó a Port Chester. Se apeó frente a la casa esquinera de la avenida Westchester cuya dirección traía grabada en su memoria. Arrastrando una maleta que ni por su peso ni tamaño correspondía a la magnitud del viaje, se acercó a la puerta principal. «Mire, señorita, la entrada es por detrás», le advirtió una mujer desde lo alto de una ventana.

Cruzó una verja de *forsitias* doradas y, tras franquear una mesa campestre con sus bancas, avanzó hasta el centro del patio. Una bandada de pájaros en el copo del sauce llorón entonaba canciones extranjeras para ella. Se dirigió a un grupo de hombres reunidos en la base de la escalera de los pórticos y les preguntó por Manuel.

—En el tercer piso, señorita —respondió uno de ellos.

—Yo le subo la maleta —añadió otro.

Al final subieron todos. Elvira se sintió igual que en una procesión de pueblo: ella a la cabeza, los feligreses detrás, y un montón de vecinos asomados por las ventanas.

—Ay, hijita, ¡tú tienes que ser Elvira! —exclamó Neti al abrir la puerta.

—Sí, señora. ¿Y usted cómo lo sabe?

—Manuel me habla mucho de ti. Además, en su cuarto hay una foto tuya con tus niños.

—¿Y Manuel?

—Está en un trabajo, ya pronto regresa. Pero sigue.

Poco después, Elvira aceptó la oferta de un baño para reponerse. Neti le dio toalla fresca y una barra de jabón sin desenvolver, y la condujo al cuarto de baño de Manuel. El agua tibia le alivió el cansancio, pero no el nerviosismo por el encuentro con su esposo después de tantos años de separación. Para ese momento especial se puso un vestido floreado de lino y un colgante de turquesas verdes.

Neti la invitó a esperar en su habitación. La luz generosa de sus ventanas redondas realzaba una decoración casera: cortinas de encaje, tapete en la mesa de noche y, adornando la cama, una colcha de retazos elaborada con amor artesanal. La fragancia de un cesto de manzanas refrescaba el ambiente. Cerca de la ventana, donde recibía mejor luz, estaba su más preciado tesoro: una máquina de coser fabricada en 1950, con grabados dorados sobre el cabezal y un pedal externo para accionar el motor. De repente, Elvira lanzó un grito mientras daba un salto hacia atrás. La había echado a andar con el pie.

Ya de regreso al comedor escucharon el ruido de la cerradura y un empujón a la puerta. Elvira se quedó en suspenso.

—¡Te viniste! —exclamó Manuel sin disimular su sorpresa de ver a Elvira.

Un abrazo prolongado empezaba a reparar sus largos años de separación. Manuel la vio muy dueña de sí misma y más esbelta que cuando salió de Paute. En cambio, ella... lo encontró tan básico que le pareció un ser estancado. Le vio la camisa desarreglada, el cabello descuidado, las botas embarradas. Le notó, además, un envejecimiento que parecía más de desgaste que de edad. No estaba preparada para ese contraste. Sintiendo un abismo entre los dos, recordó las amonestaciones de su madre: «Cuidado, te vas a enredar con alguien sin nada que ofrecerte». Esas palabras rondaron en su mente hasta chocar con la imagen en Madrid del hombre que una madrugada le cortó la respiración para robarle un beso, y que tan solo unas horas antes había venido tras ella al aeropuerto. Entonces sintió un chispazo de arrepentimiento por haber partido de España. «¿Qué hice, Dios mío?», se dijo. Por un instante hubiera querido regresar a la forma de vida que dejó atrás. Eran fuerzas que seguían acosándola y con las cuales tendría que batallar por algún tiempo.

Neti presintió esa escena desde que la vio, y alcanzó a advertirle que Manuel llegaría del trabajo sin preparación para tan importante encuentro. Enseguida habló en su defensa:

—Debes estar cansadito, Manuel. Voy a prepararte un café.

Al enterarse de la llegada de la esposa de Manuel, varios residentes de la casa subieron a saludarla. En medio de la charla colectiva en la cocina, Manuel puso agua a hervir y se dirigió a su cuarto por un manojo de hierbas que arrojó en la olla. Entretanto apareció Armando, uno de sus pacientes que llegaba por su tratamiento para un tobillo lastimado.

—Dame un ratito mientras le aplico los enjuagues a mi amigo —pidió Manuel a la vez que ayudaba a Armando a acomodarse en una silla.

Alistó platón y toalla, puso una banqueta de madera a los pies de Armando y se sentó a aplicarle las compresas curativas. A medida en que los vapores saturaban el ambiente, Elvira sintió la fragancia dulce y armoniosa, botánica y medicinal, que siempre asociaba con los recuerdos del hombre que conoció en Paute, y con el amor que un día prendó su corazón. Su primer amor. Entonces se fijó en Manuel con un sentimiento distinto, llenándolo de miradas que decían mucho sin hablar.

Terminada la curación, los vecinos fueron saliendo uno por uno y, al final, la pareja se fue sola a cenar. Caminaron hasta un restaurante de sazones caribeñas, donde las canciones populacheras y el bullicio de los clientes dieron paso a la urgencia de dos seres por acompasar sus vidas. La camarera pareció colaborarles: llenó los vasos, tomó la orden, trajo la comida, y al final entregó la cuenta sin llegar a interrumpirlos.

Hablaron de sus hijos, de sus trabajos y, cuando ya el ruido había mermado, hablaron de los dos. Elvira le confesó que el tratamiento curativo que acababa de presenciar la había llevado al rincón de la memoria donde conservaba su primera visita a Paute. Allí, entre la fragancia de hierbas medicinales y el canto de las mirlas, lo vio dar a su acuarela toques de luz con el mechón de un pincel, mezclar los colores con diferentes cargas de agua, chispear pequeñas gotas para dar a las flores lozanía. Recordó el momento en que él le habló de su mundo fascinante, con lo que comprendió su amor por la naturaleza y su interés por ella. Por último, mencionaron su futuro como familia.

—He escuchado decir que, cuando los padres se alejan por mucho tiempo, se convierten en unos extraños para sus hijos. Me preocupa que nos pase lo mismo. Ya ni sabemos cómo son ellos. Las abuelas cuentan que Néstor está muy insolente y que Andrea hace lo que quiere. Debemos irnos, Manuel.

—Con que tú adelantes camino es suficiente. Quiero trabajar un tiempo más y seguir ahorrando para los dos. Así podremos construir en otro lote —respondió.

La consigna de Elvira en su decisión de partir de Madrid era unir a su familia, pero ahora encontraba un escollo en el camino.

—¿Te das cuenta, Manuel? Después vas a querer comprarte otro, y luego otro, para al final construir en todos. ¿Y la familia dónde queda, en el olvido?

—Pues casi en el olvido hemos estado.

—Te equivocas, Manuel —respondió Elvira en tono serio—, el que quiere olvidar olvida, pero también hay una manera de no hacerlo. Simplemente, guardamos los recuerdos para desdoblarlos después. Es lo que estamos haciendo ahora.

Al regresar de la cena encontraron a Serino en el comedor. A Manuel no le extrañaba verlo llegar en busca de refugio cada vez que su mujer lo echaba de la casa. «Yo vivo en un estado permanente de *"echadez"* », había dicho en una ocasión, utilizando un término inventado por él. Entretanto, Neti alistó tendidos frescos y desdobló en el cuarto de Manuel el catre de campaña que Serino utilizaba en sus noches de destierro. La pareja se retiró a su habitación, Neti se fue para la suya y Serino se quedó acariciando entre los dedos su última taza de café.

Elvira reconoció la sencillez de Manuel en los detalles de la vivienda: su catre de campaña, su ropa colgada de clavos y promontorios, la estantería con hierbas y la foto de sus hijos fijada en el espejo. La fragancia de un ramo de eucalipto colgado del cielorraso entregaba una brizna de armonía. Sin embargo, no vio en él un mínimo detalle de superación y le pareció haber encontrado a un hombre que cruzó la frontera para seguir igual. Era una forma básica de vivir que la llevó a pensar una vez más en las advertencias de su madre.

Abordó de nuevo el tema de regresarse juntos a rescatar su vida de familia, pero Manuel se resistía a hacerlo en el corto plazo que ella insinuaba.

—¿Y qué voy a hacer con los enfermos que se están recuperando? —preguntó finalmente.

—Ya buscarán a otro que los ayude. No quiero llegar donde mis hijos sin su padre —advirtió Elvira.

Pronto se acomodaron en sus catres individuales y desde allí continuaron la conversación: ella avanzando en sus planes de llevárselo, él insistiendo en la idea de quedarse. Sin embargo, la paciencia de Elvira había alcanzado el límite. En un cambio de tono que lo tomó por sorpresa, sacó lo madrileño que había aprendido en cuanto a ser directa y clara, y desplegando una pronunciación castellana casi auténtica lo confrontó:

—He soportado tu ausencia, tu silencio, tu falta de decisión, y ahora veo que sigues igual. Ya es hora de volver a Paute y retomar la vida con nuestros hijos. Siento que los abandonamos y les negamos el cariño que necesitaban. El daño que eso produce es intolerable, el dolor que llevo a cuestas no tiene alivio. Nos tenemos que ir ya.

—Pero todavía tengo un trabajo por terminar —replicó Manuel.

La respuesta le pareció a Elvira tan fuera de foco que debió apretar los puños para contener la ira.

—Pues el trabajo más importante que tienes es el de conocer de nuevo a tus hijos —le dijo con voz firme y recia—. Para ellos somos unos extraños que apenas les hablamos por teléfono. Vamos a tener que empezar de nuevo para continuar en familia. Si no es así, entonces será tú por tú lado y yo por el mío. Así que decídete.

Manuel quedó sorprendido de la firmeza con que le hablaba su esposa. En las pocas horas que llevaban juntos, la encontró diferente en su forma de vestir, de hablar y de afrontar las cosas. Llegó a pensar que la mujer que ahora venía a revolverle el mundo era otra. Por su parte, Elvira sabía que de no ser por su iniciativa él seguiría siendo el hombre sencillo de siempre, con su humildad y sus sanaciones, mientras que los hijos continuaban sin el cariño de sus padres. Al final, buscó ablandar la rudeza del diálogo con un poco de nostalgia:

—¿Te acuerdas de las ilusiones que teníamos cuando nos casamos? Pues para mí no están perdidas.

Fue entonces cuando Manuel capituló:

—¡Está bien, nos vamos! —le dijo. Y sin más razonamientos apagó la luz.

Con el corazón sirviéndole de guía, sondeando el abismo de tantos años distantes, Elvira extendió su brazo entre el vacío de los catres hasta encontrar el de Manuel en la oscuridad. Exploró con calma los surcos fatigados de su mano y trazó con su tacto las líneas del corazón, del destino y de la vida, tal como lo había visto hacer a una gitana de Madrid. La línea de la vida le pareció demasiado corta, y ese detalle la alarmó. Aunque las respiraciones se tornaron somnolientas, las manos continuaron su danza de dígitos inquietos. Se unían, se apartaban, se buscaban. Hasta que, en medio de un silencio entre aromas de eucalipto, Elvira atrapó la punta de sus dedos, los retuvo junto a su pecho y se dejó llevar por el sueño hasta el siguiente amanecer.

Poco después de medianoche, Neti se despertó alarmada al recordar que había hecho subir el único catre disponible para acomodar a la nueva visitante. Miró por la cerradura y confirmó sus temores: vio a Serino sentado a la mesa, su taza de café dando vueltas entre sus dedos.

Habían pasado siete años desde aquella mañana borrascosa en que Serino llegó por primera vez a la casa de Neti. Desde entonces aprovechaba cualquier excusa para subir a degustar su café mientras le hablaba de su vida y sus negocios. De tanto escucharlo, Neti terminó por conocerlo y valorarlo. Era sincero y comprensivo. Era justo y generoso. El tipo de hombre que pone sus sentimientos al desnudo. Más adelante, cuando la situación en su hogar empeoró, Serino optó por quedarse largas horas conversando con Manuel y Neti. Una noche contó que su mujer lo había echado de la casa y, por primera vez, Neti hizo subir el catre para acomodarlo en un rincón de la cocina. Nunca llegaron a hablar de sentimientos, pero ella había aprendido a leerlos en su mirada, y él en la de ella. Se veían el uno al otro en sus vacíos, y no les era necesario hablar para saber que una chispa de amor los acercaba.

Neti lo ubicó de nuevo a través de la cerradura, le encendió una veladora al Señor de los Milagros y se detuvo ante el espejo. Entonces se recogió el cabello, se pellizcó las mejillas hasta encenderlas, se aplicó un toque carmesí en los labios, se puso su camisón de seda fina y caminó hacia la puerta. Un fogonazo de pudor la frenó por un instante, pero enseguida se dio ánimo: «Vamos, puedes abrir.» Alertado por el sonido de las bisagras, Serino alzó la vista y la miró sorprendido. Neti selló sus labios con el índice en señal de silencio, se le acercó a hurtadillas y, luego de atrapar un puñado de su cabello plateado, le susurró al oído:

—Ay, Serino, qué pena me da verte así tan solo.

Serino descansó su mano sobre la de ella mientras dibujaba una leve sonrisa, pero en vista de su hermetismo Neti emprendió el regreso. Sin embargo, al llegar a la puerta dio media vuelta y se enfocó en sus ojos. De repente, con un tinte seductor en su sonrisa, con un esbozo de sinceridad en su mirada, extendió la mano y, enroscando el índice repetidas veces, lo convidó a que entraran juntos al remanso de su habitación.

Rendida como estaba por el cansancio, Elvira durmió hasta la media mañana. Desde que salió de Paute no pasaba la noche con un hombre a su lado, y ese día se sintió diferente. Continuó en esa rutina de descanso varios días hasta que la inercia la llevó a confrontar de nuevo a su marido.

—Nos regresamos ya, Manuel. No quiero quedarme aquí sin hacer nada.

Un día después, Neti le hizo una propuesta:

—Si quieres, ven a trabajar conmigo en la lavandería mientras llega el momento de tu viaje. Necesito remplazar a una chica que va a tener su bebé.

—Sí, gracias, así no tendré que quedarme sola todo el día.

—Te vas a dar cuenta de que aquí hasta en las parejas hay soledad: los horarios no concuerdan, el hogar se comparte por turnos.

—Ya he notado que la gente aquí lleva una vida muy aislada. En España se vive con más compañerismo y alegría.

Al mencionar a España, recordó el atardecer bajo el cielo de Segovia, los desayunos de cruasanes tibios, el hombre que se acercó a su corazón. Fue cuando decidió llamar a María por primera vez desde su partida. En una charla salpicada de inquietudes tocaron el tema que para Elvira clamaba un soplo de noticias.

—Dime, ¿lo has visto?

—No, no lo he vuelto a ver desde aquel día en el aeropuerto.

Al sentir su silencio triste, María buscó rescatarla con una pregunta:

—Pero cuéntame, ¿cómo van tus planes?

—Me he encontrado con que Manuel está muy arraigado en este país y todavía no estoy segura de que quiera regresarse conmigo. Yo creo que él es feliz aquí, María —concluyó.

II

Los grandes ventanales de la lavandería que administraba Neti le permitían a Elvira observar el paso constante de inmigrantes expulsados de sus tierras por la pobreza. Desde su primera mañana de trabajo vio a los jornaleros que con su taza de café y alguna golosina de la panadería Jalisco bajaban hacia «la parada», el lugar de encuentro con los contratistas, al lado de la estación del tren. A los de menos suerte los veía regresar antes de mediodía; sus rostros de resignación confirmaban que no los habían contratado. Elvira llegó a familiarizarse con la gente dedicada al «rebusque», aquellas ocupaciones precarias que apenas ayudan al sustento de sus familias. Entre ellos a un hombre que recogía manteles y servilletas de lino en restaurantes, los ponía a lavar y secar en la lavandería; y, mientras la gata de Neti se enredaba en sus pies, los doblaba para salir a entregarlos. Conoció un número de trabajadores informales: limpiadores de ventanas con sus baldes y varas telescópicas, vendedoras de tamales en ollas disimuladas, vendedores de música y películas pirateadas. También a una madre de familia de Baños que recogía botellas para cambiarlas por monedas. Todas las mañanas la veía pasar con su carro de supermercado convertido en una montaña de envases más alta que ella.

—Desde aquí uno se da cuenta del paso transitorio de la vida —le comentó Neti en una ocasión—. Sucedió con un señor boliviano. Cuando empecé este trabajo lo veía caminar muy erguido en dirección a la iglesia. A veces se detenía a hablar conmigo. Con el tiempo observé que le costaba subir la calle, hasta que empezó a ayudarse con un bastón. Más tarde cambió el bastón por un caminador. Tenía que alzarlo, avanzar un pasito corto, detenerse a tomar aliento y volver a comenzar.

»Hasta que un día lo vi subir demasiado lento y, de pronto, no avanzó más. Sin soltar el caminador se fue echando hacia atrás, se fue viniendo, se fue viniendo, Dios mío, qué angustia, salí a ayudarlo, pero cuando llegué, ya estaba agonizante en el suelo. El cuerpo no le dio más. ¿Sabes lo que es eso? En su viaje por la vida, alejado de su tierra y de su gente, el cuerpo no le dio más.

Dos semanas después, Elvira se cambió a trabajar en el turno de la tarde. Una noche Manuel llegó por ella a la lavandería, pero, en el momento en que se dirigían a su casa, se desató un aguacero que los obligó a devolverse. Entraron a la carrera, sin encender la luz, con sus ropas empapadas y muertos de la risa. Se detuvieron al lado de la tarima que de día servía de asiento y de noche alojaba la ropa doblada. Por los cristales empañados de las ventanas distinguían las siluetas de transeúntes que huían apresurados de la lluvia.

Mientras los truenos resonaban en las paredes, Elvira alzó una toalla y, entre juguetona y graciosa, se propuso secarle el pelo a Manuel. Lo ayudó a quitarse la camisa y deslizó la toalla por su pecho y brazos musculados. Él a su vez tomó otra para secarle el pelo a ella. Cada caricia suscitaba una más tierna, cada impulso conducía a otro mayor, hasta que terminaron en un enredo de pelo húmedo y besos apasionados que los llevó a rodar sobre la tarima, volcando sin querer las montañas de ropa limpia.

Habían aprendido a navegar juntos por los mares del placer y, entre suspiros desaforados, se tendieron sobre el desorden, al que añadieron más desorden despojándose de sus ropas. Azuzados por el repique de la lluvia y el afán de sus respiraciones, con el vapor de los cuerpos espoleando la pasión, persiguieron el roce de la piel sin detenerse. Elvira conservaba el instinto de pregonar sus estallidos de amor, y al sentirse resguardada se dejó llevar con todo su esplendor. Hasta que quedaron en suspenso y dejaron de estar apurados. Estuvieron jugueteando con los hilos de humedad que bajaban por el cristal, mirando la lluvia y afinando los recuerdos para luego regresar a la pasión sin la premura de antes.

Continuaron sus amores de desquite hasta la madrugada, cuando cada cual buscó lo suyo entre el reguero de ropa, y partieron para su casa. Una noche que Neti se dirigía a la lavandería, los vio desde lejos apagar la luz y quedarse encerrados. Solo entonces comprendió la razón de sus tardanzas. Soltó una sonrisa de complicidad y dejó que aquel sitio continuara siendo su nido de amor.

Entre el rugido de las máquinas y el desorden de los niños sin que sus madres los reprendieran, Elvira observaba la vida del inmigrante en ese rincón del mundo. Supo que en los peores momentos de recesión muchos hombres se vieron obligados a pedirles a sus familias algún dinero para subsistir. Era una ayuda a la inversa. Supo también de los estragos de las deportaciones: sueños pisoteados, familias destruidas, sufrimiento y desolación por todas partes. En un recorrido por su vecindario había visto montículos de sillas, trastos, colchones y otros enseres dejados en las aceras para el camión de la basura. El detalle la tuvo intrigada hasta que uno de sus clientes se lo explicó: «Son los dueños de casa que sacan a botar los cachivaches de los deportados»

La lavandería era un lugar donde la gente impartía consejos útiles como si fuesen cupones de descuento. Así se enteró Elvira de los sitios de ayuda para los inmigrantes. De las iglesias San Pedro y Don Bosco, donde grupos de voluntarios repartían alimentos y operaban comedores sociales, de las demás iglesias cristianas y de los centros de apoyo.

Neti aprovechaba las horas de menos movimiento para compartir sus impresiones con Elvira.

—A veces pienso que los inmigrantes vienen con la esperanza de mejorar sus vidas, pero aquí lo que llegan es a sufrir —le dijo un día—. Sufren por la vivienda, por los papeles, por el idioma, por la ausencia de los suyos. Mire el caso de Matilde, una señora que viene a lavar todos los jueves. Se trajo a su hijo adolescente, pero el muchacho se porta demasiado rebelde y no le colabora en nada. Parece que al llegar aquí algunos jóvenes no reconocen el esfuerzo de sus padres ni se ajustan a su autoridad. Se les abre un mundo nuevo y se vuelven insoportables. Por fortuna, no son todos.

—Uno cree que soluciona los problemas con irse a trabajar a otro país y lo que se gana son otros que no se imaginaba —respondió Elvira.

—A todos nos pasa. Lo peor es que hay gente que no está preparada para enfrentarse a la vida en un país tan difícil. Uno no entiende ni cómo sobreviven. Fíjate en Alicia, la muchacha del turno de la mañana. Su marido la abandonó, dejándola con tres hijos. Un día el patrón le ordenó atender la caja registradora, y ella me confesó entre lágrimas que no había tenido mucha escuela y temía enredarse con las cuentas.

»Cuando el dueño vino a decirme que teníamos que despedirla, yo le contesté muy enojada: 'Pues esa chica, ahí donde la ve, está haciendo lo mejor que puede. ¿Con qué derecho viene usted ahora a quitarle la comida de sus hijos?". Mientras el hombre fruncía el ceño, yo saqué valor para añadir: 'Y si los inspectores se enteran del enredo de cables que hay debajo de estas máquinas, le van a cerrar el negocio y nos tendremos que ir es todos". Al final no la despidió.

—Otra cosa que he notado es que aquí los hombres beben demasiado —comentó Elvira.

—Sí, algunos vienen a dejar sus ropas y, cuando vuelven por ellas, ya se les nota el tufo del licor. Ponte a pensar: con esa soledad que llevan encima buscan llenar sus vidas con cualquier cosa que los consuele. Un par de cervezas, y ya se sienten mejor con ellos mismos. Luego vienen los accidentes, las peleas, los arrestos. Al final, es la familia entera la que sufre.

Varios días después Elvira se llevó una sorpresa mayor al escuchar a dos señoras que hablaban dentro de la lavandería.

—Aquella que acaba de pasar es la mamá de un niño que va a la escuela con mi hijo —dijo una de ellas refiriéndose a Lidia, que justo cruzaba la calle en ese momento—. Desde que consiguió novio se volvió tan engreída que ya ni saluda.

—Sí, la conozco. ¿Y quién es su novio? —preguntó la otra mujer.

—Pues el hombre de las hierbas que vive donde Neti. Ahí le llega todas las tardes.

Elvira tuvo que apretar fuerte los puños para dominar el impulso de plantarse entre las dos mujeres a escarbar el chisme. Sin embargo, decidió esperar la llegada de Neti para contarle.

—Acabo de enterarme de que Manuel tiene otra mujer y que allá se lo pasa metido todas las tardes. No puedo creer que a estas alturas me haga eso —le dijo entre lágrimas.

—Mira, Elvira, ¿quieres salir de las dudas de una vez por todas? Pues ven conmigo para que te des cuenta del hombre que Dios te dio.

Elvira se quitó el delantal y siguió a Neti hasta la casa de Lidia. Sin dejarse ver de sus ocupantes, echaron un vistazo por la ventana del pórtico. Fue entonces cuando Elvira reconoció a su esposo de pie frente a una mesa. A su lado, un niño deslizaba un pincel sobre una cartulina blanca mientras Manuel le guiaba la mano. Elvira notó un estuche de acuarelas y algunos cuadernos escolares sobre la mesa y, en el fondo, varias acuarelas de globos multicolores pegadas a la pared. Cuando Elvira giró hacia Neti, la vio con los ojos anegados y mordiéndose los labios. Solo les bastó una mirada para entender que debían regresarse. Ya de nuevo en la lavandería, Neti le aclaró:

—Es un niño que Manuel se ha ofrecido a cuidar desde hace algún tiempo.

—¿Y por qué no me había dicho nada?

—Por evitarte conjeturas que no vienen al caso.

Dado que su viaje al Ecuador estaba próximo, Elvira optó por guardar silencio. Sin embargo, estuvo consciente del paso de los días sin que llegara el momento de partir. Una noche decidió enfrentar de nuevo a su marido:

—Mira, Manuel, me pediste paciencia, y la tuve. Ya es hora de continuar juntos lo que empezamos juntos. Háblame con franqueza. Si estás tan empecinado en quedarte, quédate, que yo me voy sola. Pero eso sí, si te vas a olvidar de tus hijos, olvídate también de mí.

Desde que Manuel le prometió a Elvira regresar a su país, no dejaba de pensar en la situación de Martín. Su viaje implicaba abandonar de nuevo a un niño que lo necesitaba. Muchas veces pasaba la noche dando vueltas en su catre, pensando en lo difícil que le sería su partida. Una mañana Serino lo encontró tan ojeroso y disperso que no se resistió a preguntarle:

—¿Qué te tiene así, Manuel?

—Que ahora sí me regreso a mi país.

—¿Y le contaste a tu esposa de Martín?

—No, me temo que no me va a entender.

—Pues mira, por lo menos, al niño tienes que hablarle de tu viaje.

Esa semana Manuel empezó a despedirse de sus pacientes, dejándoles manojos de hierbas para que continuaran sus curaciones. En cuanto a Martín, intentó varias veces contarle de sus planes, pero siempre terminaba atollado en las palabras y se iba sin decirle nada.

III

Manuel aceptó en el último momento pintar una edificación en Newtown, un pueblo de Connecticut. Era la oportunidad de ganar un dinero adicional sin afectar la fecha de su viaje, como se lo hizo ver Serino. El lunes por la mañana salieron juntos a enganchar jornaleros en la parada y de allí siguieron hacia el sitio del proyecto.

Trabajaron sin tropiezo durante toda la semana. La mañana del sábado, día de entregar la obra, Serino llegó temprano a la casa de Manuel como de costumbre. Luego de recoger a los demás obreros partieron hacia el sitio de trabajo. Sin embargo, unas cuadras más delante Manuel pidió que se detuvieran y, sin dar explicaciones, caminó hacia la casa de Lidia.

—¿Se puede saber qué pasa? —le preguntó Lidia al verlo dirigirse al rincón donde Martín miraba televisión.

Manuel pasó de largo sin responder. Cuando estuvo frente al niño, lo tomó por los hombros y, mirándolo a los ojos, le habló de su partida:

—Voy a estar un tiempo lejos —le dijo—, pero quiero que sigas siendo un niño estudioso para que salgas adelante. Te quiero mucho, Martín.

Con el dolor dibujado en el rostro, le dio un abrazo y un beso en la frente, y se regresó hacia la puerta.

—Dime por qué todo esto —le preguntó Lidia.

Manuel hizo un esfuerzo para recobrar la voz antes de contestar:

—Porque mañana me voy para el Ecuador.

—¿Cómo?

—Sí, mañana.

En un reflejo impulsivo, Lidia le clavó las uñas en el brazo y exclamó furiosa:

—¡Tú no puedes hacerle eso a mi hijo, Manuel!

Al llegar a la salida, Manuel dio media vuelta y lanzó un último adiós hacia el fondo de la vivienda. Fue cuando escuchó las palabras del niño que terminaron de derrumbarlo:

—Mañana me vas a llevar al parque, ¿verdad, Nuel?

Manuel subió a la camioneta y continuó enmudecido durante todo el viaje.

A falta de una escalera plegable al comenzar labores, Manuel había unido dos escaleras medianas de aluminio para alcanzar los recodos elevados. Ya en la tarde del sábado se disponía a retirarla cuando la arrimó por desatino a los cables de alta tensión. La maniobra precipitó un arco voltaico que bajó por los largueros, le impactó las manos, le invadió las entrañas, le salió por la boca y lo dejó exánime en el suelo. Una ambulancia lo condujo al hospital de New Haven, a donde llegó inconsciente, pero con signos vitales. Serino se unió más tarde a Elvira y Neti en la sala de espera.

La noche cayó sin avisar. Cuando informaron que Manuel seguiría en el área de cuidado intensivos, Neti le sugirió a Elvira que se regresara a casa. Elvira insistió en quedarse. Las primeras luces del amanecer la sorprendieron enroscada en una silla, tiritando bajo el frío del aire acondicionado. En el transcurso de la mañana recibió una noticia alentadora: su esposo daba señales de estabilidad. Esperó en vano el resto del día a que lo trasladaran a otra unidad. Por la noche, ya rendida de cansancio, acordó regresar a Port Chester.

Al día siguiente, mientras se alistaba a salir, Elvira descubrió el álbum de acuarelas de Manuel. Era una expresión de arte, imaginación y recuerdos, a la que dedicaba sus horas libres mientras llegaba el momento de rehacer su hogar. Las pinturas estaban acompañadas de frases sencillas de su inspiración. Elvira decidió esperar a que Manuel mejorara para mirarlo juntos y lo regresó a su sitio.

Cuando llegó al hospital encontró a su esposo bajo el efecto de sedantes, y el verlo en un estado sereno la tranquilizó. Los aparatos de soporte le impedían hablar, pero comprendió por su mirada que la había reconocido. Cayó en la cuenta entonces de que había llegado el momento de llamar a Paute para darles la noticia.

La familia se agrupó alrededor del teléfono al enterarse de que algo trágico había ocurrido. Luego de un silencio prolongado, Elvira les habló a sus hijos. «Papá ha sufrido un accidente y está hospitalizado». Néstor preguntó entonces: «¿Y por qué no lo traes si ya estaban listos para venir?». La reacción de Andrea fue diferente. Pensó que era otra excusa que se inventaban para no regresar pronto. Solo entendieron que algo grave había pasado cuando vieron a la abuela llorar.

La mañana siguiente, Elvira tomó el tren hasta New Haven para acompañar a Manuel durante las horas en que estaba despierto o reconfortarse en su paz cuando lo veía dormido. Por la noche regresó a casa, donde le parecía verlo entre sueños por los rincones de la habitación. Al amanecer, emprendió de nuevo el viaje aferrada a la esperanza de una mejoría. En la medida en que lo veía progresar seguía entregándole sus palabras de aliento, las de su familia y las de tanta gente pendiente de su recuperación.

Al quinto día de hospitalización, estando Elvira junto a él, Manuel sufrió un revés inesperado. Una infección sistémica le invadió el torrente sanguíneo, lo que causó un choque séptico y falla múltiple de órganos. En un revuelo de personal médico intentaron estabilizarlo, lo subieron a una camilla, atravesaron una puerta doble, y Elvira se quedó atrás con el alma en vilo.

Regresó a casa destrozada. No lograba conciliar el sueño. Asomaban las primeras luces del amanecer cuando una llamada del hospital la dejó sin aliento. Armándose de valor, tomó en sus manos el álbum de acuarelas y partió en compañía de Neti. A su llegada recibió un nuevo golpe de la fatalidad: la instaban a tomar por Manuel una decisión del todo adversa a sus instintos.

—¡¿Cómo me pueden pedir eso?! —exclamó mientras hundía la cabeza en sus manos.

Un intérprete le explicó las circunstancias con precisión científica que Elvira a duras penas entendió. Al final se dejó guiar por el deseo de no dejarlo sufrir si no quedaba una esperanza sensata de su recuperación.

Esa misma mañana trasladaron a Manuel a un cuarto separado, al que Elvira tuvo acceso en compañía de Serino y Neti. Mientras la enfermera desconectaba la intubación, los tres entrelazaron las manos y elevaron una plegaria por él. Neti le dio un beso en la frente antes de retirarse. Serino quiso decirle algo, pero la emoción lo obligó retroceder sin soltar palabra.

Elvira reconoció entonces que su papel era ayudarlo a dar el paso siguiente. Desenfundó el álbum de acuarelas y, con voz resquebrajada, le habló al oído:

—He encontrado tus pinturas, mi amor. Son hermosas.

El goteo de una bolsa de suero que había quedado activa ofrecía un hilo de esperanza, pero Manuel continuaba inmóvil, sin aparente reacción. Aun así, ella creyó percibir una leve fuerza en el nido de su mano. Entonces, igual que una madre capta enternecida el agarre de su bebé, enfocó todo su ser en ese punto de encuentro entre lo físico y lo espiritual.

Quedaban las acuarelas, testimonio de sus vivencias e ilusiones. Concluyó que mientras ella buscaba una conexión espiritual en las enseñanzas de los libros, él usaba su arte para percibir la vida con detalle y profundidad. Lo encontraba así más cerca de Dios.

Pasando por encima de las lágrimas, le habló de la imagen en la primera hoja: una acuarela de la casa de Paute, con sus árboles frutales y jardines florecidos. «El sitio donde el destino nos unió para ser felices», decía la inscripción. Elvira se le acercó y, apretándole la mano, le susurró al oído: «Esto mismo pintabas el día en que nos conocimos». En la página siguiente encontró una imagen suya con los niños y, al lado opuesto, una oración copiada de un devocionario.

En su conjunto, las acuarelas destacaban su pasado en Paute, su presente en Port Chester, y la ilusión de un futuro con ella y los niños en su tierra. Más adelante encontró unos pendientes de nácar fijados a la página con puntadas de hilo. «Siempre quise regalarte algo así». Elvira los retiró con movimientos pausados y se los puso. Enseguida observó una foto de revista en la que una pareja paseaba de la mano por la playa. Manuel le había dado un retoque en acuarela, con lo que avivó el azul del mar y los colores de la aurora. «Algún día caminaremos juntos en la orilla del mar».

Se trataba de un enlace de lo real con lo imaginado: un billete perforado de tren, una acuarela de lantanas florecidas; la envoltura de un turrón artesano de Jijona que ella le había enviado de Madrid, una pintura del carro de los helados de paila; una pluma fijada en el centro de una página y, al lado opuesto, el dibujo de un cardenal rojo trepado en una rama. Yuxtaposición de lo tangible con lo imaginado, en un álbum que daba testimonio de lo mucho que extrañaba a su familia.

La incursión en sus acuarelas le mostró un Manuel más sensible y amoroso del que había conocido. Un ser de fortaleza y sencillez que, además, la quería. Recordando sus dudas, su indecisión y sus flaquezas, se le acercó al oído y dio escape a ese remordimiento que la laceraba:

—Perdóname, cariño —le dijo, quebrantada de dolor—, perdóname si no supe comprender la grandeza de tu amor.

Abrió de nuevo el álbum y repasó varias acuarelas de flores, de casas y paisajes. En tanto recobraba valor para terminar lo poco que faltaba, se quedó sumida en un silencio que la desgarraba por dentro. Vio una invitación al festival ecuatoriano de Port Chester, junto a una acuarela del día en que trajeron de su país la imagen de la Virgen de la Nube. Se proponía descifrar su letra cuadrada cuando el monitor emitió un silbido continuo, y la pantalla se detuvo con una línea recta. Elvira entendió entonces que él partía. «Protege a mi familia », decía la última inscripción. El resto había quedado en blanco.

Con la vista fija en las planas vacías, Elvira trató de imaginar lo que Manuel hubiera creado de no haberse truncado su vida. Solo logró empaparlas con sus lágrimas. Esforzándose por guardar el decoro, le habló en el tono más sereno que pudo proyectar. Necesitaba de todas las fuerzas de su ser para despedirlo con la misma armonía en que él vivió.

—Manuel, gracias por regalarnos tus acuarelas —le dijo en medio del llanto—. Se las mostraré a Néstor y a Andrea, y les diré que tu vida estaba llena de riquezas que quisiste compartir con todos. Ha llegado la hora de buscar tu nuevo sendero, pero estarás para siempre entre nosotros.

El fin de sus palabras coincidió con la llegada de un médico. En su rutina profesional, que lindaba en la indiferencia, comprobó la ausencia de pulso, el cese de la respiración, el paro del corazón y, por medio de una linternilla, la falta de reflejo corneal. Enseguida alzó la sábana por los bordes, le cubrió el rostro por completo y lo apartó del mundo para siempre.

Elvira caminó de espaldas hacia la salida hasta caer en los brazos de su amiga.

—Ay, Neti, ¡¿cómo me arranco este dolor?! —exclamó en sus brazos, ahogada en llanto.

Los sonidos se perdían en su mente, y solo distinguía el mundo a través de un túnel estrecho. Mientras Neti intentaba consolarla, Elvira reconoció que había llegado el momento de hacer la llamada más dolorosa de su vida para darle la noticia a la familia.

La abuela Encarnación reconoció al instante el dolor vivo en su voz.

—Ay, mijita, no me digas que lo que presentía es cierto.

—Sí, acabo de darle el último adiós —respondió, desbordada por la angustia.

Entre la conmoción y el llanto, Rosalía le contó de la visión que había tenido esa madrugada. Mientras el perro de la casa aullaba sin aparente motivo, vio a Manuel alejarse en la distancia entre un campo de flores. Al llamarlo acongojada, él dio media vuelta, se despidió con los brazos extendidos y desapareció entre los colores.

Cuando sus hijos pasaron al teléfono, solo encontró un silencio salpicado de sollozos. Buscando atenuar la angustia de todos, Elvira mencionó su promesa de llevar el cuerpo para darle sepultura en Paute. El anuncio resultó ser leña seca en la hoguera de un rencor latente por parte de sus hijos que ella nunca llegó a imaginar. En el peor momento de su vida, cuando más los necesitaba, la reacción de los dos fue de reproche. «Tanto tiempo esperando que volvieran y fueran mis padres. ¿Pues sabes qué? Quédate donde estás. No quiero ver a mi padre muerto», le dijo Andrea. Enseguida Néstor lanzó una frase candente que terminó de calcinar la sensibilidad de su madre: «¿Para qué lo vas a traer si nunca han estado con nosotros? ¡Mejor quédate con tu muerto!»

Avisado por Neti, Edilberto tomó la triste misión de tocar de puerta en puerta para darles la noticia a sus vecinos. A su regreso a Port Chester, Elvira encontró la mesa del comedor convertida en un altar improvisado. Una foto ampliada de Manuel sobre un lecho de flores y un sendero de veladoras encendidas a su alrededor eran el tributo de todos al amigo fallecido. Cuando Elvira entró en su habitación, sintió el impacto de ver de nuevo las pertenencias de su esposo. No quería otra cosa que entregarse a la soledad y dormirse rápido para encontrárselo en sus sueños. A la mañana siguiente el despertar fue más difícil. Comenzaba a enfrentar la realidad sin él.

Elvira decidió ignorar las impertinencias de sus hijos y, con el alma destrozada, inició el trámite de la repatriación del cuerpo. Añadía así un tiempo de espera que acrecentaba su dolor. En su mente divagaban diálogos inconclusos, designios que no se realizaron, palabras que nunca se dijeron. Se aferraba a la esperanza de que algún día hallaría la paz, no en el olvido, sino en la riqueza de sus recuerdos. Al comunicarse de nuevo con su familia en Paute, la abuela le contó que recién habían recibido un envío de Manuel y que la reacción de Pachito ante sus regalos había agravado el dolor de todos. Para él, era prueba de que su hermano estaba con vida.

Varios días después se llevó a cabo la velación de cuerpo presente. Una foto publicada en el periódico local mostraba a un grupo de allegados alrededor del féretro en la iglesia del Santo Rosario. De todos los rincones había venido gente que en algún momento se cruzó con las bondades de Manuel y que en medio del dolor de su partida lloraban también por ellos mismos.

Elvira pasó la mayor parte de la noche anterior al viaje entre recuerdos y despedidas. Mientras Neti la ayudaba a preparar la maleta, repartió entre sus vecinos las pocas pertenencias de su esposo. Por la mañana habló con Serino para agradecerle su apoyo y aliviarle su tristeza. Sabía que lo inculpaban por no haber suministrado una escalera segura, por no haber supervisado la obra, por no haber orientado a sus empleados ni tomado medidas preventivas. Y, lo que era peor, sabía que él mismo se culpaba en lo más profundo de su ser por la desgracia de Manuel.

Antes de partir, Elvira le dejó a Martín el estuche de colores con que Manuel había pintado tantas escenas entre acuarelas y lágrimas. Se despidió de todos con un abrazo y se alistó a emprender el viaje más doloroso de su vida: en la bodega del avión llevaría el féretro de su esposo.

Tras pasar los controles de rigor en Guayaquil, hizo transbordo a un vuelo local con destino a Cuenca. Sus pensamientos seguían gravitando alrededor de la tragedia y de la vida que la esperaba. En medio de la congoja, reconoció cuánto había cambiado. De la joven soñadora que partió años atrás, regresaba una mujer distinta, con otra forma de ver el mundo y afrontar la vida. Comprendía también el impacto de sus decisiones en el destino de su familia. En su encuentro obligado consigo misma durante las largas horas de vuelo, reconoció que en el balance de su ausencia se ocultaba un fantasma ineluctable. Era el profundo remordimiento de haber dejado a sus hijos sin el amor de una madre, y a su esposo sin el calor de su compañía.

Recordó haber visto a los demás inmigrantes sometidos al flagelo de la lejanía por estricta necesidad económica, mientras que su decisión de partir obedecía por igual a otros factores. Tenía claro que sus ansias de ver el mundo no eran compatibles con sus obligaciones maternales. Se preguntaba entonces si en realidad había valido la pena dar el paso que tomó, y si el costo emocional de su partida no había sido demasiado para todos. «Pasé todo este tiempo alejada y ahora lo que traigo es el cuerpo de mi marido», se dijo desde su silla. Entonces se miró las manos y reconoció con tristeza que se quedaron sin enlazar las trenzas que nunca pudo hacerle a su hija o sin darle un retoque a la camisa de su hijo antes de mandarlo a la escuela. Ahí residía la pérdida que le lastimaba el corazón.

En la sala de llegadas del aeropuerto esperaban la abuela Encarnación, Rosalía, Pachito, y Néstor y Andrea, ahora dos adolescentes que trazaban afanosos sus propios senderos. Los acompañaban el sanador Montero Cambisaca y varios vecinos y allegados. Una carroza fúnebre aguardaba a la salida. Pachito observaba las escenas de dolor recogido en una silla, mudo y enigmático, como solía quedarse cuando miraba las fotos de Manuel. Era su manera de expresar lo mucho que lo extrañaba. Así como captaba el mundo sin pedir explicaciones, parecía comprender la fatalidad de lo ocurrido. Sin embargo, cuando anunciaron la llegada del avión, y el resto de la familia entró en un trance agudizado de dolor, Pachito empezó a gritar, a patalear, a dar puñetazos sin sentido. «¿Verdad, mamá, que hoy voy a ver a mi hermanito?» preguntaba a gritos, en una escena desgarradora que conmovió a los presentes. Al final, salió corriendo sin sentido por los pasillos, igual que cuando niño le entraba una pataleta.

Conforme el avión se aproximaba al cielo de Cuenca, una nueva punzada de angustia convulsionó a Elvira: llegaba el momento de asumir la tragedia ante sus hijos y el resto de la familia. Pensaba que no iba a soportar el sufrimiento de todos y se sentía incapaz de reunir las fuerzas necesarias para cerrar un capítulo de su vida e iniciar otro. Le quedaba, además, la ingente misión de encaminar a dos adolescentes tan solo con la guía de su amor.

A través de su ventanilla distinguió por fin el perfil de la ciudad: el plateado de los ríos, los techos de barro, las cúpulas celestes de la catedral. Ya culminando el descenso, vio también las casas sin estrenar pegadas a las colinas. Igual que la de ella y Manuel, permanecían vacías mientras sus dueños mantenían la esperanza de regresar a su tierra y ocuparlas algún día. Eran parte del sueño del emigrante.

* * *

Habían pasado cerca de dos años desde la salida de Elvira de Madrid cuando María recibió una visita inesperada.

—Perdóname, soy Albertina, la compañera de trabajo de Elvira —le dijo al anunciarse—. Necesito hablar contigo. No quiero que pase un día más sin contarte algo que he llevado por dentro todo este tiempo.

—¿De qué se trata? —preguntó María, extrañada.

—Tiene que ver con Elvira. Lo que yo supe pudo haber cambiado su vida y la de otras personas. Yo solo quería proteger la unidad de una familia, pero no resultó así.

—Pero ¿qué es? —insistió María, luego de invitarla a entrar.

—¿Tú te enteraste del rollo aquel de la pulsera? ¿Ella te lo contó?

—Claro que me lo contó, Albertina. Si hubieras visto la alegría en sus ojos esa noche que la encontró, y luego la decepción tan grande al día siguiente.

—Pues mira, esa pulsera era de verdad un regalo de Antonio para Elvira. Lo conozco muy bien y sé que él no la hubiera guardado entre esos libros si hubiera sido otro su destino. Eso es lo que quiero decirte, y lo que debí decirle a ella en su momento. Yo vi cuando Elvira la sacaba de un libro y cuando la lució ante el espejo de la sala. También me di cuenta de que Clara la encontró por casualidad al día siguiente, y después vi que se la mostró a Elvira mientras se miraba en el mismo espejo.

»La pobre Elvira se fue hundiendo bajo el peso de su desilusión. Comprendí cuánto sufría, pero me sentí incapaz de intervenir. Yo me dije: "Cada uno en sus asuntos y solo Dios en los de todos". Desde entonces no he tenido un momento de paz. Si algún día hablas con ella, cuéntaselo, por favor, y pídele su perdón por yo no haber sabido actuar a tiempo.

—¿Y qué pasó con Antonio? —preguntó María mientras atrapaba las lágrimas que rodaban por sus mejillas.

—Hija, el contento de Clara solo duró unos días. Pronto volvieron sus amenazas de deshacerse de los estantes que tanto la estorbaban. Antonio regresó a la facultad con el fin de continuar la carrera de sus sueños, buscó un sitio en el barrio para estar cerca de los niños y, finalmente, se fue de casa. Eso sí, se llevó todos sus libros.

* * *

Varias semanas después, María caminaba por la calle de Alcalá cuando vio salir a Antonio de un edificio. Vestía un tanto informal, pero sin perder su elegancia. Lo notó retraído, acongojado, sin la chispa de antes. Luego de un saludo cálido, se quedaron en silencio. Deseaban hablar de la persona que ambos tenían en el pensamiento, pero ninguno de los dos se atrevía a mencionarla. Hasta que Antonio encontró la forma de abordar el tema:

—No sabes cuánto echo de menos desayunar con vosotras —dijo por fin.

Antonio hubiera querido recibir una invitación para ese sábado, pero sabía que era imposible. Se quedó pensativo, abstraído, con los hombros encogidos, las manos en los bolsillos. Mientras los recuerdos afloraban en su mente, alzó la mirada al cielo y advirtió que el sol ya se despedía, y que el resplandor de sus rayos pronto alcanzaría la otra franja del globo terrestre para despertar a Elvira. Entonces imploró en silencio a sus doradas luces que al acariciar su rostro le murmurasen al oído: «Mi amor por ti aún perdura, mi esperanza no ha sido vencida ».

Era evidente: la mirada extraviada de Antonio reflejaba un enorme vacío, un profundo desconsuelo. María, que le había contado a Elvira la verdad sobre la pulsera, que conocía hasta el fondo sus sentimientos, abrió con su respuesta una grieta de ilusión por la que cabía un alma:

—Mira, Antonio, si yo fuera tú, tomaría el primer avión que pudiera y me iría a buscarla.

FIN

Índice

PRIMERA PARTE

I 9

II 17

III 25

IV 31

V 35

VI 39

VII 51

VIII 59

IX 69

X 79

XI 87

XII 95

XIII 105

XIV 111

XV 121

SEGUNDA PARTE

I 129

II 139

III 149

IV 157

V 163

VI 177

VII 187

VIII 203

IX 215

X 225

XI 235

XII 251

XIII 259

XIV 273

TERCERA PARTE

I 289

II 299

III 307

I'm Married. Now, What?

Cornelius Lindsey

Dedication

I would like to dedicate this book to my grandparents, William and Agnes Mae Wesley. My grandfather was a man's man with a can-do attitude, a love for God, and a worker's heart. My grandmother was beautiful on the inside and out. Her presence lit up a room, and her words could calm any stressful situation. They were both taken from me too soon; however, I will always remember the great times and the great example that they set for myself, my sister, and my cousins. I pray that they are resting with our King.

Table of Contents

Foreword

Introduction

The Wise Frog

Understanding Faith and Family

Ideal vs. Real

The First Year

The Baby Question

The Hard Times

I Do, But I Don't

A Submitted Wife

Husband, the Peacemaker

Don't Make a Mountain Out of a Molehill

How Can I Help You?

The Trust Issue

You, Your Spouse, and God

Unjust Expectations

Prisoner In My Marriage

Are You Hearing Me?

The Sum of It All

Foreword

I have had the privilege of knowing Cornelius Lindsey for several years. In that time, he has become one of my closest friends and confidants. He and his wife, Heather, exemplify the preservation of the traditional values of marriage in a time where it is hard to get anyone to be faithful to anything, let alone the institution of marriage.

In a society where the divorce rate is at its highest in decades, "I'm Married. Now What?" is a very timely book, providing answers to the most pressing marital issues and offering real and practical solutions for marriages that need a reboot. This book is honest in its approach, making it easy for readers to identify with a real couple, willing to share the stories that have made their relationship a successful example for other couples around the world.

Cornelius, known for his straightforward approach, is sure to captivate you and set your marriage in the right direction. It is a joy to know that God will use this book to transform relationships, save marriages and make an impact on our world for generations to come.

Pastor Antwain Jackson

The Equation Church

Introduction

So, you wanted to be married, huh? Well, it looks like you got the desire of your heart. You're married. Now what?

What are you supposed to do now? How are you supposed to act? What are you supposed to say? How are you going to say it? What should you do? You're married now, and this can be a time of major confusion, arguing, bickering, nagging, and uncomfortable times. This could also be a time of great joy, comfort, happiness, and fun. One thing that is important for you to understand is this: If you don't know your identity, anyone can give you one. If your marriage doesn't have it's identity in Christ, then it will search the world for an identity. I recommend that you find your marriage's identity in Christ and the Church. Do not begin by comparing your marriage to those you see on television or those you read about in certain books. Do not allow social media to influence your

marital image. Continue to concentrate on the biblical image of marriage, which is, a sacred union between one man and one woman. The husband is the head of his wife, and he loves his wife as Christ loves the Church. The wife is a suitable help for her husband, and she submits to him as unto the Lord. The husband loves unconditionally, and the wife submits in all things. The vows made between the two are sacred and precious. The husband and wife cleave to one another, and they both strive to please the Lord in all things. They are not rebellious, prideful, or irresponsible. They are examples for others and responsible stewards of the children God places in their care. They do not seek to duplicate the world's presentation of marriage, because they realize that God's presentation of marriage is much more precious and honorable than any other image that they could ever think of or consider. God's image is worth emulating, and the world's image is worth rejecting. Therefore, reject it.

Well, you're on the journey now, and my wife and I are excited for you. If you have only been married for a couple of weeks or months, this might be a very awkward time for you. I will never forget the emotions that I felt during the entire wedding ceremony. As Heather walked down the aisle, all I could think about was responsibility. I thought I was in over my head, and it was the scariest moment of my life.

Nevertheless, she was absolutely gorgeous as she walked down the aisle with her mom. I knew I was making the right decision; I just didn't have a clue as to what I was getting myself into. It was like my first football game when I was younger. I got out there on the field, and I could feel my stomach tighten because I didn't have a real understanding of the game or my role in the game. I understood the basic fundamentals but everything else was a complete blur. I was as nervous as a porcupine trapped in a balloon, floating in the sky. My coach decided to throw me in the game, into a position I had yet to train for or learn. Once I was on the field, I couldn't move because I was paralyzed with fear. The fear came because I was in a position I had not been trained in or yet learned. That is a very stressful position to be in, and I felt as if I was in that same position the moment I was waiting for my bride to walk down the aisle. I was like a duck barely floating above water. I appeared to be calm and collected on the outside, but my nerves were quickly moving on the inside.

While I was thinking about responsibility, Heather was thinking about being with me for the rest of her life. She was thinking about kissing me for the first time. Her mind was in a totally different place.

I have always been an analytical thinker. I look at the future while taking into account the present. The wedding day wasn't my main concern. I was focused

on the days, weeks, months, and years following the wedding day. I always say that Heather lives in a world that is full of rainbows, sunshine, and teddy bears. For my wife, an empty glass is still half full. This is why I refer to her as my sunshine. Our personalities differ greatly; however, it makes for a great fit and an awesome union. There is never a dull moment in our house.

After the wedding, we realized that our views on the day that we got married were different for both of us. After the ceremony, we went up to our intimate quarters in the venue to eat together. While we sat waiting for our food, Heather looked at me and said, "Honey, we're married. You're mine for life." I looked at her and said, "Heather, please don't ever say the word "life" again. It brings such finality to the situation." Understand that I always knew marriage was for life, but I didn't want to accept it at that time. It is funny now when I look back and think about it, but it wasn't funny then. I was literally terrified, knowing that I was going to be married forever. I am sure that no one gets married expecting or wanting to get a divorce, having emotional setbacks, and experiencing deep wounds from the one that you say you love; however, it happens all around us. It can get really depressing when you look at the state of what many call the "Church." Marriages are crumbling, children are addicted to sex and drugs, and many people don't care.

This society has become a hedonistic one that wants what it wants when it wants it. Knowing all of this, I didn't know if my marriage would last past the first argument, especially considering that I was a very prideful man at the time. It took me time to realize that I was responsible for my marriage, and that I should take everything one day at a time. I realized that I couldn't control the stresses of tomorrow, so I focused only on making the righteous decisions of the day. That turned out to be a very wise decision that has helped my wife and I grow closer together and build a stronger union. My mindset the moment I got married wasn't a strong one, but it has matured as the days, weeks, months, and years have passed.

It is my hope that each chapter of this book helps to strengthen your marriage and helps mature the way you think. I encourage you to grab a pen and a highlighter, just in case you find something worth remembering. Also, get a tissue because some of the things I share are extremely personal and heart wrenching; like when I share my personal struggle about finding out that our first pregnancy was naturally cancelled due to something that was beyond our control.

I encourage you to share what you learn in this book with your friends and family.

With all of that being said, congratulations on your marriage! My wife and I are excited for you. Let's keep this journey going.

The Wise Frog

Let's begin with a story. Tucked away on a damp piece of wetland was a frog that was extremely wise. The other reptiles from around the swamp would come and ask him for his wise counsel concerning certain situations, and he would wisely give it.

As the sun continued to shine upon the swamp, a serious drought hit the land, and reptiles from all over the swamp came to ask him for his wise counsel on what they should do concerning the drought. The wise frog knew about a watering hole that was close to the dried up swamp. The wise frog decided to go and see if the watering hole, which was really, really deep, was still full of water. He hopped to the hole, and he noticed the watering hole was still full of fresh water. He hopped back and told the rest of the reptiles of his discovery, but he cautioned them not to allow their thirst for water to cause them to make a decision that they would regret for the rest of their lives. He advised

them to wait because the spring rains were only a few weeks away. The other reptiles began to gather together in small groups and dispute the findings of the frog. They began to doubt the frog's wisdom. They didn't understand why the frog would tell them to wait, seeing that the watering hole was full of water.

After waking up from his rest, the frog went out to check on the other reptiles. He hopped all over the swamp, but he noticed that none of them were there. Then, he realized that they must have gone to the watering hole while he was asleep. He hopped over to the watering hole, looked down in it, and he saw all of the animals swimming blissfully in the water. One of the reptiles yelled out to the frog, "Why don't you hop in here?" The wise frog answered back, "Because if I hop in, I won't be able to get out. I'd rather be thirsty for this short time until the sky brings the rain, instead of allowing my desires to cause me to make a decision that could change my life forever."

The other reptiles mocked the frog because for 3 weeks, all that occurred rain wise was a very quick rainfall that produced a small amount of precipitation. At the beginning of the fourth week, the frog jumped from his rest, and he could hear the other reptiles mocking him from the deep watering hole. Out of nowhere, the clouds covered the morning sky, and rain began to pour down on the swamp. "At last!" the frog exclaimed. After almost thirteen hours of continuous

rain, the swamp was fully covered in water. The other reptiles couldn't believe it. After being immersed in water for four weeks, they all desperately desired to get out of the deep watering hole. They realized that their momentary difficulty had caused them to make a decision that would affect them for a lifetime. Now, both the reptiles and the wise frog had to live with the decisions they had made both collectively and separately.

I'm sure you may say, "Well, that was a touching story, but what does that have to do with me and my marriage?" I'll tell you. See, we all make decisions about our relationships and marital status' and many times, those decisions aren't wise decisions because they are based on momentary difficulties, situations, pleasure, and or bad counsel.

How many people have you met that have gotten into a relationship because they were lonely or bored? How many relationships have you started because the other person was attractive, only to quickly realize that person didn't have the mental capacity to hold a wise and righteous conversation? I know I'm guilty of the first one. I've made many relationship decisions based on momentary circumstances that were destined to change eventually.

For example, I was not going to be in high school forever, but I desperately wanted to be in a

relationship with someone to validate something in me that I failed to receive from God. My situation was eventually going to change, but I was impatient. Instead of seeking God, I was seeking to satisfy my own sensual, momentary pleasure.

You might be thinking that you are getting old, so the peer pressure to get married and have children is heavy right now for you. Or, you are taking the first offer you get from a person who shows you some attention because you do not really trust God's perfect will for your life.

You must understand that your momentary circumstances should never dictate your decision-making process. Instead, be led by God, who gives wisdom liberally to those who ask, and trust in Him.

As you look at your marriage, ask yourself, "Am I the frog or one of the other reptiles?" If you're the frog, you are allowing wisdom to dictate your decision-making process instead of feelings or fleshy impulses. You are one of the other reptiles if you are allowing your feelings, momentary circumstances, or fleshy impulses to dictate your decision-making process, instead of wisdom.

Did you jump into a marriage that you now regret? Did you begin a journey you wish you could walk away from and forget ever happened? This part right here could bring you to tears because you know the difficult place that it has you in, right now. Think

about the other reptiles that jumped in the deep watering hole. Their desires led them into a situation that could have been avoided if they would have used wisdom and listened to wise counsel. Jumping in the deep watering hole had a very severe consequence. If they jumped in, they had to stay in for life. Yes, they could get water to quench their thirst for a moment, but was that worth a lifetime of living in a deep, dark hole? Yes, I know you got married because you thought you loved that person, but was it worth a lifetime of living in a deep, dark hole of despair and heartache with an unrepentant spouse?

I want you to listen to me carefully. If you find yourself in a marriage that is like a deep, dark hole I want you to get **divorce out of your mind**. Instead of thinking about divorce, I want you to think of reconciliation. Reconciliation is about re-establishing a close relationship with someone you may be at odds with, or settling whatever issues you may have with someone else. I know you may have some problems with even thinking about reconciliation, but it is vital to think about this for the health of your marriage. Being in the deep watering hole only means you cannot get out at the moment. It does not mean that you cannot enjoy the time that you are in it.

Your marriage might feel like a prison sentence, but that does not mean you have to serve it like one. I do not know what problems you and your

spouse have faced, but I do know that now is the time to reconcile whatever differences you may have in your marriage. If the problem is with a family member, always prefer your spouse to him or her. If the problem is with finances, do not allow it to separate what God has put together between the two of you. You could have a million dollars tomorrow but lose it all. Money should never dictate your happiness or marital success. Instead of allowing them to tear you apart, allow for any financial difficulties to bring you closer together.

Life is filled with tough situations, but that does not mean you have to allow them to rip your marriage apart. In those tough situations, come closer together, and endure the hardships together. Sit down with your spouse. Talk about the strain you feel in your marriage. Talk about how you think that the children are beginning to separate you, instead of bringing you closer together.

Get a mediator if you have to do so. Find someone like your pastor, a trusted friend, a deacon, an elder, etc. to sit with the two of you and help you with your marital problems. Just make sure you find someone who is wise and open to counsel from God. Understand that I did not say find a well-educated scholar who places his or her trust in earthly knowledge. You must make sure you find someone who takes counsel from God instead of relying on

someone who only takes counsel from man. Honestly, I do not care what you have to do. Just make sure you do something. There are generations at stake. Your marriage is bigger than you.

If you are not married, and you are reading this book to see what the experience is going to be like, I pray this book gives you some insight into marriage. If you are married, I am praying the information this book provides helps your marriage or reaffirms some of the things you have always known to be true, but never read or heard from anyone else, concerning marriage. If you are married but you have hit a rough patch or have encountered some difficulties along the way, I pray you seek reconciliation instead of just dismissing the marriage altogether. Understand that we are compelled to reconcile by the love of Christ based on 2 Corinthians 5:14,15. Christ's love constrains us so that we who live may now live for Him instead of ourselves.

I know you may be saying, "Yeah, but you do not know my spouse. I am going to need a whole lot of constraint for him or her!" Honestly, it does not matter. I am speaking as if you are saved and an active, living member in Christ's Body. With that said, I want you to understand that it does not matter the silly, little differences you share with your spouse. You must allow for Christ's love to compel you to reconcile and consider yourself last, even if that means it feels like

you have "lost the fight." Let me assure you that if you employ love in the fight or argument, you will never lose. It is not possible. Therefore, reconcile, and stop living through your marriage as if it were a prison sentence.

I want you to understand two very important things. First, this book is not the Holy Bible; therefore, please do not use the things written in it as though it were law. Secondly, this book does not take the place of what is written in the Holy Bible in relation to marriage. I encourage you to search the Scriptures for yourself to see if what you are reading is true. I do not want you to just take my word for it.

No matter what group you may find yourself in, understand that marriage is a lifelong union, and it should not be treated any other way. If you are married, then you have jumped into the deep watering hole. Find enjoyment in your marriage, and allow for the Word of God to be its firm foundation. If you have yet to be married, take a lesson from the wise frog. Just because everyone else is jumping in the watering hole does not mean you have to do so. Just wait on the Lord. His timing is perfect. In the meantime, serve the Lord with passion and urgency. Also, make sure you get a copy of "*So, You Want to be Married?*" to learn more about the journey to the altar.

The Wise Frog

No matter what group you find yourself in, I encourage you to take great hope in the things I'll discuss in the next chapter, which is about the importance of our faith and our family.

Understanding Faith and Family

Before diving into this message on marriage, we must look at two key Christian principles, faith and family. The enemy is well aware of a very real truth, and he has been successful in using it to his advantage. That real truth is this: If you destroy the family, you destroy the society, because the family is the backbone of the society.

There is no society without the father, mother, sister, brother, son, and daughter. In order to destroy the society you must introduce perversion, promote ignorance and false liberation, and hedonism.

For example, a liberated, rebellious child who is trained in a perverse and hedonistic society will desire to attain all they want, even if what they want is self-destructive. It is no secret that perverse singles, once married, become perverted spouses. Then, the perverse spouses conceive and raise perverse children, and they thrust them back out into a perverse society.

It's a damning and dangerous truth, but it is prevalent in our society today.

In order for the enemy to destroy the family, he must introduce perverted liberation for the family. He must convince the father that he is free from his responsibility to teach and discipline his children, lead and guide his wife, and build and mold his community by caring for the orphans and the widows.

The enemy must convince the wife that she is free from respecting and submitting to her husband, teaching and disciplining her children, and caring for the house.

The enemy must convince the children that they are free from submitting to their parents, respecting elders, and respecting authority. He must convince them that they can treat sin as if it is a small thing. He convinces them that they can eat it, drink it, snort it, swallow it, have sex with it, and commit all manner of ungodliness without any consequences for their actions.

If the enemy can provide liberation for the members of the family he can create a system of dysfunction that will eventually lead to the destruction of the society. If he convinces the father, mother, son, and daughter to continue in perversion, he can create generations of perverse people, born out of one family, which will daily influence our society's changes. The direction of the society will always be determined by

the direction of the family. Therefore, if the enemy perverts the members of the family, he can destroy the society.

We must recognize that liberal politicians are not to blame for the lack of morality in our society. However, it is safe to conclude that they help to spread the liberalism that they enthusiastically support. Many in our society look towards the White House, Congress, Parliament, etc. for answers, but the answers we seek will not come from there. The answers will come from God's House. Politicians can create laws, but we must realize that criminals do not follow laws. That is why they are criminals. The decline of morality in our society does not mean that we need more laws. In fact, it is the institution of law that allows us to clearly identify and define morality. Restrictions, without a change of heart, create lawless rebels; therefore, we must look at the condition of the heart.

We need more preachers who are passionate about preaching the Gospel, instead of the doctrines of man and flesh. We need parents who take responsibility for rearing and disciplining their children. What we need is a revival to take place in our hearts, and we need to allow that revival to be transferred as holy passion into the community, instead of creating marketing gimmicks and religious cliches. We can desire to have prayer put back into schools, but we must first make sure that it has a place

in our homes. Parents, spouses, and children must take responsibility for the parts they play. This is a collective effort, and it is one that cannot be ignored.

It is the devil's plan to liberate people from the confines of traditional family structure. He wants to convince society that the family is no longer only one man, one woman, and children. It's his goal to pervert God's perfect plan for family. His goal is to promote sexual immorality and sexual promiscuity. Again, if he can pervert the family, he can pervert the society.

We must recognize his plans so that we do not fall victim to them. If he can introduce the concept of premarital sex, masturbation, pornography, oral sex, etc. to a curious child, he can convince him or her to develop his or her own idea of sex. This will lead them astray and destroy the very walls of the family.

If the family is not rooted in God, with Him as the foundation, it has already fallen and is on the way to destruction. If he can make sex free and accessible for our children and keep it out of the parent's authority by telling us to give our children space and privacy, he can keep our children enslaved in sin while parents neglect their parental responsibility.

Second Timothy 3:1-5 reads *"You should know this, Timothy, that in the last days there will be very difficult times. For people will love only themselves and their money. They will be boastful and proud, scoffing at God, disobedient to their parents, and ungrateful. They*

will consider nothing sacred. They will be unloving and unforgiving; they will slander others and have no self-control. They will be cruel and hate what is good. They will betray their friends, be reckless, be puffed up with pride, and love pleasure rather than God. They will act religious, but they will reject the power that could make them godly. Stay away from people like that!" I pray you read those verses and said, "Wow! This is our society today." Honestly, these words have reflected our society for years and years. The last days did not start today. The last days began years ago. We are more so in the last few *minutes* of the last day. Nonetheless, those verses detail the result of what happens when the enemy's plan to destroy family is successful. People become haters of God, proud, arrogant, unloving, unforgiving, reckless, disobedient to parents, etc.

When our hearts are hardened towards God, we reject truth and deny righteousness. This is the setting of sin and the hardening of men's hearts. It is a terrible scenario, but it is a very real one that is the current scene of our society today.

As a preacher, I hear many different stories from people all day long. I hear the saddest stories from broken families who are victims of the enemy's plan to steal, kill, and destroy.

One scenario that is commonly presented to me is one where the father is caught by his wife watching pornography. He cannot get all of the

satisfaction he needs from his wife, so he seeks to attain it from a laptop in the dark of night.

Once his wife finds out, she wants to divorce him because she realizes he has committed a type of emotional adultery. She's hurt beyond measure, and she doesn't want to seek reconciliation. Even after several advisement sessions, they cannot seem to work out the problem, so they get a divorce.

While all of the arguing and fighting is going on with the father and mother, the children either feel neglected or caught in the middle of a horrible war between their parents. Feeling neglected and unprotected, they find comfort in television shows that do not support righteous living; the same pornography that trapped their father, premarital sex with someone who claimed to love them, drugs, sensual music, and even erratic and wild behavior. The children either withdraw and become quiet to one day explode like ticking time bombs, or they will become rebellious and attention-seekers.

The family ceases from being an example for the community. The father has grown more distant, the mother may continue going to church only to question the validity and sovereignty of God, and the children are stone cold with hard hearts. This destructive cycle kills and destroys the very sanctity of the family. This isn't always the case, but it is one that I have gotten accustomed to hearing about many times, over and

over again. It's a very sad truth, and we must be aware of the enemy's plan so that we do not fall victim to it.

I oftentimes tell the parents that they must have a reverential fear of God above all else. The Author of Ecclesiastes writes in chapter twelve verse 13 *"The conclusion, when all has been heard is: fear God and keep His commandment, because this applies to every person."* We must understand that the fear of God is the beginning of wisdom, and such fear keeps up from sinning.

As we mature in our relationship with God, His love is perfected in us so that we no longer have to live in fear of the Day of Judgment because we have an assurance that we will inherit eternal life with our Father through Jesus Christ. However, if you do not keep His commandments and you continue in sin, the same may not be said for you.

You better fear God with everything inside of you. It is the fear of God that will help you resist sin, and as you mature, that reverential fear you have of Him will become perfected and will transform into eternal love for Him.

Now, look at Genesis chapters two and three to get a good understanding of the history of family and its' purpose. Nowhere in these verses will you see God introducing the concept of divorce, approving the concept of bestiality or homosexuality, or leading the family into perversion.

Understanding Faith and Family

Once sin was introduced into the picture, Adam and Eve immediately covered up. Sadly, men and women have been trying to cover their sin ever since. Also, notice what happened to the family once sin was introduced into the picture and the fear of God was absent.

Genesis chapter 4 verse 8, it reads, *"And Cain talked with Abel his brother: and it came to pass, when they were in the field, that Cain rose up against Abel his brother, and slew him."* Yes, this is where Cain killed Abel, his brother. Yes, it is true that God had yet to introduce the Commandments to Moses; however, God still repaid Cain for the evil he committed. Because of sin and an absence of the reverential fear of God, brothers are turned against brothers, sisters against sisters, husbands against wives, fathers against daughters, and mothers against sons.

Sadly, men are still eating of the forbidden fruit of sin, just as Adam did. Some men are staying behind to peer at another man's wife or daughter like David did while the other kings and warriors were off in battle. Some men are refusing the wisdom of God by pursuing tempting and unrighteous women like Solomon did. And, some are being seduced to lay their heads in a woman's lap so that she can steal his strength while he sleeps. The greatest gift of help from God has been a woman. Sadly, many men pervert the help, and many women destroy the man.

Understanding Faith and Family

Parenthood and Marriage

Now, there are two essential elements of family that must not be ignored. They are parenthood and marriage. Parenthood is like the picture of our tumultuous relationship with God. It's oftentimes up and down because of the presence of sin and absence of reverential fear; yet, God is still patient with us. Don't be deceived, though. His patience will run out. If you die in your sin, you will inherit eternal damnation.

The second element is like the first. It is marriage. Marriage is the portrait of Christ's devotion to His bride, the Church. Both of these two elements of family are vital.

Although family is important, it does not take precedence over our faith. Following Christ must come first. Our faith in Christ must be full and firm. We must be fully persuaded and expect that God will perform all that He has promised to us through His Son, Jesus Christ. This is our faith, and it must come before the family. Matthew 10:34-37 reads *"Think not that I am come to send peace on earth: I came not to send peace but a sword. For I am come to set a man at variance against his father, and the daughter against her mother, and the daughter in law against her mother in law. And a man's foes shall be they of his own household. He that loved father or mother more than me is not worthy of me: and he that loveth son or daughter more than me is not worthy of me."* Did you just read that? If not, go

back and read it until it clicks. Jesus said these words, and they are vital for both faith and family. Our devotion towards our family must not come before our obedience towards God. Faith will always precede family, and family must be centered and founded on our faith.

Now, I know you are well aware of your blood-family. That would include your birth parents and your siblings from those parents. You may have an adopted family because you were adopted. You may have a stepfamily due to remarriage. You may have a god-family due to close friendship ties with another family. As believers, we also have an extended family that consists of other believers. As a Christian, I have other brothers and sisters who are Christians.

Look at Matthew 12:46-50. It reads *"When [Jesus] yet talked to the people, behold, his mother and his brethren stood without, desiring to speak with him. Then one said unto him, Behold, thy mother and thy brethren stand without, desiring to speak with thee. But [Jesus] answered and said unto him that told him, Who is my mother? And who are my brethren? And [Jesus] stretched forth his hand toward his disciples, and said, Behold my mother and my brethren. For whosoever shall do the will of my Father which is in heaven, the same is my brother, and sister, and mother."* Jesus makes it clear that his family members are those who do the will of God. This is a perfect illustration of faith preceding

Understanding Faith and Family

family. See, it is because of faith that we are able to have family and have Christian brothers and sisters to call our family.

We must be confident in our faith in God through Jesus Christ. We must be assured that He will fulfill His Word as He said He would. We must not waiver one second. We must allow for our faith to shape our family. Fathers and husbands cannot be deceived into neglecting their responsibility to love their wives, teach and discipline their children, and strengthen their community. Wives and mothers cannot neglect their responsibility to submit to their husbands, care for their children, and the household. Children cannot neglect their responsibility to obey their parents as unto the Lord, respect authority, and grow in their knowledge of God daily. This is vital. It is important, and it cannot be overlooked.

Husband/Father

Manhood is delayed in our westernized culture. While I was in Ethiopia, I came across a 7-year-old boy who was working to provide for his family. His father died from AIDs, and his mother was doing all she could to feed him and his siblings. As the eldest, he took it upon himself to clean shoes for extra money. He understood the importance of responsibility. Some would argue that he was forced to learn responsibility quickly, but he understood it nonetheless. Manhood is all about responsibility. The man understands his

responsibility as a husband and as a father. Responsibility includes understanding the importance of seeking wisdom and following God all of the days of his life. The husband, along with the wife, is responsible for holding the family together. It is divorce that separates the family, which ultimately separates our society. God says in Malachi 2:16 that He hates divorce, so we should not seek it as an option.

In accordance to the biblical family structure, God is the ultimate Head of the family. He is the foundation, and His commands govern the entire family.

The husband/father is called to love his wife according to Ephesians 5:25, 28-32. He is called to honor his wife according to 1 Peter 3:7. He is called to teach and display scriptural values to his wife and children. He is instructed to bring up his children in the training and instruction of the Lord according to Ephesians 6:4. He is also commanded to provide for his family to the best of his ability, according to 1 Timothy 5:8. This is not just financial provision. He is to provide for his family's financial, physical, emotional, and spiritual needs. He is not called to provide for all of the family's frivolous wants. I know many men who work multiple jobs just so the family can afford things that they do not need. Providing for the family doesn't have to mean that he has to get a regular job. It could mean that he has to hunt, fish, farm, or gather his food.

Understanding Faith and Family

They sacrifice the precious, intimate time they could spend with their family by working extra hours or getting a part-time job so they can buy material things that will end up broken, lost, or put away after a month.

He must understand that his priority is to his family. He should be more concerned about his family's spiritual health than their material wants. He should be investing in his children's eternity by teaching them eternal, biblical principles instead of just working hard to have enough to get them into a good college. The husband prefers his wife, and he honors her. The father teaches, disciplines, and provides a biblical example worth following for his children.

Wife/Mother

The wife/mother is called to be her husband's helper according to Genesis 2:18-20 and to bear children. She is considered to be favored and a good thing according to Proverbs 18:22. She is called to respect and be faithful to her husband according to Ephesians 5: 22,23 and Titus 2:4,5.

She is a role model for godliness according to Proverbs 31:10-31. Her beauty is her inward character. She is a model of purity and posses a gentle and quiet spirit according to 1 Peter 3:1-7. She manages her home, speaks with wisdom, and demonstrates prudence according to Proverbs 31:26, 27. She is also

considered her husband's crown, according to Proverbs 12:4.

She is called to consider her family and her home. She should not be concerned with meaningless ambition that takes her away from taking care of her home and her children. She should not be okay with throwing her children in a public education system without properly researching it, spending time with the teachers, going inside of the classroom, and researching the lesson plan.

In a perfect world, the mother should desire to teach her children at home and expose them to society in a controlled setting with other children in the community or in her religious assembly, a church. She should not place all of her trust in someone else to teach and lead her children. She should be active in the lives of her children and an intricate part of her husband's health and wealth.

Both Husband/Father and Wife/Mother

Both the father and mother are called to instruct their children in the things of the Lord according to Deuteronomy 11:18-21 and Proverbs 22:6. They are to discipline their children, not abuse them, according to Proverbs 13:24, 19:18, 22:15, 29:15, and Hebrews 12:5-11.

The husband and the wife are to satisfy one another sexually. They are not to withhold sex from one another unless they both agree on it for fasting

purposes. Sex should never be a weapon that a husband and wife can use against one another. I know wives who chose to use sex as a weapon, and it did not turn out too great for their marriage. The husband was not finding any food in the "kitchen," so he went in the community to find it elsewhere. The husband and the wife must understand the importance of satisfying each other and enjoying the satisfaction.

Children

The children are to obey and honor their parents according to Ephesians 6:1-3. Those particular verses are based on Exodus 20:12. The children are not to bring worry, embarrassment, or pain on their parents. Instead, they are to bring happiness, respect, peace, and a good name for their parents. The children must realize that their actions will reflect the good name of their parents.

I grew up in a very small city. When I got in trouble, the people in the community would ask me for my parent's names. My trouble would eventually disgrace their names because I was their child.

Understanding this truth, I began to do much better so my parents would have a good name based on me being their son. Children must be taught this truth, and they must understand that their parent's name is worth honoring. Therefore, the parents must provide an example worth following.

The Whole Family

Understanding Faith and Family

The whole family cares for one another. They show respect for one another. They sacrifice for one another. They support one another. They honor one another. They realize that they are a unit; therefore, they respect the consistency of the unit.

Enemy of the Family

As we close this chapter, I would be wrong not to mention what I consider as a major enemy of our faith and the family.

Entertainment is an enemy of the family. Television, video games, movies, outings, shows, etc. are doing a great job of separating the families and turning our hearts away from God. Nowadays, the family is split. The children spend all day around other children who are filling their head with nonsense and carnality. Then, they go home to go into their room alone. In their room, they turn on cable television where they watch shows that disagree with the biblical principles that should be taught in the household.

The parents think they are doing a good thing by giving them violent video games and cable television, but in actuality, they are helping the enemy to corrupt their hearts. As technology increases and things become more and more private, the family continues to grow further and further apart. Pornography can be watched from Smartphones, in rooms behind closed doors. The parent must realize

that they are placing a responsibility in their children's hands that many of them cannot handle.

The father must realize that ESPN does not come before his family. Outings with his friends should not come before teaching his children and spending quality time with his wife. The mother should understand that her ambitions are to focus on the welfare of her household. The husband should not see vacation as a chance to "get away" from the home. Instead, he should see his home as his vacation spot. A man, who hates his family, and his home, is a man who really hates himself. His family is an ongoing depiction of him. He and his wife are one, and his children are his own.

Entertainment should glorify God by promoting biblical principles and bringing the family together. I hate to break this to you, but two hours of church attendance a week cannot compete with 166 hours of worldly influence. The biblical directive is for the parents to train the child. The parents should not put that responsibility on the world or the church.

The Great Responsibility

I did not realize the great responsibility that the father and the mother have been given. Deuteronomy 6 clearly lays out a biblical directive that cannot be ignored. The father is tasked to teach his children, primarily his son. He is to teach him biblical truths. He may not be writing it on the doorposts of his

house or tying something around his son's finger. He could very well teach his children in devotion or during a prearranged prayer time. A 15-minute devotion time is great, but it still does not fulfill what is written in Deuteronomy 6. Verse 7 reads *"and you shall teach them diligently to your sons and shall talk of them when you sit in your house and when you walk by the way and when you lie down and when you rise up."* Now, what does that mean for you? Let me give you an example. Let's say you are out playing kick ball with your son. During the middle of the game you intentionally stop, grab your son, sit down, and point out the birds of the air, the blades of grass, the beautiful flowers, the wind that blows, the sun that shines, etc. Then, you explain to your son how God provides for the birds of the air, how he makes sure the blades of grass are nourished from sunlight and rainfall, and how the beautiful flowers are clothed without them even asking for such beauty. Essentially, you are teaching your son about being anxious for nothing just like what Jesus did in Matthew 25-34.

Or, you could go and throw seeds in the yard. You could find some tilled soil, some barren soil, and some rocky soil covered in thorns. You sit there, and you teach your son the principle of sowing and reaping just like Jesus did in Matthew 13:3-9. If you notice, Jesus did not make the disciples wait until Sunday morning to teach them. He taught them as he carried

on life. There was not always at a set time. You must begin to apply this same principle for your life. This is the duty of the father.

With that being said, I want to caution you about something that is very important. The goal is not for you to just begin to teach using words you may have studied. The goal is to teach, even when no words are used. That means that your life should begin to teach your children. Your children should be able to see your worship, your praise, your obedience, your time in prayer, and your sacrifice.

The mother is tasked to teach; however, the father is given the greater responsibility. If the father does not want to accept this responsibility, then he should never have gotten married. It is just that simple.

A man that won't disciple his wife and children is worse than an infidel! He is not a good father because he brings home money every week. He is a good father because he leaves his wife and children with something of eternal value, the everlasting words of our God. The basketball games, ESPN shows, fishing trips, golf outings, parties with the guys, overtime at work, etc. comes after the family never before the family. A man does his family a disservice when he places the eternal care of his wife and children in the hands of another person.

When I married my wife, I was making a commitment to love her, treasure her, disciple her,

protect her, and to do the same thing for my children. Now, you see where my faith clearly intertwines with my family.

What is the state of your faith? What is the state of your family? Take some time to reflect on what you just read, make some decisions, rethink how you are doing some things, repent of where you have fallen, and let's walk this righteous road together.

Ideal vs. Real

My parents didn't show me a perfect marriage. They showed me a consistent, enduring marriage. Their marriage wasn't about roses, kisses and smiles. It was about forgiveness, temperance, love, and sacrifice. My mother and father showed me one real truth about marriage: it is until death no matter how hard it gets, and you must know that it indeed gets hard at times.

My mother is a very strong-willed woman, while my father keeps more to himself. He rarely begins a conversation with anyone, including his children. Both of them have such different personalities, but they connect well, like a puzzle. My father has never been one of those domineering fathers, and I would like to think that he wasn't a domineering husband either. My mother was the one who usually made all the decisions. The only question I usually asked my father was, "Dad, where's mom?" Then, I would go find my mom so I could get the

answer I needed. This example is definitely not one worth emulating; however, it taught me a lot.

It's no secret that we live in a male-dominated society. The idea of women and children being included in culture is something that is becoming more acceptable, but it still has a ways to go. Our society is moving away from the freedom in the family that is expressed in the Gospel message. Paul boldly says things about families that are foreign to his listeners. Consider Ephesians 5:25-28 where Paul tells the church in Ephesus *"Husbands, love your wives, even as Christ also loved the church, and gave himself for it; that he might sanctify and cleanse it with the washing of water by the word, that he might present it to himself a glorious church, not having spot, or wrinkle, or any such thing; but that it should be holy and without blemish. So ought men to love their wives as their own bodies. He that loveth his wife loveth himself."* What Paul says here is groundbreaking.

Marriage was different in the days of old. Society clearly considered women as the mere property of men, whether those men were their fathers or their husbands. There was no talk of equality. There was only the view, amongst many, that women and children were seen as human property. Knowing this is vital because it helps us to clearly dissect what Paul is saying.

It was cultural and lawful for a woman to

submit to her husband; therefore, Paul offers freedom and liberation for the wife. He writes *"Wives, submit yourselves unto your own husbands, as unto the Lord."* (Ephesians 5:22) Notice that Paul encouraged the wives to submit, but he didn't make it a law. Instead, he highlights the focus of the marriage, which is Jesus Christ. Instead of telling the wife to submit out of obligation, Paul writes that she should submit because of her love for God.

As for the men, Paul realizes Roman law brought about their mindset. In telling the men to love their wife as they love their own body, Paul is presenting groundbreaking thoughts and counter-culture to what was, at that time, their present-day mindset. Paul saying what he said to those men would be like me telling a man today to love his pigs like he would love his own wife.

Pigs in this sense that they are considered property and without rights. To tell a man to love his pigs like he would his own life would be counter-culture to what we hear and see today. Well, it would be like that in some cases, but we know this world has gotten to such a point that some men do love pigs like their own wives. That is perversion. Perversion is the stain on holy fabric, and it cannot stay there long, seeing as how sin and perversion cannot live in the holy presence of God.

Back then, most men saw their wife as

property and nothing more. Women have fought long and hard for freedom and equality, and many progressive steps have been made for them. But, as with anything, there is always a negative. It's no secret that women have taken the view of equality to mean individuality away from men instead of equality with men. There is a very big difference.

Individuality away from men excludes men from the society; however, equality with men is a society that welcomes the talents, gifts, and social influence of both sexes without prejudice. This is vital, and it was unheard of in those times. For Paul to mention such a thing to the Ephesians was very much counter-culture.

Now, let's look at our society today. Westernized, and some Eastern, marriages practice equality in the relationship. This is where the husband and the wife submit to one another.

The husband is not to be a dictator over his wife. He is not to see his God-given authority as a means to be disrespectful or tyrannical. In fact, having great authority means that he must work extra hard to follow and portray the righteous standards he has been given. For example, a police officer is held at a greater level of responsibility concerning his authority because he enforces the law. His authority does not entitle him to break the law. He must follow and produce an example worth following according to the

Ideal vs. Real

authority he has been given to enforce it.

A man does not have to create his own authority. He follows the authority he has already been given by God. In that same respect, the woman has been given authority. Although the authority they have been given is different, it does not make one any better than the other.

Let me highlight something that is extremely important. I hear about many men and women teaching that the submission between a husband and his wife are equal; therefore, the equality between them excludes any form of oversight or leadership for the husband. That is simply not true. A marriage that does not recognize the husband as the head of the wife is a marriage that is out of order. We cannot allow the liberalism of society to desecrate the pure structure of marriage. Christ is the Head of man, man is the head of woman, and the woman is the head of the children and has the responsibility of the house.

Does this mean the man and the woman are not equal? Absolutely not! Does it mean that the headship of man makes him greater than his wife? Absolutely not! Does this mean his wife is his property? Absolutely not! The wife chooses to submit to her husband in the same way that the Son, Jesus Christ, chose to submit to the Father.

The Son and the Father are one; however, the Son chose to submit to the Father. In this same way,

the wife chooses to submit to her husband. The husband and the wife are still both made in the image of God; however, the roles of the male and the female are still different.

Paul's message to the Ephesians liberated the women from slavery in marriage, and it provided the men with a command of love instead of law. We all know that Scripture is God-breathed and God-inspired. When I say that Paul wrote these words, I need for you to understand that God inspired them while Paul penned them. With that being said, understand that this is God's way for marriage in our society.

See, marriage is meant to be between one man and one woman for the rest of their lives. Once two people become one, they do not separate. They have joined in union together, and that union must remain in tact until death. I hear many horror stories about divorce, and they are very troubling.

I believe that the husbands and wives, who divorced from their spouses, would adamantly say that they would not want what they went through to happen to their children. There are no righteous parents alive who would desire for their children to experience the heartache, pain, suffering, and agony of divorce. They would surely desire for their children's experience to be different from theirs.

No righteous parent desires for their children to become single parents. I'm sure there are some

unrighteous parents out there who wouldn't care either way. We must pray for their salvation.

The reality of divorce is that it doesn't just affect the husband and the wife. It also affects the children and their children. It provides the children with a very vivid picture of what God hates! Reread that sentence again, and underline it if you must. Malachi 3:16 AMP says *"For the Lord, the God of Israel, says: I hate divorce and marital separation and him who covers his garment [his wife] with violence. Therefore keep a watch upon your spirit [that it may be controlled by My Spirit], that you deal not treacherously and faithlessly [with your marriage mate]."* Those are not my words. Those are the words of God, and we must never forget them.

There are real things that go on in marriages, such as real arguments, hurts, disappointments, etc. However, what we call reality doesn't change the ideal picture of marriage. Let me paint that picture for you.

Matthew 19:4-6 AMP says *"[Jesus] replied, Have you never read that He Who made them from the beginning made them male and female, And said, For this reason a man shall leave his father and mother and shall be united firmly (joined inseparably) to his wife, and the two shall become one flesh?"* Dissect this beautiful picture of marriage one part at a time.

He Who Made Them

This first part is very important because it is

significant in regards to helping you to know and understand your identity. If you don't know your identity, someone else will try to give you one. It's important for parents to instill in their children knowledge about their identity so that they don't have to search for one in the perverted society that we live in today.

There are people all over the world who are adopted, and they search for years and years to find their birth parents. Why? For many of them, they want to know their identity. It is important to them.

As a husband or a wife, you must know your identity and the identity of your marriage. The Scriptures point out that God is the Maker of "them." We know "them" to be the male and the female. This says that God, the Creator of all things, saw fit to create both males and females. That's awesome! Also, this proves that males did not create females. Nor did females create males. Therefore, neither one of them should seek to dominate the other.

Now, is there an order that must be followed in the home? Absolutely! However, that doesn't mean the husband should enslave his wife. Neither does it mean a wife should dominate her husband.

If you're married, I want you to do something. Go grab your spouse, and tell them that you love them. Look in your spouse's eyes and consider who created them. Your spouse is a work of art, a masterpiece, fully

created by God for you. Forget their imperfections, and begin to concentrate on how much you love your spouse because of the love that God has for you.

Male and Female

We just found out who created "them", and we know "them" as being the male and the female. God created him and her.

In today's society, many wrestle with the idea of same-sex marriage. There is no need to wrestle since we can definitely see that God created the male and the female to create the ideal picture of marriage. Anything outside of the ideal view of marriage is perverted.

The ideal marriage purposed by God is between a male and a female. Some argue that you cannot control who you fall in love with; however, I could use that line for anything. If I fell in love with a car, does that mean I have the option to marry it? If I fell in love with a horse, could I marry it? If my desires for a spouse were so strong that I fell in love with a dog, could I make it my wife? Do you see how perverted the mind has become? It is perversion, and it is not of God. Just because a man desires it doesn't mean he should have it!

Leave His Father and Mother

When a man says, "Yes!" to one woman he is saying, "No!" to every other woman in the world. He is also saying "no" to his mother and his father. I know

I'm a momma's boy. Usually, men are the momma's boys and the ladies are daddy's girls. This is true for my sister and me. My sister is definitely a daddy's girl. Before my marriage, I was constantly around my mother. I wanted to be around her all the time because I enjoyed her company.

When I got married, that had to change. I'll never forget my wedding day, when I danced with my mother. I showed her my hand and let her see my wedding ring. I looked at her in her eyes and said, "I'm married, momma." She said, "I know baby. Well, you're not momma's baby anymore. You're married now." Those words were bittersweet for me. I wanted to remain my momma's baby, but I knew it was time to mature. I was no longer under the care of my mother and father. When I made my vows to my wife under God on our marriage day, I officially left the house of my mother and father and joined in union with my wife.

I know your family is very important to you; however, don't exclude or belittle your spouse by placing your mother or your father over them. Your mother or father should never have to compete with your spouse. Your spouse should always come first. That is not negotiable.

Be United Firmly

How firm is too firm? It's pretty firm. This means that it is resilient, securely fixed, resolute,

Ideal vs. Real

resistant, etc. When something is firm, it cannot be shaken or torn down. In order for the marriage to be firm, the both of you must be united. There is no firm marriage without there being unity. There must be a constant and consistent understanding between you and your spouse. That understanding is that no matter what happens, you will never waver or question your union together. The union must be strong and capable to withstand whatever might come its way.

You cannot knock down a firm building. You cannot destroy a firm foundation. You cannot break firm walls. Why? Because the entirety of the walls are firm! This is how your marriage must be. I'd recommend putting an end to your petty disagreements and coming together on one accord. Stand as a unit, together saying, "It doesn't matter what happens. We will survive, and we will be united."

Take some time now, and sit with your spouse. Get a pen and pad, and write down your commitment to one another. Sit there and rewrite your vows to one another. Then, recite them in front of your children—if you have any. If the children are moved out or away from home, just recite them to one another. You don't need a big ceremony to do this. The goal is to bring the focus back to the union so that you can be united, firmly together.

Now, you are a spirit who lives in a physical body, and you have a soul. You are a tri-being, and your

unity is tri in nature. Once you're married, in the sight of God, your spirits are as one. This is why it's vital for believers to marry one another. If a man's spirit has yet to be quickened with new life that only comes from Christ, he is in trouble when he goes to marry a righteous and saved woman. Their spirits will always be at odds with each other because one has been quickened with new life while the other one is as dead as last year's meatloaf. This is why it's important for believers to join in union with one another. Their spirits bear witness with one another. This is first type of unity in marriage.

The second type of unity in marriage is that of the physical body. On the wedding night, it is customary for the bride and the groom to consummate the marriage. This simply means that they are supposed to have sex. The joining together of the body unifies them. In fact, look at the body of the husband and the wife. The husband has a penis, which he inserts. The wife has a vagina, which receives. On the wedding night, the husband inserts, and his wife receives. Their bodies are joined together, and they become connected like a puzzle. Physically, they become one.

The third type of unity in the marriage is that of the soul. We will refer to the soul as the mind. In many ways they are interchangeable. Here, you must concentrate on how you and your spouse think about

certain things. It's no secret that two single people will come into a marriage with some conflicting views. My wife and I have argued many times about our conflicting views on things. I'm sure you've argued with your spouse as well. Well, I would assume that God would find a way to settle the disputes brought on by the way we think, right? In order for Him to do that He would have to provide consistent truth, right? Well, He did! It's called the Word of God, and we carry that truth in what we refer to as a Bible.

The Word of God is the foundation of all wisdom. The Word of God solves all of our problems by providing answers to all of our questions.

I had a man who told me that he could not find the answers he was seeking from the Bible. I then asked him what book he was reading because every answer is found in the Bible. His problem was that he was looking for the Bible to give him a specific answer about a specific question. Many times, the Bible doesn't provide specific answers.

This is why we must have a very important, consistent dialogue with the Holy Spirit. We refer to this as prayer. We must allow for Him to lead and guide us.

I'll never forget arguing with my wife over something silly. Heather looked at me, and she said, "What does the Word of God say about it?" Although I stood there like I had egg on my face, I knew she was

right on the money. She understood one simple truth in marriage: The Word of God is the final authority, the firm foundation, and the end to all arguments.

Every argument between you and your spouse should cease when it comes to the Word of God. If you and your spouse cannot find an answer to your question, the answer is always God. Say, what? How can it be God? 1 John 4:8 AMP says *"He who does not love has not become acquainted with God [does not and never did know Him], for God is love."* From this, we know that God is love; therefore, love is God. Now, let's look at 1 Corinthians 13:4-8 AMP *"Love endures long and is patient and kind; love never is envious nor boils over with jealousy, is not boastful or vainglorious, doesn't not display itself haughtily. It is not conceited (arrogant and inflated with pride); it is not rude (unmanneringly) and does not act unbecomingly. Love (God's love in us) does not insist on its own rights or its own way, for it is not self-seeking; it is not touchy or fretful or resentful; it takes no account of he evil done to it [it pays no attention to a suffered wrong]. It does not rejoice at injustice and unrighteousness, but rejoices when right and truth prevail. Love bears up under anything and everything that comes, is ever ready to believe the best of every person, its hops are fadeless under all circumstances, and it endures everything [without weakening]. Love never fails [never fades out or becomes obsolete or comes to an end]..."* Do you see

why this settles every argument? Do you see why knowing the Word of God is so important in the marriage? Once the two of you agree on the truth of God's Word, you will become one in your mind and thinking. Amos 3:3 says *"Can two walk together, except they be agreed?"* Let me put it like this: How can you and your spouse walk together as one unless you both agree? Agreement is powerful, and this is why a husband and a wife must come together by both parties agreeing to what the Word of God says. Sit and study it together. Learn it, and agree to it.

Two Shall Become One Flesh

I'm thankful that I'm one flesh with my wife. We've covered this in great detail, so I won't go over it again. However, I do want you to ask yourself these questions; Are you thankful for your spouse? Are you happy about your marriage? Are you excited about your future together? Are you looking forward to going through tough times with your spouse? Or, are you just hoping that they die early so you can get the insurance money? Do you get excited about sex in your marriage? Do you get excited about traveling and enjoying the world together? Do you thank God for your spouse?

Husband, look at your spouse, and realize that she is you. No man hates his own flesh; therefore, you should love your wife like you love yourself. Wife, you should respect your husband as you respect the Lord. Would you murmur, nag, and complain to the Lord?

Would you question the Lord? Would you adamantly refuse to follow the Lord's guidance and leading? If you wouldn't do it to the Lord, don't do it to your husband.

Don't concentrate on everything you think is wrong with marriage. Instead, focus on God's ideal view of marriage. Remember that God created the husband and the wife from the beginning, and marriage is between one husband and one wife. The man leaves his father and mother and joins with his wife, the husband and wife become firmly united, and they become one flesh. Get excited about your marriage. Get excited about your future together.

You and your spouse are together until death separates you. Until then, be at peace with one another. Settle any petty arguments, and refuse to fight over foolish things. Don't allow the kids to separate you, and don't allow your family to turn you against your spouse. Be unified, and stand as one united front together. That's a powerful team, and it's a powerful ministry for your kids, your coworkers, your employees, your family, and your friends.

Now, all of these things you just read are great. In fact, they are ideal for a God-centered marriage. However, we know that these things do not always happen. The arguing, crying, yelling, and wishing ill will on the other spouse are all real. What is real is the moments where the arguing becomes too much to handle, the expectations you had of your spouse are

Ideal vs. Real

not met, and you begin to wonder if you made the right decision.

We all see the loving pictures on social media, but we do not see the arguments in private. We see the couple standing next to one another in church holding hands, but we did not hear the argument that they had with each other on the way there. They put on the show for everyone while in church, but they lost it as soon as they got back in the car.

Heather and I have been in that place before. I have always been an early bird. I like to get to my destination early. To me, that means I am on time. Being on time is late, and being late is unacceptable. Well, Heather does not mind showing up on time or being a few minutes late. I knew that going into the marriage; however, I felt as if I could change her.

I also hate the smell of food in my clothes. I do not go to coffee shops because I hate the smell of walking around smelling like coffee. When we got married, I would ask Heather to cook breakfast the night before so that the smell would not be in my clothes.

One Sunday morning, Heather got up and made breakfast. We were already late waking up, so I did not think we had enough time to sit and eat. I knew Heather had not picked out what she was going to wear either. We were going to be late, and I was steaming mad. I could hear Heather downstairs in the

kitchen singing her heart out. She was happy and joyous while I was upstairs steaming mad.

The ideal thing for me to do would be to calm down and be patient. I should have realized it was not about me, and it was okay if we were a little late. Is that what I did? Absolutely not!

Heather came upstairs to tell me that she cooked me a big breakfast to honor me as her husband. That was thoughtful, right? The ideal thing to do would be to grab her and thank her for everything. Is that was I did? Absolutely not!

Let me be real for a second. I looked at her and said, "We are going to be late! Get a shower, get dressed, and let's go!" Heather looked at me, and I could tell she was near tears. I looked at her and said, "We do not have time for all of that crying! If you are going to cry, make sure you get dressed while doing it."

I did not eat the breakfast because I thought I wanted to "prove the point" that what I said about not cooking in the morning or being late is what I meant. I was a pig, and I was absolutely wrong.

Heather did not argue with me. I could tell she was very upset though. The car ride to church was very quiet. When we got to church, we put on a show for everyone else. However, we were quiet on the way home. It was on the car ride home that I realized I was wrong, but I was not going to let Heather know it. My pride got the best of me. I knew what was ideal, but I

did not follow it. It was my choice for not properly loving my wife as Christ loves the Church.

You must understand that there are many situations in marriage where you will have an opportunity to choose between following what is ideal or choosing to follow your pride. My prayer is that you follow what is ideal, so that God can be glorified.

The First Year

You're married. The ceremony is over. The reception has ended. If you're like me, you probably don't remember too much of it because you were being pulled in several different directions. Hopefully, both of you are already moved into your place. You're probably still going through gifts, and you're probably still stressing out about sending out thank you cards. You may not realize it, but the journey has only begun.

After the ceremony, my wife and I had a car and driver to take us to our hotel room at the St. Regis in downtown Atlanta. We didn't get to fully enjoy our time there because we had to catch a 6am flight to Florida so we could board the cruise ship for a 7-day voyage.

While on board, my wife and I enjoyed ourselves more than we could have imagined. We were newly married, so we spent a great deal of time in our room enjoying and exploring one another. We would leave the room occasionally to eat and to disembark

when we got to our destination. The honeymoon was like a slice of heaven. Heather knew it was wise to get me on a cruise ship because I wouldn't have access to phone calls, social media, texting, etc. My communication with the outside world was very limited, so I could focus my attention on my new wife.

However, that heavenly experience we had on the cruise ship turned into very tense moments when we got back home. After we got back to the dock, I was reunited with my cell phone, missed calls, missed texts, etc. I began to think about all the work that was waiting for me back at the office. The stress that I didn't experience while on the ship weighed down on me heavily as soon as I got off of it.

When I was single, I would go home and spend time with myself. For some reason I forgot I was married. As I drove into the garage I looked over at Heather and I realized something. I realized that she wasn't going anywhere. I took our stuff in the house, and she began to unpack her stuff and put it in what was once my closet.

As time went on, I began to notice small things that quickly became major irritations for me like how Heather ate her popcorn, sipped her smoothie, and how picky she was when it came to food. She became very irritated with how I would leave my suits all over the house, not clean the dishes after I used them, and how work would steal my attention that should've

been focused on her. The first couple of months were difficult for us because we had to learn how to adjust and how to live with each other. It was in those tough moments that the process of us becoming one began.

Heather was always the more understanding, more forgiving, and more loving of the two of us. I still had a lot of anger in me from past events, broken relationships, and deep pain. I still struggled with lust, and I felt as if it was a losing battle. The intense and heated arguments would begin over and over in our home, and we couldn't find a medium or remedy until we both began to mature in our relationship with God.

Heather and I had some added difficulties in our first year. After being married only about 4 months, we moved from Georgia to Mississippi. While there, we started our ministry, The Gathering Oasis. We had no support from any organization. We were there to build. So, we were newly married, in a new place, and starting a new ministry. One of those things can be overly stressful, but somehow we had to deal with three of them at the same time. As you can imagine it was very difficult, but we chose to live day by day with constant faith in the Holy Spirit's guidance.

Like anything that's new, it takes time to find balance, order, and some kind of symmetry. This is also the case for marriage. You may be one of those people who has already been married before, so you have an idea of what to expect. However, if you are like me, this

was my first, and will be my only, marriage, and I didn't have a clue of what to expect. There were certain things I did to help me during my journey after the altar. Let me list some of those things for you.

First, I had to realize that my wife was in my life for a purpose. Like Adam, God saw fit to give me help, and I had to humble myself to be able to receive it. The wife must realize that God has provided her with a leader, and she must submit herself in order for her to be able to receive and go in the direction of her husband and the Lord.

I, myself, had to realize that my wife wasn't some toy I could pick up when I was bored, a doll to pull out when I was sexually frustrated, or a trophy that was meant to be shown to make me look good. She was placed in my life for a reason, and I had to be humble enough to understand it, receive it, and not deny it.

Secondly, I learned the keys to eternal marriage. They are the same keys found in the relationship between Christ and His Church. They are grace, mercy, and unconditional love. I had to show my wife grace, mercy, and unconditional love whether I wanted to or not.

I don't want you to get confused though. Unconditional love doesn't mean you compromise the standards and will of God. That's not what it means. Unconditional love means that I'm willing to forgive

you and love you no matter what you do or say to me. That's not an easy thing, and it's impossible for someone who doesn't believe.

How can a man say or give love if he doesn't have love, which is God, in him? See, God and love are equal. Understanding the character of God will help you understand the concept of grace, mercy, and unconditional love. As a husband, there are times where I must sit and explain to my wife why she must do things differently, how she was wrong, etc. Even God disciplines those He loves. Such holy discipline comes out of love because love desires to see the other person walk and continue in holiness and righteousness.

Thirdly, I had to learn the importance of a continuous dialogue with the Father. I had to realize that if my time in prayer was weak, my marriage would crumble.

We've read in 1 Corinthians 11:3 that Christ is the head of every man. That's key. Why? Because in Ephesians 5:23 we see that the husband is the head of his wife. The husband is to have on the head of Christ, and he is to give his head to his wife. Now, some would think that would leave a huge gap, and they would want to know where the wife's head goes. Well, her head goes to her children and the household. She is there with the house and the children on the frontlines, and the father oversees the entire operation. However,

he doesn't oversee it with his head; he oversees it with the head of Christ. This is why it is vitally important for a husband to continue to renew his mind so that he may begin to think, walk, talk, and act like Christ. This is what many refer to as "Christlikeness".

Heather will quickly tell me if I'm talking out of my head or my behind. She recognizes when I'm leading with the mind of Christ. How does she recognize this? My words will line up with His. She notices that my words and ways aren't selfish, tyrannical, or perverse. When my ways or commands become harsh, insensitive, and uncaring, that means that I've taken off the head of Christ and put on my head. That would lead my wife without a head, and anything without a head moves erratically with no direction whatsoever.

Could this be the very reason so many wives are moving erratically with no direction whatsoever? Churches around the world are filled with married women who drag their children there, but can't convince their husbands to go. The husband is disengaged, and he doesn't see the importance in going to the temple to listen to some man beg for money so that man can build his empire. Since the husband is disengaged, he fills his time up with sports. This is the primary reason why they air on Sunday.

I can understand that some people take a day of rest, or Sabbath, on Saturday and/or Sunday from

work, but that doesn't mean you take a day off from your continuous relationship with God. As men, we must strive to have a very passionate and deep relationship with God through prayer and other spiritual disciplines like fasting, studying, etc. One of our great problems is not that we don't know about God. Many men know about God; however, very few of them actually *know* Him.

A man who is both a husband and a father must make it his ultimate goal to grow an intimate, knowledgeable relationship with God so that he may have an understanding about how he should move, lead, guide, and protect his family. The greatest level of assurance a husband can give to his wife is the assurance of a deep, intimate relationship with God.

The wife is not off the hook either though. She must be willing to follow in her husband's footsteps. As her husband seeks the Lord both day and night, she must be ready to learn and be led by him instead of always trying to nag or question him. She must grow in her assurance and trust that her husband hears from God, and that he is led by Him. I know that can be difficult, especially if she never sees her husband in prayer, fasting, etc. Nonetheless, if her husband lives like an unbeliever, she should stay the course in her relationship with God in hopes that the love she shows towards her husband may win him over and turn his heart to God.

The First Year

Fourth, I had to realize that my marriage was a ministry to others. My wife and I have been really candid with others about our marriage. We live with the blinds open because we realize that our marriage ministers to other people, as well as other marriages. I've had married couples, both young and old, tell me how our marriage has helped them rekindle a flame they lost or spark a flame that they have never had.

By looking at your marriage as a ministry, you are constantly thinking about others instead of yourselves. That is a good thing. Your focus shifts to how your marriage can benefit others. If you have that mindset, you will desire to constantly do what is right because you know others are watching you and taking notice of what you are doing.

Not only do we see our marriage as a ministry, we also use it to minister to each other. We minister to each other in communication by speaking words of encouragement, in sex, in doing thoughtful things for each other, etc.

The fifth thing is what I honestly believe helped me the most in my first year of marriage. I realized I had to take my wife on an adventure. I'm a preacher who has been given a worldwide commission. I'm also a man who has been given a heart to explore, keep, secure, conquer, rule, and fight. I'm not good in front a computer screen or pushing papers. I want to get out there and get in the middle of some intense action.

During our first year of marriage my wife and I traveled all over the world. After living in Jackson, Mississippi for 5 months, we took our first international trip together to Dubai. After that trip, we would drive and fly all over the US. We were never at home for more than 3 weeks at a time.

Taking my wife on those adventures with me helped her to see the commission that we had accepted. It helped her to see the life we had been called to live. It allowed me to romance her in new places. It helped to create fun and lasting memories. It brought some difficulties that required us to come together to face and overcome them. This was paramount for both of us, and it helped to strengthen our union more than what we could have ever imagined.

A couple of other things I had to realize were: (1) Make sure your family is your first congregation. (2) Be strong, fearless, and compassionate. (3) Don't pass the responsibility of leadership to anyone else. Own your part, and take responsibility if anything fails on your watch. (4) Husbands, don't ever leave the leadership post. If left vacant, someone will try to assume it, and his or her enactment of power could prove deadly for your marriage. (5) Communicate effectively. (6) Walk by faith; not by sight. (7) Be willing to be changed and be transformed. (8) Drop the pride. (9) Seek and pray for friends who will challenge

you to be better. (10) Don't use manipulation to get what you want. Even if you end up getting it, you won't fully enjoy the fruits of it because you obtained it with the wrong motive. (11) Eat crap, and like it. (12) Don't concentrate on the small things and overlook the main things. (13) Arguing is pointless. Instead, seek peace by settling every conversation with the Word of God. (14) Run from anyone or anything that desires to destroy your marriage. If it stands a chance to destroy your union, don't entertain it. (15) Keep other people out of the personal matters of the home. Private family business shouldn't be placed in public hands. The court of public opinion will convict without evidence, so don't give them any.

Throughout the book, you will hear about many of these things I just mentioned. Don't stop here.

The Baby Question

If you're married, you've already had someone ask you the question "When are you having children?" Usually, the mother or father of the bride or groom is the first one to ask because she or he wants grandchildren. They may not take into consideration the factors that have shaped your decision to have or not to have a baby. Some couples just want to wait until they get to know one another more. Some have gone to the fertility clinic to figure out why they cannot get pregnant. Some may want to wait until their career picks up or until they get a career. Some just want to wait until the finances are right.

No matter what the reason is for your waiting, the perfect conditions will never come. Life will never stay perfect forever. You may have bursts of excitement and good times, but that will not always equal perfection.

Before my wife and I got married, I asked her if

she wanted to have children. She said she did. Then, I told her I wanted to have children as well. We also agreed that we would adopt children after we had our own. We both agreed, well, I kind of accepted, to wait two years before we had children. Waiting would give us an opportunity to get to know one another. We started out using contraceptives to prevent pregnancy from happening, but soon into our marriage we were both convicted over it.

Also, I didn't like the emotional effects the birth control was having on my wife. Her mood swings were highly didactic, and we knew that wasn't normal. So, we agreed to come off of birth control and believe God's will to be done in our lives.

It wasn't long before I heard my wife say those words I've been longing to hear since I time I married her. She said, "Baby, we're pregnant!" Tears began to form in my eyes, and I began to cry. I couldn't believe my wife and I were about to have a baby. I immediately felt a very real sensation of joy and excitement. I was also very confused, simply because I didn't have a clue what I was doing or how to be a father. All I knew was that I wanted a child.

Weeks began to pass, and my wife started having these very sharp pains. We would go to our regularly scheduled appointments. The doctor would tell us everything was fine. Then, *that* day came, and it left a lasting impression on my life.

The Baby Question

I took my wife to the doctor because she was having very intense cramps and she was bleeding. The doctor took her blood, and he asked us to come back in two days to get the results. Well, we showed up two days later to get the news of what was happening with our baby. The doctor came in the room, sat in the chair, and said, "This is the toughest part of my job." I knew at that moment we were experiencing a miscarriage. Then, the doctor went ahead and confirmed that it indeed was a miscarriage.

My heart was broken in pieces, but I didn't want Heather to know it. She sat there and cried for a moment, and I wanted to be the shoulder she could lean on in that dark and difficult time. It was so rough, and it hurt badly. The doctor told us to come back the next day so that he could perform a DNC to extract any residue from the failed pregnancy.

That same day I took Heather home, and I had just left to go lead a small men's bible study at the local coffee shop in Jackson, Mississippi. I was sitting there talking with the guys when I got a phone call from my wife telling me that she wasn't feeling well. She told me everything was going to be fine, but she wanted to let me know. I told the guys that I would have to cut the time short because I needed to get back home to my wife. About 10 minutes after she called me, she called me again telling me that she was on the floor in pain. She said she called 911 to come get her so she could go

to the hospital.

I jumped from my seat, rushed home, and found my beautiful wife writhing in serious pain on the floor. About 5 minutes later, I heard the ambulance sirens heading in our direction. They got her on the stretcher, loaded her in the truck, and began to give her some medication to ease the pain. I watched from outside the truck as my wife slithered in serious pain. With tears in my eyes, I realized I could do nothing to help her, and it broke my heart in pieces.

It is so difficult to sit and watch the one you love experience so much pain. As the ambulance drove away, I followed them to St. Dominic Hospital. They immediately took my wife to a room and told us a doctor was on the way. We sat there for about 15 minutes waiting for the doctor to arrive.

During those heart-wrenching minutes, my wife began to feel what she described as contraction pains. With tears in her eyes, he looked at me and said, "Baby, I feel like I'm about to have a baby." I jumped to my feet, hurried over to the bed, and helped her as her body ejected the gestational sac that was supposed to be the home of our developing baby. Unfortunately, the baby didn't develop, and the pregnancy was stopped at that moment. I felt a piece of me die at that moment, and there was nothing I could do.

Yes, I had many questions for God. No, I didn't know the answer to them. Yes, I wanted to cry. Yes,

that was a tough day in my life, but we got through it together. It took a lot of prayer and crying out to God. He had to heal my broken heart and give me the peace I needed.

They ended up keeping Heather in the hospital overnight, so I stayed there with her. I tossed and turned all night. I refused to go to sleep until I knew she was asleep. I would wake up every 45 minutes to watch her breath just to make sure life was still in her. Around 2:25am I got out of the small chair I was positioned in and walked to the side of the hospital bed where Heather was laying. I softly caressed her head, and I prayed and cried and thanked God for her. I didn't know what else to do at that moment. Nothing else mattered to me. That entire situation rocked our marriage to the core.

From that day on, Heather and I worked at getting pregnant. We had many times where we thought we were pregnant but it was only because of the chemical residue left from the miscarriage. We finally gave up trying, and just told ourselves that it was up to God. We just submitted ourselves to His plan instead of trying to create our own. That turned out to be the best plan ever.

My wife takes a yearly girl's trip with her closest friends. That year, she was going to Arizona. It would turn out to be the best destination she had ever been to, according to her. I took her to the airport, and

she waited for hours only to hear that her flight had been canceled.

Due to her canceled flight, she wouldn't be able to fly out of Mississippi until the next morning. I picked her up, we went home, and we celebrated her being home. That was a total surprise to us, and it turned out to be a great surprise from God as well. On that evening, we conceived our first child. It was totally unplanned. It wasn't something we willed or prayed for over and over again. We simply just allowed God's will to be done, and it was done.

See, you don't need to go around trying to create or finish the plan you've created for your life. Instead, allow for God's will to be done. You may be one of those people who cannot have children because of some issue in your body. Please don't allow it to discourage you. I know couples who were told they could never have children, but they had them. They never lost faith in God's will, and they trusted Him until the end. Does that mean it will work that way for everyone? Absolutely not. However, that doesn't give anyone the right to live as if God's will is not important and vital.

I've made it clear how heartbroken I was once I found out about the unfortunate circumstances surrounding our first pregnancy; however, that pain doesn't come close to the incredible joy I experienced each and every time I heard my first child's heartbeat. I

settled in my mind that I could not expect things to go my way. I could only be grateful and thankful for God's perfect will. I recognize that many people question the will of God and treat it as if it was just a way of obtaining comfort while they live on earth. However, the will of God can, and will at times be very uncomfortable. Remaining in the will of God requires discipline and continuous righteous living. I advise you to keep your focus on God, and placing your faith in our Savior, Jesus Christ.

I can tell you from experience that pregnancy is no joking matter. It's also a different experience for each couple. Since I cannot speak for everyone, I will only speak for myself. During my wife's pregnancy with our first child, I ate and ate and ate. During the first trimester, she couldn't eat past 5:30pm due to heartburn and nausea. That didn't stop me though.

I was hiding oatmeal raisin cookies under our bed to eat them as a snack when I would wake up at three o'clock in the morning. I would have to eat full meals every two hours. It was like there was a worm inside of me eating everything in sight. I continued to workout to maintain my somewhat symmetrical figure and lessen the conviction of my horrible eating habits. At the time of writing this chapter, my wife is still pregnant with our first child, and I was so excited to experience the joy and responsibility of being a father.

While Heather was pregnant, I experienced

some of her symptoms. I was moody (my wife thinks that is normal for me...FAIL), hungry every few hours, nauseous, and very tired. I could literally sense some of Heather's symptoms. We spend so much time together that we are literally in tune with each other. We are literally "one." There's something about the embodiment of marriage that takes on the whole person of man. It embodies the mind, the body, and the spirit. As I am, so is my wife. When she grieves, I grieve. When she's angry, I'm angry. There's a very distinct and honorable part of marriage that creates such a connection and bond that nothing on this earth should separate it.

The same is true for our relationship with the Father through Jesus Christ, the Son. Knowing this, it's easy to see how a husband could participate in the formation of the baby. Although the husband doesn't physically carry the child, he is in tune with the entire experience emotionally, mentally, physically, or spiritually, and many fathers are in tune with each of these aspects of the pregnancy.

The baby sits in the womb for months collecting from the mother and the father. As it matures in the womb, it takes on both set of characteristics and is firmly knit together by the perfect, skilled hands of God. There is no greater experience than the formation of a child and the joy of being parents. If you and your spouse have not had a

The Baby Question

child, please know that it is a great joy, but there are some great times of difficulty. The process is different for everyone. No one person can tell you the exact details of your pregnancy based on his or her experience. Just be sure you realize that it is an experience; a journey; a wonderful exciting time of work.

There is essentially no answer to the baby questions except to highlight the perfect will of God. I know you desire for things to go your way, but don't become frustrated when they do not. I've said this before, and I'll say it again. Frustration comes when an expectation isn't met.

If you expect for everything to go perfectly according to your plan you will be frustrated when it doesn't. Therefore, die to your own will and humbly accept the perfect will of God to be done in your life.

There is nothing more precious to behold than the responsibility of a caring for another human soul. It is not something that should be handled lightly; therefore, be thankful to God, and pray His will is done in your life today, tomorrow, and forevermore.

Allow me to go a bit deeper as it relates to the concept of having a child. It is a truly awesome and wonderful thing. Man, in all of his glory, is the carrier of life. Sex, the natural and fun process of insemination, allows for the sperm to travel into the safety and security of the egg, which is located in the body of the

The Baby Question

female. Don't be confused in thinking man is the giver of life. To assume man has life to give would also mean that he has life to take away. Man does not have the power to take it away or misuse it. He is a steward of it; therefore, it is fair to refer to him as a carrier of it.

Once the life has been ejected from him into the beauty of his wife, her womb nourishes and preserves it. If the woman dies, the baby dies. Now, it is foolish to assume that the woman is the giver of life simply because if she has the power to give it, then she would have the power to take it away.

Many people argue about abortion. I know many people who claim Christianity; yet, they support the concept of abortion. Please allow me to explain a few things. A woman's body is not her own. I oftentimes hear that a woman should be able to make her own decisions as it relates to her body because it is her body. That is false. The Bible is clear in stating that our bodies are not our own (1 Corinthians 6:19,20).

To assume the anatomy of the woman belongs to the woman is a very selfish and prideful assumption that is not born of God. Secondly, I oftentimes hear people say that women give life. That is also false. Women alone cannot produce anything except what is natural for their bodies to produce. Apart from man, women would not last long simply because there would no longer be life.

The Baby Question

We should all understand that God is the giver of life. It was God in Genesis who breathed life into the nostrils of man so that he would live. That very breath of life has sustained life to this very moment in human history. Without the breath of life from God, there would be no life at all. Therefore, to assume woman, even in her elegance and beauty, has the power to give life is absolutely incorrect.

Thirdly, I oftentimes hear about the scientific argument of what is considered life in the body. There is no man in his right mind that would argue the fact that the sperm carries life into the egg so it can be nourished and preserved. At this very stage of conception, life continues in the woman's womb. No matter the scientific argument for life, it cannot refute the fact that life is being preserved in the womb. Why? Well, if the life that is in the womb is left to mature, a baby will form.

Let's consider an apple seed. You may look at an apple seed and think it's insignificant because it isn't an apple. However, an apple isn't an apple without the seed. The full-grown apple doesn't become an apple worth eating unless it begins as a seed. Killing the seed kills the apple. Killing the sperm kills the baby because it is from the sperm that we have a baby. This is an intricate system fully orchestrated and sustained by God, and no man should seek to interfere with it. Nor should any man or woman seek to place himself or

herself as the author or finisher of life. That duty is God and God's alone.

Men and women should humbly accept the awesome joy and privilege to carry, nourish, and preserve life while here on earth. This is the awesome assignment of being a parent and fathering a nation. That is enough to get excited about, even if you have to deal with all of the baby questions.

The Hard Times

This is a hard chapter for me to write and share because it is very personal. I shared some very personal things in the previous chapter, but I did not think I was really ready to go as far in depth with you as I am about to. Nonetheless, I am sharing this with you because I hope that my vulnerability and openness will connect with your heart prompting you to have a real dialogue with our Father. Get ready for an emotional ride. Here it comes.

Marriage is a life sentence without the possibility of parole. However, some make it out to be a short-term stay at a low-security juvenile center. Heather and I have both been at what we thought to be the end of our ropes with one another.

There were times in the beginning of our marriage that I thought I was going to pull my hair right out of my head. I figured I should just attach a hanger to my head, walk around the house, and see if I

could find a signal that would tell me what my wife was thinking. I was clueless, absolutely clueless. Heather and I would get into an argument, and it would last for hours. I would get upset because she did not understand my logic, and she would get upset for the same reason.

We both wanted the other person to understand us. When I felt as if I could not get my point across, I would get loud. Honestly, it was poor judgment on my part for thinking that screaming would help me articulate my point. When I screamed I was just trying to protect myself from being hurt. It was the "protector" in me who was trying to "protect" the "child" in me from getting hurt again. Most often, my loud screams turned into rage.

There was one time where I picked up a lamp and broke it. I was out of control, but I really did not understand why. Heather kept insisting that I receive counseling for my anger, but I would adamantly deny that I really had a problem. I was not much of a communicator. I would share different things concerning moving forward in our marriage, but I rarely talked about me. I was a lost, hurting man on my way to destruction. I believe that with all of my heart. There was no true inner working of the Holy Spirit within me because I failed at one of the most important parts of the process. I failed at realizing and confessing that I definitely had a problem.

The Hard Times

In the past, I would throw myself into pornography to escape the tormenting battle in my mind. I was involved in sexting, lying, gluttonous eating, and deception. Sin was the source of my problem, and I was not willing to admit that I truly had a problem with it.

I figured I was fine, and I would tell myself that my sin was okay because "everyone sinned," and there was no way to break away from it. I lost all hope in the process. Sadly, I was not ashamed of my sin at all. My secrets had secrets, and I was not willing to disclose them to anyone.

There was one huge argument Heather and I had, and I was at the center of it. Light shined on my darkness, and my lies were exposed. Like many, I tried to lie my way out of it. I wanted to take the coward's way out and commit suicide. I was a mess. Heather and I sat in my parent's house arguing over and over and over again. My mother tried to be the mediator, but there was nothing that was going to stop me from saying all I wanted to say.

At that time my wicked heart's desire was to hurt Heather as bad as I was hurting inside, and I was successful at it. I did not realize the damage that I was doing to her, my marriage, and myself. I was reckless with my words, and it cost me dearly.

At the beginning of our marriage, Heather and I told one another that we would always sleep in the

same bed no matter how we felt about each other. For that reason and many more, we have always had a king size bed. That way, we could go to sleep without touching each other. Those nights did not happen often, but they did happen. There were times when I just wanted to get on a giant rocket and blast into space. I was not sure what I was going to do when I got there, but just the thought of getting away was enough for me.

I am going to be VERY personal at this point, mainly because I believe you, the reader, need a very real, personal experience to tie into what you may have possibly gone through or what you may possibly avoid.

I did not grow up in a very touchy family. I knew my parents loved me, but that love was sometimes tough to realize and feel with my father. I desperately wanted his love and affection, but I seldom got it. I felt as if he loved football, basketball, and work more than me. I would get jealous over the time he would spend watching sports on television, so I grew a deep hatred for all sports. I still do not watch them.

When my mother would cook, we would get a plate and go to our respective areas. We usually went and ate in a place where we could lay our plate down and go to sleep. My mother's food is so good that it will put you to sleep. We were not very affectionate as a family. We rarely did things as a family. It was usually my sister, my mom, and myself. My dad was usually

working, and his absence from my award nights, games, practices, etc. really hurt me deeply.

Once I met Heather, I was fascinated with this concept of "happiness" that she embodied. Her outward beauty was a clear reflection of her inward beauty. I, on the other hand, was a very sarcastic, rude, and manipulative guy. I did not like all that happiness around me; yet, I was drawn to it.

When Heather and I would get in arguments, I would tell her that I hated her happiness. I would tell her that I wished she would be meaner. That was foolish because God knows I didn't really want my wife to be mean. I had seen Heather mean, and it was not a pretty sight.

My wife is very bubbly and happy, but there were times where she would get upset and a different side would come out. While I was dealing with my anger and insecurities Heather was dealing with abandonment and insecurities of her own. Heather was adopted, and she still has yet to sit and talk with her birth mom. I would never want to know what that feels like. She also lost two family members, and a friend, in a month and a half of each other. She felt like whoever got close to her would die.

Heather's abandonment issues would show each time I wanted to leave the house. I would prepare to go to the gym for a couple off hours, and I felt like Heather would make it seem like I was going off to war

in the Middle East. She would run and hug me, and tell me that everything was going to be all right. I was confused, seeing that the gym was literally 2 blocks from our residence.

Nonetheless, we had to deal with these issues. I had to deal with my issues of anger, resentment, and rage and Heather had to deal with her issues of abandonment and her insecurities. I finally got the strength and courage to sit Heather down and let her know what was going on with me. I was really never an angry person until I got married. The anger was there, but it manifested in manipulation and lying. Sin was the root of my problem, and my inability to deal with it properly was damning to our marriage and me.

Here is the major kicker for me. It is difficult for me to write this, but I'm going to do it anyway. **I felt like I did not want to be loved**. I did not think I was worth being loved. I did not really think God loved me. That was a concept that was very difficult to grasp. I thought I knew that He loved the world enough to send His Son, Jesus, so that we could believe on Him and be reconciled back to our Father, but that concept was far-reaching for me. I could not grasp it in my mortal mind.

I could not understand why Heather would want to love someone as unlovable as me. I could not understand why she wanted to marry someone like me. I felt as if I was a stain on the fabric of life; yet,

many could not tell that about me due to my manipulating ability to masquerade around with what I thought was confidence. While arguing, I would tell Heather to just leave. I would tell her to just go away and leave me alone. I had allowed my internal struggle to consume me. I tried everything I possibly could.

While riding in Detroit, Michigan, Heather and I got into an argument because I was not being welcoming with her family. She had good reason to be upset because I was being very cold towards them. As always, I got irate, and I began to pound on the middle console until I damaged my right hand. Then, I flipped over the food that was sitting in her lap. As she sat there crying, my hard heart hardened even more. I was closing up on my wife and my marriage. My heart was filled with malice and hatred, and I was becoming the very man I told myself I would never be.

I love 2 Samuel 12 when Nathan, the Prophet, goes to reprove David, the King, for his wicked ways. Here's a summary. David, the King, had all the wealth, power, wives and children inherent for the King of Israel, but this did not stop him from going after what he wanted. While pacing the roof of his palace, he spies upon Bathsheba, the wife of one of his soldiers, Uriah, the Hittite, who was away at war. David sends for Bathsheba, and they spend the night together. Bathsheba becomes pregnant, so King David demands that Uriah be placed on the front lines in battle where

he dies. David then marries Bathsheba. This sends the prophet Nathan to reprove David for his actions. In Samuel 12:1-4, Nathan says to David, "...*There were two men in one city; the one rich, and the other poor. The rich man had exceeding many flocks and herds; But the poor man had nothing, save one little ewe lamb, which he had bought and nourished up: and it grew up together with him, and with his children; it did eat of his own meat, and drank of his cup, and lay in his bosom, and was unto him as a daughter. And there came a traveller unto the rich man, and he spared to take of his own flock and of his own heard, to dress for the wayfaring man that was come unto him; but took the poor man's lamb, and dressed it for the man that was come to him.*" Now, pay attention to David's response in verse 5 and 6. "*And David's anger was greatly kindled against the man; and he said to Nathan, 'As the Lord liveth, the man that hath done this thing shall surely die: And he shall restore the lamb fourfold, because he did this thing, and because he had no pity.*" Now, read Nathan's response to David in verse 7. "*And Nathan said to David, 'THOU ART THE MAN!...*" David is humbled, and realizes that he has sinned before God.

Like David, I was not at war and engaged in our spiritual battle by praying, fasting, and repenting before our God like I should have been. I was not overwhelmed with passion and gratitude for my Savior, Jesus Christ. My passion was lackluster at best.

The Hard Times

I was the man who was sending others to battle while I stayed back to look upon the wickedness of the world. I wanted what my wicked heart desired, and I was turning away from everything that was holy and pure. I was a wicked and horrible man filled with lust and hatred. I did not know the meaning of love or true joy.

My heart was hard, and I was not saved. There was no true work of sanctification in me. There was no true change. My hope was not in the saving work of Jesus. I was my own hope! I employed my flesh to do my bidding, and I sought to control my flesh with my flesh. I was a wicked and horrible man with a stone cold heart, and it is so freeing to be able to admit it now.

After moving to Jackson, Mississippi, Heather and I had nowhere to turn but to each other and God. I was forced to reconcile. I could not leave because there was nowhere to go. Money was tight, so there was no traveling just to get away. I found my secret place on the top of a building that was next door to the loft where we lived. I would go up there to talk to the Father and study. After an argument with Heather, I walked out of our loft, went up to the roof, and I began to pace.

While pacing, I told the Father how I did not appreciate Heather's ways. I told Him everything that I despised about her. It was all about her, and there was

The Hard Times

nothing mentioned about me. I paced and paced and paced. Finally, I stopped pacing, and the Spirit of God began to speak.

See, I had spent the beginning of that day dealing with marriages that were decaying because of lying, cheating, and abuse. I spent that day talking with the Father about the deplorable acts I was hearing from other people about their spouses. I spent that day highlighting the faults of others without ever turning the light on myself. But, while on that rooftop I was confronted with my own reality.

The Spirit of God said to me, "Cornelius, YOU ARE THE MAN!" Like David, I realized that I was the man! I was the man who was destroying my life because of my sinful ways. I was the man who was just as disgusting and deplorable as many of the men I had dealt with earlier that week and day. I was the man who sought carnal satisfaction instead of spending considerable amounts of time in prayer and fasting. I was the man who was destroying my own witness and tarnishing my own character. I WAS THE MAN!

I was broken at that point. I dropped to my knees, and I began to weep. Never had I cried like that before. Never had I had my sins brought before my very eyes. Never had I wept out to the Father screaming in repentance. It was at that moment I realized that I was the man who was prepared to be thrown from my Savior's presence because I was a

"worker of iniquity." It was at that time that I realize I could not do it. I could not fix myself.

I could not continue to hang on to my hateful ways and wicked advances. I could not continue to hide behind a wall of lies and insecurities. I could not continue to push people out of my life who loved me. I could not continue living, thinking that eternity was not staring me in the face. I had to change, and repentance was my only course. I wept loudly, and I told God that I was through. I told Him I was finished trying to be my own savior. I was finished trying to fix myself. I was finally desperate for Him, and I finally realized why I needed Him as my Savior and Lord.

You must realize that there are hard and tough times in marriage, and many of those tough times come because of the inner struggles and pain we have in our wicked hearts. You must surrender to God. You must relinquish all control and rights for your life and humbly submit to His will. You cannot fix your spouse. You cannot solve your own problems. Your problem is not just pornography. Your problem is deeply rooted in pride and deep a desire to feel wanted and appreciated. Your problem is not just in adultery. It is deeply rooted in ungratefulness and worldly thinking.

Do not be deceived into thinking that your marriage is going to be all peaches and sunshine. I would oftentimes tell my wife that I did not want to continue to visit her "Happy Land of Gummy Bears and

Unicorns." I had grown accustomed to the darkness, and I did not want to leave it. There are things I have said that I should have never said to my wife. There are things I have done that I deeply regret.

My sins were placed before my eyes, and I have since become a repentant, broken man. I realized that I WAS THE MAN. I had to realize that God is much bigger than my problems or issues. He is the answer to all of my marital and internal struggles. I could no longer fix me, and I finally gave up trying.

One last story, and then I am done with this chapter. While in Puerto Rico, Heather really wanted to go to El Yunque Rain Forest. As I have stated before, I am not much of a water or bug guy, but I wanted to make her happy. We rented a car, and we drove up near the top of the mountain. I was terrified going up because the roads were very narrow; there was no siding, and I HATE heights.

We got out of the car, and we began a 45-minute walk to the rain forest site. I was told it was only a 15-minute walk, but I digress. There is that sarcasm again. Pray for me. Nonetheless, we walked and saw all of God's creation, and I watched as my wife walked in front of me. I could not stop thinking about her not being in my life. I was also thinking about the possibility of falling off the side of the walking trail to the cloudy abyss below. I was terrified. Please do not

The Hard Times

laugh at me. Stop laughing. I am serious. Stop laughing. Okay, laugh a little.

Nevertheless, I realized that we were one in our marriage, and there was no escaping it. I was in it for the long haul. Something clicked in my mind at that point that our marriage was really "until death do us part." Seeing that there was no rail on the walking trail, I thought the death part was coming sooner than later.

Heather would walk ahead, turn around with a big smile on her face, and look back at me. At that moment, the hard times felt all worth it. The times when we were forced to eat a green pepper, an onion, and brown rice as a meal because we had more bills than money; the time when Heather's stepfather died and her nephew committed suicide 2 weeks later; the time when our BMW truck was taken because the state of New Jersey had it registered as stolen in the system; the time when we had to scrape together money to get to a speaking engagement because the church did not have enough money to pay for our travel, seemed like nothing compared to the overwhelming sense of joy we had in that moment together. Those were tough times, and Heather and I still have tough times. They are not as tough now, because we do not place our value in material things like we once did. I have sold every watch I owned, with the exception of one, so that we could have money to take to the children in Ethiopia. Heather has sold her shoes, purses, and

clothes to have money to give to people we felt led to bless even when we did not have it.

There are many people who think they truly know our story, but they have no idea. The same will be for you and your marriage. Many people will think they know the sacrifice and the struggle, but they will not know the true story. That is okay. Continue to overcome the hard times by surrendering to the God instead of trying to fight your way through. I've given up fighting. The world says to fight, but God says to surrender. It seems more difficult to just give up and surrender at times, but let me assure you that it is much easier than it seems.

The hard and tough times will come. My wife and I have been threatened so many times that I don't even keep count any longer. I had a man tell me that he wished he could be there when my baby was born so he could cut the child's throat open and stand and watch the baby die.

There are some wicked and cruel people in this world, and there are some tough times ahead. Be of good cheer! Christ has overcome the world, and our lasting hope should be in Him. Don't assume for a second that life or your marriage is going to be easy. I don't care about your economic status. You could lose it all tomorrow. Your house, with all your belongings, could burn to the ground tomorrow. Your children

could be murdered or killed. Your livestock could all be slain by a torturous natural disaster.

Do not place your hope in this world. Do not build your marriage on this world's satisfaction. The hard and tough times will come, but that does not mean they have to overcome or overtake you. I am telling you what I know, from experience.

I Do, But I Don't?

"What in the world did I get myself into?" says the man married only 3 months. "This is not what I thought it was going to be. I was thinking I would have cooked meals, hot showers and a lot of sex. I wasn't thinking marriage would be anything like this!"

I've had so many friends of mine who've gotten married express this same feeling in one way or another. I know I felt that way when I got married. I had no clue as to what I was getting ready to do. We did the premarital counseling sessions. We asked each other over 300 questions, which spurred conversation about a plethora of things. Yet, I was standing at the altar with so much fear. I had no idea what I was getting ready to experience or enter into. To make matters worse, this move was irrevocable. There was no turning back. Divorce was not an option.

I can tell you that the most attractive and inspiring asset my wife has is her beauty, and I'm not

referring to her outward beauty. I'm referring to her inward beauty. She is so sweet and thoughtful and caring. She is so delicate. She is like a feather. She is graceful and elegant. Her mere presence is inspiring.

I've met many men who have a passionate love for their wives in the beginning; however, it somehow changes as life happens. That once exuberant joy the man had is somehow buried under a pile of bills, his wife's needs, the children, his work, etc. He's trying to make the world a better place when all his wife wants is his heart. He doesn't realize it, so he attempts to catch her heart by providing for her. He sees to it that the bills are paid and she gets great sex whenever he's ready for it. Or, you might have the man who passively ignores everything. He is but a shadow in the house. His wife doesn't respect him. She is the one the children run towards for all the answers because they know dad will always refer them to mom. She never consults him for anything because she doesn't feel as if he can give a solid answer anyway. She does what she pleases, and she'll fill him in on the particulars when she gets ready.

I think it's important for us to examine some of these core issues we often see facing marriages today. I'm going to write from a position of one of those men who see these issues firsthand. In fact, I'm going to add my own life experiences so you can see that we all face issues and we all have problems.

I Do, But I Don't

Passivity

The ending to Genesis 3:6 is "...*and [Eve] gave also unto her husband with her; and he [Adam] did eat.*" That Scripture haunts me to this day. I often think about Adam and his passivity. I often wonder why Adam didn't instruct the serpent to get out of the way and shut up. I wonder why Adam didn't just take a rock and bash the serpent's skull to pieces. Adam is a man. Heck, he is the man, but he still allows all of this to go on while he's right there with her. He allowed her to eat of the fruit, which he was specifically told by God not to eat! You have to understand that this is not just some mythical creature we are referring to. This is not just some Johnny-come-lately giving out instructions. This is the Creator of all things who had given out firm instructions not to eat of that fruit. Adam was there when God gave those instructions; however, he still allows Eve to eat the fruit. He still allows the serpent to talk to her. He still takes the fruit and eats it himself. This is ludicrous!

Sadly, we are doing the same thing today. We have been given firm instructions by God to love Him and love others as we love ourselves. We have instructions that man is the head of the household. We have been given instructions to take care of our children and be responsible men of character and integrity. We've been commanded to not have premarital sex and not become consumed with the lust

of the flesh and the pride of life. However, we still allow it to happen.

Men are sitting back watching football games and chasing loose women while the serpent is having a field day with our women. We have become such a passive society. We allow anything to happen, and we let anything get by nowadays. We have become tolerant of all manner of evil. We don't care what our eyes watch or our ears hear. We are open to all things no matter the degree of evil. We laugh at what God hates. We enjoy what we shouldn't. We entertain foolishness. We don't watch our words. We mock one another and call it fun. We have become so idle in our daily walk with God. In fact, we no longer seek to walk with God. We won't even crawl!

You can tell from Genesis 3:6, that this has been an issue since the creation of man. Adam, being the creation of the Almighty God, passively looks on as his wife, Eve, converses with the enemy and eats from a tree that is forbidden. Men, we've become like Adam when we have been called to imitate Jesus.

I love reading stories about Jesus casting out demons. He didn't waddle in fear. He didn't shrink back. He confronted the enemy head-on! Jesus didn't show fear when Satan appeared to Him while He was away fasting. Jesus spoke truth based on what God had already spoken. This was supposed to be the way Adam performed. Adam should have squared back his

shoulders and let that serpent have it. However, he didn't, and many of us aren't doing it either.

We have become a silent culture. We don't seek to comfort our wives because we just don't understand them. Little do we realize, our wives are being attacked by Satan. He is telling them all kinds of lies concerning the way they look, how they dress, how no one likes them, how you're going to leave her for someone else better looking, etc. Instead of facing the enemy head-on, we avert to doing exactly what Adam did; NOTHING! We stand there with dumbfounded looks on our faces while the enemy has a field day in the minds of our women.

Can you imagine this image? Stop and imagine your wife standing there while Satan feeds her all of these lies. Imagine you're just standing there looking on without saying a single word. You may think you're being noble by allowing her to fight this battle on her own when you're silence is really hurting her! It's doing more bad than good. This wasn't a battle she was commissioned to fight. In fact, YOU, as the man, were given strict guidelines to follow. However, you've pushed those aside to remain silent.

Satan wants you to prefer football, basketball, work, camping, drinking with the buddies, etc. over your wife. He actually prefers you forgetting all of her needs so you can focus on yourself. He doesn't want you to win her over. He doesn't want you to feel as if

you've fought him for her. He doesn't want you to seem as if you even care. He delights in your busyness. He loves that you're never home. He wants you to be mean towards her. He desires for you to be cold and uncaring. He wants you to talk more to your secretary than you your wife. He loves that you hate her. He takes great delight in it, and he takes great delight in you!

I've found myself in this position so many times. I've found myself silent while Satan was having a field day with my wife's heart. I remember my wife asking me if I would pray with her. I responded, "No, why don't you just pray for yourself? God hears your prayers just like he hears mine." I was so insensitive. I would be willing to pray for anyone else, but I refused to pray for my own wife. How foolish of me! Little did I realize that Satan took great joy in this. I didn't realize my passivity and sincere ignorance would affect my wife so much.

My mother is a strong woman. I've never ever seen anyone get over on my mom. She's just strong-willed. If she said it, you might as well take it to the bank because that check was good. Her strength is amazing. My sister is the same way. I grew up with strong, independent women. I watched them make decisions and do things when I was a child. I didn't see them always hugging or seeking affection. In fact, we didn't hug much in our house. We didn't even sit close

to one another. We all had our own spaces, and we were okay with it. It was normal to me.

Then, I got married. My wife is the total opposite. She loves touching. She loves affection. She loves to be close to me. She loves holding hands. She loves it all. I tried to equate my mother and sister's personality with my wife. They weren't close at all. So when I got married, I sought out to treat my wife like I saw my mom treated. I didn't want to hug and cuddle and kiss. I knew my wife wanted that from me, but I wasn't willing to do that in the beginning of our marriage, and, that caused some major problems.

My wife asked me, "Do you think I'm beautiful? Do you even like me at all?" My response was simple, "Sure; that's why I married you!" I didn't realize Satan was implanting all these thoughts in my wife's mind. I was sitting by idly while he was destroying our marriage. I didn't once seek to intervene and speak against it. I didn't try to comfort her and reassure her. I was silent. I was paralyzed. I refused to move and or intervene, and it almost cost me my marriage.

I didn't realize that my marriage was almost over before it ever begun. I was acting more like Adam than Jesus. I was being passive instead of confronting the enemy and dealing with him as the leader of my house. I wasn't guarding and keeping my house. I was allowing anything and everything to come in and destroy the holiness of my home. I allowed certain

television shows and music to come in my house that should've never been in there in the first place. I should've been on a stronger watch to ensure I didn't give the enemy a foothold.

Not only that, but I was also becoming more and more disengaged. There are other men out there who are just like me. They are disengaged. They do not care about what is going on in their homes. They care very little that their wives are being attacked. They are okay with allowing anything to infiltrate their household.

Valuable

My wife takes very good care of her handbags. They cost a lot of money. They're valuable to her. However, I know she values me over those handbags. She has handbags, but the handbags do not have her.

In the beginning, however, I didn't value her. I didn't truly respect the gift God gave me. I love the Scripture that says *'He who finds a good wife finds a good thing and finds favor with the Lord.'* Well, I definitely found a good thing, but I had no clue how much favor God gave me when He gave me her.

We went through pre-marital counseling. I really thought it was a joke. I mean, what can you possibly say in a 30 minute meeting that's going to cover everything you'll go through in the marriage? There are some foundational truths, but things do happen, and they don't always happen the way you

think they should happen. My wife and I have done pre-marital counseling, and I've found it to be somewhat complicated seeing that I didn't know the two individuals personally.

I didn't know if the woman would flip out on the man one day, or if the man would decide after 4 months that he wanted to leave. I can give those foundational truths, but that is where it ends for me. My wife and I didn't have the best pre-marital counseling, and I never really asked anyone about marriage. That's because I had a ton of folks who freely gave me their opinion, as if I really wanted it. Don't get me wrong - I'm pleased to have folks who care enough to say something, but I knew I was getting 'advice' about marriage from a man whose perspective was altered because his marriage was horrible. He was barely hanging on by a string. So, why would I heed his advice?

I had guys from everywhere offering their wisdom on marriage. I remember having an older gentleman tell me one thing that has stuck with me. He said, "Son, be willing to change and grow; that's the beginning and end of marriage." That sounds really simple, but it is packed with so much truth. Those words still ring in my mind today, and I believe our marriage is successful because of those words.

One day my beautiful wife said this to me with tears in her eyes: "I wish you would consider me

more." I don't think you understand how much those words bothered me. In fact, they should bother any man. They bothered me because I didn't really know how to consider her. I didn't go through a crash course on valuing your spouse. It was just a short time ago that I was single, living alone, with no worries except my own. I had no clue I needed to change and mature so quickly, and my wife was sure to remind me when I was not considering her.

I had to learn to value my wife. First, I would begin to pray to God to show me how to value her. I would ask God to allow me to see my wife as He sees her. I wanted to value her and treat her like God would treat her. I remember God telling me that I should study the relationship between Jesus and the Church. I was irate. I was trying to figure out what that had to do with me valuing my wife. Well, it has everything to do with it.

When you study out the relationship between Christ and the Church, you see this common thread of love. You notice how Christ lays his life down for the Church. You notice how Christ prefers the Church. He remained disciplined and steady to complete the assignment put before Him so He could ultimately give the Church the advantage. That's some powerful stuff.

My time of studying brought tears to my eyes because I know I wasn't prepared to give my life for my wife. I wasn't ready to just let go of my selfish ways

and cling to her. I wasn't ready. I said, "I do," but I really didn't.

I had to realize that I had to mature. It was then that I realized marriage isn't fit for children. It isn't fit for the selfish or insecure. It isn't fit for the perverse or immoral. It's a union for the mature. It was finally time to man up and value my wife the way she was meant to be valued. However, by valued, I don't mean spoiled. I don't plan on spoiling my wife. She can do that on her own. However, I will value her.

That means I'm willing to prefer her over everything else except God. It means I'm willing to lay down my life for her. It means I'm willing to remain disciplined to finish the task I've been given to give her the advantage. It means I won't ever quit or give up on her. It means I will constantly pray for her and with her. It means I will rise to the occasion and fight for her honor. It means I will destroy every enemy who rises against her.

This isn't a fairytale. This is real life, and it must be looked at that way. Consider whether or not you're ready to fully value someone that should be valued in your life. Consider this before you court. Consider this before you propose. Consider this before you wed. Consider it before saying, "I do." You may find out that you really *don't*.

I Do, But I Don't

A Submitted Wife

Women are priceless treasures worth more than any currency created by man. They are gifts to men, a beaming flow of love. There is no greater creation for man than the woman. It is my greatest desire that women around the world would realize how precious they are to man and God.

Unfortunately, women are engaged in a great war. Their enemy is dangerous, deceiving, and conniving. Many think that the number one enemy of a woman is male chauvinism. However, it is not. A woman's greatest enemy is feminism linked to making women more like men.

When a feminist stands to her feet to proclaim that a woman should abandon her God-given responsibilities and gifts to become more like a man, she is communicating to other women that she hates who God essentially created a woman to be.

A woman should never compare herself to a man. In fact, a woman should never have to ask if she is equal to a man or not. A man and a woman are equal. However, they have different roles, responsibilities, bodily composition, etc.

The man and the woman are equal, but that does not discount the truth that a woman must submit. Look at the relationship between the Son and the Father. They are essentially one. However, they both serve as two Persons. The Son chose to submit to the Father. He sat down His own will in order to submit to the will of the Father. That is true strength, and it shows the true position of submission.

"Submit" and "submission" are two words most wives hate to hear. This is because they don't really understand submission. Submission is an often talked about subject, but many do not adhere to the principle of submission, simply ignore it, or they ignorantly deny its truth and existence.

At the heart of submission is the decision to make the CHOICE to submit and to refuse the option to say "no." The one who submits must decide how much authority he or she is willing to secede to the one he or she submits to. He or she must also decide how much of his or her life he or she is willing to surrender. Submission is about choice; about the option to decide how one feels about the demand and what one is going to do about it. As free moral agents, we are able to say

"no" to any command that is given to us to follow. Submitting isn't done because you have to do it; it's done because you want to do it.

Let's briefly look at the relationship between Christ and the Church. Jesus Christ is not a slave master to His bride. He doesn't make her answer when He calls, make her act, make her confess, etc. The beauty about the relationship between Christ and the Church is that the Church freely comes and submits. The act of submission seals the relationship between the Church and Christ. If the Church, which is Jesus' bride, doesn't submit, the relationship ceases from being pure and proper. In a proper relationship, there must be a head. Anything with multiple heads is considered a monster.

Ephesians 5:23 reads *"For the husband is the head of the wife as Christ is the head of the church, his body, of which he is the Savior."* Please notice that it does not say that the wife can assume the headship. It does not say that the children can assume the headship. The verse is clear that the husband is the head of the wife.

Like Christ, the husband is not supposed to lead with wrath, selfishness, or harshness. Like Christ, the husband is not a slave master. Slavery is forced, and the slave master forces it. The slave does not ask if she or he should submit. The slave MUST submit or face severe punishment and ridicule. She or he has no

choice in the matter. If an order is issued, the slave, whether or not she or he agrees to it, must be obedient in completing the task she or he has been commanded to perform. In slavery, the person gives himself or herself over to the control of another. In fact, this type of relationship between two people is representative of chattel property, meaning that there is a sense that the master is the owner and the slave is only his or her property. If the slave chooses not to submit, she or he is in rebellion.

1 John 4:16-19 reads *"And so we know and rely on the love God has for us. God is love. Whoever lives in love lives in God, and God in him. In this way, love is made complete among us so that we will have confidence on the day of judgment, because in this world we are like him. There is no fear in love. But perfect love drives out fear, because fear has to do with punishment. The one who fears is not made perfect in love. We love because he first loved us."* By this we know that we must be driven by love. Love must be perfected in us so that we can properly submit.

To place this in context, we must first consider the fear of God. To use this as a claim that we do not have to fear God is not accurate. These Scriptures do not say that we should not have a reverence for God. It only says that once love is perfected in us, the reverence we have for Him becomes love for Him.

This is also true for the husband and the wife. The husband is told to love his wife. The wife's reverence for her husband is perfected in love. See, our love for God isn't based on our humanistic love. We love Him because He first loved us. The husband loves his wife, and his wife experiences his love. The love he has for her helps her perfect the reverence she has for him. Therefore, she doesn't fear his headship because she experiences his love. Simply put, the wife does not have to fear being punished by her husband, as if she was a slave. Instead, her love for her husband allows her to freely submit to her husband without constraints. She is no longer driven by fear when love is perfected in her. Do you notice the connection between love and submission? It's vital to understand it.

Since I've told you what submission is, let me tell you what it isn't. Submission is not mindless obedience. If a husband asks his wife to do something that is outside or against the will and statutes of God's law, the wife should respectfully and graciously decline. **Read Acts 5:29.** A person who is in authority should not use submission as an excuse to sin. If a wife's husband asks his wife to do something that is sinful, she should decline. To use submission as an excuse to sin is wrong.

Submission is, however, a divine calling for a wife to honor and respect her husband. It is a wife's

duty to submit to her husband's authority and yield to his leadership. **A wife should never gloat in her husband's passivity, and a husband should never use law or religion to sustain his headship.**

Although it's difficult for a wife to submit and understand submission, it's just as difficult for a husband to properly love. Initially, if a husband doesn't know or have God, he doesn't have love. This is because God is love. The husband may be religious, but he can still be void of love. Knowing Scripture or popular Christian sayings and clichés won't produce love. Satan knows Scripture, but he doesn't have love. In order to have love, the husband must be one with God and God must be one with him. Some wives may say, "But, my husband doesn't love me properly!" While some may say, "My husband is worthy of my submission." I've actually heard older women tell younger women that they should only submit to their husbands if he is worth submitting to. Honestly, there isn't a husband alive who is worth the full respect of his wife. For that reason, a wife shouldn't seek to withhold respect from him just because he fails to meet her unrighteous requirements. The same is true for sex. A wife or husband should never withhold sex from his or her spouse just because the spouse doesn't meet his or her spouse's stringent requirements.

Also, it is nonsensical for a wife to show more respect to another man of authority without showing

her husband the same respect. If the wife shows her pastor, or some other authority figure, more respect than she shows her husband, she risks the chance of devaluing and deeply hurting him.

When a man is hurt, he usually gets angry. Anger is usually birthed out of hurt. Submission to her husband should be different from her submission to other men. The wife must prize submitting to her husband much more than submitting to her father, her pastor, an officer, etc.

Most wives look at submission as something that they fear. The wife should not fear though. Her faith in God must be so sure and strong that she laughs at the future and at fear. She defeats fear by maintaining her hope in God and His promises. Christian wives and women place their hope in God and triumph over fear.

Husbands, says the Apostle Paul, "love your wives" and Paul commands Titus to take care "that the aged women teach the young women to love their husbands." Parents are to "love their children," and to show that they do so by "bringing them up in the nurture and admonition of the Lord." Children are to "love their parents" and they are to show that they do so by "being obedient to them in the Lord." Masters are to love their servants, and they are to show this by being kind and considerate in their arrangements. Servants are to love their masters and are to show that

love by being obedient and submissive, diligent and faithful. Husbands and wives are to love one another, with a pure heart, fervently. They are also to manifest that love by a careful performance of the duties, which rise out of, and are suited to, the relation in which they respectively stand to each other.

As the Church, when I submit to Christ, I give up my own mission to carry out the mission of Christ. I submerge myself in His will instead of recklessly diving in my own. Submission is for my protection, and I'm protected because my covering is Jesus.

Scripture instructs a wife to submit to her husband as she would submit to the Lord. It is the Father's will that all men come to repentance and grow in the knowledge of the truth. If the husband is one with God, he will adopt the will of God. He will drop his own desires to fulfill the desire of God. The absence of his selfishness will create a pure flow of love from himself straight to his wife. For this reason, a wife should never fear the beauty of submission. It should be her honor, not her burden.

Husband, The Peacemaker

Husband, let me ask you a question. At what point have you been at war with salvation? Has Christ ever made it difficult for you to receive Him? Has Christ ever made it difficult for you to come to Him or remain in His presence? I would think not! Many may say, "Well, I've been at war with salvation many times in my life!" Let me ask you this. Was that your fault or did that fault belong to Christ? Let me answer for you. It was your fault. It's sin that has created a line of separation between you and God. Sin has made us enemies of God. This is why we need Christ. Christ is the Mediator. He stands between us and God the Father. Jesus Christ provides the way for each and every one of us to be connected to back to God the Father.

I bet you're wondering why I asked you that question, huh? Well, we oftentimes hear that a husband is supposed to be loving, kind, gentle, warm,

tenderhearted, etc. We hear and know that a husband is meant to be a protector, a provider, and a comforter like Jesus is to His bride, the Church. There is one key characteristic of Jesus Christ that we skip over or miss completely: Jesus is also a peacemaker. Jesus has made a way of peace between us and God the Father. He doesn't make it difficult for us to be joined back with God the Father. He doesn't place stumbling blocks in our way or make us jump through hoops to receive Him. He leaves the way open for anyone to enter and accept Him. This characteristic of peace is important in a marriage, and it is vital for a husband to understand.

Jesus Christ is the Peacemaker. He is the Prince of Peace. We are expected to also be peacemakers. Matthew 5:9 says, "Blessed are the peacemakers: for they shall be called the children of God." Husbands, would you refer to yourself as a child of God? I would hope so! One of the qualifications for being a child of God is being a peacemaker just like our Savior, Jesus Christ. Peace is not just the absence of strife or the indication of no war. Peace is more than that. In the Old Testament, peace is translated into the word "shalom" meaning "wholeness and completeness."

In the New Testament, peace is translated into the word "eirene," which means "to make peace or reconciliation." Peace is the harmony shared between God, self, and others even in the midst of difficult situations.

Husband, The Peacemaker

This peace is not just about telling two armies to cease-fire. No, this is bigger than that. This is about telling the two armies to lay down their weapons and join one another to become an army of one. The peacemaker is one who works to restore love and unity in the midst of hateful and strife-filled situations.

Now, before you can be a peacemaker, you must first be at peace with God. I must ask you. Are you at peace with God? If not, I'd advise you to be at peace with Him first. You can only do that by agreeing to His terms of peace, which are accepting Jesus Christ as the only way to Him and following the words and ways of Christ until the day you die. This will give you peace; thus, you'll be able to share the peace you have received from the Father.

Husbands, you're a peacemaker, just like Christ, in relation to your wife. It must be your goal to live at peace with everyone at all times under all circumstances. Does this mean others will want to agree with your terms of peace? Absolutely not! Does this mean you should compromise the Word of God and the ways of Christ to appease someone who hates God? Absolutely not! Does this mean you should allow for your wife to live any way she desires without you saying anything to direct her to the way of righteousness? Absolutely not! This means that you seek peace in all situations whether the other person desires it or not.

Husband, The Peacemaker

Scripture tells us to forgive our brothers. This is making peace. Forgiveness isn't based on whether or not the other person forgives you. You cannot control the actions of someone else, but you can control your own. Scripture is filled with directives of making peace with God, with others, and with ourselves. We cannot ignore them.

As a husband, you must seek peace in your home. You cannot afford "...*to allow the sun to go down while you're still angry.*" (Refer to Ephesians 4:26) You must seek peace in your home, and you must make this a personal responsibility.

I know many of you husbands are probably wondering what happens in the situation where your wife just wants to rebel and defy everything righteous you ask of her. I actually have a great friend who dealt with this issue. His wife was very rebellious, and I would speak to him constantly about the utter disrespect she showed him. Finally, the problem was clear. She didn't respect him. He didn't care though. He was still concerned with letting her know just how wrong she was and how much she needed to change. He was constantly sharing Scripture with her, and he was trying to get her to see all the ways she was wrong.

Finally, I confronted him and told him he had to do something different. Here is why. His wife didn't respect him; therefore, it didn't matter what he had to

say to her. It didn't matter what book it came from or what mouth said it. Simply put, she didn't respect him, and that was that! He had already cut her deep. Each time he sat and said something else that wasn't moving her in the way of peace, he was adding salt to her wound. It was like he was stabbing her deeper.

I spoke to him, and I told him that he needed to say some very nice things to her. I advised him to say something like: "Baby, I love you, and I want you to know that I want to be your husband forever. This marriage means everything to me, and you mean the world to me. I don't want to argue with you anymore. Instead, I want to sit down with you, and I want you to tell me how I can best serve you as your husband. I want to know how I can make your way easier."

Some husbands may respond the same why my friend did. He shouted, and said that he didn't want to be seen as soft or as if he was giving in to her rebellion. I quickly reminded him that the method he was using wasn't working. His method of just trying to teach her and throw more Word in her face wasn't going to help her. It was going to only push her away more and more and more.

See, your marriage is physical, mental, and spiritual. Spiritually, you are one by the union you share through Jesus Christ. Mentally, you should be coming together as one because you're both strictly following the words of Christ together. That becomes

your measuring stick and your foundation. Lastly, you are physically one because of sex. Sex breaks the mold, and creates an intimacy between the two of you that isn't matched by anything else in this world. Each of these three things is important in marriage.

Here's the thing. Your arguing greatly damages these three areas in your marriage. The constant fighting and bickering, especially in front of the kids, is not edifying to Christ or to your marriage. There should not be a war going on in your home. If there is, husbands you should seek to diffuse it RIGHT NOW at all costs! You are to lay down your life for your bride. There should be no selfishness that exists within you. Therefore, you should not worry about being seen as a "punk" or a "wimp" for seeking peace in your marriage. In fact, you are just like your Savior, Jesus Christ.

Do you not realize how much tougher it is to make peace than it is to be at war? War is easy to get into. I can go out right now and start a fight with a bystander. However, I may meet a greater difficulty in trying to create peace with the same guy. Remember that peace isn't just not being at war with someone; it's about having that "someone" put down their guns and join with you in your cause. Peace makes two armies one! Peace is all about unity.

It isn't enough that you just stop arguing with your wife. That's not peace. You must each drop your weapons and join together, in unity, as one. This peace

makes two bitter armies come together as one harmonious unit.

Husband, I've targeted you because you are the head of your wife, and you are displaying Christ in terms of comparing the marriage to Christ and the Church. It is your responsibility to make sure you operate in peace at all times.

Now, wife, you must agree to these terms of peace. Rebellion cannot be within or around you. Check your surroundings, your friends, etc. Don't allow women to trash your husband. Don't allow your family to say negative things about your husband. Don't allow anyone to give you any ammunition to use against your spouse. Many people love to create wars. Remind them that your husband is a peacemaker, and you agree to those terms of peace.

Consider the relationship we, the Church, have with Christ. We must accept His terms of peace whether we like them or not. Christ's terms of peace aren't up for negotiation. Christ doesn't create a war for us to be saved. He makes the path smooth for us. Christ took the punishment, pain, suffering, and death for us so that we would not have to bear it. This is great love.

Husband, Christ took the pain, suffering, embarrassment, etc. By the grace and mercy of the Holy Spirit, you can too! Since Christ doesn't keep us away from His terms of peace, husbands shouldn't be

Husband, The Peacemaker

quick to keep peace from his wife, and a wife should be quick to accept the terms of peace as they're offered.

Wives don't go around telling your marital business to everyone in the streets. Sadly enough, many of the very people you think love you, secretly, desire you to fail. They want to see you as miserable as them. You're blind to their cunning ways, and I advise that you stick closely to your spouse. Talk more to him than you do everyone else.

Does that mean you can't have women to talk with when things aren't going the right way? Absolutely not! It's wise to have women you talk to who can give you wise counsel. Just make sure they're willing and able to give it. Allow the Holy Spirit to lead you in finding women who can help you. I live by this great principle: Don't take counsel from anyone who doesn't take counsel from God. It can be wise in the world's eyes and completely foolish to God. I only take counsel from men who take counsel from God.

Wife, I also advise you seek counsel from women not men. Husband, I advise you seek counsel from men not women. Men know men. Women know women. Don't cross the two boundaries. My wife and I only talk to the opposite sex about our marriage when we're both present. I don't want a woman saying I said something I didn't say. I have my wife with me at all times for my protection, as well as hers.

So, husband and wife, live at peace in your

home. Your home is a sacred place, and there's no reason why you cannot live at peace in your home. There can be war going on at work, at the playground, at college, on the court, on the field, etc., but don't let it come into your house. Protect your house against any incoming invaders. Don't allow any negative words to come in that could potentially start a war. Don't do it.

Lastly, I want to offer you some terms of peace. Here are some things my wife and I practice often in our household. I pray they bless you as much as they have blessed us.

Have a code word.

My wife and I use a code word when we realize our conversation is getting heated and a little too personal. We have both agreed that if anyone says the code word, we must both stop talking, calm down, then come back to address the situation after our emotions have settled. The word is not meant to be abused. Only use it when you really need to. Otherwise, conduct yourselves like adults in your conversation. The word is there just in case either one of you says something like: "What! Who you think you talking to? You ain't nothing but a little..." At that moment, use the code word to diffuse the situation and calm the emotions.

Don't go to bed angry.

This can be a difficult one. Well, it was one for my wife. After an argument, I could go to sleep like a baby, and she would toss and turn all night. She would

fight me in her sleep and wake up still upset at me. Husbands and wives, don't act that way towards one another. Go ahead and just agree to terms of peace with each other. Only one person has to initiate it. Husbands, initiate it.

Have sex.

This is a VERY important one. My wife and I have found sex to be a great way to not only diffuse an argument, but to also bring the two bickering armies together as one. You can easily forget the reason you were mad at each other during a passionate time of sex. I'm not talking about animalistic sex. I'm talking about passionately kissing, holding, caressing, and whispering in each other's ear sex. I'm talking about trying new positions kind of sex. My wife and I have had some pretty rough arguments. We both knew that sex would bring us back to the place where we were before the mean words were said. It was in those passionate times of sex I was able to whisper in my wife's ear, "I love you so much. Forgive me." Husbands, just those words could get you breakfast the morning after. Ha! Have sex, and have sex often.

Give each other some space.

Space isn't a bad thing. There have been times in my marriage where I really needed some space, and my wife needed some as well. At first, my wife didn't understand the need for a man's cave. For those who don't know, a man's cave is the place where a man can

go to be alone so he can gather his thoughts.

Lady, your husband's man cave could be his garage, under a car, in the basement, in the attic, out working on something, on a ladder painting, on the field, in the gym, etc. Where does your husband go to find relief? Understand I'm not talking about anything that isn't acceptable like a strip club, casino, bar, etc. I am also not saying that this place must become so secretive that you do not know anything about it. The goal is not for him to become an island to himself. He should not use that time as an opportunity to just get away from you or try to escape his problems. As he matures, he should desire to go to that cave less and less. It is the mature, confident husband who finds peace, comfort, and security in his home.

Lady, his man cave isn't supposed to be a strip club, and he shouldn't find enjoyment in the bottom of a Jack Daniel's bottle. That's unacceptable behavior, and neither the husband nor wife should indulge in these things. Wife, allow your husband some time to just relax and enjoy his man cave time. If he likes to paint, let him paint in peace. If he likes to write, let him write in peace. If he's watching the game, allow him to watch it in peace. The important thing is to just give him some time to be alone with his thoughts without you constantly bothering him. Most times, the time my wife leaves me alone in my man cave the Holy Spirit begins to deal with me about things I either need to get

done, things I didn't do, things I need to repent of, etc. Allow your husband to have that quiet time so that the Holy Spirit can really move on Him and through him without your constant involvement.

Husband, allow your wife some breathing room as well. My wife likes to go to the mall. She's a shopper. She also loves girly stuff. She loves going to the spa. She loves going on vacations. She just loves to be pampered. I like to tell my wife to go get a manicure and pedicure alone or with a girlfriend. I may send her to the mall so that she can get herself a couple of items. She may go out to dinner or lunch with a friend.

My wife has a yearly trip she takes with her best friends. They pick one spot, and they go there together. Once there, they have their girl time. That's her time, and I don't disturb her while she's with her girls. Does that mean I stop being a husband? Of course not! I'm still actively in her life and responsible for her well-being. I just allow her room to inhale and exhale without me breathing my hot air all around her. When my wife travels, I usually take a trip somewhere, get a hotel room, and just explore the area alone. I spend time in the hotel room reading, studying, praying, and just spending time with the Lord. I go get a lot of food, and I just eat until my heart is content. Usually when my wife and I are away from each other, we come back missing each other greatly. We miss the connection we both share. It's a genuine kind of feeling. Nonetheless,

Husband, The Peacemaker

the time apart was needed to show us just how much we should always cherish the time we have together.

Short Vacations, Family Trips, and Couple's Trips

I know what you're probably thinking. You're saying, "Cornelius, I barely have enough money to pay my bills. I just don't have the money to go on a vacation." I want you to understand something that is very vital to every area of life. You make time and you find ways to accomplish the things you desire to do the most. My wife and I didn't come from well-to-do families. I was born in a small town that had only one red light. I grew up in a doublewide trailer with a pond out back. I didn't have a luxurious life, but my parents chose to allow me to experience the world outside of that small town in Mississippi. My first time riding an airplane was when I went to London, England when I was seven. My parents didn't make excuses; they made things happen for my sister and me. My wife and I have that same kind of mindset. We travel often, and we learn to enjoy it together. Now, we get what we refer to as the "two week itch." We get the "itch" to travel when we stay home longer than two weeks. We just have to go somewhere and experience something outside of the four walls of our home. While we lived in Jackson, Mississippi, my wife and I just felt like we wanted to go somewhere. We decided that we were going to drive three and a half hours to Birmingham, Alabama to shop, eat, and relax. We both packed a small overnight

bag just in case we didn't feel like driving back home. It was a great thing we did because we ended up getting a hotel and leaving the next day. It was a spontaneous trip that didn't cost us much money. We got a discounted hotel, watched what we ordered on the menu, and we were very mindful of what we spent. We actually spoke about the amount we would spend before leaving home. We don't allow money or time to stop us from doing anything. We will always find a way. If we couldn't afford to drive to the closest town, we would find a park nearby to relax and unwind. We find things to do that fit our budget.

I know of a wife who loves to travel, but her husband didn't want to travel. He always found excuses on why they shouldn't, and it didn't sit well with her at all. He would be willing to spend money on foolish things, but would constantly tell her they didn't have enough to travel outside of their city. I understand not being able to do something because funds are tight; however, one should be willing to at least make an attempt towards planning something special for each other and the family. Because of this and extramarital affair issues, their marriage soon deteriorated, and they got a divorce.

Lastly, I love friends. Before I was married, I had single friends and married friends. My married friends could only talk to me about so much. I didn't understand it until I got married. Once I was married, I

changed my friendships. Now, I do have single friends, but I always let them know that we are limited on what we can talk about. See, when I travel I love to travel with my wife, and I love to travel with my friends. The only way we can make traveling fun and enjoyable now is to travel with other couples. It gives me an opportunity to hangout with the husband and Heather time to hangout out with the wife. When we travel with other couples we grow together, laugh together, and we learn from one another. We're able to share our successes and failures with each other, and it strengthens our marriages. It allows for us to encourage one another and shows a positive view of a progressive marriage. Please understand that Heather and I don't just travel with anyone. We are VERY selective about who we vacation with because we don't want to expose ourselves to unhealthy marriages. This doesn't mean we don't fellowship with couples whose marriages may be unhealthy, we just understand that the mission and the goal when we are around dysfunctional couples is to be an example, to encourage, and to share from a place of transparency about how we've overcome different situations. No matter who we vacation with we make sure that the objectives are to enjoy one another, encourage one another, and strengthen each other's marriages. I encourage you to travel with your spouse, and make sure you find other couples who can encourage you

Husband, The Peacemaker

and those who you can encourage as well. I also encourage you travel with your family. Do not make your children feel as if they are not an intricate piece of the family. Include them on trips. Make them feel welcome and appreciated. Family is a unit, so travel like one.

I do have one more, but it's a pretty big one, so I have devoted the entire next chapter to it.

Don't Make a Mountain Out of a Molehill

This is simple. Don't make a major issue out of a minor one. Don't exaggerate the importance of something that is quite insignificant. Many arguments are born from a simple misunderstanding.

Ladies, you must understand that your husband does not necessarily understand you. Putting a ring on your finger or agreeing to be your "boyfriend" did not change his life and allow him to understand every part of you. You're still a mystery to him. You have to grow and blossom together. The universe didn't realign just because the two of you agreed to be in a relationship. Sometimes you need to just back off.

I hear people say, "I want to know how my spouse thinks." Honestly, we should spend more time educating ourselves on our own biblical responsibilities instead of worrying about how our spouse thinks. In fact, spouses should both have the mind of Christ. Their decisions should be in line with

Holy Scripture. If not, their mindset is not worth trying to understand. This is a simple truth, and it should not be ignored.

Gentlemen, you cannot expect for her to be perfect. You cannot look past your own imperfections just so that you can criticize hers. That does not mean you turn a blind eye or a deaf ear to issues that need to be addressed. Address those issues, but address them in love. There are times when my words can be very rough and hard, and my body language can be cold and aggressive. My criticism can cut to the bone, and I am sure that this does not make Heather feel good.

Early on in our marriage, Heather told me that I made her feel as if she had to walk on eggshells around me. That meant that she felt that she had to be cautious about everything she said or did. If she didn't, she might face the wrath of my criticism. That is no way for anyone to have to live, especially in a marriage.

Now, I am slow to speak. I make sure my words are edifying and uplifting even if I am correcting my wife about something. I make sure my tone is not rude or demeaning. At times, I use the sandwich method. First, I say something positive and uplifting. Then, I mention what it is that I did not like that she did. Lastly, I end it by saying something that is kind and thoughtful. When doing this, I hug my wife in a way that makes her feel secure. The security that she feels physically helps her to recognize the security she

should feel mentally.

I've met women who like to worry about every issue, no matter the size. It's rather demeaning and annoying. They run their men away because it's as if he can do nothing right. Many men would rather be alone than to deal with an argumentative woman.

I've met many husbands who've complained about how their wives complained about the smallest infractions. The wives complained about the car, the house, the food, the bed, the dog, the shoes not being in the right place, the socks left in the middle of the bathroom floor, etc. Their husbands couldn't figure out why she was so picky about every little thing. Most men feel this way about their relationships. Now, I must admit that there are some men out there who do the same thing to their wife. In fact, I was one of them. I oftentimes confronted my wife when she left dishes in the sink as if I don't leave them. Yes, I was a hypocrite. I freely admit it. It can definitely be a two-way street.

Nonetheless, men usually have two major questions they always ask me during advisement sessions. The first is: "Why is she so annoying?" The second is: "Why won't she let me change on my own?" These are two defining questions packed with so much information. In fact, they're so pregnant with information that I must discuss them separately.

"Why is she so annoying?" Lady, why are you so annoying? I'm joking. Don't throw the book, and don't

answer that!

When a man asks this question he is asking in terms of nagging. He is trying to figure out why you are nagging about a particular subject that he has yet to perfect. Men don't usually like being told they aren't perfect. They don't want to hear that they need help, especially from their wife. That's why so many men aren't packing up church pews. They don't want to hear the preacher tell them why they're wrong. Many of them already know they're wrong. They enjoy knowing they're right about being wrong. To them, it makes them right even though they are wrong. It's weird, but it works in their head.

Men are also concerned about why you aren't "fixed." Remember that men think in terms of problem/solution. You give a man a problem, and he immediately wants to solve it. You don't believe me? Well, go to a man and begin telling him about your problems. He'll quickly interject and tell you how you should fix it. Men are fixers. We enjoy fixing things that we think are broken. However, women don't want the issues to be fixed. They just want to talk about it, and this drives men up the wall. They can't understand why women want to sit around and talk all day about something without trying to find a solution for it. So, when a woman comes to a man with a problem, he immediately tries to fix it.

Millions of women are probably asking

themselves why the men don't fix themselves then. I've answered this question already. Many don't fix themselves because they do not think there is a problem. However, some do believe that the woman is the problem.

Many men see women as a problem, and decide that you're annoying because you don't "work right." Watch how annoyed a man gets when he cannot figure something out. He usually throws a tantrum. He'll spend all day working on his car until he finds the right plug. He'll keep working on the lawnmower until he causes even more damage to the already damaged lawnmower because he sees a problem, and he wants to fix it!

Most men get upset when they get married and notice they married a 'problem,' and they don't have a clue as to how to fix her. Lady, I'm not implying you need to be fixed like you're some toy. Instead, I'm giving you an analysis of what goes through many men's minds. They want to find a way to fix you, and they become annoyed because they cannot figure you out. They know there is a problem, but they cannot come up with a solution.

Many men identify the problem as being "she won't shut up!" Well, they might have some solutions in mind, but using those solutions would result in jail time. So, they resort to just being annoyed. They take long drives, work overtime, go hang out with the boys

for an extra hour or just go outside and find something to do.

They have realized trying to get you "fixed" is not something they can do, so they retreat inwardly. This can be very dangerous because, more than likely, after a while he'll begin to slowly resent you. Many men don't like to play with toys that confuse them. I have yet to meet a man who walks around with rubric's cubes in his pocket. I'm not those men don't exist. I'm saying I have never met one. I'm sure there are some, but most men don't have them. Men enjoy taking on challenges that they know they can win. There are other men who take on challenges because they think they can win. Then, there are very few men who take on challenges that they know they cannot win. Those are usually the men who get married. Laugh, it was a joke.

I don't know the man you're in a relationship with right now or the man you know, but he fits in one of those categories. Whichever one, he's not determined to do something when he knows he cannot win. Men hate losing! There isn't a prize for last place. I've never seen a man run around and celebrate because he placed sixth in the competition. I remember placing fourth in a state competition out of hundreds of other students. I should've been proud, but I wasn't. I didn't want fourth! I wanted first! I thought I deserved first. And, most men think the same way. They could be

Don't Make a Mountain Out of a Molehill

the worst player on the field, but it doesn't matter to them. They still want to be first.

It is wise to be careful with the men in your life. I know how stressful men can be; heck, I'm one of them. Nonetheless, if you continue to nag him he'll grow to resent you for it. Then, he'll begin perusing the streets in search of someone who treats and makes him feel like a man.

I've had women ask me why I think older men run to younger women. That's an easy one. It's because of control. He wants to feel like a man, and most men associate the feeling of being a man with control. They feel like they're men when they have control. Take the control away from a man, and you would have been better to have just chopped his testicles off and handed them to him. Men love a sense of control, and that's a huge reason why so many of them rebel against God. They don't want to relinquish control of their lives to Him. They also don't want to hand it over to you, the wife.

Instead, he'll get a mistress or find a woman way younger than he is so that he can feel like he has control again. He's not after the sex. His "johnson" stopped working years ago. In fact, he sees this little girl like he would his daughter. I know that's pretty gross, but it's true. He feels like he's in control again.

Now, the younger girlfriend has more energy and more stamina than his wife. She allows for him to

take control, so he divorces his wife to stay with the younger, energetic mistress. However, she doesn't want him. She wants to send him back to his wife.

A man usually wants that control, and nothing and nobody can humble him out of that pride except God. He must fully turn his heart over to God and allow for God to change him. ***You cannot change a man. You can only motivate him and cheer him on while God does the changing in him.***

Also, the man could very well be in search of adventure. Many men get bored easily and want to find some kind of adventure to go on. They want to find out why they're on earth. They want to find out what makes them tick. They feel like they've put their lives on hold for the children and for the woman in their life, so they want some adventure for themselves. Selfish men will do things like leave their family in search of an adventure, alone. Again, only God can fix his selfish heart. He must be willing to allow God to help him.

"Why won't she let me change on my own?" I meet so many men who ask this question. I've even asked this question to men who I respect. It's important to acknowledge again that men enjoy control. They absolutely love it. Kingdoms don't remain for long because a prideful party will set themselves to destroy the men in power. Control is sought after by most men, and most men will pay for it, no matter the price. Marriage does not change the fact

he still desires to be in control. After he gets married and he notices the woman he's married to is not going to just allow him to push her over or walk all over her, he identifies who or what he can control because he knows it is not her. He will turn to the children, his employees, or himself.

When women continue badgering their men over things, the men quickly throw up a defense mechanism to keep her away from storming his castle or his heart. He is not concerned with listening to her ramble on and on and on about his inability to change or get it right. Instead, he begins to resent her because she cannot give him room to grow and change at his own pace.

I remember telling my wife, "I've been like this for over 20 years, and you expect me to change overnight?" That's ludicrous to me as well as many of my brothers out there. However, I wasn't being fair because I really wasn't trying to change. I was merely making excuses to support the fact that I didn't really want to change because I saw no merit in it. That is the honest truth. Does that make it right? No, it doesn't. Nonetheless, so many men feel this way and will use it as an excuse.

Ladies, you must still be careful about how you badger the men in your life. If you push them too far, they will run away and reject you. If you smother them too much, they will push you away and reject you. You

have to learn to give that man in your life some much-needed space. He's married; not in prison! Don't give him a reason to reject you. Understand and acknowledge he is a work in progress just like you, and he will not change overnight. This does not mean that he should not work towards changing. If your husband is not working towards changing, it is wise to portray the change you desire to see in him. Show him compassion, patience, joy, etc. Allow him to see the Gospel lived out in you. You serve as a walking billboard for change and truth. The same is true for husbands. Husbands are to *wash* their wife with the Word. Understand that I did not say he is to *spray* her down with the Word. He is to patiently lead, guide, and comfort her.

Also, if the husband is not in an active relationship with God, he will not have the type of love to give to you that you want and deserve. He may tell you that he's in love with you, but it will mean nothing when someone else comes along with a shorter skirt and a lower blouse. His love is not eternal. His love is not everlasting. His love is conditional. His love is emotional, and it will remain that way if he isn't in an active relationship with God. He may be a nice person, but that wears off quickly when he just doesn't feel like being nice anymore.

Learn to know and understand the man you are either preparing to marry or the man you have

married. Encourage him instead of challenging him. He doesn't want to always hear about everything he's doing wrong. Let him hear some things he's doing right.

Fellows, learn to listen more to her when she's talking instead of always trying to fix everything. I know that sometimes you can get annoyed. Don't allow it to harbor inside of you and become a point of anger and contention. Don't let those feelings go by without dealing with them.

Sit your mate down and talk to her about what bothers you, especially things that she does to bother you. Open up a line of communication between the two of you, and learn to listen to each other. You have decided to embark on an eternal marital journey, so don't waste time turning minor situations into huge disagreements.

I love sitting down with elders and just listening to their wisdom for life. I was sitting with an elder of mine who has been married more than thirty years. He said, "Cornelius, sometimes you have to learn to like the taste of crap. In other words, eat crap and like it." He was saying there could be times in my marriage when I feel as if I want to argue my point. Instead of arguing, I should just leave it alone, and do all I can to seek peace with my wife. Ultimately, I am eating crap, which is something that is distasteful, and I have no other choice but to like it.

Don't Make a Mountain Out of a Molehill

He went on to say that there were times in his marriage when he wanted to argue with his wife, and his wife would tell him she wanted to argue with him. However, they would silence themselves and lose their case all for the purpose of peace in their home.

He looked me square in the eyes, and he said, "Cornelius, it takes more than one person to argue. If you don't argue with your wife, she has no other choice but to argue with herself. No one in their right mind likes to sit and argue alone. The only satisfaction about arguing alone is that the lone arguer will always win because she or he has no opposition. That is the perfect game for prideful person, huh? She or he is guaranteed to win. The sad thing is that the only winner of a foolish argument is a fool. And, arguing with a fool makes you one.

I oftentimes advise people to decline any invitations to argue. Drama queens and kings love to put on a show. In order for there to be a drama show, she or he must have a stage and an audience. The solution is simple. Do not give him or her one. Don't waste your precious time by arguing over meaningless, temporal things. You may think the issue is worth an argument, but, honestly, is it worth your peace? I'm not saying you shouldn't confront, but do it in love, and do it with patience.

There are times when I want to wage an arguing war with Heather because I know she is wrong

about something. In the beginning of our marriage, I foolishly took every opportunity that I could to wage every arguing war I could. I went looking for moments to argue.

Over time, I began to see just how foolish I was for doing it. Then, I began to take my elder's advice. I learned to eat crap and like it. Even in moments where I felt like I was right and Heather was wrong, I declined to argue. This doesn't mean that my wife and I don't express our feelings. It just means that we choose peace over calamity and arguing.

My wife and I still have arguments, but we are consciously aware of the consequences of our foolishness. We love peace in our home, so we quickly end the argument. We agree that there is not a winner. We are one; therefore, if I believe that my wife has lost, then, essentially, I have lost. And, there are no losers in my house. I pray the same is true for yours.

Don't Make a Mountain Out of a Molehill

How Can I Help You?

You are married now. It is no longer just about you and your ways. It's now about being wiling to leverage all of "you" for an "us." It is no longer about what you want. Now, it's about what the entire family needs, and you must understand that you play a very important part in it all.

You should look at your spouse and ask yourself how you can better serve them. See, the more power you have, the better of a servant you should be. I love reading John 13:1-16. In verse three it reads *"Jesus knew that the Father had given him authority over everything and that he had come from God and would return to God."* This is a powerful realization. There's no man walking this earth that could handle such power and authority, other than Jesus Christ. I can only imagine how some men would react to knowing they had such authority.

After realizing that the Creator of all things has

given me authority over everything, I would probably stand up and expect for men to serve me. I would expect for men to come and bring me water, hold my Bible, chauffeur me around, etc. I would expect for men to hold all the doors open for me or treat me like a king. However, Jesus doesn't do that. Jesus responds totally different, and it makes you seriously question the actions of many preachers, teachers, evangelists, and lay-leaders today.

Verse four says *"So he got up from the table, took off his robe, wrapped a towel around his waist, and poured water into a basin. Then he began to wash the disciples' feet, drying them with the towel he had around him."* Verses 12 – 17 read, *"After washing their feet, he put on his robe again and sat down and asked, "Do you understand what I was doing? You call me 'Teacher' and 'Lord,' and you are right, because that's what I am. And since I, your Lord and Teacher, have washed your feet, you ought to wash each other's feet. I have given you an example to follow. Do as I have done to you. I tell you the truth, slaves are not greater than their master. Nor is the messenger more important than the one who sends the message. Now that you know these things, God will bless you for doing them."*

Notice what happens here. Jesus knew God the Father had given him authority over everything. Even knowing this, He became a servant by washing His servant's feet. Jesus did not seek to be served. Instead,

he sought to serve. He leveraged His own strength and ability to meet the needs of the people who served Him. This is a great example of submission in the home.

Husbands, the Bible tells you to love your wife. Wives, the Bible tells you to submit to your husband. The Bible also tells children to honor their parents. Fathers, the Bible tells you not to exasperate your children. Everyone has a responsibility; therefore, it's safe to say that everyone has been given a level of authority.

The authority of the husband lies in his ability to be a leader, the one who is submitted to. The authority of the wife is to be the one who is loved by her husband. The authority of the children lies within their ability to make honorable decisions, but not to make them independently of their parents. The authority of the father is that he has power to build and destroy with his words and his nonverbal actions. Each member of the family has been given a level of authority, but the authority must never supersede or disqualify anyone else's.

Once the husband, wife, father, and children realize their authority, they must find an example of what they must do next with the authority they have been given. Christ gave a great example. See, He did not serve prestige. Nor did He try to rule with an iron fist. Instead, He got down on His knees and became a

servant. He leveraged His power for the benefit of everyone else in the family.

I know what you're probably thinking. You're probably thinking "Well, you don't know my husband!" "Cornelius, you don't know my wife! She's crazier than a squirrel stuck in a square hole." Or, "Cornelius, you really don't know my children. They don't respect me at all." Lastly, "Cornelius, I wish you could meet my parents. They are not worth respecting."

You're right. I don't know your husband, your wife, your children, or your parents, but I do know Jesus Christ. I do know Jesus has given you the power to love those who are unlovely. I do know that Jesus has provided an example for you on how you should conduct yourself in the family.

I want to challenge you on something. I challenge you to use your strength, authority, and ability to benefit and ease the burden of your family. That might mean hiring a maid once or twice a month to help your wife clean up around the house. If you cannot afford a maid, it might mean you picking up a broom or washing dishes every once in awhile.

Wives, it could be you turning off your favorite television show to cook your husband his favorite meal. It could be you doing something special for him that you know he wouldn't expect from you. Take a day to treat him like a king.

Parents, it could be you sitting down and

considering your children when it's decision-making time.

Children, it could be going to your parents and asking them what can you do to help them around the house. It could be you picking up behind yourself, washing the dishes after your parent cooks, or cleaning up your room before you are asked.

I know this may sound strange or difficult to you, but this will help you realize that your part in the family is very important and that it is not all about you. This forces you to pull in and to be a very important and active part of the family instead of pulling away and being distant, cold and harsh.

When I was growing up, everyone kept to himself or herself most of the time. We didn't eat as a family. Everyone would get their plate, go to their room, and watch their own television. It wasn't about community or togetherness. We did more pushing away than we did pulling in.

Rarely did we come together to do things besides cleaning the yard every Saturday morning. The good Lord knows I prayed for rain every Friday night. It felt like it would never rain in Mississippi. I admit it was for my benefit, but you would have prayed the same prayer if you saw the size of the yard I had to cut. Even though we were all outside, we weren't really together. I would be on the push mower, my dad would be on the riding lawn mower, my mom would use the

weed eater, and my sister would be raking. Everyone was in his or her own world. We had pulled away from each other mentally and physically.

You cannot afford to do that in your family. You must be willing to pull in, rather than pull away. You have to bring the family together and make sure that everyone is following the same program.

I know you're asking, "But, what happens if my spouse doesn't treat me like I want to be treated? Who is going to take care of me if I'm constantly focused on leveraging my strength to help others?" I'm glad you asked those questions. The greatest power you can have in your marriage is the power you gain by being a servant.

The greatest level of happiness you'll ever experience in your marriage comes from serving the people who should probably be serving you. You won't be happy controlling the people around you. You'll be happy by serving those people and allowing your strengths to benefit them and ease their burdens.

The number one issue most people have with this mindset is fear. Fear puts men in a state of paralysis. Fear makes people unable to complete a task. Fear is the opposite of what you need in this situation.

See, you must have faith. I'm not talking about having faith in your spouse or your children. I'm talking about having faith in God. I'm talking about

submitting to your husband, as you would serve Christ. I'm talking about loving your wife as you would love Christ. I'm talking about respecting your children as you would respect Christ. I'm talking about leveraging your own power and authority to meet the needs and lessen the burden of your spouse and children.

I've learned that the greatest thing I can do as a husband is to love my wife.

I like to think I'm wise enough to know how I can love my wife. However, I'm not. I've had to humble myself on many occasions and ask my wife, "Heather, how can I help you today?" I'll be honest and say that I approach that question with fear and trembling because I don't always know what her request may be. She could very well want me to do one thing I really hate to do, go to the grocery store. Heather has asked me to put stuff together, run errands, etc. It never fails that everything she asks me to do requires me to inconvenience myself for her comfort. However, isn't that the great thing about service? It makes me happy to know that I can leverage my comfort to ease her burden.

I want you to ask your spouse and your children that question everyday. Put it on a sign in the house next to your family vision to remind everyone to ask each other that question. Let me repeat the question for you. It is *"How can I help you today?"* The response may require you to do a little hard work. It

may require you to give up some time, stop watching the football game, turn off your favorite television show, sit down and talk, or spend a little money you wish you could save. Married folks can have a little fun with that question. The answer could involve a nice, little romantic time together where you share and explore each other physically and emotionally.

Husbands, wives and children, you have a responsibility. Responsibility gives you influence. In return, influence gives you responsibility. The two are interconnected. Make sure that you use them wisely.

The Trust Issue

We often hear about a woman's grace; her beauty; her ability to be both a mother and a father; however, there's another side of her that men see. The problem does not always lie in the man's inability to lead, his inability to communicate, or his inability to love. At times, a man's greatest defeat is at the hands of the same "creature" created to help us, a woman.

In the book of Judges, there was a man by the name of Samson. He was a man favored by God and given strength by God. Like most men, Samson wanted what he wanted, even at the denial of good counsel. He saw a Philistine woman he wanted to marry; however, his parents pleaded with him not to seek her. However, he did it anyway. Upon entering into a marriage covenant with this woman, he told the people a riddle. The people were stumped. They couldn't figure out the answer; thus, they had to come up with a plan. The plan was for this Philistine woman to pry the answer

to a question that they had out of Samson. She used her tears as a way to manipulate Samson to get what she wanted out of him. She nagged him until he finally told her the answer to the riddle.

This brings me to our first point. When a woman uses her tears to coerce a man to action, she's manipulating him and teaching him to despise her tears. So, later on down the line, when she genuinely cries, he's numb to her tears. I don't care how long you've been married or in a relationship, a man will learn to resent your tears because he knows at the end of the day he will lose. He would rather choose silence, than to deal with your tears and nagging.

I've spoken to many men who have stated that women use their tears at opportune times to secure her position as leader in the relationship while portraying the role as a submitted friend. He sees right through the games, and he chooses not to play them with you. So, his body comes home to you everyday, but his mind is shut off from you. He doesn't answer your questions. He only responds to your demands. He knows if he doesn't respond, there will be hell to pay. He doesn't have the time or the energy to pay the toll to hell, so he chooses a different road.

Let's not forget about the nagging. You must understand that a man views nagging as a form of criticism. For example, if you continue to nag him about taking out the trash, you're communicating to

him that you're critical of his method of taking it out. He sees it as a demeaning.

I've known women to nag men about going out all night and not calling to let her know his location. Let me say that I do not think that this behavior is right by any means. A man should be home with his family. However, one must examine why he would choose to do it. I'm almost certain he would tell one of his "boys" where he is going. That's the reason why women call his friends to see where he told them he was going. Now, if he would tell his friends, why wouldn't he tell you? Houston, we have a problem!

The issue could range from a number of things; however, there is one that stands out more than the others. **The man doesn't trust you!** Understand that I'm not speaking for all men here. Some men are just unregenerate dogs who don't want to be trained. That's the long and short of it. However, some men *do* want to do what's right.

I know you desperately need him to trust you. I know he told you about some of his life after a passionate night of sex as the two of you lay cuddled up next to each other. I know you think you know him more than anyone else does. I know. Trust me, I know. However, even with all of that, he still doesn't trust you. Somewhere along the line he lost trust in you, or he may have never trusted you to begin with.

Some women might ask, "Well, why did he

The Trust Issue

marry me if he doesn't trust me?" Well, some men want legal sex. Some want children. Some want a family. However, most don't want an emotionally-charged relationship.

He understands that he must live with you. He understands that he must protect you. He understands he must provide for you. However, he also understands that it can be hell trying to communicate with you.

I remember hearing many women say that they talk about men when they get together. I snuck into many of my sister's sleepovers and overheard conversations about men. I must say that some of them were not nice.

Some men choose to shutdown. He will respond to your questions. He will still smile, joke and kid. However, he doesn't trust you. Once you lose a man's trust, it's difficult to get it back. He may hold it from you for the rest of his life. There are many men who are walking around right now withholding information from their significant others because they don't trust them. That doesn't disqualify living with her or having children with her. It just means he doesn't talk as much to her or confide in her the way he did before she hurt him.

Also, you must understand that the man in your life is also fearful. Many men didn't grow up with a father, so they don't have strong examples of leadership. However, don't be fooled by the hype. Even

those men who grew up in traditional family homes with both parents were scarred at some point. Even the best pictures have ugly smudges.

Most men have had to experience the inappropriate touch of someone they admired. Most men had to be subjected to harsh words from someone who has or had authority over them. Most men have a story that's all too similar. He could have been molested by a cousin, a camp counselor, preacher, or a stepfather.

This is real life stuff, and the thing about it is that this man is not telling anyone about what happened to him. He doesn't want to talk about it. He doesn't want to talk about the sexual desires he has for his male friends. He's curious, so he tries to sneak a peek while the guys are changing in the locker-room.

He doesn't want to tell you about the time his friend caressed him while they lay in the bed next to each other. One thing led to the next, and he doesn't want to tell you that story. He doesn't want to tell you about what happened at band camp or what took place the summer he went away to play football. He doesn't want you to know his battles with pornography and alcoholism and his daily frustrations. He's not telling you that he wants a father to be in his life. He doesn't want you to know that he's afraid to have children because he doesn't know what he's doing. He doesn't want to go to church because church to him is a place

where people will try to change him, and he doesn't want to be changed. He wants to be heard, not changed. He wants to be respected, not changed. He wants to be appreciated, not changed. So, church became a hypocritical place for him, and he doesn't want to go. He'd rather sit at home and watch the game or at least prepare for the party.

The men in your life have secrets they aren't willing to reveal because they are afraid. They are afraid that if they talk, you may see them differently. They only have one chance, and they aren't willing to blow it on you. He still loves you; however, he doesn't trust you.

His past is an ugly stained mirror that only smudges more when he tries to wipe it clean. He doesn't know about the cleansing power of the blood of Jesus. In fact, your man probably doesn't believe in it. I doubt he's heard a sermon about it. He sees his past as an issue that doesn't need to be brought up again.

Every man desires someone he can trust, but if he's been hurt by his past he tends not to forget the pain. He may forget and forgive the person, but he rarely forgets the pain.

We have all been hurt by someone in our past. It's like they used our past against us. This even happens in the church. Men don't want to go to church because they see the pastor as a hypocrite and a liar.

The Trust Issue

They also don't understand why they have to give their money to the church. They don't care about the principals. They are looking at the overall picture.

If you are nagging him about going to church, he's going to not only resent church, he will also resent you. He wants help for the pain of his past, but he doesn't want it from you. He needs a man to talk to and confide in. Sadly, few men find such a friend. He's been hurt so much that he won't release his heart to be hurt again. Thus, he acts out in anger, becomes the "player," becomes a workaholic, or immerses himself in secret activities.

He becomes the man who works hard to make you happy while decaying inside. His closest friends are found in a bottle, rolled into a blunt or trapped behind a monitor screen. Pornography is not what he prefers, but at least it doesn't nag. It doesn't whine, and he thinks it won't disrespect him. He doesn't have to take the naked image out to a movie or go to meet its parents. He gets to live out his fantasy in other people because it's too sickening to tell you. He'd rather not be judged by you and have you to hurt him. Your judgment would be righteous, but he doesn't want to hear it from you.

When you choose to use his past against him, he shuts down on you. He took something precious and secretive, gave it to you and now you've used it against him. It's as if he purchased these rare and priceless

bullets, allowed you to hold them and YOU used them to wound him with YOUR gun.

Lady, this man is wounded. Whether you were the shooter or not does not matter to him. He's hurt. He's a father, but he's still hurt. He's a husband, but he's still hurt. This man doesn't need a new car. He doesn't need a new watch. He doesn't care how much you flip it, suck it or move it, he only needs one thing. He needs some help! Most women, trying to help the man, will nag him until he spits out the secret.

That's what Delilah did to Samson. She nagged and cried to get him to tell her the secret. She used the power she had to ruin him. After being fed up with her manipulation, he tells her the secrets he's been holding for so long. Although you may be happy, he's now angry. You might have gotten his goods, but it will cost you more than you think!

You must understand that with fear comes protection. We protect what we see as valuable. You lay one finger on my family, and I'm liable to kill someone. That's not a threat. That's a promise. My family is valuable to me. The same value I hold for my family is the same value most men have for their past. They will protect it at all costs. That includes death!

Now that you have his secrets, he knows that you're thinking about them.

For example, the man in your life probably told you about his father's problems with alcohol. Now,

every time he picks up a glass of wine he's being interrogated by you. You think you're helping him when you're, in fact, hurting him. Now, he drinks when he gets around the guys just to be rebellious. He may not want one, but he doesn't want his wife or lady-friend to dictate to him how he should live. **He regrets ever revealing his past to you, because you remind him of his pain.** He tried to forget about how his father abused him and his mother, but you are bringing it up to him every time he picks up a bottle. Years go by and you don't even realize that he has a problem with drinking. He's been doing it behind your back because he couldn't trust you enough to tell you what was going on with him. He's no longer just fearful. Now, he's angry. Understand that this does not make him right or his actions justified. I am merely creating a vivid for you, the reader.

You will know when a man wants to trust you. He will give you little pieces of information at a time. He wants to see what you do with those first before he gives you anything else. If you damage him in any way or show yourself careless with his secrets, he will not want to be around you or trust you.

I know women who prove to their men that they don't trust them. When a woman goes through his things, she communicates to him that she doesn't trust him. You will find something that can validate your suspicions if you search hard enough. **If you look hard**

enough for something, you are bound to find it. The same is true for husbands who go through his wife's things. I'm not saying that a married couple should have so much privacy that they have secrets from each other. I am merely talking about those who want to be a detective. They work hard to find some dirt so the can prove their suspicions are correct. It is great that you desire to know more about your spouse, but it is unhealthy to have to feel like you have to treat your spouse as if she or he is a child.

When you make accusations before asking specific questions, he feels threatened; thus, he goes on the defensive before going on the offensive. A man's defense is usually getting quiet while he allows rage to build up inside of him. Soon enough, he explodes on you or someone else. I know women who love to push their men's buttons. Proceed with caution. **When you seek to push all of his buttons, you're bound to push the one that will set him off.** Every man has a "red" button. That's the one you don't want to push!

Understand that uncovering sin is a good thing. I am not saying that a spouse should not seek to know the truth. I am saying that the process to uncovering it should not be an unhealthy obsession.

Talk with one another, and discuss your issues. Seek help, but do not keep sin covered up. It must be exposed. Refuse to leave those past hurts covered up. A band-aid is not meant to stay on forever. It covers the

wound so it does not get infected. However, it must come off. Pull off the band-aids, discover the source of the hurt, and rebuild the trust in your marriage. It may not happen overnight, but it will happen if both of you work at it.

You, Your Spouse, and God

"You cry out, "Why doesn't the Lord accept my worship?" I'll tell you why! Because the Lord witnessed the vows you and your wife made when you were young. Even though you have been unfaithful to her, she has remained your faithful partner, the wife of your marriage vows. Didn't the Lord make you one with your wife? In body and spirit you are his. And what does he want? Godly children from your union. So guard your heart; remain loyal to the wife of your youth. "For I hate divorce!" says the Lord, the God of Israel. "To divorce your wife is to overwhelm her with cruelty," says the Lord of Heaven's Armies. "So guard your heart; do not be unfaithful to your wife." (Malachi 2:14-16)

I've heard men say, "Marriage is like a triangle. You have the man and his wife, as the bottom and sides of the triangle, and God is the point at the top." Although that sounds great, it's biblically wrong. Notice the shape of a triangle. Notice the points of the triangle

never meet or intersect. The points are independent of each other. Folks, there is no point in time where the husband or the wife should be independent of each other or independent of God.

There isn't a real shape that fully portrays the significance and beauty that is marriage. Notice that once two people are married, like you and your spouse, there must be a oneness that takes place, and this oneness doesn't take place by osmosis.

Oftentimes, I'm asked how it is that a husband and a wife can become unified as one? Consider this. Before joining in union with your spouse, I would pray and assume you've already joined in union with Christ. This means that you not only believe in Him but you begin to live out what you say you believe. It means that you take on the mind of Christ, and your thoughts and ways become His thoughts and ways. In this manner, you are becoming one with Him.

Consider this also; if you are not becoming one with Christ, you're becoming one with the world. That is damning and dangerous for your future. Now, when you get married you are to join in union with someone of like faith. This means the person believes the same thing you believe, which is that Christ is Lord and Savior.

This also means their ways and thinking begin to resemble the ways and thinking of Christ. If you both believe the same thing and you both live the same

truth, you have joined as one. Consider your foundation. The foundation of your belief is Jesus Christ. Marriage is about both the husband and his wife remaining in oneness with Christ.

This may not be the best example, but humor me for a moment. Consider an egg. An egg has a hard shell on the outside, and it has a soft, liquid center. Even though it has different parts, it's still one egg. A marriage is the same way.

A marriage consists of a man, a woman, and God. Each component is different, but they still make up one egg. Each component is needed for the egg to be an egg, and each competent is important. When two people come together their spirit is knit together by the hand of God and a needle of love. Their soul, thoughts, will, plan, etc. all become one over time.

How do they become one? Well, there is but one truth, one faith, one hope, one Savior, and one sacrifice. The two must believe in the same truth, the same faith, the same hope, the same Savior, and the same sacrifice. Their mutual belief in the same truth serves as glue that binds the two together. Since their hope is in the same thing and they both believe the same truth, they have no other choice but to become one.

God, Our Foundation

Understand that the foundation of your marriage is God. When I say God, I mean God the

Father, God the Son, and God the Holy Spirit. I'm referring to all 3 Persons as 1 God, which is the Trinity.

Saying that God is the foundation for your marriage means that our marriages must resemble the image and likeness of Jesus, which is God the Son. We are to have a foundation of love, longsuffering, patience, joy, gentleness, etc. These are all fruit of the Holy Spirit. This fruit is evidence of the Holy Spirit's presence in our lives.

Consider a construction site. Before the walls can be built, the workers must first build a firm foundation. If the foundation is shifting or imbalanced, the whole house might tumble down. That wouldn't be good at all. Building the foundation is a very important process, and it cannot be overlooked.

This same principle is important in marriage. God is our foundation. That means that He is whom a husband and wife stand on in their marriage. He is whom a husband and wife lean on in difficult situations. He is whom a husband and wife go to when they are in search of answers. He is whom a husband and wife pray to, praise, worship, and give their lives serving.

I've said this before, but I think it's worth repeating. Unconditional love, grace, and mercy are the key components to marriage.

Let me ask you a question. How can a man properly love if he doesn't have love to give? 1 John 4:8

says, *"But anyone who does not love does not know God, for God is love."* This is simple, right? I would like to think it's simple. Ask yourself this question. How can a man properly grace his wife when she wrongs him if he doesn't understand the concept of how much God has graced him? Also, how can a man give mercy where mercy is due without fully understanding the concept of mercy in his own life? These are powerful pillars of marriage, but they are useless to the man or woman who don't understand them or aren't one with God.

This is why it is so important for men and women to spend time daily studying the Word of God, praying, and growing in more intimacy with God. Only God, who is your foundation, can help you love who's unlovable, give you grace in the midst of hurt, and give mercy to those who have wronged you.

You

For many of you, this will be your favorite part of the book. Do you want to know why? Well, even if you don't, I'm going to tell you why, anyway. It's because it's about YOU. We love to hear about ourselves. We love to talk about ourselves. We love when it is about us. We are selfish creatures who take delight in only in ourselves. The only way a man is able to take his eyes off himself and focus on God and others is if becomes one with God. Do you notice that oneness with God continues to pop up from time to time? It should show you just how important it is in

your Christian walk. Nonetheless, this portion is all about you.

Let me start of by telling you something that I'm sure you're not going to want to hear. You ready for it? Well, **it's not about you**, literally. Marriage is not meant to be all about your problems, your plans, your goals, your dreams, your wants, your needs, your desires, etc. Marriage is about serving one another as you serve God together. Marriage is about you laying down your own life for the benefit of the one you're married to. Marriage is about dying to yourself and letting go of your selfish ambitions so that you and your spouse can faithfully serve the Lord in all truth and understanding.

Marriage isn't about you and all your greedy endeavors. Marriage isn't about your car or your house. Marriage isn't about how good your spouse looks or what kind of clothes she or he wears. That isn't marriage at all.

I told this story in a book I've written. There was a young man who said to me, "Cornelius, I want to get married!" I said, "Really? Why?" He said, "Because I want someone who can cook and clean for me." I chuckled a little bit, looked at him, and said, "Bud, you don't want a wife. You want a maid." This is a somewhat funny representation of how we see our marriages nowadays. We see them as an opportunity to get our needs met by someone who is incapable of

meeting all our needs.

My wife is awesome at many things, but there are a few things she's just not great at doing. She can say the same thing about me. I'm good at many things, but some things I'm just not good at. I'm the guy who comes home and leaves my clothes all over the bathroom floor. Yup, that's me. My wife just looks at me and shakes her head.

I was accustomed to my mother picking up behind me when I left stuff lying around. I thought marriage would continue the trend. It was just selfish of me to think that way. Well, my wife couldn't fold clothes to save her life. Her mom would always fold her clothes and put them away. Needless to say, we are both pretty spoiled, but my wife expected for me to fold the clothes since she washed them.

There was a time when my wife asked me if I could wash the dishes. I looked at her and said to myself, "Why would I wash dishes? I'm a man." I said it to myself because I was too afraid to say it out loud. Before I could respond, the Holy Spirit spoke to me saying, "Washing dishes is not gender specific." I was stunned, but I knew what I needed to do. I needed to hire a maid to come wash the dishes. I'm kidding. I'm kidding. I washed the dishes myself.

I said that to say that our marriages cannot be focused on ourselves. Your marriage cannot be based on the things you want or expect for your spouse to do

to make you happy. If I sat around all day long trying to please and make my wife happy, I'd have no time to do anything else, other than trying to make her happy and focusing on pleasing God.

I'll never forget something I said to my wife right after we got engaged. My wife and I got into an argument over something petty. Well, it was petty to me. I told my wife, "I'm not focused on pleasing you. I'm focused on pleasing God. Through pleasing God, I know I'll please you." See, God is pleased through our faith in Him. Because of our faith in Him, we are able to love one another, suffer long with one another, give to one another, etc.

God isn't pleased that I call my wife out of her name. God isn't pleased that I withhold sex from my wife. Those things don't please God. Here's the thing. If I focus on pleasing God, I'll have no other choice but to please my wife.

Notice that this is not about you. Instead, it's about loving God and loving others as you love yourself. Now, let's take a look at your spouse.

Your Spouse

Many of you will love this portion of the book too because you may think it will show your spouse how she or he can be better so she or he can meet your needs. That's still selfish. I'd advise you to go reread the section you just finished, again.

Now, your spouse is not your slave, puppet,

your maid, your doormat, your punching bag, or your entertainment center. Your spouse is you! This means that your spouse is a maturing representation of who you are and who you're becoming. Remember that both of you are supposed to be maturing and growing in Christlikeness. This is all centered on the two of you becoming one.

Husbands, we are told to love our wives. Do you notice that Paul did not say that we are to respect our wives? It doesn't say it. Look at Ephesians 5:25 and see for yourself. Respect is usually a big issue for men. I know it's a huge issue for me. I care more about being respected than I do about being loved. I don't have an ounce of patience for disrespect. I just don't allow it. I feel as if I respect other people, automatically, simply because of the fact that I'm a man, and it seems programmed into me.

Now love? That's a completely different ball game; that doesn't come naturally to me. The attributes of love: being gentle, kind, and warm-hearted weren't always natural for me. I was not a real relational type of person. I didn't care much for conversations about feelings or emotions. This is common for an unregenerate man though. I didn't always have Christ, so it's only right to assume that I didn't always love. In fact, I was a monster. I was manipulative, rude, and downright mean. I was cold-hearted and cold-blooded.

You, Your Spouse, And God

I had no love for anyone. Even in those times, I still believed in respect, and I still demanded it from everyone else. After my conversion, I had an encounter with the Holy Spirit where He took residence in my heart. He then began a work in me that involved changing my hateful and dark nature. Years have passed, and I am a new man because of the great work of the Holy Spirit within me.

Husbands, I can give you a list of 25 things to do to show your wife you love her. Sadly, that will only last for so long, and it won't be authentic. The list of things won't change your nature. Only Christ can change your nature. I can teach a dog how to act like a cat, walk like a cat, and meow like a cat, but it's still a dog. It will still have a dog's nature no matter how much I try to make it be a cat. See, man tries to change the actions of the beast, and, most times, he's successful. Even though man can change the actions of the beast, only Christ can change his nature.

I remember hearing a story about a man who found a baby bear out in the woods. The man took the bear home, and allowed the bear to stay in his garage. The little bear was so cute and cuddly when it was young. Soon enough, the bear got older and bigger. The man had to find a cage big enough to contain it. One day the man went out to feed the bear he'd had for years and years and years. The man walked in the cage to feed the bear, and the bear attacked the man.

The family of the deceased man couldn't understand why the bear would do such a thing to his loyal owner. Then, one of them realized something. The bear was still a bear. The cage didn't change him. He was still a ruthless, killing machine. That's the bear's nature.

Wives and husbands, you can both change your actions, but that's useless if you don't allow for Christ to change your nature. This means that you submit yourself to Him, study and read the Holy Scriptures, dedicate yourself to prayer and praise, join in with a local body of believers, and turn your back to this world's ways.

Your spouse doesn't need a good you; they need a changed you. Your spouse needs to see change in you that is evident by the fruit of the Holy Spirit, in your life. You can only put on a show for so long. I like to say this: "You can cover trash for only so long. The smell will always seep through."

What do you smell like? Do you give off the scent of trash or do you give off the sweet smelling aroma that can only be obtained in the presence of God? Consider these things, and act accordingly.

Unjust Expectations: How to Avoid Being Hurt

Getting hurt isn't fun, and I'm sure you and your spouse have hurt each other more than you could have ever imagined. No one gets married with the idea that they are going to hurt their spouse. If they do, they didn't get married for the right reasons. Nonetheless, hurt happens a lot in marriage, and it must be discussed and dealt with properly. Let's examine it.

Wives, let's say you expect your spouse to come and give you a kiss on the cheek every morning before he goes off to work. You expect it so much that you stand by the door as he leaves, and you patiently wait for him to lay one on you. Well, it has been 3 weeks, and he hasn't kissed you yet. You've been married for 3 months, and you expected to have a kiss every day before he leaves the house. You might have seen your father kiss your mom every day, or you could have seen it on a movie. You cannot understand why he just can't live up to YOUR expectations and kiss you before

he leaves.

You don't want to talk to him about it because then it will seem like he's only doing it to please you instead of doing it because he truly desires to do it. As the days and weeks pass, your hurt grows and grows. Soon, the hurt turns into anger and bitterness. You become short-tempered and very sarcastic towards him. He is trying to figure out what is going on, but you just don't want to tell him because you think he already knows what he is doing.

Unfortunately, he doesn't have a clue what you're talking about, and he's totally forgotten about the conversation you had on that March day at the small diner where you both sat in the third booth on the right and you told him about how you always dreamed of your husband kissing you before he left out of the house. That conversation doesn't even come to his mind anymore. He compartmentalized it between the "putting together the bookshelf" and "watching the game at 8:30" files. Nonetheless, you are hurt by it, and you're not sure how to communicate this to him besides saying, "Honey, we need to talk." **Sidenote**: *The phrase "We need to talk" is borderline offensive. It places the other person on the defensive because it makes the other person think she or he is in trouble. Before using it, think of something else to say. I know you might be angry, but don't react in the moment out of anger. It usually has a terrible conclusion. Instead of saying, "We*

need to talk. I found a number in your pants pocket," say something like "Sweetie, I want to get your opinion on something. What would you do if you found a number in my pant's pocket" or "Sweetie, I was washing clothes, and I noticed a number in your pocket and I just wanted to know if you knew where it came from." The goal is to not come from an offensive position because you don't want your spouse to go on the defensive. Let's examine this scenario and find some conscious solutions.

First, we notice that the wife has a specific expectation of her husband. She expects for him to kiss her before he leaves the house. The husband isn't meeting her expectation, so she gets hurt. Her hurt soon turns to anger and bitterness. Now, here's the question: What is the cause of her hurt? Some would argue that it is her husband's fault that his wife is hurt. Why?--Because he doesn't kiss her. That's sounds logical, right? However, that doesn't go to the root of the problem. See, the wife has an expectation that is different from the expectation of her husband.

How do you know that, Cornelius? I know because if the husband's expectations were similar to his wife's expectations there would be no problem because he would kiss her before he left the house. Now, is it wrong for the wife to have an expectation? No. However, she should not place unrighteous and unjust expectations on her husband. This would be an unrighteous and unjust expectation.

Unjust Expectations: How to Avoid Being Hurt

Some would ask, "Why, Cornelius, it's just a little kiss?" I do realize it's just a kiss; however, the kiss doesn't define the union or the love shared between the wife and husband. The kiss, or lack thereof, should not cause bitterness, rage, and anger in the wife towards the husband. "Well, it's the principle behind the mater!" is what some will say. Well, you can argue until you are blue in the face, but unjust and unrighteous expectations are not valid. Why? Because anytime an expectation is not met, hurt is inevitable.

Notice that the wife isn't hurt when her husband does everything she desires of him. I haven't heard of a wife being upset that her husband surprised her with flowers. See, she becomes hurt when her husband doesn't meet her expectations. The same is true for the husbands, and, yes, men do get hurt. They just portray it differently. Many men get quiet. As for me, I get quiet, and I start cleaning. I think Heather likes it when I get upset. She knows the house is going to get a good deep cleaning. I'm joking, but I'm kind of serious. Just laugh and move on to the next paragraph.

There was a time when I got so upset with Heather that I just started deep cleaning the kitchen. Heather didn't say a word to me. After about 3 hours of cleaning, I got a shower and got in the bed. Heather came over to me, and just laughed. That made me really angry. I asked her, "Why are you laughing?" She said, "Babe, I had no clue you cleaned when you got

angry. I was going to say something, but I figured I'd let you cool down and clean up." It was pretty funny to her, and I laughed, eventually. Nevertheless, we all showcase our hurt differently.

In order to avoid and lessen your chances of being hurt, you need evaluate your expectations. Parents are oftentimes hurt because their children don't choose the major they wanted them to choose or go to the college they wanted them to attend. Husbands get hurt because they want sex every night not just 3 times a week. Children get hurt because they expect to go to Disney World, and do not. The entire family has the potential to get hurt by another member of the family. In order to lessen the chances of getting hurt, you must evaluate your expectations.

The wife in the example had an unfair expectation. It was unfair, partly, because she was expecting her husband to remember a conversation from when they were courting, and she knows very well that he can barely remember where he takes off his pants after work. If he's like me, he loses his wallet at least twice a day. Her expectation of him isn't fair, and it's unjust. The kiss shouldn't determine the happiness in the marriage.

Now, how can she change while still getting her kisses? I'm glad you asked. One way is to adopt the principle of "expecting nothing and appreciating everything." Instead of expecting a kiss, she should

appreciate the kiss she receives from her husband. Another way is to communicate her expectation to her husband. That will make it fair. Please understand that communication isn't all about what you say. It's also about how you say it.

My wife and I travel a great deal. We were driving to Sweet Springs, Missouri one day, and she looked over at me and said, "I better eat soon or I'm going to be mad." I stopped for a second, and just looked at her. I was hurt because I took what she said as disrespect.

What I heard was, "I better speak up for myself and tell you to get something eat because you don't consider my well-being." My hurt festered, and I got angry. Then, we began to argue. Looking back, I know it was a very simple miscommunication.

Days later, we talked about the conversation, and she was very remorseful because she didn't mean it how I took it.

After really thinking about what she said, I couldn't help but feel remorseful because I know how I can be. If you're on a road trip with me, it's best to pack food and use the restroom before getting in the car. I don't like stopping unless it's to get gas. At the gas station, I like to act like I'm at the motor speedway. I try to see how fast I can pump the gas, grab some snacks from inside, and use the restroom.

After I got married, I learned to quit expecting

such a fast pit stop. Each time I would stop at the gas station, I'd go get my things then get back in the car. I'd pull up to the front of the store and watch as my beautiful wife just walked back and forth down every aisle. I'm sure smoke was coming from my head while I sat in the car waiting on her. Then, she would get back in the car with one tootsie roll lollipop and water. It is normal for me now, but it wasn't funny or normal back then.

Third, I'd recommend that you evaluate all of your expectations. Ask yourself, "Am I willing to do what I expect others to do for me?" If you expect for your wife to cook a 12-course meal, ask yourself if you're willing to do it as well. What do you expect from your children? Is the expectation unjust or unreal? Are you placing unnecessary expectations on your spouse, parents, or children to perform beyond their capacity? Let me give you an example of why I'm saying this stuff.

If I gave you an empty water bottle and asked you to pour me some water in a glass, could you pour me water from that empty bottle? No! Why? Well, the bottle is empty. See, the bottle cannot give you what it does not possess. Ask yourself this question: Do they have what I expect for them to give? If they aren't reborn by Jesus Christ, they don't have the capacity to love you unconditionally. They don't have the capacity to fulfill all of your needs, wants, and desires. Ask

yourself if the person that you expect to give you everything, has everything inside of them to give. I'm sure you're going to realize that she or he doesn't have it to give. You can make someone do something, but that doesn't mean that they are going to do it from their heart. Examine your expectations to see if they are just or unjust.

Lastly, concentrate on God's expectations for you. I know what you're probably thinking. "Well, Cornelius, how will that help my spouse be a better spouse?" Do you see how selfish you sound? It's all about you. That mindset reveals that your spouse being better just so that they can make you happy is the true motive of your heart. This is why it is important to concentrate on what God expects from you.

One of the biggest misconceptions is that the world needs you to go and save it. Hate to burst your bubble, but the world has already been saved. Jesus Christ has already provided reconciliation for those who will believe in Him. Therefore, the world doesn't need your gifts, skills, or talents. The world needs Christlikeness from you.

The world needs to see you transforming and perfecting the new nature of love, gentleness, kindness, joy, peace, longsuffering, etc. inside of you. The world needs to see passionate service to our King, Jesus Christ. The world needs to see you willing to die for the

Gospel's sake. The world needs to see you living out the Great Commission instead of just going to church to meet your weekly quota.

Not only does the world need these things from you, but God also expects these things from those who have been born again. I had someone tell me that God expects for me to follow all of the laws written in the Bible. In some ways, the person was correct; however, there's no way man could be totally obedient to all of those laws considering that man's nature, outside of Christ, is wicked and evil. Instead, we should focus on Christlikeness, and allow the work that Christ began in us to come to completion.

Our performance will never equal God's commands. This is why we desperately need Christ. For those who are not reborn, God expects for you to be saved and reborn. He expects for us to continue in righteousness and truth. He expects for us to draw near unto Him. He expects us to love Him, and love one another as we love ourselves. Here's the thing; God is not a slave master. He doesn't make men come to Him. Instead, He leads them.

Are you trying to make your husband, wife, son, daughter, mother, father, sister, brother, etc. do something to fulfill your expectations? Think about the countless children who grow up so afraid to let their parents down that they are willing to live unhappy lives just to please them. Some of those children just

rebel against their parents because they can't find a happy medium.

Think about the husbands and wives who put unnecessary expectations on each other to cook more, clean more, make more money, buy bigger stuff, etc. Have you searched the Bible to see if your expectations are just or unjust?

I'd recommend doing a very quick exercise. On your next date night, sit down with your spouse, get out separate sheets of paper, and write down your expectations of each other. Don't hold anything back. Every expectation you have ever had, write it down. Afterwards, sit and discuss those expectations. Search the Bible together to see if the expectations are selfish or selfless. Remember that we are to put others before ourselves. Don't accept what *you* think about it. Make sure the Word of God is the final authority.

Perform this exercise occasionally just to make sure that there are no unjust expectations in the marriage. Afterwards, have sex. Why? There's no reason, really, except that it is pleasurable, and it is meant to be enjoyed in your marriage.

Prisoner In My Marriage

"Did I make the right choice concerning my marriage?" is the question I get from many people all around the world. They want to know if the hardship they are enduring in their marriage is simply growing pains or if it is a consequence birth from a bad decision.

Well, I cannot answer that question for you. However, I can tell you that your marriage does not have to be difficult. You can definitely have peace. I honestly pray this chapter opens your eyes to the truth and confronts any unhappiness you may be experiencing or will experience in your marriage.

The last chapter is purposed to help you avoid hurtful situations. However, we must deal with the hurt that exists in your marriage right now. Yes, I am talking specifically to you, a prisoner in your marriage. I am talking to you, the one whose spouse is physically and emotionally abusive. I am talking to you, the one

whose spouse has helped to alienate you from your family and friends, the one whose spouse has turned the children against you, the one whose spouse refuses to get help, the one who has asked for divorce countless times but was only refused; yes, you, the one who doesn't have your name on the car(s), the house(s), or the financial account(s).

I ask that you consider what you read very carefully in this chapter. Do not listen to the voices that tell you to end your life. Do not obey the hateful words of your spouse or your children. Do not continue to push away those who love you, and please do not become bitter, silent, or reserved. You are strong. You are valiant, and, you are courageous.

While you sit in your self-imposed asylum, I recommend you begin to work on your own maturity. I also ask that you seek refuge and help for any life-threatening situation. A prisoner held without just cause has the right to be set free. God is your avenger, and He will avenge the wrong to make it right. Take refuge in that truth.

Marriage is the height of happiness for some people, and it is also seen as the prison to which some have been sentenced for their stay here on earth. The course of marriage is filled with many ups and downs and twists and turns. There are those things you find out about your mate that you didn't know before the sacred date of your union.

Prisoner In My Marriage

There are arguments that leave scars on the mind and sometimes destroy the image of the other spouse. Even the most gifted of all teachers on the subject of marriage can not prepare a person for what is to come after they both say, "I do."

Sadly, many do not even understand the journey they are about to take, the trials they will face, the horrors they will encounter, the joys that will ensue, the times that will take their breath away, and the sadness and frustration that may fill their heart. Yet, many aspire to be married. They want happiness and bliss to fill all of their days. They want joy and peace to surround their lives. They start the journey of marriage expecting bliss and happiness, but some have tucked away a very powerful option, a letter of divorce. They hope that they never have to use it, but they will use it if they must.

There are many angles I could approach this from, but I want to focus primarily on those who feel as though they are prisoners in their lifelong commitment of marriage. They began with a very real expectation of happiness and joy all the days of their lives; however, they have yet to experience such a thing. They encounter hurt, disappointment, frustration, and anger. Oftentimes, this leads to a very hardened heart and an extremely closed mind.

Could it be that lies have filled your house, and you no longer feel as if you can trust the person you

vowed to love for the rest of your life? Could it be that sexual sin has corrupted the heart of your spouse, and your spouse's actions, because of the lust, have caused arguments and anger to breed in your home? Could it be that your spouse has fallen in love with someone or something else, and now you have grown bitter against the adulteress that has invaded your house?

For some, their adulteress could be another person, an aspiration for fame or earthly riches, a goal to build an international ministry, sports, shopping, a dog, or even their children. Could it be that your spouse has completely forsaken the duties of the house because of their own selfish ambition?

Sex is now seldom, and happiness no longer lives in your house. Your spouse uses religion to cover up or justify their sinful activity. Your spouse has turned the grace of God into lasciviousness, and, sadly, you do not see a light at the end of the tunnel. You would like to believe what others tell you about things getting better, but all you can feel is your heart growing bitter and hardened your heart to your spouse and God.

"Help me!" is what you faintly cry out in the darkness. "Save me from this mistake I have made! Deliver me from this union I blindly walked in, and help me where I have grown bitter." Your cry grows softer and softer because you begin to feel as if no one will come to set you free from that prison of marriage.

Prisoner In My Marriage

Have you ever sat in a jail cell hoping and praying that the rattling of keys was someone coming to unlock the doors of your cell and set you free? Once you hear the rattle of keys, you will jump from your bed, run to the bars, and hope the keys are coming to open the door and provide you with freedom. However, the keys pass you by daily, and your heart continues to grow cold and bitter.

Your cellmate is there daily to remind you of your pain and the lifelong commitment you have made. Daily you wait for the keys to come, and daily you are disappointed. Then, you finally realize you have keys to release you from your marriage. You have a letter of divorce. As you get the papers signed, you begin to get a sense of freedom and happiness, but I must ask if that is God's will concerning your marriage. Jesus says, *"...For this cause a man shall leave his father and mother, and shall cleave to his wife; and the two shall become one flesh? Consequently they are no longer two, but one flesh. What therefore God has joined together, let no man separate."* They said to Jesus, *"Why then did Moses command to give her a certificate of divorce and send her away?"* Jesus said to them, *"Because of your *HARDNESS OF HEART*, Moses permitted you to divorce your wives; but from the beginning *IT HAS **NOT** BEEN THIS WAY. And I say to you, whoever divorces his wife, except for immorality and marries another woman*

commits adultery." (Refer to Matthew 19:4-9) [*emphasis added]

Marriage takes work. It takes dying to yourself, and preferring your spouse ahead of yourself. It takes a daily commitment to one another, and it should never be taken lightly. Consider the words of our Savior in Matthew 19:4-9 concerning the option you have given yourself to leave the marriage in which you feel imprisoned.

Please do not harden your heart to your spouse or to God. I want to leave you with this one simple yet difficult truth. Love bears anything...ANYTHING! There are many who will tell you that you are crazy for bearing such unbearable circumstances; however, they do not realize that you are honoring God above all things.

Am I saying you should continue to be violently abused or have to remain with a hardhearted, unrepentant spouse who continues to have sexual intercourse outside of your marriage? Absolutely not! The ideal goal of the marriage is commitment, and we should remain committed at all times. Commitment is cornerstone in marriage. Never forget it.

Are You Hearing Me?

My wife has always been a very proactive person from the day I've known her, and I love her for it. However, there comes a time when being proactive isn't a good thing, and communication is usually the delicate balance that can make the situation a good one or a bad one.

Before we got married, Heather spoke to me about buying a truck. She didn't want to come into the marriage without having a car first. I didn't dismiss the idea. We began to talk about it, and she even sent me pictures of the truck.

One day, I was out at a meeting, and Heather asked me if it was okay if she went to look at some trucks she found that she liked online. I told her it was okay, but she would need to take someone with her seeing that I was in Georgia, and she was in New York and New Jersey areas.

Later that evening, I got a picture text from

Heather of her sitting in a truck smiling. About 30 seconds later, I get a call. It was Heather, and she said, "Babe, I'm driving our new truck!" I flipped out! I was so upset because I felt like I didn't have an opportunity to really have a say-so in the matter.

Heather said, "But, you said I could go look at the trucks. I told you I was going to get a truck. I even told you that I had the check. I told you all of this, Cornelius!" I wasn't hearing any of it because I was sure I was clear in telling Heather that we needed to wait before we made any big purchases. For me, I felt like any purchase she made from the committed portion of our relationship was also going to affect me. We were both moving towards marriage, so I was watching her moves with a very close eye.

I stayed upset about the truck for quite awhile. In fact, I named the truck "Ishmael." Ishmael is the firstborn son of Abraham in the Bible. God promised Abraham a son. Instead of waiting on the Lord, he had sex with his maid with his wife's consent. (Try to get that to happen nowadays. HA! I'm joking.) The child born from Abraham and his maid was named Ishmael. He was the son that didn't come from God, and we still have problems with his lineage today. However, that's for another time, place and book. I felt as if the truck wasn't from God. Instead, it was something that came from our hands.

I would continue to argue with Heather for

Are You Hearing Me?

over a year about the truck until I finally realized something. I realized *I was responsible for everything that happened.* I know your eyes got big when you read what I just wrote. How could I say that I was responsible for the truck when I wasn't the one who purchased it? Why would I accept such a responsibility? Well, I'm a man, and I'm her husband. I'm supposed to take responsibility for those things. I'm not excusing the part Heather played in it. I'm just exposing and highlighting my responsibility in the matter.

I was responsible for making sure I communicated everything properly to her. It was my responsibility to make sure she understood what I was saying. That means I needed to take as much time as possible with her until I knew she knew what I was saying. I failed to do it; therefore, the failure was mine to own.

Let's consider Jesus for just a second. Jesus died and cured us from the terrible sickness of sin and the finality of death. He did that for us while we were his enemies. He took on the responsibility of bearing the cross so we wouldn't have to. He realized it was His cup to drink; His life that must lie down; His blood that must be spilled. He took the responsibility so we would not have to. He did that for you and me! As a husband, I seek to mirror my marriage after the relationship between Jesus and His Church, which is you, me, and

other believers. Jesus did not pass the responsibility over to the Church and expect the Church to figure it out. He didn't hold the mistakes and issues brought on by the Church against Her. Instead, He took on the responsibility. He took on death so that we would never have to experience it. Praise Jesus! This is how I must be with my wife. I cannot sit back and try to condemn her for the mistakes I think she made. I must take on the responsibility as her husband just like Jesus took the responsibility in His relationship with the Church.

That is no easy task though. Husbands, everything in you will scream and yell at you and tell you to blame your wife for her mistakes. Take a look at our society today. We blame everyone else for our problems instead of taking responsibility for them and becoming productive citizens.

I was sitting with a friend one day having lunch, and the server was rude. It seemed like he was throwing things at us instead of sitting them down. He wasn't very warm or inviting. He was very impatient with us, and it seemed like he had a lot on his mind. After taking our orders, my friend looked and said, "He's having a terrible day today, and I'm not going to make it any worse. I'm going to be extra kind to him." I didn't say anything because it was taking everything in me not to correct the server.

As we ate our lunch, my friend would tell a joke

or two when the server came to pick up the food. Finally, the server looked at my friend and said, "Thank you for being nice to me today. We don't get that all the time." I was floored.

Later that evening I was driving home and the Holy Spirit began to deal with me about that situation. Usually, we like to think that anyone who works in customer service deserves to be treated any kind of way because they are there to serve us.

Let's look at this same example from the eyes of a follower of Jesus. As a Christian, I realize that I love even when what or who I love isn't lovely back to me. I didn't feel like the server was behaving in a loving matter towards us, but that didn't give us the right to be rude or mean towards him.

As a Christian, I also realized that I must seek to serve others instead of having others to serve me. I know what you're probably thinking. "But Cornelius, it was his job to serve you and your friend." You're right. It was his job, and it was my Christian responsibility to serve him back with gentleness, kindness, longsuffering, patience, joy, etc. The server wasn't my punching bag. He was another soul I had an opportunity to impact. Thankfully, my friend was there to show me how it was supposed to be done.

Husbands, we cannot seek our own desires or seek to serve ourselves. Instead, we must seek to serve our wives. You must take on the responsibility of

caring, loving, guarding, and protecting your wife.

You may say, "But Cornelius, you don't know my wife." You're right. I don't know her, but you do. Sir, if you set the thermostat in the marriage, she'll have a temperature to reach. Just make sure you remain consistent after you set it. If not, she'll be cold-hearted or hot-tempered. Set the thermostat, and leave it there.

Balance is the key. There were many times in my marriage where I was so far right that I forgot left existed. For example, I was so set on making sure everything was done right in my house that I totally forgot the importance of being affectionate and sharing little moments with my wife.

I would make excuses for my stubbornness and unwillingness to change by saying that I wasn't raised that way. It wasn't until I was sitting with the Holy Spirit that my eyes were opened to the truth. See, I wasn't born loving God, but He changed and molded my heart. I was born loving sin and everything it involved. No one had to teach me to lie, steal, cheat, covet, etc. I knew how to do those things from the time I was a child. Since God could do such a work in me that I loved Him instead of the sin I once enjoyed, why would I think He couldn't help me to be affectionate with my wife? The reality is that people, who make excuses often, rarely make things happen; mainly because they are always making excuses.

There was a man who always said he was going

to build a new addition onto his house. His wife was so excited that she went out and bought all the supplies. Years passed and he always made excuses as to why he couldn't make any additions to the house.

After 10 long years of waiting, the man's wife hired someone else to do it. The man came home from work and noticed someone else doing the job he promised he would do, and he immediately became angry. Here's the dilemma he faced. He questioned whether he had the right to be angry. On one side, one could argue that his wife should've been patient and expectant. Then, someone else would question just how long she should be patient. Both questions are valid and vital. We know that patience has no time limit. That is why it's called patience.

Also, it must be noted that excuses are good for absolutely nothing, and they are born from selfishness. How could I say such a thing? Well, think back to all of the excuses you've given in your lifetime, and tell me how many of them didn't include you and your comforts in some way, shape, or form.

Now, we must answer the big question of whether or not he was right to be angry with his wife. Both, the husband and the wife, share in the problem. She should have remained patient and enduring, and he should have been faithful to his word. There's a much bigger issue here though, and that is communication! Communication is the key to getting

Are You Hearing Me?

balance in the marriage.

My wife and I have definitely been in that couple's shoes. I would say I was going to do certain things, but I wouldn't do them right away. Heather would think that my inactivity meant that I forgot to honor my word. That wasn't the problem though. My problem was the same as the problem from the couple in the example.

The husband in the example and I, both failed to communicate. I'm not talking about giving more excuses. I'm talking about giving definite deadlines on when something is expected to be fulfilled or completed. There are many times where things come up, but that doesn't mean that I, as the husband, should not communicate my intentions and the options that are available. Communication is a cornerstone of marriage, and it cannot be ignored.

There was a captain of a ship that told one of the crewmen to make sure he kept steering the boat. The captain didn't tell him how long he should steer or what direction he should go. He just told him to steer.

About an hour later, the ship hit the side of a dock. The captain rose out of the bunk screaming and yelling at the crewman. "Why didn't you go east?" said the Captain. "What is the problem here?" said the captain. The crewman stood up and said, "Captain, I followed your directions as you gave them." See, failure to communicate the directions will get you to any

Are You Hearing Me?

destination mainly because there isn't one. And, a man who has no direction for his life has already reached his destination. I agree that the crewman had a part to play in the wrecking of the boat, but we cannot discount the captain's failure to communicate effectively.

I cannot tell you how many marriages fail because of a lack of communication. In fact, communication isn't just about saying things. It's about saying the right things. I've learned to keep my wife abreast of all situations so she is sure that I am working on them. I also make sure I communicate my desires and directions to her so she is aware of what we must do and so I know we will reach the right destination. I've learned to ask my wife, "Sunshine, did you understand what I was saying? Could you repeat back to me what you heard just so I know that I communicated effectively?" Husbands, she may think that you doing that is demeaning, but she'll learn to love it when she realizes the two of you are having less wrecks than before because of better communication.

As I stated earlier, I hated to communicate and be affectionate. I tried to justify my hatred, but there was no righteous justification for it. I had a huge argument with my wife one time, and had to leave to get some air. I went on the top of a building to just think. While there, the Holy Spirit began to deal with me about my stubbornness and my hard heart. See, my

hard heart wasn't towards my wife. Well, I thought it was, but it was actually towards God.

There's no way a man can be fully enveloped in God, who is love, and not be changed by Him. It's like getting in water. You're bound to get wet. I had to open my heart and allow God to change me. I cried out to Him, and I trusted Him to change my desires and me. Now, my wife looks at me and thanks me for being affectionate. I get up and kiss her on her cheek during the day. I'll send her text messages, walk up behind her when she's cooking, or just hug her for no reason at all. Heather calls it "sharing small moments together."

At first, I didn't enjoy it. I saw it as a chore to be affectionate with her. Now, I've been changed, and I enjoy it. The desires of my old man have died, and God has changed me. This is a righteous work, and it can be done in you! Open yourself up to Him.

Spouses, communicate with one another, and enjoy one another. Make sure you share your lives with each other. Husbands, take the responsibility of communicating with your wife. Read books on how to be an effective communicator. Communication is vital in every area of your life especially with your spouse. Since you live together, seek to be at peace with one another.

Now, let me caution you about something. Communication must be done with wisdom. Husbands, there are some things you shouldn't tell your wife.

Wives, there are things you shouldn't tell your husband. If it doesn't glorify God, provide directions or clarification, or help to build each other, ask yourself if you should communicate it. Before I talk with Heather, I make sure I talk with God. What good is it to communicate foolishness to her? That's like dumping trash on her. If it isn't edifying or purposeful, then I should keep it to myself or share it with God while I'm praying throughout my day.

Also, make sure you're communicating the purposeful things. Husbands, make sure your wife knows where the family is headed. Talk to her about the future, and the plans that are in your head. Allow her to help you with those plans. That is what she's there to do.

I meet many husbands and wives who are completely bored with their marriage. They don't like being around each other, and they just don't have any fun together. I sat down with one married couple, and we talked about their marriage. I asked the husband if he knew where the family was headed. His face lit up, and he began to passionately tell me all of these great things about what is going to happen in the future, and where the family was headed. I looked over at the wife, and I asked her if she knew any of what he was talking about. She looked at him, and she started to cry. She wiped her tears, and she said, "I just don't feel like a major part of this marriage. I feel like I'm just a child."

Are You Hearing Me?

Her words sent chills up my spine. Her husband grabbed her, and held her for a minute. Then, we sat there, and we talked for about an hour.

See, he had this vision of where the marriage and the family were headed, but he failed in communicating it to her. She didn't know his plans for her. She didn't know he was thinking about her, and had her best interests at heart. He thought she was just rebellious and cold towards him. He thought he was being respected. See, they both had terrible and untrue misconceptions of each other. All they needed to do was to communicate.

Husbands, sit down and talk with God about the future of the family. Write down some things where you include everyone. Write down some fun objectives for your wife. If she's been saying she wants to get a massage, write it down and put a date next to it. Consider the children and their desire to go to Disney World. Consider your son's interests in basketball. DON'T GO TELL THE FAMILY WHAT YOU'VE WRITTEN YET. Instead, just write it all down. Then, pray about it to make sure it's God's will. Here are some things you should include on your list:

1. **Family dinnertime**. Sit at the table, and eat like a family. No electronics are allowed during dinnertime.

2. **Weekend vacation**. Take your wife on a weekend vacation, and be sure to plan an outing

with the family. Do not make your children think that they are not an intricate part of the family unit. Include them. Celebrate them. Love on them.

3. **Gifts.** Get your son some sports lessons, your wife a new dress, your daughter that jacket she's been wanting, etc.

4. **Family vision.** Write a family vision together where the entire family has an input. Then, allow the family to operate off of that one vision.

5. **Quality time.** Get closer with your step-kids, and stop putting that responsibility off on someone else.

6. **Bible study.** Begin a home Bible study where you teach them the history of the Bible and the significance of Jesus even if that means I have to learn it myself.

Husbands, you can start right there. Some of the things in the list may not apply to you. You may take your wife all over the world. Exchange it for something else, or pick out a place she's said she always wanted to go.

You may say that you don't have enough money to do certain things. That just means that you must be creative. Instead of taking her to another country, try taking her to the next state, providence, or city near you. Find a clean, quality hotel, and get a room for a night. Or, how about decorating the house while she's away to make it look like it's a hotel. Then, enjoy her

when she comes in. Send the kids away, and enjoy her presence. I don't know your situation, but you can make it work. So, write down the things on the list.

Then, meet with your wife. DON'T BRING THE KIDS. Why? Because you want to make sure she is on board with the plans. If she finds out when the children do then she might feel like she's a child. Let's avoid that. Instead, sit down and discuss the list with your wife over a nice evening dinner together. Or, go outside for a walk, and sit down on a bench to discuss it. Find a quiet and romantic place to talk about it. Listen to her ideas and her objections.

Don't dismiss her. Make her feel like she is involved in the decision-making process. Don't hold anything back from her. Once the both you have agreed on everything, it's time to round up the children. If you don't have children then you're done. Begin to live out the list.

If you have children, call for a family night and discuss it over dinner. If your children are older, call them up on the phone and discuss the list anyway. Call them while they're sitting in their college dorm and talk to them about the list. Tell them you want them to feel a part of the family. Get their ideas as well. Hear them out. They are your children, and they have a very significant part to play in the family. They aren't your servants. They're children who are meant to be raised and brought up in the fear of God. Cherish, love, and

lead them. Do not ignore them.

Are you getting this? It's all about communication. Allow the list to lead and guide you in your family. As God directs, you may have to change a couple of things or maybe even add some. Communication will allow for the entire family to know where they're headed, and it will tell them how they're going to get there.

It's so cool for your son to know that mommy and daddy have marriage until they pass away on their list. Do you know what that does to a child when they see that? Picture your daughter looking up at the family vision every day before she walks out the door.

For my household, our vision is concentrated in one word, service. Whatever we do, it must involve providing a service to others that will help them develop a better relationship with Jesus Christ. When my children see that vision on the wall, they'll gain knowledge about what to do while they're at school, at the park, in the mall, etc. They will know that our family is about service, and that service is what we provide.

These things speak volumes. Husbands and fathers, it costs nothing to create a vision, but it costs everything to fulfill it. Before trying to start anywhere else, look at the Word of God. Jesus has given all believers an assignment to share the Gospel all over the world. Let that be your family vision. Instill in it in

your children. Let them see you doing it in your home, and in your community. Then, add something to the vision that is personal and fits the dynamic of the family. Have fun with it, but make sure you stick with the core objective, communicating effectively.

The Sum of It All

You have read about some of the struggles and successes that my wife and I have experienced in our marriage. I have opened up and told you things that I have not even told people in my immediate family. There was a purpose in it though. I wanted you to know that you are not alone. This life is much bigger than you or me. This life is for God's glory, not ours. With that being said, here is the sum of it all concerning marriage.

Marriage is a beautiful thing. God created man and then made woman to complement him. Notice in Genesis 2 that marriage is the answer for the man not being alone. God created woman to be a "helper." A "helper" is "to aid or protect, help." Eve was created to help, aid, and protect. The culmination of the marriage union is celebrated in the physical union of sexual intimacy. Sex is a sacred and enjoyable union that was created to be shared within the covenant of marriage.

Matthew 19:6 says, *"So they are no longer two, but one. Therefore what God has joined together, let no*

man separate." Understand that our hope is that God has joined the two of you together; so let no man come in to try to separate you. There are many Epistles written by the apostle Paul referencing marriage. I encourage you to read 1 Corinthians 7 and Ephesians 5:22-33.

This union of marriage was created and designed to last a lifetime. It is not a short jailhouse visit; it is a lasting life sentence without the possibility of parole. Agree with one another that divorce is not an option. You have said your vows, and now you must remain a man and woman of your word.

I encourage you to rid yourself of any and everything that stands in the way of your marital success. If that means letting some friends go, do it. If it means backing away from family members who look to undermine your marriage union, back away quickly. If it means spending more time together, do it. Do not let anything stand in your way, and do not turn around and look back for a second. Do not stand on your rooftop like David and gaze upon another man's wife. Do not turn a deaf ear and blind eye to the needs and desires of your spouse just so you can fulfill someone else's. Do not refuse to admit that you have a problem with sin. Do not think you can solve it on your own either. I encourage you to fall on your face and repent. Relinquish all rights to your life, and ask God to break your prideful heart. Believe on Jesus Christ as your

Savior and Lord, and fully expect the working power of God's Spirit to work in you.

I wish I could tell you that you are strong enough to handle marriage, but that is not true. You are not strong enough to handle the temptation that will come your way to not look at pornography, not text or message that random person, or lie to your spouse. The temptation is too strong, and your flesh is always too weak to handle it. Do not be deceived. The covenant of marriage is not meant to be one devoid of God. When God is left out of a marriage, it is destined to fail. You and your spouse must reconcile with the Father by believing on Jesus Christ. The sustainability of your marriage is dependent on the power of God's Spirit within you, not your own.

I know you say, "But, Cornelius, I know people who are Christians but their marriage still failed." My friend, just because someone wears the jersey does not mean they are in the game. Calling myself a football player does not make me one. I can wear the jersey, but it means nothing if I do not get in the game. As a believer, getting in the game means fully denying your own life to gain a life in Christ. It means dying to one's self daily, and following the commands of our Savior. It means living for a cause that is larger than you, the Gospel.

I hate to burst your bubble, but your marriage is much bigger than you. There are people who are

watching you, and they hope you fail so they can have a reason to fall away from the truth. Do not give them that reason. Work hard at your marriage, and endure whatever persecution may come your way. You may have to lock yourselves in a room until you get it right, but do it for righteousness sake. You may have to pawn some stuff to have money to get away for a weekend alone together. Do it for the generations that will come after you. You may have to lose and let go of some of your old friends. Do it anyway, knowing that your sacrifice is not in vain.

The sum of it all is this: fear God, and obey His commandments. Whether one or both of you become sick or remain healthy, stay committed. If you fall on hard financial times or have days of abundant riches, stay committed.

This is much bigger than you. Eternity is staring you in the face. Before you think about destroying your union, ask yourself, "Is my eternity worth what I am about to do?" If you feel as though you can live with your outright rebellion, I pray that God has mercy on your soul.

May God bless you and your beautiful union. Tell your children, or one-day children, that uncle Cornelius said, "Hello, and He is rooting for mommy and daddy." I want to end with a prayer, and I hope it touches your heart as much as it did mine. Will you pray this prayer with me, please?

The Sum of It All

"Precious Father, break my prideful heart. Humble me where I have grown prideful, and show me the wickedness of my ways. Destroy any idols I have built and exalted above You. Restore to me the lost hope I once had in Your promises. Rip open my heart and take out everything in me that is not like You. Father, give me a passion for righteousness. I believe in Your Son, Jesus Christ, and I acknowledge Him as my Savior and Lord. I repent of my prideful ways, and I recognize that changes must be made in my life. Father, it is in my weakness that I draw strength from You, so destroy my putrid and wicked ways that I may discover my weakest moment and draw strength from You. Father, help my marriage. Help my marriage. Help me! Help me to love my spouse. Help me to forgive my spouse and all those who have wronged me as you have forgiven me time and time again. Help me to die to myself and my selfish ways. Help me to give cheerfully to my spouse with thanksgiving cascading out of my heart. Help me, Father. Help me. I am desperate for You! I am desperate for Your help. I cannot do this on my own. I cannot win this fight alone. Without You, I am absolutely, positively nothing! I am nothing more than a filthy rag without the cleansing Blood of Jesus Christ and the working power of Your Spirit working within me. I am here praying for no earthly thing, Father. All I want is You! This is the sum of it all. Thank You, Father, for hearing my prayer, and

thank You for the peace that now rests in me. Amen. Amen. Amen."

God bless you and your union.

4284312SR00122

CPSIA information can be obtained
at www.ICGtesting.com
Printed in the USA
LVHW040729090622
720769LV00011B/1140